DIE LIEBE DES RANCHERS

DIE STONES AUS HEART FALLS
BUCH 4

VIVIAN AREND

Die Stones von Heart Falls 4: Die Liebe des Ranchers

Originaltitel: A Rancher's Love © 2021 by Arend Publishing Inc.

Copyright für die deutsche Übersetzung: Die Stones von Heart Falls 4: Die Liebe des Ranchers

© 2022 Helena Tamis

Lektorat: Nadine Manz

Cover-Desig: © Damonza

Lektorat Original: Angie Ramey

Korrektorat Original: Linda Levy

ISBN: 9781990674358

Deutsche Erstausgabe September 2022

PROLOG

Im Juli vor 22 Jahren, Silver Stone Ranch

Tucker Stewart stand schweigend neben seinem Onkel Ashton, die Hände in die Taschen geschoben, damit er nicht herumzappelte, während er darauf wartete, entlassen zu werden. Jedes Mal, wenn er zu seinem jährlichen Sommerbesuch eintraf, führten sie dasselbe Ritual durch, und obwohl es nicht einfacher wurde, rechnete er nun mit seinen zwölf Jahren zumindest damit.

Sein Onkel redete mit *seinen* Chefs, Mr. Stone und Mr. Hayes. Da sie diejenigen waren, die entscheiden mussten, ob sie es guthießen oder nicht, dass Tucker den ganzen Sommer hier verbrachte, sagte Onkel Ashton immer, dass es wichtig war, einen guten Eindruck zu machen.

Natürlich war Tucker inzwischen klar, dass an seinem Besuch alles schon vorher abgestimmt war, und dass er bleiben durfte, aber er wollte keine Risiken eingehen.

Nicht auf der Ranch sein zu können, mit Luke Stone zu spielen, zu angeln und zu reiten und mit den übrigen Stone-Kindern Beeren zu pflücken, hätte ihm einen Sommer beschert, der total nervig gewesen wäre. Seine beste Alternative wären stundenlange Aufenthalte in der öffentlichen Bibliothek von Winnipeg gewesen, und obwohl er wirklich gerne in einem vernünftigen Maß las ... Lesen, und *nichts* als Lesen?

Das war ein Schicksal, schlimmer als der Tod.

„Bist du dieses Jahr bereit für ein paar schwierigere Aufgaben?" Mr. Hayes verschränkte seine breiten Arme vor der Brust wie ein Superheld. „Ich weiß, dass Luke darum gebeten hat, mehr mit den Pferden helfen zu dürfen, und er will dich dabei haben."

Tucker war versucht, diese Pose selbst auszuprobieren, aber seine Arme waren noch nicht mal annähernd so ausgebildet. Es hatte keinen Nutzen, die Aufmerksamkeit auf etwas zu lenken, das diesen wichtigen Männern klarmachen könnte, dass er nicht sonderlich groß war. Er hatte noch keinen Wachstumsschub bekommen, und das war auch etwas, das nervte.

Um den Rand einer Box kam ein Kopf zum Vorschein, der rasch wieder verschwand. Dunkelbraune Augen, ein wippender Pferdeschwanz. Darilyn Hayes, was bedeutete, dass das andere nervige Mädchen, das auf der Ranch wohnte, auch da war. Denn wo Dare war, war auf jeden Fall auch Ginny Stone.

Ein weiterer Kopf kam kurz über dem oberen Rand der nächstbesten Box zum Vorschein, wie ein Präriehund, der kurz aus einem Loch guckte. Die schelmische Miene auf dem Gesicht seines besten Sommer-Freundes ließ in Tuckers Bauch Aufregung aufkommen.

Luke. Sie waren angeln und campen am Ufer des Big Sky

Lake gewesen. Vielleicht konnten sie dieses Jahr an den Heart Falls campen, schwimmen und ...

Die Hand seines Onkels auf seiner Schulter holte Tuckers Aufmerksamkeit zurück zu der Versammlung.

Die anderen beiden Männer musterten ihn, die Gesichter verkniffen, als würden sie versuchen, nicht zu lachen.

„Tut mir leid", sagte er rasch, richtete sich betont auf und schaute Mr. Hayes in die Augen. „Ja, Sir. Das würde ich sehr gerne tun."

„Bist du sicher, dass du mit den Tieren arbeiten möchtest? Ich höre, du stellst dich klug mit Computern an. Vielleicht gibt es da draußen einen anderen Job für dich. Irgendwas in der Forschung, wie deine Eltern ..."

„Nein, Sir", unterbrach Tucker, bevor er es verhindern konnte, und die Worte kamen ganz hoch und leicht quietschig heraus. Er räusperte sich, dann versuchte es noch einmal, ein wenig tiefer. „Ich will ein Ranch-Vorarbeiter sein wie Onkel Ashton."

Walter Stone grinste Ashton an, doch er neigte das Kinn. „Na, wenn du es lernen willst, lerne es von den Besten."

„Ja, Sir. Das ist mein Onkel."

Joseph Hayes rieb sich über den Mund, die leise Anmerkung, die er amüsiert an seinen Geschäftspartner gerichtet hatte, war fast nicht laut genug, dass Tucker sie hören konnte. „Ich habe da keine Einwände. Vielleicht färben seine Manieren auf deine Jungs ab."

„Vielleicht färben sie auf unsere Mädchen ab", schlug Walter vor. „Der Himmel weiß, wo Dare und Ginny diese Worte gehört haben, zu denen sie kürzlich Seilhüpfen gemacht haben. Übrigens, Deb hat es mir in die Schuhe geschoben, darum habe ich es dir in die Schuhe geschoben."

„Dass du überraschend noch mal Nachwuchs bekommst, macht dich ziemlich fies, Stone."

„Das ist nur die Rache für das Jahr, in der deine Zweite geboren wurde, als ich viel zu lange mit den ganzen nächtlichen Aufgaben sitzen blieb", erwiderte Walter. „Faulpelz."

„Idiot."

„Bevor vielleicht die Beleidigungen in einen Bereich eintreten, der uns alle in Schwierigkeiten bringt, könnten wir meinen Neffen einfach gehen lassen?", schlug Ashton vor, sein Unterton war erheitert.

Sie schnaubten alle drei, während Tucker von einem Bein auf das andere trat, seine Schar aus Freunden, zu denen inzwischen Walker und Ginny gehörten, winkte ihn wild von weiter hinten in der Scheune heran.

„Sieht aus, als wäre alles in Ordnung, junger Mann. Hör auf deinen Onkel und erledige deine Pflichten, wenn er es dir sagt. Denk dran, es ist die gemeinsame Anstrengung, durch die dieser Ort weiter läuft, ja? Kein Reiten ohne Aufpasser und kein Herumdrücken bei den neuen Pferden. Verstanden?" Walter Stone bot ihm die Hand, als wäre Tucker ein Erwachsener.

Tucker schüttelte sie feierlich. „Verstanden."

„Jetzt weg mit dir", sagte sein Onkel, rief dann lauter, während Tucker schon wegsprintete: „Glaubt bloß nicht, wir wussten nicht, dass ihr da seid. Ihr seid allesamt Tunichtgute."

„Wir lieben Sie, Mr. Stewart." Dieser süße Chor kam von Ginny und Dare, während Tucker an ihnen vorbeirannte und beinahe in Luke hineinprallte.

„Komm schon", drängte sein Freund.

Wie jedes Jahr, seit Tucker sich erinnern konnte, stiegen sie auf den Heuboden über der alten Scheune hinauf. Der Staubgeruch verwandelte sich von einer alten Erinnerung in eine brandneue Wirklichkeit, und bis sie über die kratzenden Ballen kletterten, grinste er schon.

Das war vielleicht der Ort, an dem er jeden Sommer verbrachte, aber das Gefühl in seinem Inneren war so viel mehr.

Die Ranch war das, was für ihn dem Himmel am nächsten kam.

„Hier drüben", flüsterte Luke, bedeutete ihnen, sie sollten ihm folgen, während er auf Händen und Knien durch einen Tunnel kroch, der beinahe drei Heuballen lang war.

Dunkelheit umgab Tucker, immer wieder stachen ihn Halme in die Arme und Schultern, und dann plötzlich schien die Sonne. Der Tunnel öffnete sich zu einer tiefen Ausbuchtung, die direkt an eines der Fenster in der Wand des Heubodens mündete.

„Das ist so cool." Tucker sah um sich herum, während Ginny, Dare und Walker einer nach dem anderen aus dem Eingang kamen, um sich ihnen anzuschließen.

Dare griff in einen kleinen Spalt zwischen den Ballen und zog eine grobe Decke heraus, die sie auf dem Boden unter ihnen ausbreitete. Sie setzten sich alle hin, Tucker lehnte sich an einen der Ballen. Er streckte die Beine vor sich aus, während er tief einatmete und seine sommerlichen Mitverschwörer musterte. „Hi."

„Ein neues Fohlen wurde vor zwei Tagen geboren", verkündete Ginny. „Und ich habe einen Wurf Kätzchen gefunden, von denen niemand sonst was weiß."

„Dad sagt, wir können an den Heart Falls campen, solange Caleb uns hilft, die Stelle auszusuchen", sagte Luke beinahe gleichzeitig, ohne auf seine kleine Schwester zu achten. „Caleb hat geholfen, dieses Versteck zu bauen. Dad sagt, dass Caleb für die Ranch ein echter Bonus wird, aber er ist immer noch ein supertoller großer Bruder, darum weiß ich, dass er uns hilft, wenn wir ihn drum bitten."

Walker stocherte an den goldgetönten Brettern an der

Wand neben dem Fenster herum. Er gab diese Aufgabe auf und drückte die Nase an das Glas, um in den Hof hinabzuschauen. „Ich habe Hunger."

„Ginny hat Kekse gebacken", ergänzte Dare hilfreich. „Hast du sie dabei?"

Ginny schniefte. „Natürlich."

Sie zog die Tüte aus ihrer Tasche, und in den nächsten paar Minuten, während sie sich unterhielten und auf den neuesten Stand brachten, teilten sie sich die leicht zerbröselten Keksteile mit Schokostückchen – sie hatte sich die Tüte in ihre Tasche geschoben, und es hatte ihnen nicht gutgetan, dass sie durch den Tunnel gekrabbelt war.

Aber für Tucker schmeckten ihre Krümel nach Sonnenschein. Zu Hause bekam er niemals selbst gebackene Kekse.

Was der Grund war, dass er, so gespannt er auch auf das Campen war, und so cool dieses Versteck auch war, und trotz allem, worauf er im Inneren brannte, es zu erleben, sich als erstes an Ginny wandte.

„Ich will die Kätzchen sehen."

Ihr rasches Lächeln war auch Teil von Silver Stone, von Erinnerungen und Glück. Sie krochen alle hinter Ginny durch den Tunnel, auf dem Weg zu ihrer ersten Katzensuche des Sommers.

In Tuckers Welt war alles an seinem Platz.

~

Im Juli vor sechzehn Jahren

Es GAB nichts Schlimmeres als gesagt zu bekommen, dass man etwas nicht haben konnte, beschloss Ginny Stone.

Ihre Mutter Deb beäugte sie genau und reichte ihr einen

weiteren Teller zum Spülen. Sie standen Seite an Seite an der Küchenspüle, wuschen das Geschirr vom Mittagessen. „Was für einen Unfug du auch gerade vorhast, hör sofort damit auf."

Ginny lächelte unschuldig. „Ich habe keine Ahnung, wovon du da redest, liebste Mutter."

Ein lauter Lachanfall war die sofortige Reaktion. „Ach, Süße, dir muss man so was von hinterher sein. Aber ich bin dir auf der Spur." Deb Stone beugte sich näher heran. „Ich liebe dich auch mehr, als du ahnst. Du bist in einer schwierigen Situation, und das verstehe ich. Aber du musst deinen älteren Brüdern derzeit ein bisschen Raum geben."

„Damit Luke losziehen und sich am Gesicht von Courtney Masseny festsaugen kann?" Ginny zuckte mit den Schultern. „Ich schätze, das will ich mir sowieso nicht anschauen."

Einen kurzen Augenblick lang blinzelte ihre Mom. „Courtney? Das habe ich nicht kommen sehen."

„Ach, bitte. Sie ist doch schon seit der dritten Klasse hinter ihm her", beschwerte sich Ginny.

„Und woher willst du das wissen?", fragte ihre Mutter sie mit echter Neugier.

„Wir fahren doch jeden Tag mit dem Bus, Mom. Die Fahrt zur Schule ist an sich schon eine Art Bildung", scherzte Ginny. „Das hat Caleb gestern gesagt, in diesem ‚ich bin älter und klüger als du'-Tonfall."

„Caleb *ist* älter und hoffentlich klüger als du." Ihre Mom schüttelte langsam den Kopf. „Zurück zu dem vor uns liegenden Problem: dein Bruder Luke, obwohl er ... sich an jemandes Gesicht festsaugt ... Du musst daran denken, dass zwischen dir und Dare und den Jungs im Augenblick ein großer Altersabstand liegt."

„Dieselben vier Jahre, die es bei Luke schon immer waren. Und nur zwei zwischen uns und Walker." Ginny grinste. „Ich weiß, Mathe ist nicht gerade meine Stärke, aber ich bin ziemlich sicher, dass ich diesen Teil schon raushabe."

„Der Himmel helfe uns, falls du wirklich jemals echte Buchhaltung machen musst", zog sie ihre Mom auf. „Ja, es sind dieselben vier Jahre, die es immer gewesen sind. Aber vier Jahre sind irgendwie etwas Magisches, wenn es ums Leben geht. Als Dustin geboren wurde, ist Shayla bereits drei gewesen. Sie haben damals nichts zusammen unternommen. Jetzt, da sie älter sind, spielen sie ein bisschen mehr, aber Shayla kann trotzdem viel mehr als er."

„Ich schätze, dieser Vortrag läuft irgendwann auf was raus." Ginny wich dem knallenden Küchentuch aus, mit dem ihre Mutter nach ihrem Hintern schlug. „Hey, das ist nicht fair. Ich bin nicht bewaffnet."

„Du bist klug, Mädchen, und dazu hast du noch einen neunmalklugen Mund. Lerne, wann du die beiden einsetzt", tadelte sie ihre Mutter. „Und die Moral der Geschichte ist, sobald du ganz erwachsen bist, bedeuten vier Jahre gar nichts, denn die Zeit zieht sich scheinbar zusammen, je alter älter du wirst. Aber jetzt im Augenblick bist du dreizehn. Die vier Jahre zwischen dir und Luke und Tucker bedeuten, dass du auf dieser Schwelle stehst, und sie sind da drüben. Lass sie eine Weile in Ruhe."

Ginny rechnete im Kopf nach. „Du sagst, ich soll sie jetzt allein lassen, aber sobald ich mal erwachsen bin, kann ich sie nerven, soviel ich will?"

Ihre Mutter verdrehte tatsächlich die Augen, bevor sie Ginny diesen *Blick* zuwarf. „Mach ruhig. Bis du erwachsen bist, hast du hoffentlich gelernt, wie man sich benimmt, und an wen man seine Zeit und Energie verschwendet. Sie können dir sagen, du sollst dich verziehen, wenn sie wollen."

Was bedeutete, wenn sie es richtig ausgerechnet hatte, dass

Ginny sieben Jahre lang warten musste. „Wenn ich also zwanzig bin?"

„Probier es mal mit einundzwanzig", sagte ihre Mom, die sie zu einer Umarmung heranzog. „Versuch nicht, zu schnell erwachsen zu werden, Süße. Ein Schritt nach dem anderen. Das ist die beste Art, irgendwas anzupacken."

Acht lange Jahre, bis sie erwachsen war. Ginny seufzte.

Na ja, in der Zwischenzeit hatte sie ihre beste Freundin Dare, und sie hatte viel Zeit mit ihren Brüdern und Tucker, in der sie normales lustiges Zeug überall auf der Ranch anstellen konnten.

Aber sobald sie erwachsen war, würde sie Tucker sagen, dass *sie* losziehen und sich hinter dem Schuppen küssen sollten. Wenn Courtney sechs Jahre auf Luke warten konnte – *igitt* –, konnte Ginny ein wenig länger auf Tucker warten.

Im Februar vor dreizehn Jahren

NOCH NIE HATTE Tucker eine solche Stille gespürt, wenn er im Ranchhaus von Silver Stone gewesen war. Es war nicht die Stille einer Scheune am Abend, mit kleinen Tieren, die sich behaglich bewegten. Keine Friedlichkeit, die von Leben und Potenzialen und täglicher Erneuerung flüsterte.

Es war die Stille des Todes und Verlusts und Schmerzes.

Sie hatten sie am gestrigen Tag begraben. Alle fünf, die in dem tragischen Autounfall das Leben verloren hatten. Walter und Deb Stone. Joseph Hayes, seine Frau Jacquie und ihre jüngste Tochter Shayna.

In nur einem Streich hatte der Tod Dares ganze Familie geraubt. Tucker tat das Herz weh beim Anblick der Sechzehnjährigen, die derzeit in eine Decke gehüllt war und sich in Calebs Arme schmiegte. Ihre vor Tränen nassen Wimpern lagen auf ihrer Wange, und sie atmete abgehackt. Sie wirkte verloren. Völlig verloren.

Caleb schaute Tucker über den Raum hinweg in die Augen. Nur vier Jahre trennten sie, aber mit vierundzwanzig war Caleb über Nacht älter geworden, als die Verantwortung für die ganze Familie direkt auf seinen Schultern gelandet war.

Der Tod hatte beide Stone-Eltern genommen. Die beiden Hayes, was bedeutete, dass jeder, der für die Ranch verantwortlich gewesen war, nun weg war.

Ashton war noch da, und er hatte alles Mögliche getan, aber er war der Vorarbeiter, nicht der Besitzer. Die Ranch gehörte jetzt Caleb, seinen Geschwistern und dem Mädchen mit dem gebrochenen Herzen in seinen Armen.

Das Haus wirkte unheimlich still, wenn Deb Stone nicht darin lachte, während sie in der Küche Befehle ausgab, oder aus dem Büro herüberrief, damit jemand ihr *bitte* eine Tasse Kaffee brachte, bevor sie vor Erschöpfung wegen der Buchhaltung in Ohnmacht fiel. Es war seltsam, in das Wohnzimmer zu schauen und nicht Walter Stone in seinem Lieblingssessel zu sehen, der leise mit einem von ihnen redete, auf diese nüchterne Art, die er hatte, die streng, gerecht und doch absolut liebevoll war.

Tucker hatte sich beeilt, für seine Freunde da zu sein – die Leute, die ihm mehr bedeuteten als sonst jemand auf der Welt. Aber nun, da er auf der Ranch war, hatte er keine Macht, um mehr zu tun, als sich mit Pflichten zu beschäftigen und gegen diesen Wust in seinem Inneren anzukämpfen, den er nicht verstand.

Mit zwanzig Jahren war es das erste Mal, dass der Tod auch nur in die Außenbereiche seiner Welt eingedrungen war. Er war völlig am Boden zerstört gewesen ...

Wie viel schlimmer mochten sich seine Freunde fühlen?

Luke saß am Tisch, den Rücken dem Zimmer zugewandt, und starrte an die Wand. Walker ging ruhelos in dem offenen Raum zwischen der Küche und dem Eingang hin und her. Der achtjährige Dustin saß Luke gegenüber, sein Gesicht hatte rote Flecken, während er stoisch versuchte, seine Tränen zu unterdrücken.

Ginny war …

Tucker schaute sich rasch um, fragte sich, wohin sie verschwunden war.

Als er sich umdrehte, entdeckte er die nicht ganz Sechzehnjährige in der Küche. Sie hatte die Kaffeemaschine herausgestellt und sie eingeschaltet. Der Inhalt des, wie es aussah, halben Kühlschranks lag vor ihr auf der Arbeitsfläche ausgebreitet.

Ihre Tante war im Raum, aber anstatt zu helfen, saß die ältere Frau neben ihrem Mann auf das Sofa, die beiden beäugten einander, als wollten sie den jeweils anderen drängen, sich zu beeilen und etwas zu sagen.

In der Zwischenzeit arbeitete Ginny. Ihr Gesicht angespannt, die Lippen verkniffen, und das war ein Unterschied wie Tag und Nacht im Vergleich zu ihrem normalen glücklichen Grinsen. Sie hatte Teller herausgestellt, und Sandwiches zum Mittagessen wurden vorbereitet.

Da. Etwas, bei dem er helfen konnte. Tucker ging durch das Zimmer und schloss sich ihr schweigend an.

Sie hielt nicht mal eine Sekunde inne, bevor sie in den Schrank griff und zwei riesige Karaffen herabholte. Sie neigte den Kopf zum Gefrierschrank. „Kannst du Schorle machen? Da drin ist Saft.“

Er drückte ihr kurz die Schulter, dann machte er sich an die Arbeit.

Im Wohnzimmer räusperte sich Frank Stone. „Das ist schwer, aber es wird nicht leichter werden. Heather und ich müssen bald los, also ist es Zeit. Wir sind bereit, euch zu helfen."

Calebs Stimme schien in der letzten Woche tiefer geworden zu sein. Ein harsches Knurren, das eiskalt war und fast schon an Unhöflichkeit grenzte, drang durch die Stille. „Das hast du mir schon gesagt. Danke für das Angebot, aber es ist unnötig."

„Du kannst es nicht allein machen", fiel ihm Heather scharf ins Wort. „Sei vernünftig, Caleb. Ich weiß, dass du trauerst, aber du musst dich den Fakten stellen. Es ist nur logisch, und es muss jetzt passieren."

Es war ja nicht, als könnte Tucker vermeiden, das mitanzuhören, obwohl es nach einer Privatunterhaltung klang. Nicht, wenn Heather die Worte beinahe schrie.

Keiner von ihnen konnte es ignorieren. Ginny hielt mitten im Stapeln der Sandwiches inne, ihr Blick hing an ihrer Tante.

„Wovon redet sie da?" Walker hörte mit dem Herumtigern auf, um sich zum Raum zu drehen. Eine Falte war zwischen seine Augenbrauen getreten, als würde er herausfinden wollen, was gerade zur Debatte stand.

Heather wedelte mit einer Hand, aber Caleb schnitt ihr das Wort ab. „Wir haben diese Unterhaltung bereits geführt, und ich habe Nein gesagt."

„Kleiner, du denkst nicht richtig", setzte Frank an.

„Er ist nicht dein Sohn", schoss Dustin zurück. Er sprang von seinem Stuhl auf und lief durch das Zimmer, um sich neben Caleb zu stellen, als wäre er bereit, ihn zu beschützen. „Er ist mein großer Bruder."

„Und er ist ein guter großer Bruder", sagte Heather, diesmal sanfter. „Aber du bist jung genug, dass du eine Mom und einen Dad brauchst, und genauso Ginny. Was der Grund ist, weshalb ihr beiden mitkommen werdet, um bei uns zu wohnen."

Chaos brach aus. Rufe und Fragen und sofortige Weigerungen.

„Ich werde nicht bei euch wohnen." Dustin stemmte die Fäuste in die Hüfte, auf eine Weise, die so sehr an Walter Stone erinnerte, dass Tucker noch einmal hinsah.

Frank Stone erhob sich und stieß mit dem Finger nach Dustin. „Du wirst dort leben, wo du sicher bist und man sich um dich kümmert." Der Finger zog weiter zu Dare, die fest blinzelte, die Hände in die Decke vergraben, während Caleb sie sanft zur Seite schob, damit er aufstehen konnte. „Sobald das Jugendamt dieses Hayes-Mädchen übernimmt ..."

„Was?" Ginny stürmte durch das Zimmer wie ein rachsüchtiger Geist, glitt vor ihre beste Freundin, um sie in eine beschützende Umarmung zu nehmen. „Dare verlässt uns nicht." Ihr Blick huschte zu Calebs Gesicht. „Auf keinen Fall. *Kann* sie nicht."

Caleb zog die beiden an seine Seite und drückte sie. „Still. Niemand geht irgendwohin. Wir sind eine Familie, und wir bleiben zusammen." Er nickte Dare zu, um sie in diese Aussage aufzunehmen. „Dare ebenso. Ich habe mit dem Jugendamt gesprochen, und mit Dare. Luke stimmt mir zu, was bedeutet, dass niemand wegmuss. Weder Dare, noch Ginny, noch Dustin."

„Nur die beiden", regte Ginny sich auf, funkelte ihre Tante und ihren Onkel an. „Ihr könnt gehen. Gleich jetzt, und kommt bloß nicht zurück."

Frank stieß die Hände vor, als würde Ginnys Anmerkung seine Sicht der Dinge beweisen. „Sieh dir an, womit du es zu tun haben wirst! Du wirst uns noch anbetteln, zu übernehmen, bevor der Sommer kommt, merk dir meine Worte."

Caleb atmete langsam ein, sein Stirnrunzeln wurde tiefer. Die Mädchen und Dustin klammerten sich an ihn wie ein zerfleddertes Seil an einen alten Zaunpfosten. Unstet, wacklig, doch so fest verknotet, dass sich nichts bewegen würde, außer jemand wandte eine Menge Zeit und Mühe auf, um sie loszuschneiden.

Luke ging hinüber, wo Tucker hinter Caleb stand. Walker schloss sich ihnen auf der anderen Seite an. „Wir werden helfen, uns um sie zu kümmern", sagte Luke leise, aber mit völliger Sicherheit.

„Also, wie Caleb schon sagte, nein danke", fügte Walker an.

Das war nicht das Ende der Beschwerden oder Drohungen, aber Caleb brachte Luke und Walker dazu, ihm zu helfen, und am Ende verlegten sich das Geschrei und der Streit nach draußen, während Tucker blieb, wo er war, und den Mädchen und Dustin dabei half, das Mittagessen fertigzumachen.

Schließlich setzten sie sich alle an den großen Familientisch.

Caleb starrte den Stapel Teller und Schüsseln an, die am üblichen Platz vor dem Stuhl ihres Vaters standen. Dem Stuhl, den Caleb nun besetzte.

Er schluckte schwer, neigte das Kinn, und dann, wie ein Mann, der sich für den Kampf breitmachte, nahm er die Suppenkelle und begann Portionen auszuteilen und sie herumzureichen.

Genauso wie es Walter Stone immer für seine Familie getan hatte.

Tucker schaute weg und wischte sich über die Augen, um die Kontrolle wiederzuerlangen, die ihm zu entgleiten drohte.

Caleb machte weiter, bis jeder von ihnen eine Schüssel Suppe und ein Sandwich hatte. Dann lehnte er sich zurück, sprach leise. „Das ist nicht das, was wir wollten, aber es ist, was wir bekommen haben. Und wir werden es zum Funktionieren bringen. Doch ich kann das nicht allein machen, und nicht nur mit Lukes Hilfe, oder der von Ashton. Wir müssen alle tun, was wir können.

Wir müssen es zusammen zum Funktionieren bringen. Wir müssen uns aufeinander verlassen, und das wird uns auch stark machen."

„Wir sind Stones", sagte Ginny überzeugt, auch wenn ihre Stimme ein wenig brach. „Wir sind steinhart."

Calebs Lippen krümmten sich zum ersten Lächeln, das Tucker in den letzten paar Tagen bei ihm gesehen hatte. „Wir sind Stones. Aber ich will nicht, dass wir nur Stones sind, hart wie Steine auf einem einsamen Berggipfel. Wir müssen immer noch Spaß haben, obwohl ich weiß, dass das jetzt gerade nicht leicht klingt." Sein Blick huschte zu Dustin. „Familien haben Spaß zusammen, und ich werde auf jeden Fall eure Hilfe brauchen, um mich daran zu erinnern."

„Steine kann man springen lassen", schlug Luke vor. „Steine kann man zu außerirdischen Wesen aufstapeln. Man kann Kunst aus Steinen machen."

Walker schaute finster drein. „Wovon redest du da?"

Luke zuckte mit den Schultern. „Caleb hat gesagt, wir Stones hätten Spaß. Er hat recht. Ich kann mir eine Menge Dinge vorstellen, wenn die Zeit dafür gekommen ist."

Vor sich sah Tucker, wie die Familie begann, sich wieder aufzurichten.

„Steinsuppe", schlug Dare vor. „Das ist eins meiner Lieblingsbücher."

„Es gibt ein Buch darüber, wie man Suppe aus Steinen macht?" Dustin wirkte entsetzt, warf einen Blick auf den Rest Suppe in der Schale vor ihm.

Ginny und Dare wechselten einen Blick, dann nickten sie fest.

„Ich wette, wir können dieses Buch aus der Bibliothek ausleihen", erklärte Ginny Dustin. „Sobald wir das tun, können du und ich Steinsuppe machen."

Das jüngste der Stone-Geschwister wirkte argwöhnisch, doch er nickte. „Okay."

Caleb legte Ginny eine Hand auf den Arm, drückte sie sanft, während er ihr ein zustimmendes Nicken schenkte.

Der Übergang hatte begonnen. Tucker atmete tief durch und hoffte, dass die Dinge auf bestmögliche Art weitergehen würden, den Umständen entsprechend.

An diesem Abend schlüpfte er aus den Räumen seines Onkels und kehrte zum Familienhaus zurück, um sich eine Tasche zu holen, die er vergessen hatte. Er trat durch die Hintertür ein, und ein leises Geräusch zog seine Aufmerksamkeit nach rechts.

Ginny stand in der Waschküche, ihre Schultern bebten. Riesige, stille Tränen kullerten über die Wangen.

Tucker zögerte nicht. Er ging direkt zu ihr und hielt sie dicht an sich gedrückt. Das war die kleine Beinahe-Schwester, mit der er jahrelang auf Abenteuer ausgezogen war. Diejenige, die beim Campen mit den Heringen Unfug gebaut und sein Fahrrad kaputtgemacht hatte. Die resolut gekämpft hatte, um mit jedem hirnrissigen Stunt mitzuhalten, den Luke und er versucht hatten, ganz gleich, dass sie einen halben Kopf kleiner war und halb so viel wog wie sie. Furchtlos, stur bis hin zum Risiko ...

Und jetzt weinte sie und sah ganz nach einem gebrochenen Herzen aus, und es brachte ihn um, denn es gab nichts, was er tun konnte, um es besser zu machen. Keine Worte, die er sagen konnte, keine Zusicherungen.

Sie rückte näher an ihn und presste ihr verweintes Gesicht an seine Brust. „Mir tut innen alles weh."

Es kam so zittrig heraus, dass es eher nach zwanzig Worten klang als nach fünf.

„Ich weiß", flüsterte er. „Ist schon in Ordnung, wenn es wehtut. Es ist in Ordnung, zu weinen. Teufel, es ist in

Ordnung, zu brüllen, wenn du das brauchst, aber das machen wir besser nicht im Haus, denn es würde vielleicht Dustin Angst einjagen.“

Sie bekam einen Schluckauf. Ein leises Lachen mischte sich unter die Tränen.

Er klopfte ihr auf den Rücken und hielt sie, stand in dem Zimmer mit dem sauberen Geruch, überall noch Erinnerungen an Deb, an Walter. Erinnerungen an ein Leben, das weg war.

Tucker stand da und hielt Ginny, und etwas in ihm verschob sich zu einem brandneuen Verständnis.

Silver Stone war nicht einfach nur ein Ort, an den er jeden Sommer zu Besuch kam. Das waren nicht nur Leute, die er für kurze Zeit in seinem Leben hatte, um dann weiterzuziehen. Der Verlust von Deb und Walter Stone bedeutete, dass man sah, wie viel wichtiger es war, nicht nur die Dinge zu schätzen zu wissen, die er hatte, sondern auch die Dinge zu schätzen, die er haben wollte.

Er wollte, dass seine Freundschaften stark blieben.

Er wollte Menschen wie die Stones für immer in seinem Leben.

Irgendwann später wollte er eine Beziehung, wie Walter und Deb sie gehabt hatten. Nicht eine kalte und kaputte wie die seiner Eltern, auf der Basis von endlosen unglücklichen Kompromissen.

Ginny holte ein weiteres Mal zitternd Luft, bevor sie ihre Umarmung löste. Sie ließ den Kopf an seine Stirn gestützt, starrte auf den Boden. „Tut mir leid, dass ich so die Kontrolle verloren habe. Das mache ich nicht noch mal.“

„Verdammt, Ginny.“ Tucker hob ihr Gesicht zu seinem, musterte sie genau. Dort standen Tränen, aber auch Entschlossenheit. Als würde sie sich auf die nächste Schlacht vorbereiten, was immer es sein würde. „Du musst nicht die ganze Zeit stark sein.“

„Doch", beharrte sie. „Ich werde nicht zulassen, dass meine Familie sich auflöst. Ich werde Mom und Dad nicht enttäuschen." Stark wie ihr Name. Ginny trat zurück und wischte sich mit dem Handrücken über die Augen. „Ich *werde* das schaffen. Das siehst du schon."

In diesem Augenblick wusste Tucker, dass jeder, der dachte, er könne ihr im Weg stehen, bald merken würde, dass er sich ziemlich irrte.

Er hätte um nichts in der Welt gegen sie gewettet.

1

Heute, Heiligabend, Silver Stone Ranch

Nach so langer Zeit weg von Heart Falls war der Abstecher unwiderstehlich. Statt direkt nach Hause zu gehen, bog Ginny Stone auf dem Highway ab, der zu ihrem liebsten Aussichtspunkt führte. Sie parkte ihren gemieteten Truck und stapfte durch den kniehohen Schnee zu der Bank, die teilweise in einer Schneewehe vergraben war.

Während sie nach Westen schaute, sah sie die namensgebenden Wasserfälle der Stadt in all ihrer winterlichen Pracht. Es war kalt genug, dass der Nebel, der von den Fällen aufstieg, zu wunderbaren spitzenartigen Gebilden gefroren war. Unter dem Eis floss das Wasser immer noch schnell genug, um den See am unteren Ende der Wasserfälle offenzuhalten. Der Rest glitzerte, als das nachlassende Sonnenlicht sich auf der glatten, eisigen Fläche spiegelte. Ein tiefes Grollen ließ die Luft erbeben, anstelle des Donners, der im Sommer hier zu hören sein würde, aber es war vertraut, und darum war es süß.

Süß und seltsam gleichzeitig.

Ginny war in den letzten drei Jahren kaum mehr als fünfmal hier gewesen. Sie hatte Pausen von ihrer längeren Ausbildung in Europa gemacht, um auf Hochzeiten zu gehen, für ein paar wichtige Geburtstage zu Hause zu sein und sicherzustellen, dass sie weiterhin krankenversichert blieb.

Seit Juli war sie wieder Vollzeit zurück auf kanadischem Boden, aber statt nach Hause zu kommen, war sie drei Stunden nach Norden gereist und hatte in Rocky Mountain House Halt gemacht, um ihrer Ziehschwester Dare zu helfen, mit neugeborenen Zwillingen zurechtzukommen.

Ginnys Blick wurde nach Osten gezogen. Zu den großen Scheunen und Reitplätzen, die die eigentliche Silver Stone Ranch darstellten. Die riesige Ranch, die ihre Eltern gegründet hatten, die der Verantwortung all ihrer Kinder unterlag, damit es weitergehen konnte. Die letzten sechs Monate war sie zu Kurzbesuchen da gewesen, hatte Zeit mit ihren Nichten und ihrem Neffen verbracht und versucht, ein Gefühl für die veränderte Dynamik auf der Ranch zu bekommen, nun, da ihre älteren Brüder alle geheiratet hatten.

Kurze Besuche, die gleichzeitig fröhlich und beunruhigend gewesen waren. Aber jetzt war sie *offiziell* zurück. Sie war zu Hause.

Zu Hause. Was bedeutete das überhaupt noch?

Wie ein größeres Kind, das an seine Grundschule zurückkehrte, fühlte sich Ginnys Welt gleichzeitig sehr viel kleiner und sehr viel größer an, als sie es noch vor einer Woche gewesen war.

Ihre Uhr gab einen Alarmton ab, und sie riss sich los und ging zurück zu ihrem Truck. Es war beinahe Essenszeit an Heiligabend, und sie musste weiter.

Das Ranchhaus sah von außen genauso aus wie eh und je, bis auf die Anzahl von Fahrzeugen, die vorne parkten. So viele hatte Ginny nicht erwartet – tatsächlich hatte sie gehofft, sich einfach ohne großes Theater wieder einfinden können.

Die Lautstärke aus dem Inneren des Hauses war erstaunlich. Aber der Ort war warm und roch himmlisch, also schob Ginny sich hinein und schlüpfte rasch in der Garderobe aus ihren Stiefeln.

Dann stand sie da und schaute einen Moment lang nur zu.

Die meisten Gesichter erkannte sie. Obwohl sie weg gewesen war, war es ihr wichtig gewesen, Teil der Familie zu bleiben. Mit FaceTime-Anrufen und Fotos in Textnachrichten hatte sich Ginny über die Veränderungen auf dem Laufenden gehalten, oder es zumindest versucht.

Trotzdem war es nicht dasselbe, wie dort zu sein.

Als erstes machte ihr Blick sich auf die Suche nach ihren Brüdern. Die vier testosterongesteuerten Wesen, die ihre Jahre des Aufwachsens herrlich und höllisch gemacht hatten. Eigentlich typische Geschwister.

Walker sah sie nicht, den Bruder, der ihr altersmäßig am nächsten stand, was auch sinnvoll klang, den seine Frau Ivy war kein großer Fan von Menschenmengen. Aber die anderen drei waren gleich da, mitten im Getümmel.

Caleb, derjenige, der es übernommen hatte, sie vor vielen Jahren aufzuziehen, lächelte doch tatsächlich, während er den riesigen Familientisch deckte. Der zweitälteste Bruder Luke und seine Frau Kelli halfen ihm.

Calebs Frau Tamara und ihre drei Schwestern waren alle in der Küche. Ihre Männer besprachen begeistert etwas im Wohnzimmer, während Ginnys kleiner Bruder Dustin sich zu ihren Füßen herumrollte, scheinbar in Todeszuckungen keuchte, während ihre beiden Nichten ihn auf den Boden nagelten und kitzelten.

Die Anspannung in Ginny löste sich ein klein wenig. Vielleicht war sie ja nicht sicher, was sie als nächstes tun sollte, aber sie war absolut sicher, dass das der Ort war, an dem sie es tun sollte.

„Tante G, du bist da, du bist da, du bist *da*." Emma, der kleine blonde Engel, der Ginnys jüngste Nichte war, kam auf die Beine und raste durch das Zimmer.

Dustin keuchte, als wäre sie vielleicht ein wenig zu sorglos aufgetreten, aber Ginny konnte das dann auch nicht mehr sehen, denn Emma war hochgesprungen, um sich an sie zu klammern wie eine Klette.

Riesige Schluchzer kamen von dem kleinen Mädchen, ihr Gesicht an Ginnys Hals vergraben.

„Du kannst *nicht* wieder weg, nicht für eine sehr, sehr lange Zeit."

Die Traurigkeit in den Worten war da, aber was Ginny am meisten traf, war die Freude darüber, zu hören, dass ihre früher so stille Nichte so ausdrücklich laut war. „Ach, Kleine. Ja, ich bin zu Hause, und ich habe vor, zu bleiben."

Ein feuchtes, aber etwas fröhlicheres Schniefen folgte auf ihre Ankündigung. Ginny schaute über Emmas Schulter, noch während sie dem kleinen Mädchen tröstend auf den Rücken klopfte.

Alle im Raum hatten sich zu ihr gewandt. Nichte Nummer 2, Sasha, stand in der Nähe. Die fast schon Jugendliche streckte die Arme zu einer Umarmung und einem Kuss aus, und eine weitere tränenreiche Begrüßung folgte.

Es war die allerbeste Art von Chaos.

Erst nach dem Abendessen versuchte Ginny, aus dem Rest des überbevölkerten Zimmers schlau zu werden. Tamara und Caleb zogen sie zur Seite, während alle anderen in eine gemütliche Routine verfielen, um sauber zu machen und die abendlichen Aktivitäten vorzubereiten.

„Ich habe mir nicht die Mühe gemacht, dir eine Nachricht zu schreiben und mitzuteilen, dass die Horde vor dir ankommen würde", gab Caleb zu. „Ich dachte mir, du musst ja sowieso nach Hause, und ein paar zusätzliche Leute würden dir keinen Schrecken einjagen."

„Ein *paar*?" Ginny zählte die Leute, als gerade ein weiteres Paar hinten an der Tür herankam. Ein fröhlicher Ruf stieg von Luke auf, der hinrannte, um die Neuankömmlinge zu begrüßen, Kelli direkt hinter ihm.

„Es war eben der perfekte Sturm", sagte Tamara. „Das sind Diane und Jack. Sie wohnen über die Feiertage bei Luke und Kelli. Meine Schwestern sind heute Abend hier, und mein Dad, denn die Familien meiner Schwager haben alle Pläne in letzter Minute gefasst – um die Details machen sie sich keine Sorgen. Es ist ein totales Chaos, aber im Grunde ist unser Haus rappelvoll."

„Aber wir freuen uns, dass du zurück bist", beharrte Caleb, der aufstand, weil jemand von den weniger vertrauten Männern im Raum nach ihm rief. „Wir sprechen morgen mit dir über deine Pläne. Oder übermorgen. Aber bald. Wir haben Neuigkeiten, die wir mit allen teilen müssen."

Er war weg, bevor sie noch weiter nachstochern konnte. Ginny beäugte Tamara, die zurückgeblieben war. „Bist du schwanger?"

„Halt den Mund", sagte Tamara trocken. „So masochistisch bin ich nicht, dass ich *das* noch mal mitmache. Nein, es sind gute Neuigkeiten anderer Art, aber du wirst warten müssen, bis wir nur noch die direkte Familie sind."

„Ich bin die Geduld in Person", sagte Ginny träge.

„Gut, denn ich bin so weit zurück mit meiner Weihnachtsvorbereitung, dass es nicht mal spaßig ist. Wir müssen die Kinder ins Bett bringen, bevor wir den Baum aufstellen können, und da alle unerwartet die Burg gestürmt haben, wird es dafür ein Weihnachtswunder brauchen."

„Oder einen echt tollen Elf, der sich als Tante verkleidet." Das würde Ginny nur zu gern tun. „Lass doch mich die Mädchen übernehmen. Es wird Spaß machen, sich auf den neuesten Stand zu bringen, und ich kann sie beschäftigt halten, bis sie ins Bett wollen."

„Wenn du dir sicher bist, wüsste ich das zu schätzen. Sasha und Emma werden begeistert sein." Tamara beäugte ihren achtzehn Monate alten Sohn, der derzeit auf dem Schoß seines Opas saß und fest blinzelte, weil er unbedingt wach bleiben wollte. „Zum Glück wird der schon bald schlafen."

Die nächsten paar Stunden verfiel Ginny zurück auf das immer noch vertraute, doch brandneue Gefühl, sich um ihre Nichten zu kümmern.

„Onkel Walker hat angerufen. Er sagte, Santa hat in seinem Haus Geschenke für uns hinterlassen", setzte Emma sie in Kenntnis, während sie sich auf ihrem Bett niederließen und an Anziehpuppen in festlicher Kleidung arbeiteten. „Er und Tante Ivy werden sie morgen rüberbringen."

„Das ist gut. Ich bin sicher, manchmal ist Santas Schlitten ein wenig überladen."

Sashas Gesicht ging durch eine Reihe seltsamer Regungen, ihre Lippen verzogen sich, als hätte sie Mühe damit, sich nicht einzumischen.

Und natürlich, sobald Emma ins Bad geschlüpft war, huschte Sasha an Ginnys Seite und senkte die Stimme zu einem bloßen Flüstern. „Diese ganze Sache mit Santa ist ein alter Hut für mich. Ich meine, der Teil, dass er jedermann ist, und kein echter Mensch. Aber ich bin mir nicht sicher, ob Emma es schon rausgefunden hat, also *pssst*. Ich will es ihr nicht verderben. Okay?"

Sie drückte sich einen Finger an die Lippen und nickte entschieden.

„Ich würde kein Wort rauslassen", versprach Ginny. „Ich bin gut darin, Geheimnisse zu wahren."

Die Unterhaltung wandte sich der morgigen Aufregung zu, und dass sie nicht nur am Vormittag von Mama und Papa Geschenke bekommen würden, sondern auch ihre Freundin Talia zum Geschenketausch rüberkommen würde – es war alles sehr aufregend, und Ginny liebte die Zeit, in der sie sich einfach mit den Mädchen entspannen konnte.

Sie hatte immer wieder mal Zeit mit ihnen verbracht, seit sie kleine Babys gewesen waren, aber dass sie drei Jahre lang weg gewesen war, bedeutete, dass sie eine Menge großer neuerer Veränderungen verpasst hatte. Herauszufinden, wer sie jetzt waren, war wunderbar und ehrfurchtgebietend.

So viel, was sie neu lernen musste. So viel herauszubringen.

Endlich gingen die Lichter aus, die Gutenachtküsse waren durch, und Ginny schloss sich der Schar im Wohnzimmer an und half, den Baum aufzustellen, wie es die Tradition der Stones vorschrieb. Im Raum wurde immer wieder gelacht, aber es waren so viele Leute, dass sie sich mühelos im Hintergrund halten konnte. Was bedeutete, dass sie mehr Zeit mit dem Beobachten verbrachte, und weniger damit, jemandem ihre Pläne mitzuteilen.

Erst als sie das dritte Gähnen in weniger als fünf Minuten bei sich feststellte, suchte Ginny ihre Schwägerin und ließ sie leise wissen, dass sie unterwegs ins Bett war.

„Ähhh, was das betrifft." Tamaras Lächeln wirkte ein wenig gequält. „Ich sage das nur sehr ungern, aber in dieser Pension ist kein Zimmer mehr frei."

Ginny hielt inne. Sie hatte in ihrem alten Zimmer im Keller übernachtet, die letzten paar Mal, als sie zu Besuch gewesen war, aber es gab immer noch eine Menge Gäste, die sich herumtrieben. „Willst du, dass ich bei Dustin im Häuschen schlafe?"

Ihre Schwägerin schüttelte den Kopf. „Er hat die nächsten beiden Wochen einen Freund zu Besuch. Du musst doch nicht mit ein paar Zweiundzwanzigjährigen rumhängen. Außerdem haben Luke und Kelli Freunde da, die bei ihnen übernachten, und die Mitarbeiterunterkünfte sind alle voll. Lange Rede, kurzer Sinn: Wäre es dir recht, wenn du in einem der Anhänger übernachtest? Der neben der südlichen Scheune ist sauber, und es ist Bettzeug drin." Sie verzog das Gesicht. „Ich bin nicht sicher, ob schon jemand dazu gekommen ist, das Bett tatsächlich zu machen."

„Damit komme ich klar", versprach Ginny. Sie legte ihrer Schwägerin eine Hand auf den Arm. „Schon okay. Ich gehöre zur *Familie*. Du musst mich nicht wie einen Gast behandeln."

Tamara nahm sie in eine innige Umarmung: „Ich freue ich darauf, dich besser kennenzulernen. Ich habe es immer genossen, wenn wir bisher mal Zeit miteinander verbringen konnten."

„Ich auch", sagte Ginny aufrichtig. „Außerdem müssen wir uns in Calebs Anwesenheit daran erinnern, wie du ihn total krass niedergerungen hast, als ihr euch zum ersten Mal begegnet seid."

Tamaras Lachanfall kam von Herzen, und Ginnys Optimismus kehrte zurück. Vielleicht wäre es leichter, als sie sich erhofft hatte, wieder in den Schoß der Familie zu finden.

Aber sie war froh, dass sie ein paar Minuten später flüchten konnte. Weg vom rumpelnden Gelächter und der schlichten Anwesenheit von Menschen, zurück in die Stille der Winternacht. Ginny schnappte sich ihren Rucksack aus ihrem Truck und ging langsam los, betrachtete all die sichtbaren

Veränderungen an dem Ort, an dem sie aufgewachsen war, den sie aber jahrelang hinter sich gelassen hatte.

Der Anhänger, zu dem Tamara sie zum Schlafen geschickt hatte, war ein neuerer, ordentlich neben dem Schuppen im Süden geparkt. Knapp unter zehn Meter lang und robust, aber doch auch gemütlich.

Drei Ziegen in ihrem Verschlag in der Nähe beobachteten sie mit heftiger Neugier, und Ginny salutierte im Vorbeigehen vor ihnen. „Ich grüße euch, Genossen beim Unruhestiften."

Sie öffnete und schloss die Tür des Anhängers so leise wie möglich. Man musste die Ziegen ja nicht wissen lassen, dass sie Nachbarn waren, denn die Höllentiere würden eine Möglichkeit finden, auszubrechen und sie des Nachts heimzusuchen.

Der Anhänger roch seltsam gut. Sie hatte erwartet, dass die Luft etwas schal sein würde, darum war der ungewöhnliche Geruch sowohl eine Erleichterung als auch ein Rätsel. Bergamotte? Kaffee? Auf jeden Fall beides, aber noch etwas anderes Vertrautes, an das sie sich vage erinnerte ...

Müde genug, dass sie einfach nur zusammenbrechen wollte, hielt Ginny im kleinen Wohnbereich an, um sich fertigzumachen. Sie zog sich die Hose aus, nahm den BH unter ihrem Top ab, sodass sie nur in ihrem Oversize-Tanktop schlafen konnte.

„Freiheit", murmelte sie leise, holte tief Luft und genoss den fehlenden Druck der BH-Riemen auf den Schultern. Große Brüste waren manchmal buchstäblich schmerzhaft. „Ich muss mich hinlegen."

Ihre Augen hatten sich an das schwache Leuchten angepasst, das durch das Fenster von der Hofbeleuchtung hereinfiel, darum machte sie sich nicht die Mühe, das Licht anzuschalten. Sie schlurfte zum Schlafbereich, plötzlich aufmerksam, als ein merkwürdiges, unpassendes Geräusch in ihre Richtung grollte.

Ginny spähte vorsichtig um die Ecke.

Heilige Scheiße.

Das Bett hatte tatsächlich Bettzeug, wie Tamara ihr gesagt hatte, aber es war durcheinander, über der langen, muskulösen Gestalt eines Mannes zu einem Haufen zusammengeballt. Sein Gesicht lag nach unten, den Hauptanblick bot sein Hintern. Der Hauch Angst, der sich eingeschlichen hatte, verschwand.

Ginny kannte diesen rätselhaften Mann.

Vor ihr lag Tucker Stewart, Neffe des alteingesessenen Vorarbeiters von Silver Stone, Kumpel bei allerlei Unfug ihres älteren Bruders Luke während der Sommermonate, als sie aufgewachsen waren, und ihr persönliches Kryptonit.

Sie sollte wirklich zurückgehen und sich einen anderen Schlafplatz suchen.

Was sie allerdings tat, war viel, viel zu lange reglos dazustehen.

Die Zeit hatte ihn nur noch köstlicher gemacht. Sein Gesicht war zum Großteil ins Kissen gedrückt, aber seine Lippen waren sichtbar. Stark und voll, leicht geöffnet, und ein leises Grollen, das nur ein wenig wohlwollender Mensch als Schnarchen bezeichnet hätte, kam daraus hervor.

Sie brauchte seine Augen nicht zu sehen, um sich an die hellblaue Farbe zu erinnern. Musste ihn nicht wach sehen, um sich an sein viel zu kurzes Lächeln erinnern zu können, immer von einem Funkeln im Blick begleitet, als wäre er überrascht, dass sie ihm eine andere Miene als seine übliche grummelige Visage entlockt hatte.

Nein, ihre Erinnerungen malten ausreichend Bilder der Teile für sie, die sie nicht sehen konnte. Und was sie sah?

Heilige Mutter. Tucker hatte Muskeln bekommen in den vier Jahren, seit sie ihn zuletzt gesehen hatte.

Trizeps, sogar im Schlaf definiert, seine sichtbaren Unterarme mit einer feinen Schicht hellbrauner Haare besetzt. Seine große Hand drückte sich in die Matratze, wo seine starken Finger ausgebreitet waren, als wären sie bereit, sich um ihre Brust zu schließen.

Seine großen, talentierten Hände. Hände, die Ginny gern überall über sich streifen spürte. Breite Schultern, in die sie die Nägel gegraben hatte, als sie zusammen auf einen verschwitzten, schmutzigen, überragend lustvollen Höhepunkt zugerast waren.

Die Krümmung seiner Hüfte lockte sie, ein Oberschenkel war hochgezogen, um die empfindlicheren Körperteile zu schützen. Die schattige Höhlung, die seine Lende verbarg, brachte sie zum Lächeln und ließ sie die Aufmerksamkeit höher auf den Star der Show richten. Seinen Arsch, die Decke weit genug zur Seite geschoben, dass sie jedes muskulöse Grübchen sehen konnte, und die gerade Reihe von Punkten – Narben auf seiner rechten Arschbacke.

Woran sie ihn erkannt hatte. Ähm.

Sie hatte es nicht nur genossen, diesen nackten Arsch schon mal ganz aus der Nähe gesehen zu haben, sondern sie war sogar dabei gewesen, als ihr älterer Bruder Luke Tucker diese Narbe verpasst hatte. Zwölfjährige, die so taten, als würden sie ein magisches Duell austragen, und Tucker hatte auf Lukes Zauber eifrig reagiert, indem er sich nach hinten geworfen hatte, und war unwillentlich mit vollem Schwung auf einem Rechen gelandet.

Er war nicht mehr dieser Junge. Auch nicht der Teenager, dem sie gefolgt war wie ein liebestoller Welpe. Nicht mal der ernste junge Mann, den sie schließlich überzeugt hatte, dass sie erwachsen genug war, um zu wissen, was sie wollte – und dazu gehörte wilder, unersättlicher Sex mit ihm.

Lange, hagere Linien, nackte Haut, die sie berühren wollte …

Sie hatte wohl ein Geräusch von sich gegeben, denn er wachte auf. Sein Körper spannte sich an, was wunderbare Dinge mit seinem Arsch anstellte.

Er rollte sich herum. Ginny zwang sich dazu, den Blick von dem verführerischen Häppchen zu wenden – oder *Brocken*. Das war kein Häppchen –, das nun auf dem Vorzeigetablett lag, und schaute ihm stattdessen in die Augen.

Tucker blinzelte, dann blinzelte er noch einmal, während ein düster schwelender Blick auf sein Gesicht trat.

„Ginny Stone. Na, sieh mal einer an. Frohe Weihnachten für mich!"

2

Was für ein verführerisches Geschenk, das da auf seiner Türschwelle aufgetaucht war.

Tucker Stewart rollte sich hoch und nahm sich Zeit, um die Vision zu genießen, die reglos im Eingang seiner Schlafnische im Anhänger stand.

Üppig, war das erste Wort, das ihm kam, gefolgt von *wunderschön* und dann *verflixt und zugenäht*, denn er saß komplett in der Scheiße, und es ging immer weiter nach unten.

Es war drei Jahre her, dass er sie zuletzt persönlich gesehen hatte. Seit er acht Jahre alt gewesen war, hatte er den Großteil seiner Sommer auf der Silver Stone Ranch verbracht, theoretisch, um bei seinem Onkel zu sein. Die Wahrheit war vermutlich sehr viel komplizierter, aber es hatte dazu geführt, dass er Jahre gehabt hatte, um Freundschaften mit den Stone-Kindern aufzubauen. Besonders mit Luke und Walker, aber auch mit der vier Jahre jüngeren Ginny und ihrer besten Freundin Dare.

Ein paar Jahre in der nicht allzu fernen Vergangenheit

hatte sich mit der Frau vor ihm etwas sehr viel Körperlicheres als eine einfache Freundschaft entwickelt.

Bilder von Ginny waren in den letzten paar Jahren genug auf seinem Handy aufgetaucht, in Nachrichten, die Luke oder Walker weitergeleitet hatten, während sie versucht hatten, ihn damit auf dem Laufenden zu halten, was ihre kleine Schwester anstellte, und wo. Die Nachrichten hatten bei ihm zu Sehnsucht und Glücksgefühlen geführt. Bis auf die Zeit, in der sie sich die Haare in einem gottserbärmlichen rosaroten und weißen Farbton gefärbt hatte, und er nur daran hatte denken können, dass er sie schütteln und ihr sagen wollte, sie solle aufhören, ihre Vollkommenheit verschandeln zu wollen.

Zum Glück waren ihre Haare jetzt wieder in ihrem natürlichen Braunton, lagen lang und gewellt um ihre blassen Schultern.

Waren natürlich, genauso wie die vollen, schweren Brüste, die sich an den dünnen Stoff ihres Tanktops drückten. Er ließ den Blick weiterziehen, bevor er noch von ihren Nippeln hypnotisiert wurde, die unter dem Stoff hart wurden.

Das Top endete gleich unter ihren Hüften, das eisige Blau ihrer Unterwäsche lugte darunter hervor wie ein sexy X, das den Schatz markierte.

Lange Beine mit großzügigen Kurven und Muskeln bis ganz nach unten, wo der blassrosa Lack auf ihren Zehen betonte, wie zart ihre Füße waren.

Verdammt sollte er sein, wenn er sie nicht einen Bissen nach dem anderen verzehren wollte. Er würde unten anfangen, sich eine ganze Weile in der Mitte verlieren, sich dann an ihren vollen Lippen gütlich tun, wenn er es so weit schaffte.

Einem Mund, der sich langsam krümmte, je länger er hinsah.

Sie verschränkte die Arme vor dieser herrlichen Brust und schaute ihm ins Gesicht. „Ich bin mir ziemlich sicher, dass meine Schwägerin nicht geplant hat, dass ich in meinem Bett einen nackten Mann vorfinde. Entweder das, oder sie ist mir nun der liebste Mensch der ganzen Welt."

„Was für eine Schwägerin?"

„Tamara."

„Sie weiß vermutlich nicht, dass ich hier bin", gab Tucker zu. Erheiterung war etwas Gefährliches, aber wenn Ginny da war, war das Gefühl ziemlich unvermeidlich. Die verdammte Frau hatte so eine Art, mit der sie ihn alle geistige Klarheit verlieren ließ. „Macht es dir was aus, wenn ich mich anziehe, oder hast du vor, dich mir anzuschließen?"

Das hatte er als Witz gemeint, aber an der Art, wie ihre Augen aufleuchteten – *Scheiße*.

Nein. Das würde er gleich im Keim ersticken ...

„Geh zurück, Ginny, und lass mich was anziehen", befahl Tucker.

Stattdessen trat sie näher, ihr Blick senkte sich auf gefährliches Terrain. „Aber ich bin schon bettfertig."

Die heiseren Worte strichen so fest über seinen Schwanz, als hätte sie ihre Hände benutzt.

Verflixt. Ohne auf die Tatsache zu achten, dass er splitterfasernackt war, bewegte er sich entschlossen. Warf die Decke zurück und rutschte zu ihr. Einen Augenblick später war er aufgestanden, ihre Oberkörper berührten sich. Das bedeutete, dass sein sofort steifer Schwanz sich in ihren weichen Bauch drückte, und er an Zeiten und Orte erinnert wurde, zu denen es nie hätte kommen sollen.

Aber verdammt sollte er sein, wenn er sich nicht viel, viel zu oft an sie erinnerte.

Kontrolle. Bekomm dich verdammt noch mal unter Kontrolle.

Er nahm sie an den Schultern und hielt sie genau dort fest, Haut an Haut, Hitze an Hitze. Es war die allerköstlichste Qual.

Besonders, als sie ihn mit diesem Hauch aus Herausforderung und Übermut ansah, der bei ihm genau ins Schwarze traf.

„Es wäre schon ein verdammt vollkommener Abend, wenn ich dich unter mir liegen haben könnte. Sag nur Ja, und wir tun es." Tucker strich mit den Fingerknöcheln langsam über ihre Wange, dann fuhr er mit der Fingerspitze ihren üppigen Mund nach. „Nur dass du dann lieber mal hoffst, dass aus der Familie niemand auf die Idee kommt, hier vorbeizuschauen, denn ich werde ihnen nicht ins Gesicht lügen, wenn man uns erwischt, wie wir auf der Matratze rumturnen. Das zwischen uns halten wir nicht mehr verdeckt."

Das Seufzen, das ihr entschlüpfte, schüttelte ihren ganzen Körper durch, aber sie tat zurück und ließ ihn vorbei. „Du spielst ganz schön fies", beschwerte sie sich.

„Du bist diejenige, die richtigerweise darauf beharrt hat, dass alles, was wir getan haben, nur uns was angeht, und niemanden sonst", rief er ihr in Erinnerung. „Aber Geheimnisse bleiben nicht geheim, wenn man uns *in flagranti* erwischt."

„Du hast recht. Hör aber mal auf, mit deinem verdammten Intellekt anzugeben." Doch sie kicherte, den Blick immer noch fest auf ihn gerichtet, während er sich eine alte Jogginghose anzog, die als Schlafanzughose würde dienen müssen. „Siehst gut aus, Tucker."

Er schnaubte. „Hör auf, meinen Verstand zu objektivieren."

„Ha. Das ist doch der Geringste deiner Vorzüge, und das weißt du auch."

„Dir gefällt das volle Programm?"

Sie stieß einen sehnsüchtigen Seufzer aus. „Jedes verdammte Mal."

Sie grinsten einander an, und als er die Arme weit öffnete, stürzte sie sich hinein, diesmal quietschte sie wie ein kleines

Mädchen. Dieser Kontakt war nicht sexy, sondern wieder ganz auf der Spur von *Freunde und Familie*, und genau das, was sie brauchten.

Genau das, was Tucker verabscheute, dass sie es brauchten.

Dass er hier war, hatte ein Gutes, nämlich, dass es ihn näher daran brachte als je zuvor, dieses Possenspiel zu berichtigen, das besagte, dass bei ihm und Ginny mehr als nur Spaß im Geheimen tabu war. Er brauchte aber ein bisschen mehr Zeit, um seinen Geheimplan auf den neuesten Stand zu bringen, bevor er etwas sagte.

Es hatte keinen Sinn, es zu übereilen, bevor er alles ordentlich in Reih und Glied hatte.

Ginny legte den Kopf an seine Brust. „Ich hab dich vermisst, du Idiot. Du bist furchtbar darin, Kontakt zu halten."

„Ich? Du bist diejenige, die auf der anderen Seite der Welt war. Ich habe nicht die Zeitzonen und diesen ganzen Schwachsinn durcheinandergebracht."

Sie drückte ihn wieder, dann setzte sie sich auf den Stuhl, der an der Wand stand. „Was machst du denn hier? Und ich meine nicht den Anhänger, sondern die Ranch?"

„Ein Technikfehler." Er ließ sich um die Ecke von ihr nieder, griff in seine Sporttasche und zog einen Pulli heraus. Er redete weiter, während er ihn sich über den Kopf zog. „Onkel Ashton hat um drei Uhr nachts eine Nachricht geschickt, in der stand, dass ich meinen Arsch, so schnell ich kann, hier rüber schwingen soll."

Ginny blinzelte überrascht, ihre Miene verlegte sich sofort auf Besorgnis. „Geht es ihm gut? Ich habe ihn im Haus nicht gesehen, aber das war ja nichts Ungewöhnliches. An Weihnachten ist er normalerweise da, aber am Heiligabend nicht."

„Ihm geht's gut", versicherte ihr Tucker. „Na ja, etwas weniger gut, nachdem ich ihn angebrüllt habe."

Es war extrem seltsam gewesen. Tuckers Handy schaltete sich zwischen Mitternacht und fünf Uhr ab, nur nicht für Notfallkontakte, und sein Onkel war einer der wenigen, die an ihn rankamen, ganz gleich, was war.

Ginny gehörte auch dazu, aber das würde er ihr jetzt nicht sagen.

„Ich habe versucht, mich mit ihm in Verbindung zu setzen, aber es kam keine Antwort. Nach einer halben Stunde Herumprobieren dachte ich mir, dass ich auch gleich losfahren könnte. Ich habe bis sechs Uhr gewartet, um mit Luke Kontakt aufzunehmen, was bedeutete, dass ich schon beinahe vier Stunden gefahren bin.“

„Du bist seit heute früh den ganzen Weg von Winnipeg hergefahren?“ Ginny schüttelte den Kopf. „Verdammt, tut mir leid, dass ich dich geweckt habe. Ich hasse alles, was länger als drei Stunden geht, und du bist über dreizehn gefahren.“

„Die Straßen waren frei, also habe ich es ein wenig schneller als das geschafft.“ Er verzog keine Miene. „Diesen Teil müssen wir meinem Onkel aber nicht unbedingt mitteilen.“

„Wo ist Ashton?“

„Ihm geht es gut. Anfangs konnte Luke ihn nicht finden, und er ging nicht ans Handy. Schließlich ist er nach dem Mittagessen aufgetaucht, und Luke sagte, er wäre völlig überrascht gewesen, zu hören, dass ich unterwegs bin. Er schwört, dass er mir niemals eine Nachricht geschickt hat.“

Ginny zog einen Pulli aus ihrem Rucksack und legte ihn sich über die Schultern. „Na, ich freue mich, dass alles in Ordnung ist, aber das ist schon komisch.“

„Sehr. Aber da ich fast schon da war, sagte Ashton zu mir, ich soll über die Feiertage herkommen.“

„Ich hoffe, du musst nicht gleich kehrtmachen und in ein paar Tagen schon wieder zurückfahren.“

Das hatte er schon mal gemacht, aber einen verlängerten Aufenthalt hier zu genießen, war gut, aus vielen verschiedenen Gründen. „Ich habe während der Fahrt mit meinem Boss Kontakt aufgenommen. Die J&R-Stallung hat mir zwei Wochen freigegeben. Sie sagten, sie hätten sowieso beschlossen, mit nur einer Rumpfmannschaft zu arbeiten, da dort einiges repariert werden muss, bevor die Kunden zurückkehren können. Sie haben ein paar Elektrikprobleme, darum ist das vermutlich was Gutes."

„Na ja, das sind gute Nachrichten." Sie legte sich eine Hand über den Mund, doch trotzdem entschlüpfte ihr ein Gähnen. „Tut mir leid. Ich würde mich ja beschweren, dass es ein langer Tag war, aber meiner war nicht annähernd so schlimm wie deiner."

„Ist ja kein Wettbewerb", sagte Tucker träge.

„Ha. Erzähl das mal Luke."

Was etwas in ihm ganz glücklich werden ließ. Nach vielen Sommern, die sie zusammen verbracht hatten, war Luke ein sehr guter Freund, aber sie neigten dazu, ineinander ein Konkurrenzgefühl zu wecken.

Ihre Augen leuchteten. „Ich bin froh, dass du hier bist. Es ist wie eine Zusammenkunft im Sommer, nur mitten im Winter. Ohne Sonnencreme."

Er deutete auf das Schlafzimmer. „Du brauchst Schlaf. Du redest noch mehr Unfug als sonst."

Ginny machte eine Pause. „Ich dachte, du willst dich nicht im selben Bett mit mir erwischen lassen."

„Wird man nicht. Du nimmst das Bett, und ich schlafe draußen."

„Schwachsinn." Ginny erhob sich und griff nach ihrer Jacke. „Ich such mir einen anderen Anhänger, in dem ich schlafen kann."

„Schwachsinn", echote er. „Der ist schon warm, und das

hat übrigens eine halbe Ewigkeit gedauert. Es ist verdammt kalt da draußen, und es ist Zeitverschwendung. Du gehst ins Bett, ich bin hier draußen. Dann ist alles gut, falls jemand am Morgen herumschleicht, um dich zu überraschen."

Ginny rümpfte die Nase über diesen Gedanken. „Die werden zu sehr damit beschäftigt sein, den Weihnachtsbaum anzustarren und sich mit Tamaras Zimtschnecken vollzustopfen, um sich zu fragen, wo ich bin."

Sie versuchte, ein weiteres Gähnen zu unterdrücken.

Genervt und schon nahe an seinen eigenen Grenzen nahm Tucker sie an den Schultern und führte sie zurück in den Schlafraum. „Schlaf. Es wird noch genug Zeit sein, mich in den kommenden Tagen zu quälen."

„Du solltest das Bett nehmen", sagte sie, aber als er sie anfunkelte, warf sie ihren Pulli weg und kroch auf die Matratze.

Tucker musterte ihren Hintern. Es gab keine Möglichkeit auf Erden, dem zu widerstehen.

Sie ließ den Kopf aufs Kissen fallen und zerrte ohne große Wirkung an der Decke. Er gab es auf und half ihr, packte sie ins Bett. Er vermied unabsichtlichen Kontakt mit irgendwelchen Problemzonen – für ihn war hoffentlich nach diesem Abend eine Heiligsprechung drin.

Ginnys Augen öffneten sich halb, und sie leckte sich über die Lippen. „Du bist süß. Weißt du, du führst dich ja ganz streng und grummelig auf, aber eigentlich bist du leicht rumzukriegen."

„Hör auf", sagte er mit einem Lachen, kniete sich neben ihr aufs Bett, damit er sich dicht heranbeugen und ihr einen Kuss auf die Stirn drücken konnte. „Keine Geheimnisse auspacken, weißt du noch?"

„Okay." Sie beobachtete ihn mit diesen großen Augen. „Tucker?"

„Ja?" Er würde sich nicht die Mühe machen, sich ein Bett herzurichten. Er würde einfach auf dem Boden schlafen. „Während du da bist, können wir miteinander schlafen?"

Er fluchte leise, war sofort erregt.

Ein Lachen trieb zu ihm herauf, während sie sich träge streckte, ihre Brüste drückten sich in gefährlichen Kurven an die Decke. „Ich sage es niemandem. Das wird auch unser kleines Geheimnis bleiben."

„Schlaf endlich, du böses Weib."

„Das war kein Nein", erklärte sie, die Worte verklangen, als sie sanft ausatmete.

Tucker schloss zwischen ihnen betont die Tür. Er warf eine Tagesdecke auf den Boden und legte sich darauf. Wegen der Fahrt und dieser dämonischen Frau, die knappe drei Meter von ihm entfernt fest schlief, war er mehr als nur erschöpft.

Er war auch erledigt, denn sie hatte recht. Er hatte nicht Nein zu ihr gesagt. Tatsächlich stand bei der ersten Gelegenheit, die er erhielt, jede verruchte Kleinigkeit, die sie sich erträumen konnten, absolut auf dem Plan.

Die Geheimniskrämerei würde ihn vielleicht irgendwann in den Hintern beißen, aber er konnte auch durch die Hölle gehen, wenn er nur ein weiteres Mal von Ginny Stone kosten durfte.

Kurz vor dem Aufwachen kuschelte sich Ginny tiefer in die behagliche Wärme rund um sie, als sich die Tür zum Anhänger öffnete. Das schwache metallische Kreischen von Scharnieren, die laut genug gegen die Kälte protestierten, um durch die dünne Schiebetür in den Schlafraum zu dringen.

Einen Augenblick später wurde die Stimme ihres Bruders

Luke laut. „Tucker? Was zum Teufel machst du denn auf dem Boden? Stimmt irgendwas nicht mit dem Bett?"

Ein leises Stöhnen kam von Tucker. „Schließ die Tür. Du lässt die ganze Wärme raus."

„Du warst gestern Abend wirklich fertig." Luke kicherte leise. „Hast du vergessen, wie ein Bett aussieht?"

Ginny kroch eilig von der Matratze und ging zur Tür. Sie riss sie auf, bevor Tucker antworten konnte.

Lukes Blick schoss zu ihr, ganz kurz weiteten sich seine Augen, bevor er sich eine Hand vors Gesicht schlug, als würde er einen gefährlichen Anblick ausblenden. „Verdammt, Ginny, du bist nicht anständig gekleidet. Zieh dir was an, bevor ich noch blind werde."

Sie verschränkte die Arme vor der Brust. „Werd mal erwachsen. Ich bin mehr als nur angemessen bedeckt. Außerdem sind das nur Titten."

„Es sind die Titten meiner *Schwester*, was heißt, dass ich sie nicht sehen will." Luke wedelte mit der Hand zu Tucker. „*Er* will sie nicht sehen."

Ach, wie sehr Ginny doch gerade etwas ganz Unverblümtes darauf antworten wollte.

Zum Glück wachte Luke, bevor sie in dieses Fettnäpfchen treten konnte, ausreichend auf, um das wahre Problem zu begreifen.

Er schaute zwischen ihnen hin und her, dann machte er Ginny zur Schnecke. „Was machst du hier drin? Das ist Tuckers Trailer."

Tucker war aufgestanden, mit köstlich entblößter Brust, während seine locker sitzende Jogginghose kaum an seiner schmalen Hüfte hielt. „Tamara hat nie mitbekommen, dass ich hier bin, darum wurde Ginny auch hier rausgeschickt. Ist schon okay."

„Verdammt, tut mir leid, dass du auf dem Boden schlafen

musstest." Luke beäugte Ginny, die endlich nachgegeben und sich einen Pulli und eine Jogginghose angezogen hatte, um seine versteinerte Miene zu lösen. „Ich kann nicht glauben, dass du ihn nicht ins Bett gelassen hast, nach der Fahrt, die er hinter sich hatte."

„Ich hab's ihm angeboten", erwiderte Ginny trocken, völlig erheitert. „Er hat abgelehnt."

Tuckers Augen blitzten verstört auf, doch seine Lippen zuckten, weil sie gerade die volle Wahrheit gesagt hatte.

Luke schien es zu entgehen, dass sein bester Freund und seine kleine Schwester beide erwachsen waren, denn er fuhr einfach ignorant fort, jedes bisschen doppeldeutiger Anspielung stieß auf taube Ohren. „Wenn du wach genug bist, um was zu essen, gibt's bei uns drüben um elf Brunch. Komm rüber, und wenn du früh dran bist, kriegst du sogar zuerst noch Kaffee."

Tucker streckte sich, ließ seine Muskeln gefährlich spielen. Ginny konnte ihren Blick nicht losreißen.

„Kaffee ist gut. Kaffee, den ich nicht selber machen muss, sogar noch besser", erwiderte Tucker mit einem ernsten Nicken. „Gib mir ein paar Minuten, und ich bin da."

Luke schaute vorsichtig zu Ginny, als würde er sich Sorgen machen, dass sie sich irgendeine Schicht Kleidung ausgezogen hatte. „Du auch, schätze ich. Oder du könntest zum Haupthaus gehen und bei Caleb und den Mädchen vorbeischauen. Ein wenig wie in den alten Zeiten."

Das war ein Thema, über das Ginny schon eine Menge nachgedacht hatte, und es mit ihrer Ziehschwester und besten Freundin Dare besprochen hatte. Die letzten sechs Monate hatten ihr Zeit gegeben, die richtige Art rauszukriegen, wie sie weitermachen sollte. „Nein. Sie bauen neue Familientraditionen auf, und obwohl ich mich darauf freue, mehr Zeit mit ihnen verbringen, will ich mich da nicht einmischen. Du und Kelli müsst damit klarkommen, dass ich bei euch absteige."

Luke wirkte einen Moment lang nachdenklich, dann neigte er das Kinn. „Ja, vermutlich hast du recht. Dann kommt rüber, und ich stell euch Diane und Jack vor. Ich glaube, die habt ihr noch nicht getroffen."

„Zumindest wurden wir noch nicht bekannt gemacht", sagte Ginny so erfreut, wie sie es schaffte, ohne es offensichtlich gespielt klingen zu lassen.

„Da steht dir was Gutes bevor. Das sind tolle Leute." Luke klopfte Tucker auf die Schulter, dann ging er durch die Tür, pfiff fröhlich vor sich hin.

Ginny stieß langsam einen Seufzer aus, bevor sie Tuckers Blick auf sich bemerkte. Seine Miene war weit von der entfernt, die ihr am liebsten war, der düster schwelenden. Nein, er erinnerte sie eher an einen Superdetektiv, der entschlossen war, all ihren Geheimnissen auf den Grund zu gehen.

„Was?", wollte sie wissen.

Einen Augenblick lang stand er still da, dann zuckte er mit den Schultern. „Mir ist gerade gekommen, wie seltsam sich das für dich anfühlen muss. Zurückzukehren und dich zu fragen, wie du reinpasst."

Offensichtlich stand ihr der Mund offen. „Das war ein Kommentar, der den Nagel so ziemlich auf den Kopf trifft."

Ein trockenes Lächeln krümmte seine Lippen. „Ich war auch schon mal an deiner Stelle. Es ist dasselbe Gefühl, vor dem ich jedes Jahr stand, wenn ich herkam, um über den Sommer hier zu sein. Ich verbrachte das ganze Jahr mit Tagträumen von all dem Spaß, den wir haben würden, mit Luke, und auch Walker." Seine Lippen zuckten. „Mit dir und Dare, als ihr keine nervigen kleinen Gören mehr wart."

Ginny hob eine Hand. „Schuldig."

Er nickte langsam. „In Wahrheit bin ich immer zurückgekommen und habe erwartet, dass die Dinge sich veränderten. Dass Luke einen neuen besten Freund haben würde, oder dass ich mich nicht auf dieselbe Weise willkommen fühlen würde." Er trat auf sie zu, schob die Finger unter ihr Kinn und hob ihr Gesicht an seines. „Weißt du was?"

Sie schüttelte den Kopf, die Wärme seiner Finger streifte ihre Haut viel zu verlockend.

„Ist nie so gekommen. Nicht einmal in all den Jahren habe ich mich abgewiesen oder ausgeschlossen gefühlt." Er beugte sich dichter heran, und ganz kurz dachte sie, er würde sie vielleicht küssen.

Stattdessen schenkte er ihr ein seltenes echtes Lächeln. „Du kommst schon in Ordnung, Liebes. Vertraue mir. Vertraue *ihnen*. Sie sind deine Familie, und alles wird sich fügen."

Was genau das war, was sie sich die ganze Zeit erhofft und erträumt hatte, während sie weg gewesen war.

Sie legte Tucker eine Hand auf die Brust, denn in seiner Nähe zu sein und ihn nicht zu berühren, war unmöglich. Der stetige Rhythmus seines Herzens unter ihrer Handfläche bot ihr Balance und Stärke. „Das hoffe ich."

„Das weiß ich." Er neigte den Kopf zum Schlafzimmer. „Jetzt bring dich mal auf Vordermann und zieh dich an. Ich brauche Kaffee, und außerdem räumen wir Lukes Kühlschrank aus. Dieser Brunch um elf ist doch Schwachsinn. Ich bin in einer Wachstumsphase."

Es war keine Antwort auf all ihre Sorgen, aber es war die Versicherung, die sie brauchte, zumindest hier und jetzt.

Die Stimme ihrer Mutter erklang in ihrem Kopf, selbst nach all den Jahren. *Mach eines nach dem anderen, Liebling. Manchmal ergibt der ganze Weg erst einen Sinn, wenn man den nächsten Schritt angeht.*

Ginny schnappte sich ihren Rucksack und ging in den

Schlafraum, um sich anzuziehen. Als sie herauskam, wartete Tucker, seine Haare feucht und frisch gekämmt.

„Das Bad gehört dir." Er drehte ihr den Rücken zu und begann, die Sachen in seiner Sporttasche neu zu packen.

Sie wusch sich rasch, was hieß, dass es nur ein paar Minuten dauerte, bis sie am winterlichen Weihnachtstag draußen waren.

Der Fußweg zu Lukes Haus führte von der Stelle, an der der Anhänger stand, auf der abgelegenen Seite der Scheunen vorbei und brachte sie in einem großen Bogen rund um den Hauptreitplatz. Der Morgen war kalt und klar, und Ginny holte tief Luft, genoss die eisige Winterluft, die in ihre Lungen eindrang.

„Diesmal gibt es ein paar größere Veränderungen", fiel Tucker auf. Er hob eine Hand zu einer brandneuen Scheune, an die sich ein Hof zum Trainieren anschloss. „Toll."

Ginny stimmte zu. Es war gut, zu sehen, dass Silver Stone Fortschritte machte. Die Pferde waren davon ein großer Teil, aber ihre Zucht oder Ausbildung war kein Bereich, zu dem sie je viel beigetragen hatte.

Sie warf einen Blick auf das überdimensionierte Gewächshaus, das sich an das große Ranchhaus anschmiegte, und schwor sich, dass sie es später am Tag noch genau unter die Lupe nehmen würde. Vorerst gab es so viel anderes, worüber sie etwas hören wollte.

„Was ist mit dir?", fragte sie. „Was ist mit deinen Veränderungen? Das letzte, was ich gehört habe, war, dass du in Winnipeg beim Zuchtpferde-Auktionshaus arbeitest."

Er ließ die Zunge schnalzen. „Ginny, das ist doch mindestens drei Updates her. Inzwischen arbeite ich bei einem der Ställe im Außenbereich der Stadt. Da bekomme ich ein wenig andere Erfahrung, und sie haben einen sehr, sehr guten Ruf."

„Du hilfst, dich um Pferde zu kümmern, die die Leute dort unterstellen?"

„Und ich gebe Unterricht. Ein paar Mal haben wir ein bisschen ernsthafte Ausbildung mit Tieren machen können, die etwas mehr Aufmerksamkeit benötigten, bevor sie gute Reittiere abgeben." Er sah sich immer noch um, während sie gingen. „Jeder Ort, an dem ich gearbeitet habe, ist ein kleines Puzzleteil von hier."

„Du solltest echt hier arbeiten", sagte Ginny. „Ich weiß nicht, warum du dich nie beworben hast."

Seine Miene wurde ernst. Er schüttelte den Kopf. „Der zeitliche Ablauf funktioniert nicht immer so, wie wir es wollen." Sie gingen schweigend das letzte Stück, dann bedeutete Tucker ihr, dass sie vor ihm die Stufen zur hölzernen Veranda vor Lukes Haus hinaufgehen sollte. „Ladys first."

„Du willst doch nur meinen Hintern angaffen", murmelte sie leise, während sie an ihm vorbeiging.

Das Stottern, das ihm entschlüpfte, war an sich schon eine Belohnung.

3

———

Tucker befand sich auf gefährlichem Terrain, und er hasste es von ganzem Herzen. Nicht nur musste er vorsichtig sein, weil Ginny zu allem möglichen Unfug bereit schien, sondern er musste zugeben, dass er sich Sorgen machte.

Wie er vorhin Ginny gestanden hatte, war ein Teil von ihm wieder zwölf Jahre alt, unsicher, wie er nach Silver Stone passte. Das Gefühl wurde noch schlimmer, weil er genau wusste, wie er die Wirklichkeit gern gehabt hätte.

Den warmen Komfort des ausladenden Ranchhauses zu betreten, gab ihm ein weiteres Gefühl wie immer, wenn er zwischen der Vergangenheit und der Zukunft hin- und hergerissen war. Der Geruch nach Kaffee und etwas Süßem und Würzigem trieb durch die Luft.

Automatisch half er Ginny, ihre Jacke abzunehmen, hängte sie an einen der Haken an der Tür.

Dann hielt er inne, denn sie starrte ihn an, ihre Miene irgendwo zwischen Erheiterung und einem kompletten Grinsen. „Was?“

Sie knickste rasch. „Danke, dass du ein Gentleman bist.“

Es hätte sie glücklicher gemacht, wenn er die Augen verdrehte, doch er nahm sie stattdessen an den Schultern und schob sie in den Hauptteil des Hauses. „Erst mal Kaffee. Du bist so schwer zu verstehen, wenn ich einen niedrigen Koffeinpegel habe."

„Du Armer", gurrte sie. „Ich sag dir was. Ich hole den Kaffee, du nimmst den Kühlschrank aus. Luke wird nicht so mies gelaunt sein, wenn du derjenige bist, der da drin rumwühlt."

„Abgemacht."

Dass sie das Haus betreten hatten, war schließlich jemandem aufgefallen. Luke und seine Frau Kelli saßen auf einer riesigen, aber alt wirkenden Couch. Gegenüber von ihnen, auf einer etwas neueren, aber genauso riesigen Couch, war ein schick angezogenes und sehr attraktives Paar.

„Tucker." Luke erhob sich und winkte ihn herüber. „Lass mich dich allen vorstellen."

Ein dunkelhäutiger Mann auf dem Sofa erhob sich ebenfalls, streckte eine Hand aus. „Frohe Weihnachten. Ich bin Jack Emment. Das ist meine Frau Diane Jakarta."

„Frohe Weihnachten euch beiden. Ich habe so viel Gutes über euch gehört", sagte Tucker, der Jack die Hand schüttelte und sich dann streckte, um es bei Diane genauso zu machen. Die schöne Schwarze Frau hatte üppige kleine Löckchen, die zu einem komplexen Muster geflochten und dann in einer großen Kaskade über ihrer rechten Schulter zusammengefasst waren. „Du musst ja einen außerordentlichen Sinn für Humor haben, wenn du mit diesem Typen eine Zeit lang rumgehangen hast und ihn immer noch magst." Er wies mit dem Daumen zu Luke.

„Mein Lieber, Luke und Kelli sind zwei unserer liebsten Menschen", sagte Diane, ihre Stimme war wie süßer Südstaatenhonig. „Und an der Art, wie er von dir gesprochen hat, erkenne ich, dass du einer seiner liebsten Menschen bist.“

„Das liegt nur daran, dass er im Moment bei unserem jährlichen sommerlichen *Wer-ist-der-bessere*-Wettbewerb vor mir liegt“, sagte Tucker mit verschwörerischem Unterton. „Aber ich habe vor, das ziemlich schnell zu ändern.“

„Letztes Mal, als wir gerauft haben, hast du mich auch verprügelt“, rief Luke ihm in Erinnerung. „Aber ich nehme dir das nicht übel. Auf jeden Fall nicht sonderlich.“

„So habe ich das nicht gehört ...“, sagte Tucker, bevor er sich räusperte und zum Baum schaute. „Oh, sieh an. Baumschmuck.“

Sie lachten noch, als er sich zu Kelli wandte, die aufgesprungen war und sich nun mit einem Grinsen näherte. Sie kannte er auch schon sehr lange. Sie war eine der Angestellten der Silver Stone Ranch, und wenn er sich richtig erinnerte, war sie schon seit dem Sommer da, in dem er neunzehn geworden war. Jetzt war sie keine Angestellte mehr, sondern mit dem Mann verheiratet, den Tucker immer noch für seinen besten Freund hielt, und ihre frisch veränderte Situation fand er wirklich aufregend. „Kelli James – Entschuldigung, Kelli Stone. Ich gratuliere, und verflixt noch mal. Du wusstest schon immer, wie man sich die besten aussucht.“

Sie drückte ihn fest, klopfte ihm begeistert auf den Rücken. „Wir haben dich vermisst“, beschwerte sie sich, während sie sich zurückzog und ein untypisches Funkeln für ihn übrig hatte. „Im ersten Sommer, in dem du nicht aufgetaucht bist, blieben die meisten deiner beschissenen Pflichten an mir hängen.“

„Das tut mir leid. So sehr ich es geliebt habe, hier rauszukommen, die Wirklichkeit hinter einem Vollzeitjob hat sich letztlich bemerkbar gemacht.“ Dabei war noch mehr im

Spiel gewesen, aber die Antwort musste jetzt reichen. Er warf einen Blick zur Seite, suchte nach Ginny.

Die verdammte Frau war in der Küche.

„Hey. Ginny. Komm und begrüße unsere Freunde", befahl Luke.

„Ich komme. Ich muss nur erst mal etwas Hallo-Wach hinkriegen." Sie schnappte sich zwei Tassen und ging entschlossen auf sie zu, reichte eine Tucker, bevor sie ihre eigene auf die Anrichte an der Seite stellte und die ganze Begrüßungsroutine durchmachte. „Ist echt schön, euch endlich kennenzulernen", erklärte sie Jack und Diane aufrichtig.

„Und dich auch." Jack setzte sich wieder aufs Sofa, den Arm um Dianes Schultern gelegt.

Kelli vibrierte beinahe vor Aufregung. „Ich weiß, dass ich dich gestern Abend umarmen durfte, aber das war nicht genug. Außerdem will ich irgendwie wiederholen, was Emma gesagt hat, und erklären, dass du nicht wieder weggehen darfst. Ich habe dich vermisst."

„Ich habe dich auch vermisst", stimmte Ginny zu, umarmte die andere Frau fest.

Tucker war der einzige im Raum, der Ginnys Gesicht sehen konnte, wie sie langsam Luft holte, und die Art, wie sie fest die Augen zusammenkniff. In ihrer Miene lag so viel Traurigkeit – was seltsam wirkte in Verbindung mit etwas, das beide Frauen als glückliches Ereignis bezeichnet hatten.

Er schob seine Neugier zur Seite, wartete, bis Ginny wieder frei war, um sie auf den einzigen Sessel im u-förmigen Sitzbereich zu weisen. „Setz dich. Ich hole uns was zu essen."

„Ich kann warten", erwiderte Ginny. „Setz du dich."

Mit dieser Frau war nichts jemals direkt. Trotzdem wollte er nicht vor Lukes äußerst schicken Freunden anfangen, zu streiten. Tucker ließ sich auf dem riesigen bequemen Sessel nieder.

Dann schaffte er es kaum, seinen Kaffee festzuhalten, als Ginny sich auf die übergroße Armlehne setzte, ihre Hüfte an seinem Oberkörper.

„Wie lange bleibt ihr zu Besuch?", fragte Ginny Diane.

„Zwei Wochen." Diane schaute aus dem Fenster und erbebte sichtlich. „Woraus man ablesen kann, wie sehr ich die beiden mag, denn auf dem Boden liegt Schnee."

„Echt? Was ist denn da los?", fragte Jack, der auf ernst machte. „Schnee in Alberta im Dezember. Wer hätte denn das ahnen können?"

Diane kicherte, doch sie tippte mit den Fingern an seine Schulter. „Hör auf."

Ginny setzte sich im Schneidersitz hin, wodurch ihre Hüfte noch ein wenig fester an Tuckers Seite gedrückt wurde. Er konnte gar nicht verstehen, wie ignorant Luke und Kelli gegenüber der Tatsache sein konnten, dass Ginny nur Zentimeter davon entfernt war, ihm auf dem Schoß zu sitzen.

Er konzentrierte sich darauf, den Arm mit der Tasse ruhig zu halten, während er einen Schluck nahm.

„Das ist ein ziemlich schicker Ring", bemerkte Ginny. „Ich kann mich irgendwie erinnern, dass Luke mir erzählt hat, ihr beiden wärt nicht verheiratet, also ist *Mr. und Mrs.* wohl was ganz Neues."

„Ist es. Schick und brandneu." Jack nahm Dianes Schultern fester, und er deutete hinüber zu Luke und Kelli. „Ich hab mir von ihnen ein Scheibchen abgeschnitten und schließlich meine Frau davon überzeugen können, sich ohne großes Brimborium aneinander zu binden."

Diane schmiegte sich an ihn, und sie drückte ihm die Hand mit dem Ring an die Brust. Diamanten glitzerten hell genug, um zu blenden. „Er hat mich auf dem Weg hierher überrascht. Wir haben an dieser süßen kleinen Kapelle angehalten, bevor wir auch nur am Flughafen ankamen. Und als nächstes weiß ich nur noch, dass wir Ja gesagt haben, und es war getan."

Kelli kicherte leichtherzig. „So kann man es auch ausdrücken."

Diane wedelte mit einem Finger. „Du bist so ein verruchtes Mädchen."

Neben Kelli auf dem Sofa setzte Luke ein großes Grinsen auf. „Ich bin froh, dass sich für euch alles zum Guten gewandt hat. Wir hatten keine Ahnung, wie viele Schwierigkeiten uns unser impulsiver *Halten-wir-doch-gleich-mal-zur-Hochzeit-an*-Moment bringen würde."

„Echt?" Ginny runzelte die Stirn. „Wer hat euch denn Schwierigkeiten gemacht? Ich dachte, es wäre superromantisch, dass ihr beiden Mr. Fields hergerufen und eure Eheversprechen an den Heart Falls abgelegt habt. Himmel, ihr hattet sogar Wildpferde als Trauzeugen."

„Das war Teil des Problems." Kelli rümpfte die Nase. „Keines von ihnen hat unterschrieben. Wir haben letztlich eine kleine Wiederholung aufgeführt, nur damit alles hieb- und stichfest ist."

„Okay, das ergibt Sinn. Die Regierung macht immer Probleme." Ginny verschränkte die Arme vor der Brust, die Kaffeetasse hielt sie in der freien Hand. „Ich dachte, vielleicht hätte euch irgendjemand aus der erweiterten Familie Schwierigkeiten gemacht, und das wäre ja so richtig beschissen gewesen."

„Hat sich am Ende alles in Luft aufgelöst", versicherte ihr Kelli. „Für mich zählt das Versprechen am Wasserfall immer noch als das echte."

„Vergiss nicht, dass du nicht hier warst, um uns zu verteidigen", scherzte Luke. „Das bedeutet, dass wir den Regeln folgen mussten."

Hätte Ginny nicht auf der Armlehne seines Stuhls

gesessen, wäre es Tucker niemals aufgefallen. Aber da ihr Körper in Kontakt mit seinem war, war die leichte Anspannung ihres Rückgrats so laut wie ein Schrei.

Jack wandte seine Aufmerksamkeit Tucker zu. „Luke hat uns von deiner wilden Fahrt erzählt, um herzukommen. Wir haben auf unseren Besuchen unsere Zeit mit Ashton immer genossen. Geht es deinem Onkel gut?"

Das konnte er mühelos beantworten. „Bis auf die Tatsache, dass er verwirrt ist, warum eine Nachricht auf meinem Handy ist, die auf seinem nicht steht, geht es ihm gut. Wir haben gestern Nachmittag damit verbracht, einander auf den neuesten Stand zu bringen. Ich weiß nicht, woher diese Energie kommt, aber ich hoffe auf jeden Fall, dass es in der Familie liegt. Wenn ich sechzig bin, möchte ich auch überall so rumflitzen. Trotz mysteriöser Textnachrichten mitten in der Nacht."

„Er hat so ein Glück, dich zu haben", sagte Diane leise. „Es ist gut zu wissen, dass man Familie hat, die bereit ist, zu kommen und einen zu unterstützen, und zwar sofort."

„Ja, Ma'am. Das ist die beste Art von Familie", stimmte Tucker zu.

Es war nicht nur seine Vorstellungskraft. Ginny wurde es immer unbehaglicher, wie sie so auf der Armlehne seines Sessels saß. Während er Fragen zu seinem Job in der Stallung beantwortete und sich ihre Pläne für die nächsten paar Wochen anhörte, fragte er sich, was da los war.

Es musste zu dem gehören, worüber sie vorhin gesprochen hatten. Dieses Herausbringen, wie sie dazu passten. Sie waren beide sehr lange Zeit weg gewesen, aber während es für ihn ein wichtiger Ort beim Aufwachsen gewesen war, war es für Ginny die Heimat.

Er ließ die Gespräche um sich herum treiben, bis sein Magen laut genug protestierte, dass sie es alle hören konnten, und während ihm das Lachen folgte, begab er sich in die Küche, um sich einen Happen zu essen zu holen.

Er hatte Zeit. Zwei Wochen – obwohl es schien, als würde er nicht so viel Zeit mit Luke verbringen können, wie er gehofft hatte, nicht, wenn sein Freund und Kelli ihre Gäste unterhalten mussten.

Trotzdem war Tucker auf Silver Stone. Irgendwie machte das alle Dinge besser. Als Ginny sich neben ihn stahl und ihm einen Muffin von seinem Teller klaute, beschloss er, dass die Zeit, die er mit wem auch immer verbringen konnte, richtig gut werden würde.

~

GINNY ENTSCHULDIGTE SICH BALD, nachdem das Geschirr vom Brunch gespült war. „Ich gehe rüber zum Haupthaus."

„Wir kommen zum Abendessen auch", versprach Kelli. Sie warf Diane ein Kopfschütteln zu. „Fühlt sich seltsam an, zu planen, euch ganz allein hier zu lassen."

„Liebe Freundin, dass Jack und ich ein einfaches Weihnachtsessen ganz für uns haben? Das ist eines der besten Geschenke, die ihr uns machen könntet", beharrte Diane. Dann wirkte sie leicht verlegen. „Und mit einfach meine ich, dass wir alles abgepackt und vorbereitet gekauft haben, also zeig mir, bevor ihr geht, wie man deinen Herd benutzt."

Hinter ihr wurde weitergelacht, während Ginny sich nach draußen begab, rasch den Weg am Rand des Big Sky Lake entlang marschierte.

Sie war noch keine Minute unterwegs, bis ihr klar wurde, dass der Schnee, der unter ihren Füßen knirschte, außergewöhnlich laut klang, was sie einen Blick über die Schulter werfen ließ.

„Was machst du da?", fragte sie Tucker, der ihr auf dem Fuß folgte.

Er zuckte mit den Schultern und holte auf sie auf.

„Nicht sicher. Ich wollte ihnen nur ein wenig Zeit miteinander lassen."

Einen Augenblick lang gingen sie schweigend weiter. Das Jucken in ihrem Nacken wurde schlimmer. Ginny hasste es enorm, sich so zu fühlen.

Verflixt. Sie brauchte eine kurze geistige Auszeit.

Die Wahrheit war, dass sie die letzten drei Jahre damit verbracht hatte, sich ihren Ängsten zu stellen und den nächsten Schritt zu machen. Einfache Sachen, wie etwa mit Sprachproblemen umzugehen, oder schwierigere, wie etwa auf abgelegenen Höfen aufzutauchen, für Jobs, die nicht ganz das waren, was sie hätten sein sollen.

Dass ihr etwas unbehaglich war und Unsicherheit herrschte, war schon lange Zeit Teil ihres Lebens und eine Bürde. Sie musste das zu ihrem Vorteil nutzen. Ja, die Ranch mochte ihr Zuhause sein, aber sie war im Augenblick genauso gut wie ein fremdes Land.

Sie wusste sehr viel besser, wie man mit neuen Orten umging, als der derzeitige Aufruhr in ihren Eingeweiden nahelegte.

Die andere Sache, die ihr Blut zum Kochen brachte, konnte man noch ein wenig länger zur Seite schieben.

Impulsiv stieß sie Tucker an. „Willst du was Witziges machen?"

Seine strenge Miene war wieder da, aber ein Hauch von Interesse zeigte sich. „Traue ich mich, zu fragen, was?"

Oh, sie hatte nicht an *diese* Art Spaß gedacht. Was echt ein ziemlicher Schlamassel war, wenn man bedachte, dass sie es ernst gemeint hatte, als sie ihn am Vorabend gefragt hatte.

Irgendwann hoffte sie schon, dass Sex wieder zur Debatte stand. „Nichts Versautes."

Seine Miene entspannte sich leicht.

„Noch nicht", fügte sie an.

Sein genervtes Seufzen war köstlich. „Ginny."

„Ziehen wir los, um Dustin zu besuchen. Wenn er nicht da ist, gehen wir zu deinem Onkel."

„Und wenn er nicht da ist?"

Sie warf die Hände in die Luft. „Du und deine verdammten Pläne. Wenn wir keinen von beiden finden, gehen wir zu den Kätzchen in die Scheune. Denn in der Scheune gibt es *immer* Kätzchen."

Er erhob sich, die Hände in die Taschen geschoben, und eine nachdenkliche Miene lag auf seinem ernsten Gesicht. „Überspringen wir Dustin vorerst. Er hat einen Freund zu Besuch. Ich weiß, dass du bei meinem Onkel vorbeischauen möchtest, aber ich habe gestern vier Stunden mit ihm verbracht."

„Also Kätzchen?", fragte sie fröhlich.

Er senkte das Kinn. „Kätzchen."

Als sie in den Heuschober stieg, eine ausgetretene Leiter unter ihren Fingern, nahm sich Ginny Zeit. Genoss das Gefühl, denn es war eine ihrer frühesten Erinnerungen. Der süße Geruch nach Heu, der Hauch eines Juckens in ihrer Nase, weil es ständig staubig war.

Die spitzen Stiche durch ihre Jeans, während sie auf Händen und Knien auf eines der liebsten Nester aus den vergangenen Jahren zukroch.

„Bingo." Tuckers tiefes Grollen erklang beinahe in ihrem Ohr, sein starker Körper nur wenige Zentimeter von ihr entfernt, während er sich dicht heranbeugte, um in die Lücke zwischen den Heuballen zu schauen. „Oh, das ist ein hübscher Wurf."

Ginny ignorierte den Drang, sich unter ihn zu werfen, und spähte stattdessen in den Raum, der von hohem Baby-Miauen erfüllt war. „Huch. Braun mit kleinen weißen Pfoten, der ganze Wurf. Sie sehen aus, als würden sie Schneeschuhe tragen."

Die Katzenmutter beobachtete sie misstrauisch, die Kätzchen lagen an ihrem Bauch aufgereiht wie auf einem Förderband, während sie gierig tranken.

„Berühren wir sie lieber nicht", sagte Ginny leise. „Diese Mama sieht besonders auf Krawall gebürstet aus."

Tucker sagte nichts. Er lag auf dem Bauch, die Arme verschränkt, damit er das Kinn auf die Hände stützen konnte, und schaute die kleinen Fellknäuel an.

Okay. Ginny machte es ihm nach, streckte sich an seiner Seite aus. Ihre Atmung wurde langsamer, und die Magie der Scheune legte sich auf sie.

Sie war noch keine vierundzwanzig Stunden zu Hause. Es würde Zeit brauchen, bis es ihr wieder behaglich war. Sie konnte nicht so tun, als wäre sie nie weggegangen – und wollte es auch nicht, denn sie hatte eine Menge faszinierender Dinge gelernt, während sie weg gewesen war. So viele Lektionen, die sie letztlich mit den Leuten teilen würde, die ihr wichtig waren.

Aber sie konnte auch nicht so tun, als hätte die Welt sich nicht verändert, während sie weggewesen war. Damit musste sie sich abfinden.

Stimmen erklangen, und sie schoss hoch. Sie war am Geländer und schaute rechtzeitig hinab, um zu sehen, wie Calebs Familie in die Scheune strömte. Gefolgt von ...

„Walker. Und Ivy. O mein Gott. Macht euch bereit", rief sie zur Warnung.

So verführerisch es auch war, Kellis alte Methode zu nutzen, sich aus dem Heuschober zu werfen, um schneller am

Boden anzukommen, war es Ginny nicht geheuer, in die Luft zu springen. Es waren trotzdem nur wenige Sekunden, bis sie sich in Walkers Arme warf.

Sein Hut flog weg, während er sie im Kreis wirbelte und fest drückte. „Du Göre. Ich habe dich vermisst."

„Das scheint das Thema des heutigen Tages zu sein", sagte Ginny so fröhlich wie möglich. „Ich freue mich, zu Hause zu sein."

Er verstand ihre unausgesprochene Botschaft, denn er klopfte ihr noch einmal extra auf den Rücken, bevor er sie losließ.

„Kommst du uns diese Woche besuchen?", fragte Ivy.

Ginny hatte genug Teenager-Erinnerungen an die stille Frau, die nun ihre Schwägerin war. Ivy wirkte immer noch zerbrechlich, mit ihrem silberweißen Haar und dem zarten Knochenbau, doch irgendwie schien sie sehr viel stärker als früher.

„Aber gerne doch", sagte Ginny ehrlich, bevor sie Ivy eine etwas weniger überbordende Umarmung gab wie vorhin Walker, in dem Versuch, die Frau nicht zu zerbrechen.

„Wir gehen reiten", sagte Emma, die an Ginnys Ärmel zupfte. „Du auch?"

„Klar. Wir reiten nicht weit, oder?" Ginny schaute auf ihre Uhr. „Kommt bei euch nicht eine Freundin vorbei?"

Emmas Augen wurden groß, und sie nickte heftig. „Papa sagt, wir werden auf dem Reitplatz reiten, so lange Talia zu Besuch ist."

„Wow, das ist eine gute Idee."

Caleb schlenderte vorbei, kicherte leise, den Sattel trug er über der Schulter. „Das musst du doch nicht sagen, als wäre es eine völlige Überraschung. Ich habe manchmal Ideen, weißt du."

„Still", flüsterte Ginny gespielt. „Wir haben hier einen Moment unter Mädchen. Stör uns nicht."

Emma legte sich die Hände auf den Mund und kicherte leise.

Einen Augenblick später war auch Sasha da. Nur dass sie die Fäuste in die Hüften gestemmt hatte und Ginny argwöhnisch ansah. „Mom sagt, dass Mädelsabende für Momente unter Mädchen da sind, aber wir sind zu klein, um hinzugehen. Kelli sagt, man muss erst mal Arbeit reinstecken, bevor man spielen darf."

Manche Dinge würden sich nie ändern. Sashas Kelli-ismen waren immer noch da und immer noch der letzte Schrei. „Du hast recht, und Kelli hat recht. Aber dass Mädchen gemeinsam was machen, ist nicht nur für Erwachsene, es geht auch darum, eine besondere Zeit mit den richtigen Leuten zu verbringen, und das heißt, jedes Alter ist richtig."

Sasha dachte einen Augenblick darüber nach. „Dann ist heute etwas Besonderes, weil Talia zu Besuch kommt."

„Ja." Aber der erste Hauch einer weiteren Idee stellte sich ein.

Ginny schob den Gedanken für ein anderes Mal beiseite, denn mit dem Besuch einer Freundin und den Weihnachtsgeschenken hatten die Mädchen vermutlich schon genug Aufregung, um sie in den nächsten achtundvierzig Stunden auf und ab hüpfen zu lassen.

Nicht allzu viel später saß der Großteil der Familie auf dem Pferderücken, lockere Unterhaltungen fanden statt, während die Pferde langsam am Rand des Zaunes entlang liefen. Immer zwei nebeneinander, alle paar Minuten neu durchgemischt.

Als Emmas Freundin mit ihrem Vater auftauchte, und dem guten Freund ihres Vaters, stahl Ginny sich zur Seite, um alles ein wenig genauer zu beobachten.

Unausweichlich ging ihr Blick zu Tucker. Er ritt nicht, sondern stand in Nähe der Scheune, einen Fuß auf der untersten Zaunlatte, die Arme oben aufgestützt, während er mit Ivy plauderte.

Eine weitere Erinnerung stellte sich ein. Tucker kannte die ganze Familie Fields und Ivy schon sehr lange. Er war wirklich mit einer Menge Geschichte vertraut.

Ihn hier zu sehen, fühlte sich einfach natürlich an. Richtig.

Sorgte dafür, dass sich etwas in ihr nach seiner Hitze und seinen talentierten Händen sehnte.

Als hätte der Gedanke an ihn ihm auf die Schulter geklopft, ging sein Blick nach rechts, und sie schauten einander in die Augen. Niemand sah her, was bedeutete, dass Ginny sich keine Sorgen darum machen musste, die Dinge zu verbergen, die in ihr hochkochten.

Zwei Wochen. Wenn das alles war, was sie bekam, dann würde sie ihr Bestes tun, um ihn zu überzeugen, dass sie sich jede Gelegenheit zunutze machen mussten.

Kreischendes Lachen stieg links von ihr auf, und Ginny beeilte sich, um zu sehen, was ihre Nichten und ihre Freundin trieben.

Sie waren alle im Ziegenstall, jede von ihrem eigenen persönlichen Ziegen-Bodyguard in die Ecke getrieben.

Der Rest des Nachmittags und das Abendessen gingen in einem heftigen Rausch vorbei, bis die Stone-Familie sich einmal mehr im Haupthaus versammelte. Geschenke lagen unter dem Baum, neue Spielzeuge und die Fetzen des Geschenkpapiers vom Morgen waren bereits sichtbar.

Aber jetzt war es für die ganze Familie, und während Ashton auf seiner Geige spielte, und Dustin mit Sasha ein Tänzchen aufführte, stellte Ginny fest, dass sie den achtzehn Monate alten Tyler in den Armen hielt.

Der kleine Kerl wirkte fasziniert von der Halskette, die sie trug. Er beugte sich hinab, schnüffelte an der Keramikoberfläche wie ein Welpe, der ihren Geruch aufnehmen wollte. Immer wieder plapperte er, tätschelte mit der Hand ihre Wange und schnappte sich die Enden ihrer Haare. Aber zum Großteil war es der Keramikanhänger, den sie trug, der ihn faszinierte.

„Was immer du da drin hast, ich brauche einen Eimer davon", sagte Tamara trocken. „Ich schwöre, das ist Tylers Kryptonit. Um diese Uhrzeit ist er normalerweise schon quengelig, aber du wirkst da irgendeine Art Magie."

„Ich besorge dir eins", versprach Ginny. „Das basiert auf Pflanzen und ist für Kinder und Haustiere geeignet – da habe ich zweimal nachgesehen."

Tamara dankte ihr lautlos, dann begab sie sich zum Baum, wo Caleb sich erhoben hatte.

Ginnys ältester Bruder musterte langsam den Raum, bemerkte, dass alle anwesend waren. Emma und Sasha waren mit einem neuen Film in den Keller geschickt worden, darum waren nur die Erwachsenen der Familie da. Zusammen mit Ashton und Tucker natürlich.

Caleb räusperte sich. „Es scheint, als hätte ich so eine Ankündigung erst gestern gemacht, aber Tamara hat mich erinnert, dass es mindestens ein paar Jahre her ist. Ich habe Neuigkeiten über den Zustand der Finanzen von Silver Stone, und ich will, dass ihr alle genau herhört."

4

———

Da konnte man vom falschen Ort zur falschen Zeit sprechen. Tucker hob eine Hand, um Calebs Aufmerksamkeit zu erringen, dann deutete er zur Tür. „Ich gehe dann mal."

Caleb winkte ab. „Bleib. Das betrifft Ashton, was bedeutet, dass er dich brauchen wird, um Ideen mit dir auszutauschen." Calebs Mine wurde ein wenig fröhlicher, bis er halb lächelte. „Ich erinnere mich doch irgendwie daran, dass du schon ein paar Mal dabei warst, wenn es entscheidende Augenblicke für uns Stones gegeben hat. Du hast es verdient, diesen zu genießen."

Tucker lehnte sich neben seinem Onkel zurück, die Hände zustimmend erhoben.

Der älteste Stone-Bruder holte tief Luft, schaute nacheinander jedem seiner Geschwister in die Augen. „Vor ein paar Jahren haben wir uns so getroffen und versucht, eine Ideenliste aufzustellen, um die Ranch zu retten. Vielleicht waren wir nicht alle persönlich da, aber wir waren zusammen, und wir haben Ideen ausgetauscht, jeder einzelne von uns.

Und so haben wir gesagt, dass wir die Dinge erledigen würden. Seit diesem allerersten Familientreffen nachdem Mom und Dad gestorben sind, als ich versprochen habe, das wir als Familie zusammenbleiben würden. Es war ein heftiger Weg, aber mit der harten Arbeit und etwas Glück sind wir jetzt in einer brandneuen Verfassung."

Dustin runzelte die Stirn. „Ich dachte, die Finanzen würden sich ganz gut machen, seit das Zuchtprogramm zum Zuge gekommen ist."

„Das war der Wendepunkt, ja. Aber ich habe weitere Neuigkeiten für euch." Verdammt sollte er sein, wenn er nicht offen grinste, während er Tamaras Hand nahm. „Die Öl- und Gasrechte wurden gerade verkauft. Tamaras Schwager gehört die Firma, die das Land pachten wird, und er hat uns großzügigerweise mehr als nur den typischen Anteil an Dividenden zugesprochen."

Ein Chor aus Fragen und Aufregung ertönte im Raum.

„Wir haben Öl gefunden?", fragte Kelli. „Ich hab sie nirgends bohren sehen."

„Weil wir Bereiche ausgesucht haben, die weniger zugänglich sind, und damit weniger sichtbar. Mit der neuen Technik, die Finns Team benutzt, wirkt das zu unserem Vorteil."

„Also haben wir ... Öl auf Silver Stone?" Ivy saß in der Ecke wie üblich, doch ihre Augen leuchten. „Ist der Ölpreis nicht runtergegangen, und die Produktionskosten hoch?"

„Alles hat seinen Preis, aber ein Teil der Preispolitik kommt daher, dass die Firmen den Löwenanteil wollen." Caleb nickte, aber sein Grinsen blieb fest. „Das ist eine gute Frage, aber unterm Strich ist es so, dass wir ohne die Entdeckung schon ziemlich gut klarkommen, und nun haben wir einen zusätzlichen Puffer. Das gibt uns eine solide Finanzbasis, mit der man ein wenig träumen kann."

„Wir werden niemals verkaufen müssen?“ Dustin wirkte, als würde er gleich in Tränen ausbrechen, die Gefühle überwältigten ihn offensichtlich.

Caleb neigte fest das Kinn. „Es kann immer noch auf und ab gehen, denn so ist es eben auf einer Ranch, und wir wissen nie, was das Wetter und das Leben uns vor die Füße werfen. Aber wir sind gut darin, uns um diese Notfälle zu kümmern. Ich wollte nur, dass ihr alle wisst, dass wir nun die Gelegenheit haben, uns eine andere Zukunft vorzustellen.“

Luke nickte, er strahlte vor Glück, als er laut darüber nachdachte, was das bedeutete. „Wir haben unser Zuchtprogramm in Zeitlupe gefahren, aber wenn das Budget mehr hergibt, könnten wir die Geschwindigkeit ein wenig erhöhen.“

„Größere Reparaturarbeiten, die wir hinausgezögert oder uns mit Provisorien herumgeschlagen haben – die sollte man zuerst angehen“, schlug Tamara vor. Sie deutete auf Ashton. „Ich wette, du hast eine Liste.“

„So lang ist die nicht“, sagte der Mann betont. Tuckers Onkel lehnte sich in seinem Stuhl zurück und verschränkte die Arme vor der Brust, aber seine Miene war richtiggehend stolz. „Es wird aber gut sein, die Börse ein wenig weiter zu öffnen, doch ich hatte nicht das Gefühl, dass alles aus dem letzten Loch pfeift. Du führst den Laden gut, Caleb.“ Er warf einen Blick auf alle und schloss sie in sein Lob ein. „Ihr habt es alle gut gemacht, und ich bin stolz, daran beteiligt gewesen zu sein.“

„Wir hatten ein Glück, dass wir dich und deine Expertise über die Jahre hinweg hatten“, erwiderte Walker ruhig. „Das sind echt gute Neuigkeiten, Caleb. Aber es ist ein wenig unwirklich.“

„Es wird sich nichts über Nacht verändern“, sagte Tamara fest. „Wir wollten, dass ihr es jetzt erfahrt, damit ihr zu diesen

Träumen kommen könnt, die wir gerade erwähnt haben. Gibt es irgendwelche Dinge, die ihr zurückhaltet und gerne anstellen würdet? Nicht nur für Silver Stone, auch darüber hinaus. In Heart Falls, oder noch weiter weg."

„Wenn du irgendwo für eine Weile ans College willst, finde raus, wo, und wir kriegen das hin", sagte Caleb zu Dustin. „Denk darüber nach."

Kelli wedelte mit einer Hand, dort, wo sie neben Luke saß. „Was, wenn es nichts zu verändern gibt? Also, ich meine, wir haben bereits alles Geld, was wir brauchen, und sind ziemlich glücklich damit, wie die Dinge jetzt laufen."

Luke kicherte, nahm ihre Hand und küsste sie auf die Knöchel. „Und das fragt die Frau Erbin, die ständig jedes Geschenk ablehnt, das ihr Großvater ihr anbietet."

„Geld kann kein Glück kaufen", beharrte Kelli.

„Du hast recht", sagte Caleb mit einem Nicken. „Wir haben nicht vor, die Dinge groß zu verändern oder zu versuchen, an den Lebensstil der Reichen und Berühmten ranzukommen. Aber wir können etwas aufatmen und das Leben mehr genießen. Einander als Familie glücklich machen. Das ist etwas, das wir feiern sollten."

„Sehe ich auch so." Walker trat vor und zog Caleb in eine Umarmung, klopfte ihm fest auf den Rücken. „Danke für alles, was du im Lauf der Jahre getan hast."

Im ganzen Raum gab es eine Reihe von Umarmungen und brüderlichem Schulterklopfen. Tucker war stolz, mit ihnen feiern zu können.

In seinem Inneren baute sich allerdings etwas auf. Ein tiefes Bedürfnis, zu dieser Familie zu gehören, als mehr als nur eine Randerscheinung. Er wollte es so sehr.

Es war Zeit, dass auch er aus der Traumphase heraus zu den Taten überging.

Zum Glück beschloss Ashton, dass sie die Familie Stone

verlassen sollten, damit sie den Rest des Abends untereinander verbringen konnten. Er stieß Tucker in den Arm. „Komm mit mir. Mir wäre es recht, wenn wir etwas Zeit zum Reden hätten."

Was vermutlich bedeutete, dass sein Onkel Ideen zur Art und Weise austauschen wollte, wie man die Ranch verbessern könnte.

Tucker verabschiedete sich, blieb stehen, um Caleb die Hand zu schütteln. „Manchmal haben gute Leute eben doch Glück."

Caleb zuckte mit den Schultern. „Wenn es nicht passiert wäre, wären wir, wie Kelli gesagt hat, vollkommen glücklich gewesen." Seine Lippen wölbten sich. „Aber ich lehne das nicht ab. Nicht die Gelegenheit, Tamaras und meinen Kindern eine Zukunft zu bieten, die ein wenig leichter ist."

„Ich sag es ja, gute Leute." Tucker neigte das Kinn zu Tamara und ging seinem Onkel nach.

~

GINNY KLINGELTEN DIE OHREN. Sie war sich nicht sicher, ob es daran lag, dass das Blut so sehr hämmerte, dass es in ihrem Inneren widerhallte, oder weil das Haus sich schließlich beruhigt hatte.

Nach Calebs entscheidender Ankündigung hatte die Familie noch ein wenig geplaudert, aber dann hatten Luke und Kelli sie verlassen, um wieder zu ihren Gästen zu gehen. Walker und Ivy waren gegangen, ihr Bruder hatte Halt gemacht, um Ginny auf die Wange zu küssen und sie zu drücken, zusammen mit einer Erinnerung an ihr Versprechen, in der kommenden Woche vorbeizuschauen.

Tyler schlief, und die Mädchen sahen immer noch ihren Film.

Ginny blieb zurück, denn in Wahrheit stifteten die wirbelnden Gefühle in ihr ein Chaos von Freude bis hin zu richtiggehendem Zorn, und sie musste mit Letzterem fertig werden, bevor daraus etwas Bitteres und Stechendes wurde.

Es zuzugeben war das einzig Aufrichtige, was sie bei den Leuten tun konnte, die sie so sehr liebte.

Tamara ließ sich dort nieder, wo offensichtlich nun ihre Ecke des Sofas war, nahe am gemütlichen Sessel ihres Mannes. Caleb brachte eine Tasse Tee, und sie warf ihm einen Luftkuss zu. „Danke, Liebling."

„Gern geschehen." Caleb wandte sich an Ginny. „Hier ist deiner. Es ist keine so gute Kräutermischung, wie du sie früher gemacht hast, aber es kommt nahe ran."

Sie nahm sie vorsichtig entgegen, bevor sie sich den beiden gegenüber aufs Sofa setzte. „Können wir reden?"

„Natürlich." Caleb hob die Fußstütze seines Sessels an und lehnte sich mit einem zufriedenen Seufzen zurück. „Du hast bestimmt alle möglichen Ideen. Ich bin gespannt, sie zu hören, sobald du die Chance hattest, eine Liste anzufertigen."

Ginny kam sich beschissen vor, weil sie diesem Ansatz nicht folgte. Ihr großer Bruder war so offensichtlich begeistert von den guten Neuigkeiten, die er heute Abend geteilt hatte. Das war sie auch und doch …

Sollte sie diese Unterhaltung noch ein wenig länger aufschieben? Was für ein Recht hatte sie denn, ihnen jetzt ihren Zorn aufzubürden?

Sie können nichts reparieren, von dem sie nicht wissen, dass es kaputt ist.

Die Stimme ihrer Mutter stellte sich ein, wie immer, genau, wenn sie sie brauchte. Schutzengel oder einfach nur eine echt gut ausbalancierte Psyche, die wusste, wann es reichte?

Ginny seufzte.

Tamaras Blick schärfte sich, und sie sagte etwas, bevor

Ginny die Chance dazu bekam. „Was ist denn los? Ich weiß, dass wir nicht viel Zeit zusammen verbracht haben, aber es ist offensichtlich, dass dich etwas nervt."

Ginny nickte, dann begegnete sie Calebs Blick direkt. „Weshalb hast du mir nicht verraten, dass die Dinge mit der Ranch so schlimm standen?"

Caleb blinzelte. „Haben wir doch. Wir haben angerufen und uns deine Ideen geholt, wie man ..."

„Das war um fünf vor zwölf, als die Optionen nur noch ein Wunder oder der Verkauf waren." Ginny sprach langsam, doch ihr normalerweise unzerstörbarer Optimismus hatte sich in ein beinahe bebendes Flüstern gewandelt. „Ich war nicht hier, und das hätte ich sein sollen."

„Du hast dich an einer Gelegenheit beteiligt, die man im Leben nur einmal bekommt ..."

„... die nichts bedeutet hätte, wenn wir Silver Stone verloren hätten." Ihre Kehle schnürte sich zu, aber sie musste das aussprechen. „Gewissermaßen habe ich das Gefühl, dass meine Arbeit sowieso nichts bedeutet, denn ich war nicht hier, war nicht Teil der Familie, die sich mit den Sorgen und den alltäglichen Kämpfen auseinandergesetzt hat."

„Ich wollte nicht, dass du dich damit auseinandersetzen musst. Das wollte keiner von uns." Caleb lehnte sich auf den Ellbogen vor, jedes bisschen Aufmerksamkeit war fest auf sie gerichtet. „Du warst aber ein Teil von uns. Deine Anrufe und Besuche waren Highlights für alle."

„Das höre ich gerne, wirklich. Aber trotzdem, es gab gute eineinhalb Jahre, wo die Dinge richtig schlimm hätten laufen können, und ihr habt es mir nie gesagt. Ich war sogar einen Monat mitten in dieser Zeit hier, und du hast kein Wort gesagt." Sie schüttelte den Kopf. „Vielleicht wolltest du nicht, dass ich mich diesen Sorgen stellen muss, aber indem du es mir nicht erzählt hast, hast du mich außen vor gelassen, Caleb. Du hast mir nicht die Gelegenheit gegeben, Teil der Lösung zu werden. Hier zu sein, um die Dinge ein wenig leichter erträglich zu machen."

„Du hättest deine Ausbildung aufgeben müssen."

„Das hatte ich sofort getan. Denn ich bin ein Teil dieser Familie, und ich will für euch da sein. Du bist immer für uns da gewesen. Wenn ich jetzt herausfinde, dass ich nicht daran beteiligt war, fühle ich mich gar nicht beschützt. Es macht mich wütend. Man hätte es mir sagen sollen."

Tamara hatte während der ganzen Unterhaltung bis jetzt still da gesessen, ihr Griff um die Tasse wurde fest genug, dass ihre Handknöchel weiß wirkten.

Sie stellte die Tasse ab und wandte sich Caleb zu. „Davon wusste ich nie was."

Diesmal wandte er seinen verwirrten Blick seiner Frau zu. „Du wusstest was nicht?"

Tamara deutete auf Ginny. „Dass deiner Schwester nicht völlig bewusst war, vor welchen Herausforderungen wir standen. Wir haben die ganze Zeit über sie geredet – über all die Dinge, die sie tun könnte, um zu helfen, wenn sie nach Hause kommt, mit den Gärten und in anderen Bereichen. Aber es klingt, als hättest du keine dieser Ideen je weitergetragen."

„Das waren Pläne für die Zukunft." Calebs Verwirrung wurde noch größer. „Ich raffe es nicht." Er schüttelte den Kopf, während er Ginny anschaute. „Ich bin, seit du weg warst, ein wenig besser darauf trainiert worden, was für eine hohe Kunst es ist, hinzuhören, wenn jemand etwas zu sagen hat, darum fange ich noch mal neu an. Ginny, wir haben dir niemals mitgeteilt, wie schlimm die Dinge waren – aus Gründen, die damals für mich sinnvoll schienen. Du sagst, das war die falsche Entscheidung."

Er hielt inne und gab ihr die Gelegenheit, etwas zu erwidern.

„War es." Ginny schluckte um den Kloß in ihrer Kehle herum. „Ich bin so froh, zu Hause zu sein. Ich bin so froh, ein Heim zu haben, in das ich zurückkehren kann, und ich weiß, dass das eine Menge Arbeit und Opfer von euch allen erfordert hat." Sie schloss auch Tamara in ihre Anmerkung ein. „Bitte glaubt nicht, ich wäre undankbar. Darum geht es mir überhaupt nicht. Und deine guten Nachrichten sind unglaublich, und ich habe das Gefühl, indem ich diese kindische Beschwerde loswerde, trample ich über die ganze schön Torte, die ihr mir geschenkt habt. Aber es hat mich schon die ganze Zeit innerlich zerrissen, und ich will nichts davon auf das einwirken lassen, was wir in Zukunft planen."

„Teufel, Kleine. Das tut mir leid." Caleb stand auf und öffnete die Arme. „Komm her."

Einen Augenblick später war sie in seinen Armen, die Tränen liefen offen. Der sichere, geschützte Ort in den Armen ihres Bruders fühlte sich richtig an …

Aber sie war kein Kind mehr.

„Ich bin doch nicht gegangen, um auf einer Urlaubsreise durch die Landschaft zu hüpfen. Ich weiß, dass es grundsätzlich spannend klingt, durch Europa zu tingeln, aber in Wahrheit war es das nicht immer. Es war verdammt harte Arbeit, und manchmal hatte ich Angst. Oder ich habe den Tag ganz schmutzig und erschöpft abgeschlossen, genauso, als wäre ich zu Hause gewesen. Aber ich war nicht zu Hause, und hätte ich es gewusst, wäre ich da gewesen." Diesmal sagte sie es offen. Kein Beben war in ihrer Stimme, nur völlige Aufrichtigkeit. Dann schrie sie nicht, forderte nichts, schloss es einfach nur ruhig ab. „Bitte lass mich nicht wieder außen vor. Ich muss wissen, dass ich für euch wertvoll bin. Und mich zu schützen, indem ihr mich unwissend haltet, ist keine Art, mir das zu zeigen."

„Ich verspreche es", sagte Caleb, seine Stimme ein tiefes Grollen an ihrer Schläfe. „Natürlich kann ich nicht versprechen, dass ich überhaupt nichts mehr vermassle, denn im Fehlermachen sind große Brüder am besten."

„Ha." Sie stieß einen langen Atemzug aus. „Tut mir leid, dass ich das heute Abend bei euch abgeladen habe."

„Vertrau mir. Ich bin sehr viel glücklicher, dass wir uns damit jetzt befasst haben, bevor du die volle Auswahl an Kräutern zur Verfügung hast." Caleb schnaubte, während sie ihm die Finger in die Rippen stieß. „Deine magischen Elixiere sind gefährlich, Hexenweib."

Tamara hob eine Augenbraue.

Ginny lächelte süß. „Abführtee. Ich weiß nicht mal, was er getan hat, aber er hatte es verdient."

Zwei Mädchen zischten ins Zimmer, liefen mit voller Geschwindigkeit in Caleb hinein, während er Ginny aus der Umarmung entließ.

„Dad, der Film war so witzig", verkündete Sasha.

„Sasha hat so fest gekichert, dass ihr Wasser aus der Nase kam", sagte Emma leise, die Hand auf den Mund gedrückt.

Es war unmöglich, nicht die Freude zu spüren, die von den beiden ausstrahlte. Ginny ging in die Hocke und musterte Sasha genau. „Sieht nicht aus, als wäre was dauerhaft kaputt gegangen."

Sasha verzog das Gesicht, was so sehr an Caleb erinnerte, dass es unheimlich war. „Es war Wasser, kein Kleber."

Hinter ihnen schnaubte Tamara. „Das ist so eine konkrete Beobachtung, dass ich nicht glaube, mehr Einzelheiten darüber hören zu wollen. Ihr beiden geht mit eurem Daddy und macht euch fertig fürs Bett. Ich komme gleich rein und sage gute Nacht."

„Gute Nacht, Tante Ginny", rief Emma, die ihr Gesicht zu einem Kuss nach oben wandte. „Du wirst morgen hier sein, ja?"

„Ich werde jede Menge Morgende hier sein", versprach Ginny.

Es kam eine weitere Umarmung von Sasha und eine impulsive zusätzliche Umarmung von ihrem großen Bruder. Caleb drückte ihr einen Kuss auf die Stirn. „Ich bin froh, dass du morgen auch hier sein wirst."

Die Mädchen wirbelten weg wie leuchtende glückliche Blätter, die um die hochgewachsene, starke Gestalt ihres Bruders tänzelten.

Tamara legte Ginny eine Hand auf den Arm. „Und hier entschuldige ich mich. Ich habe es so richtig vermasselt."

Ginny schüttelte den Kopf. „Du sagtest, du hättest es nicht gewusst. Ich werde dich nicht für einen Fehler verantwortlich machen, den Caleb begangen hat. Außerdem ist mir klar, dass es ein Fehler war, und er hat es gut gemeint. Das ist vorbei, und wir können es hinter uns lassen."

„Du hast recht, und wir werden es hinter uns lassen, aber ich muss mich trotzdem noch entschuldigen, denn ich hätte es besser wissen sollen." Tamara wirkte verlegen. „Du hast doch bestimmt schon gehört, wenn man Dinge mutmaßt, ist das nur die halbe Miete?"

Ginny nickte.

„Du und ich haben in den letzten paar Jahren eine Menge geredet. Die Technik kann ja etwas zu wünschen übrig lassen, wenn es um Feinheiten geht. Aber ich habe niemals etwas erwähnt, was die Finanzen oder die Arbeitspläne betrifft, weil ich angenommen habe, dass du das ansprechen würdest, wenn du bereit bist. Ich dachte, Caleb hätte dich up to date gehalten, und du wärst mit anderen Prioritäten beschäftigt."

Teufel auch. „Du dachtest, ich hätte mich entschieden, mich fernzuhalten, anstatt euch zu Hilfe zu kommen?"

Interessanterweise hielt Tamara inne, ihre Miene war nachdenklich. „Weißt du, ich kann ehrlich sagen, dass ich zu keinen Schlüssen gesprungen bin, weshalb du nicht nach Hause kommen wolltest. Ich habe die letzten paar Jahre nicht damit verbracht, schlecht von dir zu denken, wenn du dir darum Sorgen machst. Du bist eine Verpflichtung eingegangen und hast dich daran gehalten, und ich habe dich – ganz ehrlich – für deinen Mut und das Risiko bewundert, das du auf dich genommen hast, um irgendwo so weit weg zu sein."

Ginny atmete bebend ein, bevor sie zugab: „Manchmal war es schon verdammt weit weg."

Es schien, als wären Umarmungen von der Schwägerin genauso beruhigend wie Umarmungen vom großen Bruder, wenn auch sehr viel fester. Tamara nahm Ginny ganz fest in die Arme und drückte, hielt sich an sie geklammert. „Du bist jetzt zu Hause. Das ist dein Zuhause, und ich entschuldige mich, dass ich etwas getan habe, das dir das Gefühl gegeben hat, du wärst auch nur ein kleines bisschen unerwünscht und unnötig."

„Dich kann man echt sofort mögen", gab Ginny zu. „Wenn man dazu noch all die anderen Dinge nimmt, die an dir wunderbar sind, wie etwa, dass du meinen Bruder und meine Nichten liebst und dass du ein echt süßes Baby gebaut hast. Außerdem kannst du so richtig gut kochen."

Tamara lachte, noch während sie nach einer Packung Taschentücher griff und sie ihr hinhielt. „An Schwestern ist schon etwas Besonderes dran. Ich kann immer noch eine in meinem Leben brauchen."

Ginny wischte sich das Gesicht ab, dann setzte sie sich hin, nahm endlich einen Schluck von dem Tee, den Caleb ihr gemacht hatte, und ließ davon die Anspannung in ihrer Kehle beruhigen.

„Als nächstes", sagte Tamara, „bevor ich losmuss, um die Kleinen einzupacken, schlage ich vor, dass du vorerst im Anhänger wohnen bleibst."

Ginny konnte vor Überraschung gar nicht antworten.

„Denn ich habe gedacht", fuhr Tamara fort, „ich weiß, dass du früher ein Zimmer hier im Keller hattest, aber ich glaube nicht, dass das eine gute Langzeitlösung ist. Dustin ist in dem Häuschen, wo, soweit ich es weiß, früher Dare gewohnt hat. Dustin hat einen Freund, der über die Feiertage bei ihm wohnt, darum können wir sie noch nicht rauswerfen, aber es gibt keinen Grund, weshalb er nicht letztlich in die Mitarbeiterunterkünfte ziehen kann."

„Wenn es Dustin nichts ausmacht, würde ich das Häuschen wirklich lieben", gab Ginny zu. „Dare und ich sind seit Ewigkeiten beste Freundinnen, darum habe ich genauso viel Zeit dort verbracht wie in diesem Haus."

„Ich glaube nicht, dass es Dustin was ausmachen würde. Ich habe so ein Gefühl, dass er vielleicht in nicht allzu ferner Zukunft auf einem eigenen Weg loszieht", sagte Tamara. Sie neigte das Kinn. „Okay. Damit hast du für die nächsten paar Wochen ein wenig mehr Wohnraum für Erwachsene. Aber du darfst natürlich jederzeit vorbeikommen, und außerdem die Waschmaschine und den Trockner nutzen, wann immer du willst. Aber ich werde den Mädchen sagen, dass der Anhänger tabu ist. Das ist dein Raum."

Ginny öffnete den Mund, um etwas wegen der Situation mit Tucker zu sagen, während Tamara eine Hand hob.

„Bevor ich es vergesse."

Sie griff unter das Sofa und zog einen schmalen Gegenstand in der Form eines Aktenkoffers heraus, den sie Ginny anbot.

Das Päckchen war in Pergamentpapier eingeschlagen, das vom Alter ausgeblichen und an manchen Stellen verfärbt wirkte. Auf der Karte oben stand Ginnys Name in einer Handschrift, die sie über dreizehn Jahre lang nicht gesehen hatte.

„O mein Gott." Ginny strich mit einem Finger über die Buchstaben.

„Das habe ich gefunden, während ich Kartons ausgeräumt habe, die offensichtlich seit dem Unfall gepackt gewesen waren. Es gab ein paar andere, die schon in Geschenkpapier eingepackt waren, mit Namen auf jedem. Eure Mutter war echt gut im Vorausplanen, also kommt das von ihr. Für dich."

Das Gewicht davon auf Ginnys Schoß war wie ein Amboss. Sie schaute auf und sah Mitleid auf Tamaras Gesicht.

„Ich glaube nicht, dass ich das gleich jetzt öffnen kann", gab Ginny zu.

Tamara nickte. „Nimm es mit. Lass es eine Weile stehen, wenn du das brauchst, und wenn du Gesellschaft willst, wenn du es dann wirklich auspackst, lass es mich wissen. Oder Caleb – er würde absolut alles für dich tun."

Ginny wurde schon wieder heiser. „Ich weiß. Er ist der beste. Das ist er wirklich."

Tamara lächelte, blinzelte eigene Tränen weg. „Ich bin ihm selbst irgendwie zugeneigt."

„Wir müssen damit aufhören", sagte Ginny und spielte Empörung vor. „Ich bin die witzige Schwester, und du bist die Glucke, die alles geregelt kriegt. Wir sind keine weinerlichen Mädchen."

„Die Glucke?" Tamara kicherte. „Das nehme ich lieber als viele andere Spitznamen, die man sich einfallen lassen könnte. Umarme mich, bevor ich Caleb davor rette, zum siebten Mal angefleht zu werden, nur noch ein Kapitel zu lesen."

Nach einer letzten Umarmung verschwand Tamara in den

hinteren Teil des Hauses. Ginny nahm die drei verlassenen Teetassen, wusch sie aus und ließ sie im Abtropfgestell stehen. Sie zog ihre Stiefel und die Jacke an, dann steckte sie das Geschenk von ihrer Mutter vorsichtig in eine Jutetasche, um es vor dem Schnee zu schützen, der draußen leicht fiel.

Sie ging zurück zu dem Anhänger, wo sie, soweit sie es wusste, weil keiner von ihnen etwas dagegen unternommen hatte, schließlich Tucker finden würde.

Ein Teil der verworrenen Anspannung rund um ihre Heimkehr war kurzerhand angesprochen und völlig aufgelöst worden. Gott sei es gedankt. Ginny hatte gehofft, dass es so einfach sein würde. Aber es hatte eine Menge geistiger und emotionaler Energie gekostet, sich hinzustellen und zuzugeben, was für ein Gefühl sie hatte, und jetzt fühlte sie sich erschöpft und völlig ermüdet.

Nur mit diesem Schock aus Adrenalin durch das Geschenk, diesem Geist der vergangenen Weihnacht, den sie dabei hatte? Es spielte keine Rolle, wie müde sie war, sie vibrierte vor Energie.

Sie. War. Völlig. Aufgedreht.

Sie schnaubte tatsächlich erheitert, als sie die Stufen zu dem Anhänger hinaufstieg. Der arme Tucker. Er würde gar nicht ahnen, was ihn da traf, wenn er nach Hause kam.

ASHTONS ZU HAUSE WAR ÜBERSICHTLICH, nur ein wenig größer als die Mitarbeiterunterkünfte für die Saisonarbeiter. Tucker schaute sich interessiert den motelartigen Bereich mit zwei Zimmern an.

Ashtons Schlafzimmer war links, das zweite Zimmer war als Büro rechts eingerichtet. Dazwischen war das Bad. Vor allem gab es einen offenen Wohnbereich mit einer kleinen

Küche an einer Wand und einem Küchentisch, der groß genug war, dass vier Kartenspieler daran sitzen konnten. Sauber und aufgeräumt mit nur minimalen Kinkerlitzchen, und das war durch und durch Ashton ... bis auf eines.

Auf beinahe jedem freien Platz an der Wand mit der Tür zum Bad gab es ein buntes Makramee-Kunstwerk, das daran festgesteckt war. Sie waren hübsch und sehr gut ausgeführt. Es war nicht, dass sie grell gewesen wären ...

Okay, aber bei der Menge war es nicht mehr charmant, sondern leicht lächerlich.

Am Vortag hatte Tucker nichts gesagt, aber nun war es ihm unmöglich, zu widerstehen. „Hast du in deiner Freizeit mit dem Basteln angefangen?"

Ashton setzte den Kessel auf, zog eine Packung Trockenfleisch heraus und warf sie auf den Tisch. „Das sind Geschenke. Wie zum Teufel sagt man jemandem, dass man nicht mehr beschenkt werden möchte?"

Tucker setzte sich an den Tisch. „Man sagt *danke, aber bitte aufhören?*"

„Klar. Erzähl mir doch gleich, du würdest das zu Emma sagen. ‚Bitte hör auf, mir Bilder zu malen, die ich an meinem Kühlschrank hängen muss'."

„Emma hat doch nicht das Makramee gemacht", erwiderte Tucker träge.

„Nerviges Weib", grollte Ashton.

Was die nächste Frage beantwortete, die Tucker gestellt hätte. Es gab nur eine Frau, die Ashton in diesem Tonfall beschrieben hätte. Ivys Großmutter, Sonora Fallen. Die Matriarchin der Familie Fields im Ort und eine ständige Quelle der Qualen für Ashton.

„Du solltest einfach zugeben, dass du Sonora magst", sagte Tucker.

„Ich gebe es zu, wenn du es genauso machst", schoss Ashton sofort zurück.

Ach, Teufel. Sein Onkel redete nicht davon, dass Tucker eine Bewunderung für Sonora zugeben sollte.

Tucker spielte auf unschuldig. „Ich weiß nicht, wovon du da redest."

Sein Onkel funkelte ihn an. „Verschwende nicht meine Zeit damit, so zu tun, als hättest du nicht für Ginny Stone geschwärmt, seit sie größer wurde. Außerdem bin ich mir verdammt sicher, dass in den letzten Jahren aus diesem Schwärmen etwas mehr geworden ist als nur Wunschdenken."

Das war nicht die Anmerkung, die Tucker erwartet hatte. Zumindest nicht von seinem Onkel.

Irgendwann hatte er damit gerechnet, dass Kelli oder vielleicht Tamara ein paar betonte Fragen stellen würden, denn zu oft war er an diesem Tag schon dabei erwischt worden, Ginny wie besessen anzustarren, wann immer sie da war.

Aber sein Onkel? *Teufel.*

Tucker lehnte sich zurück und streckte die Beine aus. „Es überrascht mich, dass du mich nicht davon abhalten willst."

„Also gibst du es zu?"

Tucker nickte. Er hob rasch eine Hand. „Aber zwischen uns ist nichts passiert, bis sie alt genug war. Ich würde nichts Unanständiges machen. Ich schwöre es."

Ein sehr unerwartetes Schnauben entwich Ashton. „Freundchen, das ist das letzte, was du mir versichern musst. Ich bin verdammt noch mal sicher, dass sie dich verführt hat."

Scheiße aber auch. „Was?" Tucker schüttelte den Kopf. „Nein. Gib darauf keine Antwort. Ich will es nicht wissen."

Sein Onkel wirkte viel zu erheitert. „Wenn man es sich nicht dreifach im Kalender markiert, passiert es nicht. Das Mädchen ist ein Haufen Ärger – ich verbessere mich. Diese Frau ist ein Haufen

Ärger, und sie hatte schon immer ihren eigenen Kopf. Ich werde dir sicher nicht die Gesetze vorlesen, wo ihr doch beide Erwachsene seid, die ihre eigenen Entscheidungen treffen können."

Gott sei es gedankt für kleine Gnaden. Da konnte er dann auch gleich einen Teil zugeben – allerdings nicht den Sex.

Tucker zuckte mit den Schultern. „Ja, ich mag sie. Mehr als nur mögen. Wenn es möglich wäre, würde ich tun, was ich könnte, um die Dinge zwischen uns Wirklichkeit werden zu lassen."

Ein Geständnis, das er noch niemals gemacht hatte, nur vor diesem Mann. Ashton war immer ein guter Onkel gewesen, aber das war nicht die Art Unterhaltung, die sie normalerweise führten.

„Das dachte ich mir schon. Also als Teil der Träume, von denen Caleb gerade gesprochen hat, habe ich einen Vorschlag für dich."

Interessant. Tucker stützte die Ellbogen auf den Tisch. „Fahr fort."

„Da ich weiß, dass du die Dinge gern sehr weit im Voraus planst – eine nervige Angewohnheit, die du von deinen Eltern übernommen hast, und die sich gehalten hat, trotz meiner stetigen Versuche, dich da rauszuholen –, rück mal deine Tabellen raus und arbeite daran." Ashton verschränkte die Arme vor der Brust. „Du hast recht. Ich bin interessiert an Sonora", er wedelte mit einem Finger vor Tuckers Gesicht herum, „und du wirst das vor *niemandem* laut sagen. Aber das heißt, dass ich irgendwann einmal bereit sein möchte, den nächsten Schritt zu gehen."

„Klingt sinnvoll. Was hat das mit mir zu tun? Oder Ginny? Oder Tabellen?"

Sein Onkel warf ihm ein gerissenes Grinsen zu. „Ich will, dass du bereit bist, als Vorarbeiter zu übernehmen, wenn es so weit ist."

5

Ich will, dass du übernimmst.

Die Worte hallten durch Tuckers Kopf, rüttelten verdammt noch mal fast sein Gehirn durch. „Du willst in den Ruhestand gehen?"

„Früher oder später. Ich will nicht komplett aufhören, aber ich komme der Sache näher", gab Ashton zu. „Mir gefällt, was ich tue, Kleiner, aber mir gefällt es weniger um fünf Uhr früh, nachdem ich bis drei Uhr wach war. Weil ich mich um die eine oder andere Katastrophe gekümmert habe. Das ist eine Aufgabe für einen jungen Mann, und jung bin ich schon seit ein paar Jahren nicht mehr."

Tucker setzte sich hin und ließ diese neue Information über sich hinweggehen. Er brachte das, was Ashton da andeutete, in die Ziele ein, die er schon lange Zeit selbst geplant hatte, und kam mit einer brandneuen Wirklichkeit wieder hervor.

Es schien, als würden sie ganz unverblümt reden. Also sollte es so sein.

„Ich hatte vor, dich zu bitten, Vollzeit als dein Lehrling

übernommen zu werden, in dem Sommer, als ich zwanzig wurde." Tucker beobachtete, wie sein Onkel im Geiste rechnete und seine Miene traurig wurde. „Ja, das ist das Jahr, in dem wir die Stones und die Hayes verloren haben. Bis zu diesem Zeitpunkt hatten sie mich ziemlich gut geschult, zusammen mit dir, und Walter hatte mir mehr oder weniger gesagt, dass das der nächste Schritt wäre. Aber durch den Unfall hat Caleb am Ende nicht nur seine eigene Familie aufgezogen, sondern auch Darylin Hayes, und es bestand keine Möglichkeit, dass sie es sich leisten konnten, mich zu übernehmen. Also habe ich mich von dieser Idee verabschiedet."

„Dieser Unfall hat zu viele Leben auf den Kopf gestellt. Verdammt seien Leute, die betrunken fahren. In der Hölle sollen sie schmoren." Ashton schüttelte den Kopf, dann schaute er Tucker in die Augen. „Tatsächlich wäre das das perfekte Timing gewesen."

„Die Vergangenheit können wir nicht ändern. Aber ich war seither nicht untätig", versicherte ihm Tucker. Seine Anmerkung zu Ginny vor ein paar Stunden kam ihm in den Sinn, darüber, wie all seine vergangenen Joberfahrungen ein Scheibchen von Silver Stone gewesen waren. Das hatte er absichtlich so eingerichtet. „Da ich nicht hierher kommen konnte, habe ich getan, was ich konnte, um anderswo etwas zu lernen. Ich bin nicht bereit, reinzuspringen und gleich heute zu übernehmen, aber ich habe da eine echt gute Basis."

„Da hast du verdammt noch mal recht." Diesmal stand in Ashtons Miene volle Zustimmung. „Ich habe mich schon gefragt, weshalb du nicht irgendwo mal länger als ein oder zwei Jahre geblieben bist. Davor hatte ich eine Zeit lang mal Sorgen, dass du unruhige Füße hast, genau wie Ginny."

Tucker hatte Ginnys Gesicht gesehen, während sie an die Decke des Heuschobers geschaut hatte, und war beinahe dahingeschmolzen, war in den Trost des alten vertrauten Schuppens eingetaucht. Er war nicht sicher, dass sie wirklich auf Wanderschaft hatte gehen wollen, aber das war gerade nicht das Thema.

„Lass mich mal eine offizielle Bewerbung schreiben", bot Tucker an. „Wenn du glaubst, das wäre etwas, was Caleb gutheißen würde, müssten wir ein Datum zum Start festlegen, damit ich mit meinem derzeitigen Boss reden und ihm Bescheid geben kann."

„Caleb hat mir schon vor Jahren gesagt, ich soll jemanden einstellen und ihn einarbeiten. Da ich im Lauf der Jahre eine ganze Menge Zeit aufgewendet habe, um sicherzustellen, dass aus dir kein Arschloch wird, glaube ich, ich kann mit dir arbeiten." Ashton hob eine Augenbraue. „Du ähnelst mir mehr als meinem Bruder."

„Das nehme ich als Kompliment", sagte Tucker trocken. Seine Beziehung zu seinen Eltern war mehr oder weniger nicht vorhanden.

Sein Onkel musterte ihn eindringlich. „Hattest du in letzter Zeit viel mit deinen Leuten zu tun?"

„Nein." Tucker hob eine Augenbraue. „Wann hast du denn das letzte Mal mit deinem Bruder Kontakt gehabt?"

„Vor einem Monat", erwiderte Ashton, ehe er das Gesicht verzog. „War, als würde man mit einer Ziegelwand reden. Einer unglücklichen Ziegelwand."

„Weil sie unglücklich *sind*. Sie können nichts tun, außer sie sind beide mit der Entscheidung einverstanden, was bedeutet, dass sie immer Kompromisse finden, die Schwachsinn sind, und bei denen sie beide unglücklich werden."

Es war für Tucker ein Kampf gewesen, auch nur ansatzweise herauszufinden, was seine Eltern umtrieb – ihre Prioritäten waren für ihn nicht einmal annähernd logisch. Als hätten sie ihn bei der Geburt gegen das Kind eines sehr viel praktischeren Paares ausgetauscht. Da er aber die Wahrheit kannte, hatte es das einfacher gemacht, absichtlich einen Schritt weiter aus der Einflusssphäre seiner Eltern auf sein Leben wegzutreten.

Nachdem er kurz seinen Verstand geprüft hatte, um zu sehen, ob er auch nur das winzigste bisschen eines verbleibenden ‚ist mir wichtig' fand – doch er fand nur ‚ist mir schnurz' –, zuckte Tucker die Schultern. „Sie haben ihre Entscheidungen getroffen, die mich eindeutig nicht beinhalten."

„Ich weiß, dass sie schlimm sind, aber ..."

„Ihnen ist es egal", unterbrach ihn Tucker, sprach die Wahrheit offen aus. „Ich habe eine letzte Anstrengung im letzten Oktober unternommen und vorgeschlagen, dass ich an Thanksgiving vorbeischauen würde. Sie haben mir gesagt, sie hätten bereits etwas vor, und wenn ich auftauchen würde, wäre am Tisch eine ungerade Anzahl Gäste."

Sein Onkel fluchte leise.

Tucker hatte genug andere Leute in seinem Leben, denen er wichtig war und die seine Eltern wettmachten, darunter der Mann, der jetzt vor ihm stand. „Ich habe auch meine Entscheidungen gefällt. Ich neige zu einfacher und ehrlicher Arbeit mit den Händen. Du hast mir den Wert davon beigebracht – du, Walter und Joseph, bevor sie gestorben sind. Du hast in den letzten Jahren mehr für mich getan, als meine Eltern je getan haben. Lass mich jetzt für dich da sein. Ich würde nur zu gerne auf Silver Stone arbeiten, aber ich würde dir auch das Leben gern in der Zukunft leichter machen. Also, danke für die Gelegenheit."

Ashton neigte das Kinn, beugte sich vor und schlug mit der Hand auf den Tisch. „Dann ist es entschieden. Sammle mal deine Papiere zusammen, damit wir es offiziell machen können, aber sobald du mit deiner Arbeit im Osten fertig bist, legen wir los. Ich werde zunächst niemandem außer Caleb was sagen. Wir werden es den Rest der Mannschaft und die Familie wissen lassen, sobald du ein Datum vorlegen kannst."

Er streckte die Hand aus, und wie in den alten Tagen schüttelte Tucker sie fest, schaute ihm in die Augen. „Ich werde dich nicht enttäuschen."

„Das weiß ich doch, Kleiner." Ashton seufzte schwer, lehnte sich im Sessel zurück und schloss die Augen. „Jetzt los mit dir."

Tucker lachte leise. „Bin schon weg."

Er trat hinaus in den Schnee und die Kälte, in seinen Gedanken wirbelten die Veränderungen seiner Pläne und die Möglichkeiten, die vor ihm lagen.

Kleiner.

Es stimmte. Walter, Joseph und Ashton waren alle mehr Vater für ihn gewesen, als der Mann, der ihn gezeugt hatte. Beide seine Eltern waren kalte, bittere Menschen. Je weniger Einfluss sie in Zukunft auf sein Leben hatten, umso besser.

Er war auf halbem Weg zum Anhänger, als ihm klar wurde, dass nach dem anfänglichen Kommentar über Tucker und Ginny sein Onkel die Frau niemals wieder erwähnt hatte. Er war schon drei Viertel des Weges zum Anhänger gegangen, als Tucker klar wurde, dass er an diesem Tag kein einziges Mal vor irgendjemandem erwähnt hatte, dass ihr Quartier doppelt belegt war.

Er war auf den Stufen des Anhängers und ging in die Wärme, bevor er sich eingestand, dass er genau da war, wo er sein wollte. Nach Hause kommen nach Silver Stone.

Nach Hause kommen zu Ginny.

Der Ofen heizte, die Luft um ihn herum war warm. Er zog die Stiefel aus und sah sich nach einer Spur der Frau um. „Ginny? Bist du wach?"

„Hier drin."

Er ging zur Tür des Schlafraums und spähte hinein.

Sie saß auf dem Bett, Kissen waren hinter ihrem Rücken aufgestapelt. Ihre langen Beine waren von blassrosa Schlafanzughosen bedeckt, dazu kam ein Tanktop in derselben Farbe. Sie hatte plüschige Pantoffeln an den Füßen, und eine Decke, die ihr locker um die Schultern lag.

Ihr Blick war fest auf einen verblichenen gelben Umschlag in ihrer Hand gerichtet.

„Was ist los?", fragte er leise, kam näher, bis er sich auf das Fußende des Bettes setzen konnte.

Sämtliche Sorgen wegen ihrer Unterbringung waren weg, denn diese Miene hatte er kaum je gesehen. Es war die verlorene und erschöpfte und verängstigte Miene, von der Tucker wusste, dass Ginny Stone sie bis aufs Äußerste hasste. Diejenige, die sagte, dass sie nicht genug Energie hatte, um mit etwas fertig zu werden.

Sie holte so tief Luft, dass sich ihr ganzer Körper leicht hob. „Tamara hat ein Geschenk gefunden. Es war jahrelang versteckt." Ginny begegnete seinem Blick, ihre Augen waren feucht. „Es kommt von meiner Mom."

„Heilige Scheiße", flüsterte Tucker, noch während er näher kam, neben sie glitt und ihr einen Arm um die Schultern legte. Es war ein Instinkt, ihr Trost zu bieten, noch während sie den Umschlag hochhielt.

Ihre Hand bebte, und das Papier zitterte.

Ginny schmiegte sich an seine Brust. „Ich muss es zugeben. Ich habe niemals ganz verstanden, was konsterniert genau heißen soll. Kon-ster-niert. Klingt wie eine ungemütliche Fellatio."

Er kicherte. „Ginny."

„Wenn ich keine Witze mache, weine ich", gab sie zu. „Und ich mache nur zum Teil Scherze, denn, Heiliger Bimbam.

Damit habe ich nicht obendrauf auf dem Rest des ganzen Tages gerechnet."

Er zog den Umschlag aus ihren Fingern, Erstaunen und Verwunderung mischten sich, als er die immer noch vertraute Handschrift auf dem Umschlag erspähte. „Sitzt du hier und versuchst, die Energie aufzubringen, um ihn zu öffnen?"

Sie wedelte mit der Hand zur Seite des Raums hin. „Der Rest steht da drüben. Eine ganze Schachtel aus der Vergangenheit, und nein. Ich will ihn nicht jetzt gleich öffnen. Ich will irgendwie, dass er gar nicht hier ist. Nicht in meinem Gehirn, nicht mal als Möglichkeit. Denn ich will ihn so dringend öffnen, dass es mir Angst macht."

Tucker rückte dichter heran, die Wärme ihres Oberkörpers stand in einem scharfen Kontrast zu der Kälte ihrer Finger und ihrer Arme. „Verdammt, Ginny. Wie lange hast du denn hier gesessen?"

„Weiß nicht."

Scheiß drauf. Er richtete sich neu aus, bis sie verdammt noch mal fast auf einem Schoß saß. Er zog die Decke über sie beide. „Hast du Dare angerufen?"

Die beiden waren schon jahrelang dick befreundet. Wenn irgendjemand Ginny da durch bringen konnte, dann ihre Schwester.

Ginny rieb die Wange an seiner Brust. Langsam, beinahe wie eines der Kätzchen in der Scheune. „Ich habe darüber nachgedacht. Es ist Weihnachten, Tucker. Ich habe bereits einem meiner Geschwister Weihnachten versaut. Ich will nicht zum Stress von sonst jemandem beitragen."

„Wem hast du denn Weihnachten versaut?", fragte er überrascht.

Ginny seufzte wieder. Ein enormes Geräusch, als wäre sie ein Heißluftballon, der seine ganze Luft verlor. „Ich habe

Caleb die Hölle heißgemacht, weil er mir niemals erzählt hat, dass die Ranch finanzielle Schwierigkeiten hatte."

Völliger Schock stellte sich ein. „Du nimmst mich verdammt noch mal auf den Arm." Sie spannte sich in seinen Armen an, und er berührte sie rasch. „Das war nicht an dich gerichtet. Du wusstest nie, dass alles so eng war. Niemand hat es dir gesagt?"

„Nö." Sie tätschelte ihm die Brust. „Ihr großen, starken Typen habt immer das Bedürfnis, zarte kleine Wesen wie mich zu beschützen." Sie legte den Kopf zurück. „Ist schon okay. Er hat sich entschuldigt, und es ist durch, also ist keinerlei Empörung mehr erforderlich, von niemandem. Ich hätte das nicht mal sagen sollen. Ich erzähle es sonst niemandem. Es ist vergangen und vergessen. Ich meine das ernst."

Sie richtete sich auf und legte ihm eine Hand an die Wange.

„Ich werde kein Wort sagen", versprach Tucker, ohne dazu gedrängt zu werden. „Aber ich bin froh, dass du es mir erzählt hast. Das waren eine ganze Menge richtig beschissene Gefühle, die alle auf einmal vor dir aufgetischt wurden."

Obwohl er viel zu gut das Bedürfnis verstand, Ginny zu schützen, klammerte er sich immer noch an das Bild von ihr vor langer Zeit. So voller Sturheit und Stolz, dass sie anderen etwas abgeben konnte. So beharrlich darauf bedacht, dass sie stark sein würde.

Zu entdecken, dass sie aus Familiendetails ausgeschlossen worden war, war wohl gewesen, als hätte man sie mit dem Schlachtmesser aufgespießt. Verdammt, er war ja schon angepisst gewesen, als sein Onkel nichts gesagt hatte, bis Tucker ihn breitgeschlagen hatte, die Katze aus dem Sack zu lassen, was ihn so sehr beunruhigte.

O.

O.

Die scherzhaften Kommentare von Luke, dass Ginny nicht da gewesen war, hatten bestimmt gesessen. Das war der Frust, den er vorhin auf ihrem Gesicht gesehen hatte.

Nun richtete sie diese großen, von Gefühlen erfüllten Augen wieder auf ihn, aber es war kein Frust, es war keine Traurigkeit. Tief darin funkelte die schelmische, sexy Kreatur, die ihn so fest in ihr Netz verstrickt hatte, dass er nicht widerstehen konnte.

„Wofür denn dieser Blick?", fragte er argwöhnisch.

Sie wand sich, bis sie auf seinen Oberschenkeln saß. Ihr perfekter Hintern war auf ihm, die Hitze ihres Geschlechts ganz nahe dort, wo sein Schwanz sich hinter der Jeans aufrichtete. „Wir müssen reden."

Schwachsinn. Seine Hände waren auf ihrer Hüfte, seine viel zu gierigen Finger fanden einen Weg unter ihr Schlafanzugoberteil. Die bloße Haut war an seinen Handflächen brennend heiß, als er sie um ihre Taille gleiten ließ.

Unwillkürlich sogar. Er tat das nicht absichtlich.

„Ich habe vergessen, jemandem von unserer vermasselten Schlafgelegenheit zu erzählen", gestand er. „Ist mir einfach entfallen."

Ginny ließ die Hände von seinen Schultern und hinab zu seiner Brust gleiten, die Fingerspitzen zogen kleine Kreise über seine Muskeln, während sie ihn streichelte. „Einer von uns hätte es auf einen To-do-Zettel schreiben sollen, denn mir ist es auch entfallen. Tatsächlich hat Tamara mir gesagt, dass der Anhänger in den nächsten beiden Wochen ganz mir gehört. Eine Zone mit Kinderverbot sogar."

War das nicht eine praktische kleine Versuchung?

Tucker wollte den Kopf schütteln, damit die Dinge sich wieder ordentlich einreihten, aber ihm ging rasch der Wunsch verloren, sich klug anzustellen. Er wollte sich vielmehr auf das

Hier und Jetzt konzentrieren. Sich in Lust verlieren und auch Ginny glücklich machen – mindestens zwei- oder dreimal.

Nur war das die richtige Entscheidung? Denn obwohl er ganz dabei war, das heute Abend dahin zu führen, wohin es geführt werden musste, hatte er Größeres zu planen.

Er zog auf die Ranch. Er konnte endlich an dem einen Ort arbeiten, an dem er Vollzeit bleiben wollte. Was alles die perfekte Gelegenheit ergab, um auf Ginny abzuzielen, langfristig und für immer.

Er war ziemlich sicher, dass das keine Sache war, die man mit einer weiteren Episode ihrer langwierigen Affäre beginnen sollte.

Ginny strich ihm mit den Fingern durch die Haare, rückte näher und schaute ihm direkt in die Augen. „Zwei Wochen. Lass uns nachgeben und einander wie verrückt genießen, die nächsten beiden Wochen lang. Sei ehrlich, du weißt doch, dass du das auch willst."

Mist. Das war nicht nur eine Versuchung, das war eine Versuchung auf dem Silbertablett.

Ashton hatte gesagt, er sollte niemanden von der möglichen neuen Job-Situation erzählen, bis Caleb informiert war. Und Tucker war in den nächsten beiden Wochen da, ganz gleich, was er mit seinem Job zurück in Winnipeg vereinbarte.

Ein leises Lachen kam von Ginnys perfekten Lippen. „Du denkst zu viel nach."

„Der Teufel steckt in den Details", warnte er sie, noch während er die Hände um ihren Oberkörper legte, um die angespannten Muskeln in ihrem Rücken zu massieren. Pfeif drauf. Sie wollte die Wahrheit? Er würde sie ihr geben. „Ich schlafe gern mit dir. Ich knutsche gern mit dir, und ich bin auf jeden Fall dabei, wenn ich mir mit dir das Bett teilen soll."

～

NACH DEM ABEND mit all seiner Anspannung und den aufgestauten Gefühlen genoss Ginny die Woge der Erheiterung, die sie traf. „Ich bewundere wirklich, dass deine Liste mit miteinander Schlafen anfängt und sich dann zum geteilten Bett weiter entwickelt."

Seine Lippen zuckten, als er ein Lächeln unterdrückte. „Ich bin ehrlich. Wenn ich mir dich in meinem Bett vorstelle, macht keiner von uns ein Auge zu."

„Du hast dir mich in deinem Bett vorgestellt?" Du lieber Gott, wo kam denn diese Sexy-Hexy-Stimme her?

Er sah ihr auf die Lippen. „Stell keine Fragen, auf die du keine Antwort haben willst, Liebes."

Es war schockierend, was für ein gutes Gefühl ihr das gab. „Bist du also mit an Bord bei etwas Sex?"

Hitze strahlte von ihm aus, als er seine großen, talentierten Hände zurück zu ihren Hüften gleiten ließ und sie dann, *o, verdammt noch mal, ja,* näher zog, bis die dünne Schicht ihres Schlafanzugs an seiner Lende in der Jeans rieb. „Ja, nur dass wir ein kleines Problem haben."

Was, wie Ginny annahm, die Tatsache war, dass er sie noch nicht küsste. Oder dass keiner von ihnen sich schon ausgezogen hatte, oder dass das Bett noch nicht wackelte, während er begeistert in sie hineinstieß.

„Nur eins?"

Er schob ihr die Finger unters Kinn und hob es, bis sie sich Angesicht zu Angesicht gegenüber waren. Ihre Lippen sich fast berührten. „Hast du Kondome?"

Ginny fluchte in mindestens fünf Sprachen, was Tucker zum Lachen brachte, in einem viel zu erheiterten Unterton.

„Das interpretiere ich als Nein." Einen Augenblick später war sie unter ihm, flach auf dem Bett. Sein schwellender Bizeps war zu beiden Seiten von ihr aufgestützt, und Tucker ließ seine Hüfte zwischen ihren Oberschenkeln weit genug herab, dass ihr Herz hämmerte. „Ich schätze, das heißt, ich muss kreativ werden.“

Ja, bitte, mit Kirsche obendrauf.

Nur dass Ginny auch Ideen kamen. „Zieh dich aus“, befahl sie, zerrte nutzlos an seinem T-Shirt.

Tucker ließ sich mit etwas mehr Gewicht auf ihr nieder, nagelte sie mehr oder weniger fest. „Ich habe das Sagen“, informierte er sie.

„Ha“, rief sie. „Nur, bis ich meine Lippen um deinen Schwanz lege. Dann sehen wir ja, wer das Sagen hat.“

Halleluja, ein echtes Lächeln stellte sich auf seinem attraktiven Gesicht ein. „Selbst mit deinen Lippen um meinen Schwanz werde das immer noch ich sein.“

Er knurrte die Worte mehr oder weniger, und sie bekam eine Gänsehaut. Tucker Stewart, der das Sagen hatte, war etwas Herrliches.

Nur, wenn sie darauf gewettet hätte, dass er die Dinge schnell richtig versaut werden ließ, hätte sie verloren.

Stattdessen bekam sie seine Hände, die sanft ihr Gesicht nahmen, sein Blick wanderte über ihre Züge. Blieb an den Augenwinkeln hängen, bis er sich auf ihren Mund senkte.

Sah er etwa nach, ob sie geweint hatte? Da die Gefühle so hochgekocht waren, hatte sie bestimmt ...

Tucker küsste sie, und all die wirren, wunden Gedanken zogen sich zurück, ließen nichts hinter sich zurück als süße, anschwellende Leidenschaft. Ein langsames, intimes Näherkommen, bei dem sein Mund ihren streifte, gefolgt von einem leichten Knabbern seiner Zähne, bevor der Druck zunahm und er sich zwischen ihre Lippen stahl. Er kontrollierte ihre sofortige Reaktion, nahm sie mit sich in einem sehr viel zurückgenommeneren Tempo, als sie es festgelegt hätte.

Die Ziellinie war also diesmal an einer anderen Stelle. Sollte es eben so sein …

Ginny ließ los.

Vielleicht nicht für immer, aber vorerst schob sie ihre Sorgen und Nöte weg. Drängte die Traurigkeit zurück, die sie mit sich trug, weil sie so lange weg gewesen war und sich vorkam, als stünde sie am Rande ihrer eng verbundenen Familie. Eine Außenseiterin, die beobachtete, willkommen, aber kein wirklich geschätztes Mitglied war.

Starke Finger nahmen ihr Kinn, öffneten etwas Raum zwischen ihnen. Tuckers viel zu aufmerksamer Blick lag wieder auf ihr. „Bist du bei mir, Göttin?"

Sofort stellte sich ein Glücksgefühl ein. Er war der einzige, der diesen Kosenamen benutzte. „Bin ich. Ich lade nur etwas Ballast ab."

Er schob ihr das Top über den Kopf und zog ihr die Schlafanzughose aus, sodass sie nackt war.

Kühle Luft strich über ihre Haut, aber sein Blick – der war nichts als kochende Hitze. Er drückte ihr wieder die Handflächen auf die Taille, doch diesmal ging das sanfte Streicheln weiter bis ganz nach oben, bis seine Hände auf ihren Brüsten lagen.

Ein glückliches Seufzen entwich ihm. „Ich habe dich vermisst. Und dich."

Er strich mit dem Daumen über einen Nippel und dann den anderen, während er sprach, und Ginny kicherte unverstellt. „Ganz kurz dachte ich noch, du redest mit mir. Hast du ihnen schon Namen gegeben?"

„Meins und Auch Meins."

Sie lachte immer noch, als die Leidenschaft durch sie prickelte und das Geräusch zu einem Stöhnen verzerrte. Tucker hob ihre Brüste, drückte sie aneinander. Er legte den Mund zielsicher auf einen harten Nippel und ließ die Zunge darüber und darum herum tänzeln, wechselte die Seiten, bis sich ein Prickeln auf ihrem Oberkörper ausbreitete wie ein Netz aus Sternen.

Er schloss die Lippen und saugte, und eine scharfe Linie des Begehrens rauschte direkt nach unten bis zwischen ihre Beine.

„Ich habe dich auch vermisst." Die sanfte Beichte entwich ihr ungebeten. Sie wollte aber nicht, dass er aufhörte, darum strich ihm Ginny mit den Fingern durch die Haare und ermutigte ihn, weiter an ihren Brüsten zu knabbern.

Nur dass er sich zurückzog, seine ernste Miene war wieder da. „Ich habe dich auch vermisst. Echt jetzt."

Er brachte ihre Lippen wieder zusammen, bevor sie sich Sorgen machen konnte, dass sie ihre Stimmung verdorben hatte. Stattdessen nahm die Hitze zwischen ihnen immer weiter zu, aber genauso eine weitere Woge aus Zufriedenheit und Verwunderung.

Ihr alter Freund war da. Manchmal ihr Geliebter, ja, aber vor allem anderen erst einmal ein Freund. Das war der Teil, den sie nicht hätte verpassen wollen.

Ein Freund, den sie vorhatte, heute Nacht aufs Äußerste zu beglücken.

„Zieh dich aus." Diesmal flüsterte sie es, statt es zu fordern.

Tucker lehnte sich zurück, griff über den Kopf und zog sich sein Shirt aus.

So viel warme Haut zum Liebkosen. So viel Muskel, den sie unter ihren Fingern kneten konnte, während sie sich aufrichtete und wieder nach ihm griff. „Du hast aber ziemlich Muskeln aufgebaut, Alter. Sieht gut an dir aus."

„Ich habe angefangen, mit der Rodeo-Crew vor Ort zu trainieren. Ich baue aber viel zu viel Masse auf, um beim Rodeo wirklich was zu taugen."

Ginny strich mit den Fingerspitzen über seine rechte Brust

und Schulter, legte ihre offene Hand über seinen Bizeps und Trizeps. „Du bist zum Rodeo gegangen?"

Er kratzte leicht mit den Fingernägeln über ihre Haut, seine Mundwinkel wölbten sich wieder nach oben. „Willst du jetzt echt darüber reden?"

„Ich unterhalte mich nur", scherzte sie.

„Ich muss deinem Mund wohl was anderes zu tun geben", entgegnete er.

Sie griff nach dem Knopf auf seiner Jeans. „Ich bin dabei."

Er schob ihre Hände weg und kümmerte sich selbst um die Einzelheiten. Zentimeter um Zentimeter glatter Haut wurden enthüllt, als seine Jeans nach unten rutschte.

Zentimeter um Zentimeter seiner Erektion zeigten sich ebenfalls. Hart und zu seinem Bauch hochragend, während er seine Kleider beiseite warf.

Aber als Ginny nach vorne griff, weil sie ihren Preis holen wollte, wurde sie abermals auf die Matratze zurückgedrängt. Tucker ragte über ihr auf, ganz streng und sexy. „Bleib dort."

Langsam, ganz langsam, ließ er sich herab. Erhitzte Haut traf auf hitzige Küsse, und alle ihre Sorgen lösten sich wirklich auf.

Das war es, was sie am meisten vermisst hatte. Nicht den Sex, aber wie intim es alles war. Seine Zunge, die ihre neckte, bevor er sich wegstahl, um die Stelle unter ihrem Ohr zu quälen, auf ihrem Schlüsselbein, die Rundung ihrer Brust hinauf bis zu ihrem Nippel.

Die ganze Zeit, während Tucker sie küsste und an ihr knabberte, rieb er sich an ihr, sein harter Körper heiß und besitzergreifend und perfekt.

Er ließ die Hand seinen Lippen vorausgehen, legte sie fest um ihr Geschlecht. Die Hitze wurde noch größer, als er die Handfläche langsam über den empfindlichen Punkt an der höchsten Stelle rieb. Und als er einen Nippel in den Mund saugte, drückte er seinen Finger durch ihre Locken und in ihr feuchtes Innerstes.

Tuckers Stirn kam an ihren Oberkörper, und er hauchte bebend: „Du bist so verdammt feucht."

„Du erregst mich", gab Ginny zu, „Du bist so ziemlich ein Garant für feuchte Träume."

Das bescherte ihr das erheiterte Schnauben, auf das sie gehofft hatte.

Es bescherte ihr auch mehr, als sie erwartet hatte, denn einen Wimpernschlag später ging gar nichts mehr langsam.

Tucker verschwand zwischen ihren Beinen, legte den Mund auf ihr Geschlecht und ließ es krachen. Er strich in langen, harten Bewegungen mit der Zunge über ihre Schamlippen und dazwischen. Dann ein scharfes, rasches Schnalzen weiter vorne, und ihre Klitoris summte schon als Warnung vor dem rasch heranziehenden Sturm.

Er ließ wieder einen Finger in sie gleiten, immer noch neckend, und das Prickeln breitete sich noch weiter aus.

Tucker nahm einen weiteren Finger, streichelte langsam, dann schneller, rieb sie an genau der richtigen Stelle, bis ihre Lippen mehr oder weniger vibrierten.

„Genau so, Schöne. Komm an meinen Fingern. Zeig mir, wie du meinen Schwanz bearbeiten wirst, wenn wir nächstes Mal rummachen. Denn ich werde dich richtig hart nehmen. Dich nach vorn beugen und in dich reinstoßen, bis ich ganz tief drin bin, und dann ficke ich dich, bis du dich nicht mehr bewegen kannst."

Seine Finger – so tief in ihr. So erfüllend. Streichelnd und neckend und ...

Ginny brach ein. Ihr Orgasmus wogte über sie, wirbelte kurz, bevor er zu einer Million Sterne wurde, die in einer kosmischen Explosion überallhin schossen.

Tucker fluchte, richtete seinen Körper neu aus, um sich

neben sie aufs Bett zu knien. Er hatte seinen Schwanz in der Hand, rieb ihn heftig, während er nach unten sah. Der Blick huschte von ihren Brüsten zu ihrem Mund, zwischen ihre Beine, wo sie sich träge selbst streichelte, um die Wogen der Lust aufrechtzuerhalten.

„Scheiße." Die dicke Spitze seines Schwanzes kam immer wieder in seiner Hand zum Vorschein. Seine Bauchmuskeln spannten sich noch stärker an, als Tuckers Kopf zurückfiel, Samenflüssigkeit ergoss sich in blassen weißen Linien über ihre Hüfte und ihren Bauch, während er sich zu seiner Erlösung pumpte.

Perfekt schmutzig. Perfekt und schmutzig.

Tucker sank auf die Fersen zurück, seine Brust hob sich bei jedem scharfen Atemzug, während er wieder zu Atem kommen wollte. „Verdammt, Frau."

„Ich weiß, oder?" Ginny streckte die Arme über dem Kopf aus, zog sie zurück, als ihre Handknöchel an die Wand des Anhängers stießen.

Er grinste. „Beengte Verhältnisse."

„Wenn du es sagst."

Was ihm ein weiteres Lächeln entlockte. „Mir gefällt, dass du so ein versautes Mädchen bist", gab er zu, „aber ich habe mich eigentlich eher auf die Tatsache bezogen, dass es nicht genug Platz gibt, um dich in die Dusche zu bringen und sauber zu machen."

„Schon eher, mich an der Wand vernaschen", neckte sie. „Das hast du doch in dem einen Jahr gemacht, weißt du noch? Als wir uns in Banff getroffen haben."

„Vertrau mir." Tucker lehnte sich herüber und schnappte sich sein Shirt, wischte damit in einer sorgfältigen Säuberungsaktion über ihren Bauch. „Jede einzige unserer Eskapaden hat sich sowohl in mein Hirn als auch meine Netzhäute gebrannt. Du bist eine echt sexy Frau, Ginny. Ich habe null Probleme damit, mich an jeden verruchten Augenblick zu erinnern, den wir gemeinsam erlebt haben."

Sie wartete, bis er fertig war, dann zog sie die Decke zurück und winkte ihn rein. „Nach dir."

Tucker blieb stehen, um seine Boxershorts anzuziehen.

Ginny stützte sich auf einen Ellbogen und beobachtete ihn mit tief sitzender Zufriedenheit. „Bist du schüchtern? Willst du, dass ich meinen Schlafanzug anziehe?"

„Teufel, nein", sagte er rasch, kam zu ihr auf die Matratze. Er rückte herum, bis er sie zu einem Tucker-Burrito arrangiert hatte, ihr nackter Rücken an seiner Vorderseite, sein langer Schwanz unter dem Stoff drückte sich an ihren Hintern. „Ich will nur sichergehen, dass es zumindest eine Barriere gibt, damit ich nicht auf einmal denke, ich habe den Traum des Jahrhunderts, und dann merke, dass wir weiter gegangen sind, als wir es ohne Kondom machen wollen."

„Guter Gedanke." Ginny entspannte sich an ihm. „Tucker?"

Seine Antwort kam langsamer. Weicher. „Ja?"

„Ich freue mich, dass du hier bist. Auf Silver Stone, aber auch hier im Bett mit mir." Sie hatte sich noch niemals groß zurückgehalten. Warum sollte sie jetzt damit anfangen?

„Ich auch. Jetzt sei still und schlaf, bevor ich grummelig werde."

„Wie kannst du denn grummelig werden, wenn du gerade ..."

Er legte eine Hand über ihren Mund, knabberte an ihrem Nacken und flüsterte sanft: „Sei verdammt noch mal still, Göttin."

Sie kicherte, dann leckte sie an seinem Handgelenk.

Tucker lachte noch immer leise, während sie sich ankuschelte und einschlief.

6

———

*E*in beharrliches Summen kitzelte in Ginnys Ohren. Sie hatte es so behaglich und warm, dass es schwer war, sich wachzurütteln, und noch schwerer, nachdem ihr klar wurde, dass der Grund für die Wärme und Behaglichkeit die sportliche, muskulöse Gestalt von Tucker an ihrer Seite war.

Sie hatten sich beide auf den Rücken gerollt, doch ihre Beine waren ineinander verschlungen, und Hitze sammelte sich in dem Raum rund um ihre Körper.

Summ, summ, summ.

Als wieder eine neue Reihe von Alarmtönen losging, diesmal auf der anderen Seite des Raumes, zusammen mit einem seltsamen Rattergeräusch, kam Verständnis auf. Sie hatte Nachrichten, und Tuckers Handy auf der anderen Seite des Raumes ging ebenfalls los.

Sie glitt unter der Bettdecke heraus und schnappte sich erst ihres, starrte auf eine Reihe von Nachrichten von Dare, die auf ihrem Bildschirm aufleuchteten.

Kurzzeitig ignorierte sie sie und ging dorthin, wo Tuckers

Jeans verlassen auf dem Boden lag. Sein Handy summte wieder, vibrierte auf dem Linoleumboden. Sie holte sich das Gerät aus seiner Tasche und erhaschte einen Blick auf den Namen ihres Bruders Luke.

Ginny warf einen Blick auf das Bett.

Tucker streckte sich träge aus, seine blassblauen Augen betrachteten sie mit zunehmender Hitze. „Leg das Handy weg, und ich finde eine bessere Möglichkeit, um dich zu wecken", versprach er.

Ginny widerstand dem Drang, das Gerät auf ihn zu werfen. Stattdessen griff sie in seine Sporttasche und nahm eines seiner T-Shirts heraus, das sie sich über den Kopf zog, während sie grinste. „Ich glaube, du solltest mal deine Nachrichten beantworten. Nur damit mein Bruder es sich nicht in den Kopf setzt, zum zweiten Mal hintereinander hier rüberzukommen und als Weckkommando aufzutreten."

Tucker schoss hoch, stieß eine Hand vor. „Ja, gute Idee."

Ginny ließ sich zurück auf das Bett fallen und stieg wieder über seinen Schoß, tauchte zu einem Guten-Morgen-Kuss ab, bevor sie es sich anders überlegen konnte.

Er schien an dem Konzept, dass man am Morgen schlechten Atem hatte, einfach nicht beteiligt zu sein, und allein schon der Druck seiner Arme um sie, während er sie fest packte – an diesem Szenario war einfach nichts falsch.

Sie zog sich allerdings rasch zurück, nur für den Fall. „Meine Schwester schreibt mir. Lass mich sehen, was sie will."

Sie beide sahen bestimmt toll aus. Richteten sich die Kissen hin, damit sie aufrecht sitzen konnten, um gemütlich im Bett auf ihre Handys zu starren.

„Ich schwöre bei Gott, dass wir aussehen wie diese Werbeanzeigen mit Social-Media-Opfern. *Niemand kommuniziert mehr richtig ...*", murmelte Tucker, doch er scrollte trotzdem durch seine Nachrichten.

Ginny kicherte, dann schaute sie nach unten, um zu sehen, was Dare ihr alles geschrieben hatte.

Dare: *Es ist sieben Uhr, wach auf, wach auf.*

Dare: *Zweiter Weihnachtsfeiertag, und ich habe eine Million Dinge zu erledigen, aber ich will mit dir reeeeeeeden.*

Dare: *Wach auf, Schlafmütze. Ich kann mir nicht vorstellen, dass da drüben irgendwas los ist, von dem du so erschöpft bist, dass du immer noch schläfst.*

Dare: *Ping*

Dare: *Ping*

Dare: *Okay, ich hör jetzt auf, nur für den Fall, dass du tatsächlich noch schläfst. Faulpelz. Schreib mir!*

Ginny kicherte, während sie die Nachricht beantwortete.

Ginny: *Die Mutterschaft hat deine Geduld nicht gerade vergrößert.*

Dare: *Ich möchte dir mitteilen, dass ich in manchen Bereichen außerordentlich geduldig bin. Du gehörst aber nicht dazu. Heute ist die Coleman-Versammlung am zweiten Weihnachtsfeiertag auf der Whiskey Creek Ranch, und es ist jede Menge Schabernack geplant, wie Lisa sagen würde. Was für einen Schabernack hast du vor?*

Ginny warf einen Blick zu Tucker, der komische Grimassen schnitt, während seine Daumen sich über den Bildschirm bewegten. Oh, es gab da schon etwas Schabernack, den sie plante. Wo man gerade dabei war ...

Ginny: *Erstens. Ich habe Caleb erzählt, was mich genervt hat, genauso, wie du es vorgeschlagen hast, und alles ist cool und vorbei und vergessen.*

Zweitens. Tamara hat mir ein Geschenk von meiner Mom gegeben, das über vierzehn Jahre lang verpackt war.

Drittens. Ich bin zurzeit mit Tucker im Bett.

Sie drückte mit hämischer Freude auf *Senden.*

Tucker stieß sie in die Seite. „Du hast gerade eine richtiggehend fiese Miene auf."

„Red mit meinem Bruder und achte nicht auf mich. Ich habe Spaß mit meiner Schwester", befahl Ginny. Sie beugte sich allerdings näher heran, um auf seinen Bildschirm zu spähen. „Erzählst du ihm von uns?"

Er seufzte. „Ich schätze, das heißt, dass du gerade Dare erzählt hast, wo wir sind, oder?"

Bevor Ginny antworten konnte, ging ihr Handy los, und summte dreimal rasch hintereinander.

„Ich komme da bald wieder drauf zurück", erklärte Ginny Tucker.

Auf ihrem Handy überschlug sich Dare beinahe.

Dare: *Heilige Scheiße*

Dare: *Das gilt für alle drei Bomben, die du da hast platzen lassen.*

Dare: *Hattet ihr Spaß? Habt ihr verhütet?*

Natürlich hatte Dare sich auf den Teil mit Tucker gestürzt.

Ginny: *Ja, Mom. Besser als eine gewisse andere Person, die ich kenne.*

Dare: *Hör auf. Wir haben Kondome benutzt. Abgesehen davon, war es gut?*

Ginny: *Wie immer. Davon erzähle ich dir später mehr. Jetzt im Augenblick bin ich eher auf das Geschenk von Mom konzentriert.*

Diesmal dauerte es etwas länger, bis die Nachricht ankam, und Ginny hatte Angst, dass ihre Schwester vermutlich irgendeine große Mitteilung plante. Sie schaute hinüber und musterte wieder Tucker.

Er hatte sein Handy weggelegt und beobachtete sie.

Sie konnte sich auch gleich an die Wahrheit halten. „Ja, ich habe Dare erzählt, dass du und ich zusammen im Bett sind. Sie weiß von all den anderen Malen. Das habe ich dir erzählt, und du hast gesagt, es wäre okay."

Er zuckte mit den Schultern. „Ich will nur alles wissen, damit es später kein Missverständnis gibt."

Das klang nicht gerade nach *hey, klar, ist alles koscher*. „Was soll das heißen?"

Er beugte sich vor. „Das heißt, sobald du damit durch bist, mit deiner Schwester zu reden, führen wir eine weitere Unterhaltung über den Sex und alles, *capisce?*"

Ping.

Ginny wedelte mit einer Hand in der Luft. „Darauf werde ich dann auch zurückkommen. Ich lasse meine Leute mit deinen Leuten Kontakt aufnehmen."

Das entlockte ihm ein Schmunzeln. Es war albern, was für ein gutes Gefühl ihr das gab.

Dare hatte tatsächlich einen kleinen Roman geschrieben.

Dare: *Erst mal bin ich froh, dass du mit Caleb geredet hast. Ich freue mich, dass das hinter dir liegt.*

Ich muss sagen – du bist so unfassbar gut darin, die Wahrheit zu sagen, und das freut mich. Ich hätte das wohl drei Jahre lang köcheln lassen und dann am Ende alle gehasst, unter anderem mich selbst. Aber wie du gesagt hast, ihr habt darüber geredet, es ist vorbei, es ist erledigt. Ich liebe dich.

Dare: *Zum nächsten Teil. Das Geschenk von deiner Mom. Ich habe das gelesen, und ich schwöre, in meinem Bauch ist eine verflixte Schar Schmetterlinge losgestartet. Das ist das größte Ding, das ich in letzter Zeit gehört habe.*

Wie geht's dir? Willst du, dass ich runterkomme und da bin, wenn du es aufmachst? Willst du – ich weiß nicht mal, was ich anbieten soll. Sag mir, was du brauchst, und ich bin für dich da.

Ich liebe dich so sehr, und ich bin gerade jetzt gleichermaßen gespannt und entsetzt für dich.

Ja. Ihre Schwester verstand sie völlig.

Ihre eigene Antwort dauerte eine Weile, bis sie geschrieben war.

Ginny: *Ich liebe dich auch. Im Augenblick steht das Geschenk oben auf einer Kommode, wo es Unheil kündend lauert. Vielen, vielen Dank, dass du mir anbietest, da zu sein, wenn ich es öffne, und ich würde dein Angebot auf jeden Fall annehmen, nur dass es keine gute Idee ist, denn du bist diejenige mit den Babys, und du musst echt nicht zu mir kommen. Wenn ich dich brauche, damit du mir das Händchen hältst, gebe ich es auch zu und schwinge meinen Arsch rüber zu dir.*

Ginny: *Aber es fühlt sich bereits nicht mehr ganz so bedrohlich an. Ich glaube, ich öffne vielleicht erst den Umschlag und sehe, wie emotional verheerend Mom gewesen ist. Es könnte eine Karte mit einem furzenden Hund drauf sein, und da gibt's dann nicht viele böse Erinnerungen. Weißt du, was ich meine?*

Dare: *Ich kann mir total vorstellen, dass deine Mom so was macht.*

Ginny: *Ich auch.*

Dare: *Meine Babys brauchen mich, und mein Mann winkt mir panisch. Ich muss los. Ruf mich an, wenn du mich brauchst.*

Ginny: *Mach ich.*

Dare: *Ich liebe dich, Schwesterherz.*

Ginny: *Ich liebe dich auch.*

Ginny starrte eine Weile ihr Handy an, denn die vertrauten Worte waren ein so großer Teil ihrer Vergangenheit.

Tucker strich mit den Fingern in einer zarten Liebkosung ihren Arm auf und ab. „Alles klar?"

Es war gut, ein weiteres Mal aufrichtig zu antworten. „Ich glaube schon."

Sie hatte gute Leute um sich herum. So viele Leute, die bereit waren, sie zu unterstützen und ihr zu helfen, und das wollte sie auch erwidern. Eine Stütze sein.

Die Saat einer Idee begann zu sprießen.

~

Es war gerade mal kurz nach sieben, und der Tag entwickelte sich bereits zu einem Hammer. Tucker rollte sich hoch, damit Ginny und er von Angesicht zu Angesicht saßen.

„Wie geht's Dare?"

Ein echtes zufriedenes Lächeln ging über Ginnys Gesicht. „Ihr geht's gut. Ihre drei Kinder sind wunderbar, und ihr Mann ist so von Kopf bis Fuß in sie verliebt, dass es irgendwie lästig ist, mit ihnen im gleichen Raum zu sein. Außerdem hat sie Horden aus der Coleman-Familie an ihrer Seite."

„Ja, aber dich hat sie nicht mehr", erklärte Tucker.

Ginny neigte langsam das Kinn. „Ich war froh, dass ich meine Ausbildung rechtzeitig beendet habe, um da zu sein, als Dare ihre Zwillinge bekam. Und obwohl ich jetzt viel zu viele schlaflose Nächte hatte, dafür, dass ich ein Mensch ohne Kinder bin, habe ich es geliebt, bei den Babys zu sein. Aber jetzt ist es an der Zeit, den nächsten Schritt zu gehen. Für uns beide."

„Damit meinst du hier auf der Ranch?", fragte Tucker.

Darauf musste er wirklich die Antwort wissen. Gestern war es schon angedeutet worden, aber nie direkt gesagt. Seine Pläne würden sich in Luft auflösen, wenn sie nicht hierbleiben würde. Denn so sehr er auch seinem Onkel helfen wollte, so sehr er Silver Stone auch liebte ...

Ginny war der entscheidende Faktor.

Sie richtete sich auf, ihre Brüste drückten sich an die Vorderseite des T-Shirts. Er riss den Blick los und zurück zu ihren Augen, und sie grinste. „Du lässt dich so leicht ablenken."

„Beantworte die Frage, Frau."

„Ja." Sie nickte fest. „Ich bin zu Hause, und ich habe vor,

die Beste in ... irgendwas zu sein. Ich habe keine Ahnung, wie man diesen Satz jetzt zu Ende führt, aber es hängen eine Menge Dinge in der Luft, wie es aussieht."

Sie hatte nicht mal eine Ahnung.

Tucker schüttelte sein Handy. „Luke hat mir erzählt, dass um elf Uhr Hockey gespielt wird."

Ginny runzelte die Stirn. „Was für Mannschaften haben denn am zweiten Weihnachtsfeiertag ein Spiel?"

Ein Lachen entschlüpfte ihm, bevor er es zurückhalten konnte. „Ginny. Hockey auf dem Teich. Deine Brüder, ich. Dieser arme Kerl aus dem Süden, der vermutlich noch niemals in seinem Leben auf Schlittschuhen stand."

„Ach, das meinst du mit Hockey." Auf ihrem Gesicht tanzte der Schalk. „Ich frage mich, ob meine alten Schlittschuhe noch im Keller sind."

„Du kannst für mein Team das Tor hüten", bot Tucker an.

Mit einem übertriebenen Keuchen stand ihr der Mund offen. „Also erstens stelle ich mich auf keinen Fall ohne Verteidigung hin, wenn meine Brüder steinharte Pucks auf mich schießen."

Als sie nicht weiter sprach, runzelte er die Stirn. „Was ist mit zweitens?"

„Es gibt kein zweitens. Erstens sagt doch schon so ziemlich alles. Mir gefallen meine Zähne in meinem Mund, vielen Dank aber auch."

Er legte die Arme um sie und rollte sie herum, bis sie auf ihm war. „Mir gefällt es auch, wie du gerade jetzt bist. Zähne, Lippen, spektakuläre Brüste."

Sie verschränkte die Arme auf seiner Brust und legte das Kinn darauf. „Echt? Das ist eine interessante Wendung dieser Unterhaltung."

„Ich führe nur diejenige fort, die ich vorhin schon angesprochen habe. Was den Sex angeht."

Sie versteifte sich nicht, doch Tucker kannte Ginnys Körpersprache gut genug, um zu interpretieren, dass sie sich in einem Modus des Abwartens und Weitersehens befand. Ein wenig misstrauisch, falls er ihr irgendetwas Unerwartetes vor die Füße warf.

Er war noch nicht bereit, die echte Granate zu zünden, aber irgendwann würde es dazu kommen. Bis Caleb ihm grünes Licht gab, konnte Tucker nicht davon ausgehen, dass seine Stelle schon in trockenen Tüchern war. Was bedeutete, dass er seine und Ginnys Beziehung nicht ändern musste.

Noch nicht.

Nur eines war nicht verhandelbar. „Wir hatten gute Gründe, unsere Abenteuer diskret zu halten. Bis es einen Grund gibt, das zu ändern, ist es für mich in Ordnung, dass Dare die Einzige ist, die davon weiß.“

Okay, zwar hatte auch Ashton nahegelegt, dass er so seine Verdachtsmomente hatte ...

Tucker schaute Ginny ruhig an. Es waren nur noch wenige Tage, bis er diesen Teil würde eingestehen können.

Ginny drehte leicht den Kopf. „Du hast bisher noch nicht *aber* gesagt, oder?“

„Kluge Frau. Das *Aber* ist ... falls es jemand herausfindet, sind wir uns einig, demjenigen die Wahrheit zu sagen und nichts zu überspielen, als würden wir in irgendeiner seltsamen Komödie leben. Wir sagen, dass wir Erwachsene sind und dass unsere Entscheidung nichts mit ihnen zu tun hat. Meinen Freunden etwas vorzuenthalten, was sie nichts angeht, ist etwas ganz anderes, als ihnen ins Gesicht zu lügen.“

Ginny hob eine Hand. „Ich bin die der Wahrheit am meisten verpflichtete Person der ganzen Familie Stone. Außerdem stimme ich dir zu, aber bitte, können wir es vermeiden, die Katze aus dem Sack zu lassen, wenn möglich? Ich will wirklich nicht, dass dich jemand verprügelt. Es ist schlimm genug, wenn du und Luke aufeinander losgeht – das halte ich übrigens immer noch nicht für gut."

Tucker hob die Augenbrauen, ignorierte ihre Anmerkung über die Raufereien, denn das war eine Konfrontation, die nur auf ihre Gelegenheit wartete, und er wollte sie jetzt nicht. „Ich bin sicher, Luke würde behaupten, es wäre deine Schuld. Was es auch total war, wenn wir mal ehrlich sein wollen."

„Du wolltest mich doch genauso, wie ich dich wollte", erwiderte Ginny.

Das stimmte, sobald der Schock, dass sie ihn angemacht hatte, nachgelassen hatte. „Ich habe niemals damit gerechnet, aber ich bin verdammt froh, dass du den ersten Schritt gemacht hast. Zumindest rückblickend."

Sie grinste. „Ja, sobald du mal darüber weg warst, versuchen zu wollen, ein Held zu sein. Und sobald du darüber weg warst, in der Vorstellung einen Skandal zu sehen, dass du es mit Lukes Schwester machst. Und sobald du mal darüber ..."

„Bist du irgendwann einmal fertig?", fragte er träge.

Sie schlug ihm mit der Hand auf die Rippen und verwandelte es dann in ein Kitzeln.

Sie kannte alle seine empfindlichen Stellen und nutzte es gnadenlos aus. Bis er ihre Handgelenke gefangen hatte und sie an sich zog, damit sie an ihn gekuschelt war, waren sie beide wieder entspannt und zufrieden, gingen miteinander auf eine Art und Weise behaglich um, die Tucker zu ein paar sehr konkreten Gedanken zurückwandern ließ.

Es war gut, ein paar Dinge ganz einfach und geradeheraus festzulegen. Alles andere war in diesen Tagen ein Wirrwarr. Selbst eine Nachricht von Luke war ein wenig seltsam gewesen. Mitten in dem Gespräch über Hockey und einen Plan, zu dem Schneemobile gehörten, hatte Tuckers Freund einen Schockmoment fallen lassen.

Irgendwann heute müssen wir mal reden.

Ach, ja? Tucker war ganz dafür, aber die mysteriöse Anmerkung führte ihn zu der Frage, ob Luke eine Ahnung hatte, wie Ginnys und Tuckers wahre Beziehung aussah.

Die *derzeitige* Beziehung, von der Tucker nicht erwarten konnte, dass er sie auf die nächste Ebene brachte.

Ginny drückte seinen Arm, den er um sie gelegt hatte. „Lass mich hoch. Ich muss es wissen."

Sie kroch aus dem Bett, während er sich hinsetzte, neugierig darauf, was sie vorhatte.

Bevor sie angefangen hatten, herumzuknutschen, hatte sie den Umschlag und das Geschenk oben auf die Kommode gelegt. Nun kehrte sie mit dem Umschlag in der Hand zurück und starrte ihn an, als wäre er eine Schlange, die gleich zuschlagen würde.

„Willst du dein Geschenk öffnen?", fragte er leise.

Einen langen, langsamen Atemzug später schüttelte sie den Kopf. „Nur das."

Und verdammt sollte sie sein, wenn sie dann nicht gleich direkt auf seinen Schoß kroch. Sie richtete seine Arme aus, wie es ihr gefiel, legte sie um ihren Oberkörper, bis sie fest an ihrem Platz saß.

Sie öffnete den Umschlag und holte eine Karte heraus.

„*Merde*", flüsterte Ginny.

Tucker drückte ihr einen raschen Kuss auf die Wange. „Hör auf, wenn es nötig ist."

„Ich will das tun." Sie drehte die Karte aufrecht und hielt sie so, dass er sie auch sehen konnte. Es war eine gekaufte Karte mit einer idyllischen Landschaftsszene vorne. Pferde grasten im Vordergrund, mit riesigen Bergen, die hinter ihnen aufragten.

Sie öffnete den Rand einen Spalt weit, und ein gefaltetes

Stück Papier und eine Silberkette glitten auf ihren Schoß. Ginny ignorierte sie beide und öffnete die Karte ganz.

Das Innere war leer, bis auf zwei getrennte Absätze in Handschrift.

Herzlichen Glückwunsch zum sechzehnten Geburtstag an mein kleines Mädchen, das jetzt nicht mehr so klein ist. Das kommende Jahr wird voller Abenteuer sein, und all die Jahre danach auch. Ich weiß, was immer du entscheidest, du wirst dich genial dabei anstellen, denn du bist mein Draht unter Strom. Immer voller Energie, immer leuchtend, wo immer du hingehst. Alles Gute, Liebling.

Von deinem Daddy.

Alles Gute zum Geburtstag meinem wilden Naturmädchen. Es war ein Vergnügen und eine Freude, dich aufwachsen zu sehen. Sechzehn ist ein besonderer Geburtstag, darum gibt es hier eine Menge Kerzen und eine Menge Spaß. Alles Liebe.

Mom.

Ginny lehnte sich zurück an Tucker, ließ die Wange an ihm ruhen. Sie strich mit den Fingern über seine und schauten einen Augenblick lang die Karte an. „Ist es albern, wenn ich sage, dass ich ihre Stimmen hören kann, wenn ich diese Worte lese?"

„Überhaupt nicht albern." Tucker drückte sie. „Ich freue mich. Sie waren gute Menschen, und dein Dad hatte recht. Du erleuchtest alles, wo du auch hingehst."

Ihre Augen funkelten. „Danke. Das ist etwas Schönes, wenn man es jemandem sagt."

Sie senkte die Hand und hob die Kette hoch.

„Das ist die seltsamste Halskette, die ich je gesehen habe", sagte Tucker.

„Ich auch." Ginny hob den Anhänger in ihre Handfläche. Nicht ganz quadratisch, nicht ganz dreieckig, aus Holz, das golden poliert war, aber nichts super Schickes. „Ich meine, er ist hübsch, aber es ist ein Stück Holz. Ein altes Stück Holz."

Tucker hob das gefaltete Papier. „Bist du jetzt dafür bereit?"

„Teufel, warum nicht?" Langsam faltete sie das Blatt auf, und sie wurden beide reglos.

7

———

Die Seite vor ihnen ergab keinen Sinn. Zum Großteil Bilder, grob gezeichnet und unerklärlich.

„Mein Dad", sagte Ginny so ausdruckslos wie möglich, denn Enttäuschung hatte sich breitgemacht. „Ich bin mir ziemlich sicher, dass er dachte, er würde hier was Niedliches machen, aber seine Zeichenkünste waren schrecklich. Ist es ein Pferd oder ein Elefant?"

„Flusspferd", schätzte Tucker. „Obwohl die Tatsache, dass du auf einer Ranch lebst, vermutlich ein Hinweis darauf ist, dass es ein Pferd darstellen soll. Oder eine Kuh."

„Vermutlich, aber nicht unbedingt." O nein. Sie schaute Tucker direkt in die Augen. „Hier muss ich mein sechzehnjähriges Ich leider ein wenig verfluchen. Weißt du noch, wovon ich vor allem anderen in dieser Zeit besessen war?"

Tucker verzog das Gesicht. „Soll ich jetzt gleich den Namen eines Jungen nennen? Oh, ich weiß. Kenney Chesney. Den gibt's schon ewig, oder?"

Für einen Rateversuch war das ziemlich gut. „Dieses Jahr

war meine Phase mit Rätseln und Geektum. Ich habe einen ganzen Englischaufsatz auf Klingonisch geschrieben, und als der Lehrer sich beschwert hat, habe ich ihn noch mal eingereicht, diesmal auf Hochelbisch. Ich habe im Unterricht Nachrichten an Dare mit Playfair-Verschlüsselung geschrieben, und sie absichtlich auf den Boden fallen lassen, damit die anderen sie aufheben und verwirrt werden."

Er hob die Augenbrauen. „Du meinst, deine Eltern haben dir zum Geburtstag ein Rätsel geschenkt?"

Sie wedelte mit dem Blatt in der Luft. „Diesen Teil davon auf jeden Fall."

Es war nicht der Riss in ihrem Herzen, vor dem sie Angst gehabt hatte, und gewissermaßen war das gut.

Sie schaute sich kurz nach der Schachtel um, dann schüttelte sie den Kopf. „Okay, die Karte hat sich als weniger schockierend erwiesen, als ich erwartet habe, aber ich bin nicht bereit, noch mal zu würfeln. Der Rest des Päckchens muss bis später warten."

Tucker stimmte zu. „Wenn du das willst, machen wir doch mit unserem Tag weiter. Möchtest du, dass ich dir einen Kaffee mache, während du schnell unter die Dusche hüpfst?"

Er war ein guter Mann. „Da keine magischen Kondom-Feen aufgetaucht sind, nehme ich *verwöhnt* als ziemlich dicht aufholende zweite Option."

Er hatte sein unbewegliches Gesicht aufgesetzt, aber sie erkannte, dass er erheitert war. „Ich werde dir noch mal in Erinnerung rufen müssen, wie gut der Sex ist. Mir macht es nichts aus, wenn der Kaffee als Nummer zwei kommt, aber zu dicht sollte er nicht dran kommen."

„Kaffee und *Dusche*, vergiss das nicht", sagte Ginny. Sie warf sich auf ihn und stahl sich eine weitere Umarmung. Sie atmete seinen Geruch ein und fragte sich, wie viel Schaden ein Nervensystem nehmen konnte, wenn es in schneller

Folge viele Tage hintereinander immer wieder Auf und Ab ging.

Wie versprochen war der Kaffee fertig, als sie aus dem Bad kam. Und Wunder, oh Wunder, es war auch Essen im Kühlschrank, während also Tucker duschte, machte sie Frühstück. *Erstes* Frühstück wie bei den Hobbits, denn in welches Haus auch immer sie danach gingen, jemand würde ihnen dort bestimmt etwas zu essen auftischen.

Aber als Tucker drei der Eier-Sandwiches vernichtete, die sie gemacht hatte, ohne auch nur einmal Luft zu holen, wusste sie, dass es die richtige Entscheidung gewesen war, etwas zu kochen.

Schließlich lehnte er sich zurück, nickte anerkennend. „Danke. Ich weiß, dass Spiegeleier nicht dein Lieblingsessen sind, aber damit habe ich eine gute Basis, damit ich nicht verhungere, bevor der Vormittag um ist."

Bevor sie aufbrachen, packten sie sich wegen der Kälte ein, und Tucker schockierte sie höllisch, indem er sie fest in die Arme nahm und heftig küsste.

Sie genoss jede Sekunde, dazu auch noch die Sterne, die vor ihren Augen trieben, als er sie schließlich gehen ließ. „Wow. Danke?"

Er zwinkerte. „Da wir das unter Verschluss halten wollen, habe ich noch mal eine Dosis gebraucht, bevor wir raus in die Öffentlichkeit gehen."

Sie waren durch die Tür und in einem blendend weißen Schneefeld. „Ich glaube, ich würde gern mal Hallo zu den Mädchen sagen. Und damit meine ich die süßen Kleinen im Haus meines Bruders."

„Ich werde mal sehen, was bei Luke noch übrig ist. Er hat mich gebeten, zu ihm zu kommen." Tucker winkte und ging in die entgegengesetzte Richtung.

Es war zu verführerisch. Ginny nahm etwas Schnee und

machte daraus rasch einen schönen, festen Ball. Nahm den Arm zurück und zielte ...

Tucker schaute sich nicht um, rief nur über die Schulter: „Wenn du irgendwas auf mich wirfst, werde ich mich rächen."

Oh, verdammt. „Wann hast du dir im Hinterkopf Augen installieren lassen?", wollte sie wissen.

„Ich sehe alles. Ich weiß alles." Sie hob den Ball höher, drohte ihm, aber er lachte nur und deutete auf den Seitenspiegel des Trucks, an dem er vorbeiging. „War nur ein Scherz."

Ginny kicherte immer noch, während sie sich zur Hintertür des Hauses begab, in dem sie aufgewachsen war. Sie ging, ohne hinzuschauen, um die leicht schiefe Kurve, die zur Veranda führte. Stieß sich beinahe die Knie an einer Bank an, die es noch nicht gegeben hatte, als sie zum letzten Mal hier gewesen war.

Vertraut. Brandneu. Sie schoss zwischen diesen beiden Gefühlen hin und her, jedes Mal, wenn sie sich umdrehte.

Als sie das Haus betrat, war der Geruch im Raum allerdings perfekt.

„Bitte sagt mir, dass ihr nicht den ganzen Bacon gegessen habt", verkündete Ginny laut.

Sechs Köpfe drehten sich zu ihr, Calebs Familie und Dusty und sein Freund saßen am riesigen runden Küchentisch. Sieben Köpfe, nachdem sie Tyler in seinem Kinderstühlchen gesehen hatte.

Tamara winkte sie vor. „Komm zu uns. Es gibt genug."

„Ich brauche nur Bacon", gab Ginny zu. „Und *brauchen* ist wohl ein zu starkes Wort, denn ich hab schon gegessen. Allerdings, Bacon – jederzeit, an jedem Ort, oder nicht?"

„Du hast so recht." Der schlaksige dunkelhäutige junge Mann neben Dustin war aufgestanden und wischte sich den

Mund mit einer Serviette ab, bevor er eine Hand ausstreckte. „Ich bin Shim. Da. Hier ist noch ein Stuhl für dich frei.“

Als er den robust wirkenden Stuhl mit gerader Lehne neben seinem herauszog, biss sich Ginny auf die Lippen, um keinen Witz zu reißen.

Stattdessen holte sie ihre Manieren heraus. „Danke.“

Sie setzte sich hin, sah hinüber zu Tamara. Die Erheiterung ihrer Schwägerin war einen Sekundenbruchteil lang deutlich sichtbar, bevor sie sich den Teller mit dem übrigen Bacon schnappte und ihn um den Tisch zu Ginny gehen ließ. „Du hast schon was gegessen? Das heißt, du hast die Vorräte gefunden.“

„Habe ich. Dankeschön. Es war schön, was Einfaches zu kochen, als ich es wollte.“

„Ich dachte mir, dass du das in letzter Zeit vermisst hast.“

Tyler hämmerte auf sein Tablett und beschwerte sich geräuschvoll.

Tamara bot Tyler ein weiteres Stück Brot an, das mit Erdnussbutter bestrichen war. „Hör auf, wie ein Bär zu knurren, bitte. Oder knurr leiser, damit wir einander noch hören können.“

„Grrr.“ Das kam von Sasha, die grinste und ihre kleine Schwester mit dem Ellbogen anstieß. „*Grrrrr.*“

Emma kicherte und schloss sich kurz an, bevor sie ernst zu Tamara sagte: „Wir sind drei Bären, Mama.“

Caleb hob seinen Kaffee, versteckte ein Grinsen hinter seiner Tasse. Die ganze Familie war so behaglich und echt, und Ginny war froh, wieder zurück und mitten drin zu sein.

Dustin beugte sich um Shim herum, um Ginnys Aufmerksamkeit zu bekommen. „Hey. Kommst du raus zum See, um uns anzufeuern? Shim und ich räumen nach dem Frühstück das Eis frei.“

„Ich dachte, ich suche mal im Keller nach meinen alten

Schlittschuhen", gab Ginny zu. „Ist eine Weile her, aber ich glaube, ich weiß noch, wie es geht."

„Willst du in unser Team?", fragte Shim.

Dustin stöhnte. „Ach, bitte. Nicht."

Ein Schnauben entschlüpfte Ginny, doch sie überspielte es, so gut sie konnte. „Galt dieses *nicht* für mich oder für Shim?"

„Shim", sagte Dustin sofort. „Und dich. Da werden viel zu viele Typen auf dem Eis sein. Du solltest irgendwo rumfahren, wo es sicherer ist."

Sasha hatte genau zugehört und klinkte sich nun in die Unterhaltung ein. „Was heißt das denn? Ist es etwa nicht sicher, Schlittschuh zu fahren?"

„Äh", Shims Kopf ging vor und zurück, während er versuchte, der Unterhaltung zu folgen. „Ich dachte nur ...“

„Papa, wir wollen auch Schlittschuhfahren", unterbrach Emma, ihre leise Stimme triefte vor Traurigkeit.

„Machen wir. Werden wir." Sasha warf einen Blick auf ihren kleinen Bruder. „Ich muss Tyler beibringen, wie man Schlittschuh fährt."

„Natürlich musst du das, Krümel. Darum wird Dustin eine zweite Fläche für dich und Emma und eure Freundinnen freiräumen, die ihr benutzen könnt. Oder nicht?" Caleb hob den Blick zu seinem jüngsten Bruder.

„Klar." Dustin beugte sich wieder vor. „Darauf kannst du dann fahren, Gin."

„Mensch, danke auch, *Dus*."

Er funkelte sie an. „Das ist nicht witzig."

„Es ist urkomisch", erwiderte sie, bevor sie ihn ignorierte und sorgfältig drei Stücke Bacon aufeinander türmte. Sie hielt es hoch und stellte Blickkontakt zu Emma her. „Weißt du, was das ist?"

„Hör auf, mit deinem Essen zu spielen", grollte Caleb, aber er war eindeutig amüsiert.

„Du spielst nicht mit uns Hockey", knurrte Dustin, der ganz erstaunlich nach Tyler klang.

„Ein Bacon ..." Emma runzelte die Stirn. „Ich weiß es nicht."

Sasha neigte den Kopf, während sie verkündete: „Ein brotloses Dreifach-Sandwich?"

„Zu viel, um es auf einmal in den Mund zu stopfen?", sagte Tamara beinahe im gleichen Augenblick.

Je länger die laute und chaotische Unterhaltung weiterging, desto größer wurden Shims Augen, doch sein Grinsen wuchs auch.

Diesmal war Ginny diejenige, die sich auf den Tisch lehnte und sich um Shim herum beugte, während sie in Dustins Richtung mit dem Bacon in der Luft wedelte. „Das ist ein Super-Eisläufer-Vitamin, was heißt, dass ich gleich unaufhaltsam sein werde."

Sie biss mit Genuss zu. Der Bacon zerbrach in ihrem Mund in winzige köstliche Einzelteile, und Sasha und Emma krähten vor Freude.

Leider zerbrach auch das Stück, das sie noch in den Fingern hatte, sodass der arme Shim einen feinen Überzug aus knusprigem Fett abbekam.

Er lachte, noch während er die Krümel abstreifte und sich am Tisch umsah. „Ihr seid alle großartig."

„Du bist ein Einzelkind, oder nicht?", fragte Caleb trocken.

„Ja, Sir." Shim hüstelte, als Dustin ihn in die Brust stieß. „Au, wofür war das denn?"

„Er ist kein *Sir*, er ist mein Bruder", sagte Dustin träge, während er Caleb in die Augen sah. „Ich meine, du bist toll und so, Bruder, aber Himmel noch mal."

Calebs Lippen zuckten, doch er ignorierte Dustin und

schaute sich seinen Freund an. „Du kannst mich Caleb nennen, wenn du möchtest, oder was immer dir recht ist. Mir macht es nichts aus."

Der junge Mann nickte. „Danke."

Ginny erinnerte sich nicht, dass Caleb schon jemals so viel gelächelt hätte. Nun grinste er beinahe, als er Dustin und Shim wegschickte. „Wenn ihr genug zu essen hattet, macht euch an die Arbeit mit den Eisflächen. Der Rest der Schar wird bei euch sein, bevor ihr es euch verseht."

Sie schossen hoch, dankten Tamara für die Mahlzeit und begaben sich zur Tür.

„Na, das war das ruhigste und friedlichste Mahl, das wir seit Ewigkeiten hatten", sagte Tamara, als Tyler begann, sich zu beschweren. Sie holte ihn aus dem Kinderstuhl und reichte ihn Caleb. „Hier, Sir. Ein Kind zu Ihrer Unterhaltung. Lass das Geschirr stehen. Darum kümmere ich mich gleich. Jetzt im Augenblick müssen Ginny und ich losziehen, um Schlittschuhe zu suchen, denn sie hat ein Spiel, auf das ich sie vorbereiten muss."

„Verdammt richtig", sagte Ginny, gleich gefolgt von: „Huch. Ich meine, verflixt korrekt."

Emma kicherte, und Sasha lachte. Caleb schüttelte den Kopf, aber er küsste Ginny auf die Wange und sammelte dann seine Kinder ein. „Kommt schon. Eure Mama hat eine Pause verdient. Ihr könnt meine Aufräummannschaft sein."

„Was heißt, dass ich und du einen Schatz heben gehen", sagte Tamara betont zu Ginny, während sie die Stufen hinabgingen.

Schatz. Eine Erinnerung an das mysteriöse Geschenk und das Rätsel, das Ginny lösen musste. Doch im Augenblick war das wichtiger. Zeit mit der Familie, mit ihren Nichten und Brüdern.

Zeit, um ihrem Bruder den Hintern zu versohlen. Sie konnte es kaum erwarten.

~

Tucker machte sich nicht die Mühe, zu klopfen, als er an Lukes Haus ankam. Er schaute jedoch um die Ecke, bevor er in die Küche marschierte, nur für den Fall. Es nutzte ja nichts, jemandem einen Heidenschrecken einzujagen.

Na ja, bis auf Luke vielleicht. Ihm einen Schrecken einzujagen wäre unbezahlbar.

Die Kaffeemaschine lief, aber niemand war im Raum. Tucker marschierte weiter und benahm sich ganz wie zu Hause, füllte sich eine Tasse bis zum Rand und gab etwas Zucker hinein.

Er drehte sich um und fuhr beinahe aus der Haut. Luke stand nur wenige Zentimeter hinter ihm, grinsend wie ein wildes Tier.

„Idiot", grollte Tucker, während heißer Kaffee ihm über die Finger schwappte. Er nahm die Tasse in die andere Hand und stieß die Handfläche heftig gegen Lukes Schulter, um ihn aus dem Weg zu schieben. „Guten Morgen, du Arsch."

„Guten Morgen, Sonnenschein." Luke schnappte sich seine eigene Tasse Kaffee. „Hast du das Essen gefunden, das ich im Kühlschrank deponiert habe? Ich hab gesehen, dass du da schon was drinnen hast, aber ich dachte mir, was soll's. Ich kann es auch gleich da lassen."

„Ja, danke." Diese Anmerkung musste man nicht weiter ausführen.

Luke bedeutete ihm, zu den beiden bequemen Sesseln vor dem Kamin zu gehen. Sie standen an der Seite des großen Wohnzimmers, ein gemütlicher Platz für zwei, um den Abend zu verbringen.

„Setz dich kurz", befahl sein Freund.

„Das ist ein hübscher Platz." Tucker sah sich anerkennend um. Nichts zu Übertriebenes. Das Haus war solide gebaut, aber alle Möbel wirkten, als wären sie im Secondhandladen geholt worden. „Ich wette, da setzt du und Kelli euch am Vormittag hin, wenn ihr die Gelegenheit habt."

„Ganz richtig", stimmte Luke zu. Dann verzog er das Gesicht. „Natürlich gibt es das nur ein paar Mal die Woche, dass wir beide den Vormittag frei haben. Ashton tut sein Bestes, aber es ist fast unmöglich, den einen oder anderen nicht für eine Morgenschicht einzuspannen."

„Vielleicht ist das etwas, was sich ändern kann." Tatsächlich, wenn Tucker irgendetwas mitzubestimmen hatte, war es etwas, von dem er verdammt noch mal sicherstellen würde, dass es sich änderte.

Ja, sein Onkel hatte jahrelange Erfahrung, aber wenn die Dinge sich zum Besseren wenden sollten, war das etwas, das sich verändern musste.

Luke wirkte verwirrt. „Hast du irgendeine Möglichkeit, wie man die Zeit für Aufgaben halbiert? Oder etwas, um dem Tag mehr Stunden zu geben?"

„Ich kenne die perfekte simple Lösung, um deine Arbeitsstunden zurückzufahren", sagte Tucker trocken. Er hielt inne, nahm einen Schluck von seinem Kaffee und gab ein wohlwollendes Geräusch von sich. „Verdammt. Der ist gut."

Luke lehnte sich in seinem Sessel zurück und lachte. „Sei doch kein Idiot. Sag es mir."

Tucker zuckte mit den Schultern. „Es scheint, als würde Calebs Ankündigung heißen, dass etwas mehr Geld im Sack ist. Heuert mehr Helfer an. Du bist bei einigen Aufgaben der Beste. Kelli ist toll in dem, was sie macht – und keiner von euch muss mehr die Hilfsarbeiten erledigen."

Sein Freund blinzelte fest. „Heilige Scheiße."

Ein leises Kichern kam von Tucker. „Ernsthaft? Der Gedanke ist dir nie gekommen?"

Luke schüttelte den Kopf. „Mein erster Gedanke war, dass ich das ganze Geld für Bestand und Ausbildungsausrüstung ausgeben möchte."

„Du musst Entscheidungen zu deinen Prioritäten treffen, aber es scheint mir, als wäre mehr Zeit, die du mit Kelli verbringen kannst, wertvoll genug, um herauszufinden, wie man das ermöglichen könnte."

Anerkennung machte sich breit, als sein Freund langsam nickte. „Gut zu wissen, dass du nicht nur ein Hinterwäldler mit einem hübschen Gesicht bist."

„Idiot", sagte Tucker trocken.

Luke beugte sich vor, die Kaffeetasse zur Seite gestellt, während er Tucker intensiv musterte. „Das ist es eben. Ich habe mich gestern schlecht gefühlt. Ich wollte dich nicht vertreiben, oder dir das Gefühl geben, dass ich dich nicht hier will."

Nun war es an Tucker, überrascht zu sein. „Ich habe keine Ahnung, wovon du da redest."

„Da Jack und Diane hier sind, ist mir nicht klar geworden, dass ich mich mit dir hätte hinsetzen und ein paar Pläne machen sollen." Luke breitete kurz die Hände aus. „Das habe ich nicht sonderlich gut gelöst, aber ich will, dass du weißt, wie sehr ich mich freue, dass du hier bist. Und obwohl ich Jacks Gesellschaft genieße, will ich auch Zeit mit dir verbringen. Es ist viel zu lange her."

Zeit mit Luke zu verbringen, stand auch auf der unverzichtbaren Liste toller Gründe, um auf die Ranch zu ziehen. Aber da Tucker noch nichts sagen konnte ...

Er legte einen Fuß auf sein Knie und lehnte sich zurück. „Ja, ich habe dich auch vermisst, Liebling."

Luke schnaubte. „Also. Heute wird Hockey gespielt. Ein

paar Jungs aus der Feuerwache und von anderen Ranchen kommen auch. Das sollte Spaß machen."

„Ich freue mich drauf", gab Tucker zu. „Natürlich weiß ich, dass ich mehr Tore mache als du."

„Schwachsinn. Ich wette, ich mache mindestens zwei mehr als du", entgegnete Luke.

„Oooooh, sieh mal an, wer jetzt ganz selbstsicher ist. Du glaubst also, du machst mindestens zwei Tore?"

„Du bist so ein Arsch", sagte Luke, doch er lachte. „Komm schon. Kochen wir. Jack und Diane werden bald auf sein, und Kelli kommt aus der Scheune zurück. Wir können auch schon mal was zu essen fertigmachen, damit wir den Rest der Zeit damit verbringen können, die Ausrüstung zu suchen, damit ich dir den Hintern versohlen kann."

„Heißt das also, dass wir in unterschiedlichen Teams spielen?" Tucker dachte an Ginny. Es war schon ewig her, seit sie auf dem Eis gewesen war.

„Natürlich nicht", sagte Luke. „Ich werde trotzdem mehr Tore machen als du, aber hast du mal gesehen, wie groß unser Brandmeister ist? Der Mann ist gebaut wie ein Yeti. Ich brauche dich in meinem Team, um ein Gleichgewicht herzustellen."

Das Wetter war sehr kooperativ, der Himmel ein tiefes Blau mit nur einem Hauch Wind. Kurz vor zehn Uhr setzte sich Tucker auf eine Bank neben dem freigeräumten Bereich des Big Sky Lakes und atmete tief in der eisigen Luft ein, bis seine Lunge prickelte.

Ginny ließ sich neben ihn auf die Bank fallen und grinste. „Hey, Cowboy."

„Du hast Schlittschuhe gefunden."

Sie zog ihre Stiefel aus und machte sich an die Arbeit, in ein paar abgetragene schwarze Männerschlittschuhe zu schlüpfen. „Sieht so aus, als hätten sie für dich auch was zusammengestellt."

Tucker stand auf, prüfte sein Gleichgewicht und schaute sich in der Menge um, die auf dem Eis immer größer wurde. „Sie sind ein wenig eng, aber brauchbar."

„Du machst dich doch ganz gut in beengten Verhältnissen", scherzte sie.

Seine Gedanken gingen auf Wanderschaft ...

„Verführerin."

Ginny schaute auf, während sie die langen Schnüre oben um ihre Schlittschuhe führte und die Schleife zweimal verknotete. „Hey, geh mal kurz aufs Entspannungseis rüber. Caleb sagte, er will mit dir reden."

Ach, Scheiße. Er hatte nicht erwartet, so schnell zu einem Gespräch gerufen zu werden. Tucker neigte das Kinn, noch während er sich seinen Hockeyschläger schnappte. „Wir sehen uns."

Er fuhr über das Eis, testete den Schliff und lockerte sich ein wenig. Jack sauste vorbei, reckte einen Daumen hoch, als er vorüberkam, herumwirbelte und mit schickem Übersetzen weiterfuhr.

Na. Wer hätte das geahnt? Luke hatte ein Talent reingeholt.

Tucker wurde langsamer, während er den schmalen, einfachen Traktorpfad zwischen dem Hockeyfeld und der zweiten runden Eisfläche entlangfuhr, auf der eine Menge jüngere Leute standen. Diane fuhr neben Kelli, langsam und vorsichtig. Calebs Töchter waren dort, und viele ihrer Freundinnen. Weitere Bänke säumten die verschneite Seite, und einige der jüngeren Eisläufer schoben Stühle über das Eis, damit sie das Gleichgewicht halten konnten.

Caleb stand in der Mitte von allem wie ein hoher Baum, der von tanzenden Feen umschwirrt wurde.

Tucker näherte sich vorsichtig, sorgte dafür, dass er die übenden Mädchen nicht unterbrach.

Aber Caleb winkte ihn vor. „Nicht das professionellste Ambiente, aber ich dachte mir, du würdest es gern früher als später wissen. Ashton hat mir von seinen Plänen erzählt. Hat gesagt, er möchte dich ausbilden für den Zeitpunkt, wenn er in den Ruhestand gehen will."

„Ich habe bereits ein paar Fähigkeiten ..."

Caleb wedelte mit der Hand. „Ich bin dafür. Du musst mir diese Idee nicht verkaufen. Tatsächlich ist es so ziemlich das, was ich mir gewünscht hätte. Ashton ist ein guter Mann, aber er hat es verdient, ein wenig kürzerzutreten."

„Das heißt, dass ich mehr arbeiten kann", versprach Tucker. Er streckte eine Hand vor, und Caleb schüttelte sie fest. „Vielen Dank. Ich weiß die Gelegenheit wirklich zu schätzen."

„Wir erledigen den Papierkram so bald wie möglich. Und reden darüber, dir eine dauerhaftere Wohnlösung zu verschaffen. Ist es in Ordnung, da, wo du jetzt bist?"

Tucker hielt sein Gesicht völlig ausdruckslos. „Ich fühle mich wohl."

Emma glitten die Füße weg, und sie landete mit einem Ploppen auf dem Eis. Caleb griff nach ihr, warf einen Blick über die Schulter. „Mach du mal weiter mit deinem Tag. Ich muss hier mit Leuten Eislaufen."

Wieder auf der anderen Seite des Eises fragte sich Tucker, ob die Kufen seiner Schlittschuhe tatsächlich den Boden berührten. Das war das einfachste Bewerbungsgespräch, das er je in seinem Leben geführt hatte. Verdammt, er wusste direkte Männer wie Caleb zu schätzen. Morgen würde er die Dinge mit seiner Anstellung im Stall hinbiegen.

Heute war es Zeit, zu spielen.

Ein lauter Pfiff erklang von der gegenüberliegenden Seite

der offenen Eisfläche. Alle Hockeyspieler fuhren raus, stellten sich in einem lockeren Halbkreis rund um einen silberhaarigen Mann auf, der sie mit erheiterter Befriedigung musterte.

„Ich bin Malachi Fields. Ich bin der Mann, der entscheiden wird, ob ein Tor regelkonform ist oder nicht ...“

„Ernsthaft jetzt? Hockey auf dem Teich mit einem Schiedsrichter?“ Das kam von einem der Männer von der Freiwilligen Feuerwehr.

„Du hast offensichtlich vorher noch nie mit uns gespielt“, sagte Luke träge. „Stelle dir das mal so vor, als wär’s nur ein kleines bisschen unterhalb des Stanley Cup.“

„Wir nehmen Hockey hier sehr ernst“, sagte Dustin.

„Ich hoffe, du fährst besser Schlittschuh, als du tanzt“, rief ein weiterer Mann.

Dustin hatte gerade an einem Spendenevent der Gemeinschaft teilgenommen, und jetzt wirbelte er auf dem Eis herum und streckte die Arme in einer gutmütigen Geste aus. „Genug Geplapper. Sucht euch Teams.“

Luke und einer der leitenden Angestellten, Alex Thorne, wurden zu Kapitänen ernannt. Tucker versuchte, sich die Namen zu merken, die aufgerufen wurden, doch es ging schnell und furios. Am Ende war er im gleichen Team wie Luke, Dustin und Dustins Freund Shim.

Irgendwie endete Ginny im gegnerischen Team.

Vom ersten Augenblick an ging es schnell, der Puck flog über das Eis und verschwand nur gelegentlich außerhalb des Felds jenseits der Schneewehen, die als Begrenzung des freigeräumten Eises aufgeschichtet worden waren.

Tucker konnte sich freilaufen und sprintete über die Eisfläche, bereit, den Puck auf den Mann im Tor zu schießen, als etwas in Lastwagengröße von der Seite in ihn rammte.

Tucker schlitterte den ganzen Weg über das freigeräumte Eis und in den hart gefrorenen Schnee am Rand.

Bradley Ford, der Brandmeister, vor dem er gewarnt worden war, fuhr herüber und hielt ihm eine Hand hin. „Tut mir leid."

Tucker grinste, während er das Handgelenk des anderen Manns nahm und wieder gerade drehte. „Kein Problem. Halt nur deinen Schläger unten."

Ja. Nur ein kleines bisschen unterhalb des Stanley Cup? Nicht mal annähernd technisch ausgereift, aber die Begeisterung und Entschlossenheit war auf jeden Fall da. Manchmal war der Puck so schnell unterwegs, dass es aussah, als wären mehr als einer auf dem Eis.

„Hey. Wer hat die zusätzlichen Pucks aufs Eis gebracht?", brüllte Dustin, was Tucker aus den völlig falschen Gründen zum Lachen brachte.

Insbesondere, als Ginny vorbeisauste, ihrem Bruder den Puck vom Schläger stahl und direkt zum Tor unterwegs war. Nur Shim geriet in den Weg, und die beiden gingen gemeinsam zu Boden.

Sie lachte, als er sich aufrichtete, aber Shim blieb auf jeden Fall etwas länger an ihr dran, als Tucker es gutgeheißen hätte.

Als der Puck sich wieder bewegte, und Dustin und Shim ein Zangenmanöver auf Ginny ausführten, beschloss Tucker, dass es Zeit war, die Taktik zu ändern. Ohne auf das Tor zu achten, fuhr er seinen beiden Mannschaftskameraden nach, schob Dustin nebenher mit dem Ellbogen auf ein unebenes Stück Eis ganz am Rand der Fläche.

„Hey. Wir sind in derselben Mannschaft", beschwerte sich Dustin, der panisch daran arbeitete, das Gleichgewicht zu halten.

Tucker drehte sich um und fuhr rückwärts, hob die Hände zu einer gespielten Entschuldigung. „Tut mir leid."

Er warf einen Blick über die Schulter, plante seinen nächsten Schritt.

Ginny stieß mit ihrem Stock an den von Shim. „Lass mich jetzt nicht fies werden", warnte sie.

„Zeig mir, dass du hast", sagte der Junge mit viel zu zweideutigem Unterton. „Ich komme damit klar."

Der Puck war direkt zu den dreien unterwegs, Luke rief Tuckers Namen.

Mit einer abgehobenen Aura der Kompetenz richtete Tucker seinen Schläger im letzten Augenblick neu aus, sodass der Puck abglitt, direkt zu Ginny. Im nächsten Augenblick pflügte er in Shim hinein, seine Masse und sein Schwung ließen sie beide ins Schlittern kommen, bis sie in den Schnee am Rand der Eisfläche fielen.

Während er in das überraschte Gesicht des jungen Mannes schaute, sagte Tucker leise: „Benimm dich, wenn du mit Ginny zu tun hast", warnte er ihn.

Dann kam Tucker wieder auf die Beine und fuhr zurück dorthin, wo Ginny beide Arme erhoben hatte, nachdem sie ein Tor gegen sein Team eingefahren hatte.

Luke fuhr vorbei, auf seinem Gesicht stand Abscheu. „Himmel. Ich hatte keine Ahnung, dass es so lange her ist, dass du auf Schlittschuhen gestanden hast, und dass du dein ganzes Gefühl für Koordination verloren hast."

Tucker schaute hinüber zu Ginny, die grinste und sich völlig darüber im Klaren war, dass er ihr zugespielt hatte. „Ja. Ich schätze, daran muss ich arbeiten."

8

Ginny öffnete ihre Schlittschuhe, als ihr Bruder Walker vorbeikam, um vor ihr in die Hocke zu gehen. „Willst du mit uns kommen? Du kannst uns über den Nachmittag besuchen, und dann fahr ich dich zurück."

Sie war ganz dafür, aber sie musste auch unbedingt in die Stadt, so lange die Läden noch offen hatten, und das war eine tolle Ausrede. „Lass mich selbst fahren. Ich will duschen, und ich muss in der Stadt anhalten, um ein bisschen was einzukaufen. Soll ich was mitbringen?"

Er schüttelte den Kopf und erhob sich. „Wir werden dir ein spätes Mittagessen auftischen. Ich freue mich drauf, auf den neuesten Stand zu kommen."

„Ich auch", sagte sie ehrlich.

Tucker war nirgendwo zu sehen, als sie im Anhänger ankam, um sich umzuziehen und ihre Tasche zu schnappen, nicht mal, bis sie in ihren Miet-Truck stieg und nach Heart Falls fuhr.

Sie hätte die Kondome gern ein bisschen weiter weg gekauft, aber es war keine Option, keine Verhütung zu kaufen.

Wenn sie nur zwei Wochen hatten, musste sie dafür sorgen, dass ihnen keine Gelegenheit entging.

Ihr Einkauf mit Schokoriegeln, Kondomen und einer Packung Minzbonbons sorgte für die erwarteten erhobenen Augenbrauen, aber zumindest war der ihr nicht bekannte Teenager an der ersten Kasse jung genug, um sich nicht zu trauen und etwas zu sagen.

Sie war froh, dass sie der anderen Kasse aus dem Weg gehen konnte, wo Mrs. Wilson, ihre Lehrerin aus der vierten Klasse, die in den Ruhestand gegangen war, in voller Lautstärke mit ihrer derzeitigen Kundin plauderte. Mrs. Wilson hätte sie ins Kreuzverhör genommen und dann jeden in der Stadt davon in Kenntnis gesetzt, dass Ginny Stone zu Hause war und vorhatte, mit jemandem ins Bett zu steigen.

Was beides stimmte, aber es musste ja nicht gleich ein Meme am ganzen Ort werden oder so was.

Ginny stopfte ihre Einkäufe in ihre Jutetasche und ließ sie auf dem Sitz des Trucks liegen.

Das Haus von Ivy und Walker stand neben dem Friedhof gleich am Rand von Heart Falls. Sie hatten an dem Häuschen gearbeitet, die Veranda hergerichtet und es frisch gestrichen, aber es war weit entfernt von den neueren Häusern, die überall rund um Heart Falls auf Grundstücken auftauchten.

Ginnys Blick blieb am Friedhof hängen. Dares Eltern und ihre kleine Schwester Shayla waren dort begraben.

Aus einem Impuls heraus ging Ginny das kurze Stück zu dem schmiedeeisernen Eingang. Seit dem letzten Schnee war schon jemand da gewesen, und Wege waren in einem kleinen Kreis in der stillen Reglosigkeit niedergetrampelt.

Die Grabsteine von Joseph und Jacquie waren ordentlich und sauber. Brandneue Plastikblumen steckten in einer Halterung am Sockel.

Traurigkeit kam in Ginnys Herz auf. So viele

Gelegenheiten waren verloren gegangen, weil diese besonderen Leute nicht mehr auf der Welt waren. Aber sie hatten etwas Gutes hinterlassen, das weiter wirkte.

„Ich habe heute Vormittag mit Dare geredet." Ginny sagte es nebenher, genauso, wie sie es vor so vielen Jahren getan hätte, nachdem sie das kleine Stück zwischen dem Ranchhaus und dem Häuschen der Hayes' gelaufen war. „Ihr geht's gut. Ihre Babys sind ganz entzückend, mit feisten Wangen und Speckröllchen. Joey ist ein toller großer Bruder, und Dare hat so viel Spaß damit, ihnen allen hinterherzujagen. Sie führt immer noch ihren Blog. Er hat sich im Lauf der Jahre verändert, und sie ist nicht mehr ganz so ausschweifend wie früher. Ihr wärt stolz auf sie."

Es war ein Anzeichen dafür, wie sehr sie sich bemühte, nicht zu weinen, dass sie nicht einmal gemerkt hatte, dass sie nicht mehr allein war, bis jemand neben sie trat und ihr behutsam einen Arm um die Schultern legte. Die Bewegung war so vertraut, dass sie sofort wusste, wer es war.

Sie lehnte sich an Walkers Seite. „Hallo, großer Bruder."

„Hallo, du Göre." Er drückte sie und hielt sie fest.

Sie blieben eine weitere Minute dort, bevor Ginny seine Finger einfing und ihn zurückzog, in die Richtung, aus der er gekommen war. „Also. Wie war das Eislaufen auf der Baby-Eisfläche?"

Walker lachte leise. „Nicht annähernd so gefährlich wie das, was du vorhattest."

„Ich lebe für die Gefahr", scherzte Ginny.

„Das ist nichts Neues."

Sie stieß Schnee in seine Richtung, flitzte voraus, bis sie sich umdrehen und zu ihm aufschauen konnte. Sie schob sich die Hände in die Taschen. „Geht's dir gut?"

„Sehr gut", sagte er sehr viel ernster. „Komm rein, und wir

machen es uns gemütlich, bevor wir anfangen, uns auf den neuesten Stand zu bringen."

Das Innere des Hauses war perfekt und gemütlich. Ginny hatte überhaupt keine Bedenken, weil sie vorhatte, ihre Füße aufs Sofa zu legen. Erst allerdings wurde sie in eine Umarmung genommen, und Ivy mit ihrer Porzellanhaut hielt sie mit überraschender Kraft fest.

„Ich bin froh, dass du wieder da bist", sagte Ivy mit ihrer leisen Stimme.

„Da scheinen sich alle einig zu sein. Ich bin allerdings immer noch überrascht, jedes Mal, wenn ich es höre", scherzte Ginny. „Ich meine, ich bin ja kein Oger, aber ich bin ziemlich sicher, dass es ohne mich hier sehr viel leiser war."

„Das kannst du laut sagen." Walker steckte den Kopf um die Ecke, wo köstliche Gerüche aus der Küche kamen. „Tee?"

„Ja, bitte. Mit etwas Honig."

„Verstanden."

Ivy rollte sich in einem plüschig wirkenden Schaukelstuhl zusammen, bedeutete Ginny, dass sie sich hinsetzen sollte, wo sie wollte. „Willst du uns von deiner Zeit im Ausland erzählen, oder bist du bereit, ein Brainstorming über das anzufangen, was als nächstes passiert? Oder beides?"

„Wow. Das ist eine schwere Entscheidung." Ginny nahm eine Tasse von Walker entgegen. „Danke."

Was für einen Unterschied ein Tag nur machte. Gestern hatte ein ältester Bruder ihr eine Tasse Tee gereicht, und sie hatte mehr oder weniger vor Nervosität und Wut vibriert. Heute war sie ganz süß und leicht, mit so viel, auf das sie sich freuen konnte.

Daran war wohl der Orgasmus schuld, den Tucker ihr gestern Nacht verpasst hatte. Da ließ sich nichts diskutieren. Sie stellte fest, dass sie lächelte, während sie einen Schluck vom Tee nahm.

„Ist nicht so gut wie deiner", sagte Walker, während er sich in den Stuhl neben dem von Ivy niederließ. „Ich will, dass du das tust, was dich glücklich macht, aber ist es schrecklich, wenn ich erwähne, dass ich hoffe, du entscheidest dich, dass du auf jeden Fall wieder Kräutertränke herstellst? Und wenn es nur ein Hobby ist."

„Ich hab noch nicht mal ins Gewächshaus geschaut", gestand Ginny.

„Du bist gerade mal vierundzwanzig Stunden offiziell zu Hause", sagte Ivy erheitert. „Außerdem sind Feiertage. Ich glaube, es ist erlaubt, es noch ein wenig länger aufzuschieben."

Was stimmte, aber nun hatte sich alles, was sie ignoriert hatte, plötzlich zu einer riesigen To-do-Liste gemausert. „Ich glaube, wir sollten darüber reden, was unsere Ziele für die Zukunft sind", sagte Ginny entschieden. „Ich mache gern Brainstorming mit Walker. Er war bisher ziemlich gut darin."

„Weil ich dir nicht gesagt habe, welche deiner Ideen du umsetzen solltest?", schlug Walker vor.

„Was? Du warst nicht herrisch? Wie ist das überhaupt möglich?", scherzte Ivy.

„Ich bin nur herrisch, wenn ich es sein muss", erwiderte Walker mit einem Lächeln.

„Ach, igitt. Hör doch auf mit diesem Turteltaubenzeug." Glück machte sich breit, noch während sie sie aufzog. „Nö, hört nicht auf. Ihr beiden seid doch schon immer so verflixt niedlich zusammen gewesen."

„Also, Brainstorming", sagte Ivy mit einem Lächeln, versuchte offensichtlich, die Lage unter Kontrolle zu bekommen. „Das Gewächshaus stand nicht die ganze Zeit leer, während du weg warst."

Ginny schüttelte den Kopf. „Ich habe die Verträge für die Boxen meines gemeinschaftlich geförderten Landwirtschaftsprojekts zwei Jahre lang an eine Familie vom

Ort verpachtet, was ursprünglich die Zeit gewesen wäre, in der ich weg gewesen wäre. Als ich ein wenig länger bleiben musste, um meine Gesellenzeit zu beenden, haben wir die Vereinbarung für die Förderung um ein Jahr verlängert. Tamara hat erwähnt, dass sie einen Teil selbst erledigen wollte, aber es war leichter, das Ganze von jemand anderem betreiben zu lassen."

„Also können wir diesen Frühling wieder damit anfangen?", fragte Walker. „Etwas aussähen, Dinge wachsen lassen. Wieder Kontakt mit deinen Bezugsquellen für die Sachen aufnehmen, die du nicht selbst anbauen willst?"

„Könnte ich", stimmte Ginny zu. Nur dass das der Punkt war, an dem Calebs Ankündigung ihre ursprüngliche Idee durcheinandergerüttelt hatte. Sie hatte während ihrer Reisen viel gelernt und war gespannt darauf, ihre neuen Fertigkeiten ins Spiel zu bringen. Aber sie hatte auch gelernt, dass es bei der Arbeit mit anderen gewisse Teile gab, die sie auf gar keinen Fall mehr machen wollte.

Sie begegnete Ivys sanftem Blick. „Folgendes habe ich in den letzten paar Jahren zum Teil gemacht – jede Menge Schufterei. Was manchmal gut war, aber auch frustrierend. Es gab einige Bauern, die diesen Gedanken, dass man der Gesellin neue Fertigkeiten beibringt, nicht sonderlich ernst genommen haben."

Walker knurrte missbilligend. „Tut mir leid, das zu hören. Ich hoffe, das hast du in deinen Bericht einfließen lassen."

„Habe ich, wenn es angemessen war", sagte Ginny leise. „Manchmal kann man es vielleicht auch mir vorwerfen, dass ich nicht verstanden habe, wofür ich mich eingeschrieben habe, weil ich Sprachprobleme hatte. Und manchmal kam die größte Lektion, wenn ich mich angestrengt und die Aufgabe erledigt habe, obwohl sie ein wenig weit hergeholt war. Aber ich kann aus meinen Fehlern lernen, und ich weiß Folgendes – ich will nicht einfach nur weiterhin gärtnern. Es ist etwas Lohnendes, aber es ist nicht mein Job für immer."

Ivy nickte. „Zu wissen, was du nicht willst, ist wichtig. Aber es tut mir auch leid, zu hören, dass du dich frustriert fühlst."

„Danke." Ginny roch an ihrem Tee und merkte sich vor, sich den Minzgarten auf der Ranch anzusehen, wenn sie nach Hause kam. „Ich muss eine Liste mit Pros und Kontras machen. Herausfinden, wie sich meine Zeit und Energie am besten einsetzen lassen."

Walker beugte sich vor. „Denk dran, du musst nicht unendlich viel Geld mit dem machen, was du tust. Also sollte auf dieser Liste eine Menge Zeug stehen, das dich wirklich glücklich macht."

Die volle Wahrheit. „Ja, du hast recht. Und das wird ein wenig Überlegung erfordern, aber ich bin mir ziemlich sicher, dass ich irgendwann mal etwas Kräutertee machen werde. Das ist eines der Dinge, die ich sicher weiß." Sie schlang die Arme um die Beine, schaute zwischen ihnen beiden hin und her. „Und ich bin froh, hier zu sein. Es ist gut, zu wissen, dass ich teilhaben kann, während die nächsten Schritte mit der Familie weitergehen."

„Als wichtiger Teil", sagte Ivy betont.

„Ich mag dich", erwiderte Ginny, sah zu, wie Ivys Lächeln größer wurde. „Also, was ist mit euch? Was habt ihr Neues, von dem ihr träumt?"

Walker und Ivy wechselten einen Blick. Glück erstrahlte so fest und stark zwischen ihnen, dass es nervig gewesen wäre, wenn es nicht so toll gewesen wäre.

„Wir reden schon eine Weile über etwas, und es sieht aus, als wären wir bereit, damit weiterzumachen", sagte Walker ruhig.

Ginny schaute sich im Haus um. „Renovierungen? Anbauten?"

Ein leises Schnauben kam von Ivy. „Auf jeden Fall Anbauten. Wir wollen adoptieren."

„O mein Gott." Ginny schoss hoch und rutschte herüber, um Ivy noch einmal zu umarmen. „Das ist so aufregend. Echt? Wann, wen?"

„Der zeitliche Ablauf steht noch nicht fest", sagte Walker, bevor er eine eigene Umarmung entgegennahm. Er wartete, bis Ginny ihren Platz wieder einnahm, dann fuhr er fort. „Wir haben in letzter Zeit recherchiert und genau besprochen, womit wir fertig werden. Der nächste Teil sind die rechtlichen Schritte. Eine Menge Besuche von Sozialarbeitern. Alles zusammenkriegen, was man braucht."

„Kennst du Alex Thorne? Einen Arbeiter bei Silver Stone?", fragte Ivy. Als Ginny nickte, fuhr sie fort. „Er ist in Pflegefamilien aufgewachsen, und er hat eine Schwester, die selbst Kinder pflegt, also haben wir mit ihm darüber geredet, was er davon hält."

„Pflegekinder nehmen ist immer sehr schwierig", sagte Ginny, ein wenig nervös, weil Ivy körperlich so zerbrechlich war, und dazu noch Walker die sanfteste Seele war, die Ginny kannte. „Ich glaube nicht, dass ich das könnte."

„Nachdem wir mit Alex geredet haben, glauben wir, dass es für uns zu schwierig wäre", sagte Walker langsam. „Die Leute, die diese Art Stütze bieten können, sind wunderbar, aber wir brauchen etwas anderes."

Ginny setzte alles zusammen und riet. „Ihr adoptiert kein Baby, oder?"

Ivy schüttelte den Kopf. „Wir wollen ältere Kinder nehmen. Wenn möglich Geschwister."

„Ein Teil von dem, was wir mit diesen Träumen anfangen, von denen Caleb gesprochen hat, war, die Sache ins Rollen zu bringen. Wenn es dazu kommt, gehe ich Vollzeit nach Hause, bis ich wieder Teilzeit arbeiten kann", sagte Walker. „Ivy kann aus ihrem Job als Schulleiterin nicht einfach so aussteigen, aber ich kann auf der Ranch mühelos ersetzt werden."

Das stimmte auf gar keinen Fall. „Du bist unersetzlich, aber ich stimme zu, dass ihr beiden toll als Mom und Dad sein werdet", versicherte Ginny ihnen.

„Wir sind aufgeregt", sagte Ivy. „Und eine wild zusammengesetzte Familie zu haben, macht mir keine Sorgen – es ist alles, was ich je gekannt habe."

Das stimmte. Ivy und ihre drei Schwestern waren alle adoptiert.

„Na ja, denkt daran, dass Tante Ginny immer bereit ist, zu helfen." Sie wedelte mit dem Finger vor Walker, der aussah, als würde er ihr Angebot gleich ablehnen. „Ich habe sechs Monate damit verbracht, Dare zu helfen, sich um ihre Kinder zu kümmern. Ich habe jede Minute davon geliebt – nein, das ist gelogen. Die vollgeschissenen Windeln mochte ich nicht so. Aber da ihr ältere Kinder bekommt und vollgeschissene Windeln da keine Rolle spielen sollten, freue ich mich sehr darauf, auch euch zu helfen. Ich liebe euch. Euch beide *und* eure zukünftigen Kinder."

Ivys Augen wurden ein wenig feucht. „Du bist eine wunderbare kleine Schwester."

Schwester. Ginny keuchte beinahe. „Deine Schwestern sind bestimmt hin und weg. Und deine Eltern. Und deine *Oma*."

Walker und Ivy lachten. „Ja, es gibt eine ganze Menge Leute, die sehr gespannt sein werden. Wir haben diese Reise aber gerade erst angefangen. In der Zwischenzeit träumen wir." Das schien ein angemessener Augenblick zu sein, um das Thema zu wechseln. Ginny schwang ihre Beine auf den Boden, sodass sie sich vorbeugen konnte. „Also.

Wohnsituation. Was ist da der große Plan? Dieses Haus renovieren, oder zieht ihr um?"

Die Unterhaltung verlegte sich auf Walkers und Ivy drängendere Bedürfnisse, einen besseren Platz zum Leben zu haben, wo man eine größere Familie versorgen konnte. Während der Nachmittag verging, bot Ginny ihre Ratschläge an und freute sich über das wohldurchdachte Glück ihres Bruders und seiner Frau.

Es war wichtig, zu dieser neuen Zukunft nach Hause zurückzukehren. Ginny war so froh, sich an der Aufregung und Hoffnung beteiligen zu können, die dieses Haus erfüllte.

TUCKER genoss ein spätes Mittagessen mit seinem Onkel und ließ sich über die neuesten Veränderungen auf der Ranch auf den neuesten Stand bringen. Es war später Nachmittag, als er sich entschuldigte, um zurück zum Anhänger zu gehen, und sich mit allem zu befassen, was den Jobwechsel betraf.

Als er seinen derzeitigen Boss kontaktierte, kam es zu einer weiteren Überraschung.

„Du hast mich gerade davor gerettet, schlechte Neuigkeiten zu überbringen", teilte ihm der ältere Mann mit. „Die Inspektion hat sich unsere Gebäude angeschaut und uns einen ziemlichen Dämpfer verpasst. Um alles hieb- und stichfest zu machen, müssen wir das ganze System neu verkabeln, was bedeutet, dass wir legal nur ein Dutzend Pferde in der einen neuen Scheune unterbringen können. Was bedeutet, dass wir in der nächsten Zeit gar keine Arbeiter brauchen."

„Du meinst, du wolltest mich schon feuern?", fragte Tucker mit einem Lachen.

„Du kriegst jede positive Empfehlung, die ich nur geben

kann", versprach Raymond. „Das Einzige, was ich dir nicht anbieten kann, ist ein Job. Ich bin froh, dass du schon was Neues klargemacht hast. Ich hatte dich echt gerne da."

Wenn es vorwärtsging, war das immer toll. „Ich werde zurückkommen, um mein Zeug zu holen. Gibt es da irgendeine zeitliche Beschränkung?"

„Je eher, desto besser", sagte sein inzwischen Ex-Boss rasch. „Als ich sagte, das ganze System, hat das auch die Unterkünfte eingeschlossen. Ich könnte Hilfe gebrauchen, um all die Tiere in ihre vorübergehenden Unterbringungen umzuziehen, oder wenn sie in andere Ställe gebracht werden müssen."

Na, verdammt. Tucker musste eine weitere Fahrt auf sich nehmen. „Lass mich mal nach dem Wetter für die nächsten paar Tage schauen. Wenn sich da was auftut, komme ich zurück und mach mich damit gleich an die Arbeit."

„Das würde so richtig helfen. Während du da bist, können wir den Papierkram zum Abschluss fertigmachen."

Nachdem er aufgelegt hatte, setzte Tucker sich an den Tisch und holte tief Luft. Es schien, als wäre er nun offiziell arbeitslos. Vorübergehend, aber trotzdem. Mit Silver Stone war noch nichts Offizielles unterschrieben.

Wie untypisch für ihn, dass er einfach nur weitermachte, ohne anzuhalten und erst mal alles zu planen. Ginnys impulsive Art färbte scheinbar auf ihn ab.

Ihre schelmische Miene blitzte vor seinem inneren Auge auf.

Mist. Tucker schaute auf seine Uhr. Halb fünf am zweiten Weihnachtsfeiertag. Wie standen die Chancen, dass er es noch rechtzeitig in den Laden schaffte, um Kondome zu kaufen?

Er musste es probieren. Er richtete sich auf und zog seine Jacke an, schob die Tür auf und warf beinahe Ginny von den Stufen.

„Vorsicht, Cowboy. Was machst du hier, den Hunden nachjagen?"

Mechanisch nahm er die Tüte entgegen, die sie im reichte, und ging rückwärts aus dem Weg, während sie nach vorne drängte. „Ich hätte gesagt, ich muss mal schnell einkaufen, aber du warst mal wieder genial, oder nicht?"

Bis sie sich die Jacke ausgezogen hatte, hatte er schon in die Tasche geschaut und glücklich geseufzt, als er eine extra große Schachtel Kondome herausgezogen hatte.

Sie nahm sie ihm aus der Hand. „Die gehören mir."

Du lieber Gott. Diese Frau. „Okay. Ich will sehen, wie du sie einsetzt."

Die Hitze, die in ihren Augen stand, verbrannte ihn beinahe. „Ach, da kannst du schon zuschauen."

Diese Unterhaltung war gerade um zweihundert Grad heißer geworden und in eine völlig andere Richtung gelaufen, als er es sich gewünscht hatte. „Merk dir das mal."

Sie zögerte. „Echt?"

„Vertraue mir, wir werden deinen Einkauf schon bald würdigen, aber es gibt etwas, was ich dir erzählen muss."

Inzwischen hatte sie sich die Stiefel ausgezogen. Sie nahm ihn an der Gürtelschnalle und zerrte ihn in den Wohnbereich. „Etwas, das ernst genug ist, dass du beim Sex auf die Pausetaste drückst, selbst wenn es schon Jahre her ist? Okay, ich bin ganz Ohr."

Was so ziemlich alles war, worauf er je gehofft hatte. Jetzt musste er nur noch daran arbeiten, es in die Realität umzusetzen.

„Du hast gesagt, du willst in den beiden Wochen rummachen, die ich auf Urlaub hier bin." Als sie nickte, aber nichts sagte, ging Tucker aufs Ganze. „Bis auf die Tatsache, dass ich zurück nach Winnipeg fahre, um zu packen, bleibe ich länger auf Silver Stone. Tatsächlich bleibe ich so ziemlich für immer."

Er konnte sehen, wie sich die Rädchen in ihrem flinken Verstand drehten, während sie eins und eins zusammenzählte. „Wenn du nach Hause kommst, bedeutet das, dass du hier einen Job hast, oder?" Ihre Augen wurden groß. „Ich wette, es ist Ashton. Heilige Scheiße, geht er tatsächlich in den Ruhestand?"

„Ich fühle mich irgendwie geschmeichelt, dass du so schnell zu dem Schluss gekommen bist, dass ich von ihm übernehme", gab Tucker zu.

Ginny wedelte mit der Hand. „Teufel, ja, ich meine, ja, es wird noch einiges geben, was du lernen musst, aber du hast mehr Zeit auf unserer Ranch verbracht als die meisten Arbeiter, die derzeit eingestellt sind. Bleibt Ashton da, um dich auszubilden?"

„Das ist der Plan." Die Tatsache, dass sie nicht ausflippte, weil er in der Gegend blieb – das war ein hoffnungsfrohes Zeichen, oder nicht?

Sie sank auf das Sofa zurück, völlig entspannt. „Gratuliere. Das ist bestimmt echt aufregend."

Er schob die Finger durch ihre. Preschte etwas weiter vor. „Danke. Jetzt muss ich beweisen, dass ich es auch tatsächlich kann."

Er rieb mit dem Daumen über die Rückseite ihrer Hand. Ihre Augen wurden etwas größer, während sie den Blick zu seinem hob. Aber anstatt etwas dazu zu sagen, ihre zweiwöchige Affäre auszubauen, kam aus ihrem Mund etwas völlig anderes. „Ich auch. Diese Sache, dass man sich beweisen muss."

Das war ein so großer Richtungswechsel, wo er sie doch hatte fragen wollen, ob sie mit ihm zusammen sein wollte, dass

Tucker die Frage verschob. Er kam schnell genug zu diesem Schluss, dass er nicht allzu lang schweigend da saß.

„Was willst du denn beweisen?", fragte er.

Sie starrte ins Nichts. „Die ganze Zeit, als ich weg war, habe ich mir vorgestellt, was ich tun würde, wenn ich nach Hause komme, um etwas zu bewirken. Zeug anbauen, um Geld zu verdienen, sicherstellen, dass alle so viel frisches Obst und Gemüse haben, wie sie wollten – und nun sagt Caleb, dass das nicht mehr nötig ist."

„Aber ein Teil davon ist immer noch ziemlich lohnend", erklärte Tucker. „Es gibt einen Grund, warum Leute auf den Bauernmarkt gehen. Es gibt einen Grund, warum Leute Biozeug kaufen. Wenn das etwas ist, was du machen möchtest, ist es wertvoll."

„Ist es." Ginny nickte langsam. „Ich versuche, das immer noch richtig zu erfassen. Ich sitze nicht hier und denke mir, *oh, wie schrecklich, es gibt nichts, was ich tun kann.* Ich sitze schon ihr hier und denke darüber nach, was ich tun *sollte.*"

Was sehr viel besser war. „Das ist was sehr Gutes, dir auszusuchen, woran du arbeiten willst."

„Das will ich", beharrte Ginny. „Arbeiten. Ich will nicht, dass das Glück, das dieser Ranch widerfahren ist, zur Ausrede wird, um faul oder träge zu werden."

Er drückte ihr die Finger, bis sie wieder seinem Blick begegnete. „Göttin, jetzt werd mal ernst. Das letzte, was du je warst, ist faul."

„Gut, also gibt es keinen Grund, jetzt damit anzufangen", erwiderte sie strahlend. „Ich glaube, wir sollten einen Pakt schließen, um zusammenzuarbeiten."

Jetzt kamen sie der Sache langsam näher. „Das sehe ich auch so."

„Wenn ich etwas mache, sollte es irgendwie meiner Familie

zeigen, wie wichtig sie für mich sind. Jeder einzelne von ihnen." Sie starrte wieder ins Nichts, dachte heftig nach.

„Ich denke, das wissen sie", sagte Tucker leise. „Wirklich."

Sie lächelte. „Danke."

Einen Augenblick später überbrückte sie den Abstand zwischen ihnen. Die vertraute Haltung, in der ihr Hintern auf seinen Oberschenkeln war, während sie rittlings auf ihm saß, weckte jeden Nerv in seinem Körper, der für Vorfreude zuständig war.

Ginny strich ihm mit den Fingern durch die Haare. „Operation *Beweis es* läuft jetzt. Du wirst die nächste Zeit, wie lang sie auch ist, damit verbringen, deinem Onkel, meinen Brüdern und den Ranchhelfern zu zeigen, wie genial du bist."

„Himmel, ich war noch nicht zu Tode erschrocken, bis du es so ausgedrückt hast", beschwerte er sich.

Sie kicherte fies. „Ich werde dieselbe Zeit, wie lange sie auch dauert, damit verbringen, mir neue Ideen einfallen zu lassen, wie ich etwas bewirken kann. Wie ich Silver Stone zu einem noch besseren Ort für meine Familie um meine Gemeinschaft machen kann. Gah." Sie verzog das Gesicht zu einer schrecklichen Grimasse. „Echt einfach. Mit nichts und keiner Anleitung einfach so anfangen, nicht mal einer von Ikea, die auf Schwedisch verfasst ist, mit falsch bedruckten Tütchen voller Schrauben."

Tucker beschloss, dass er eher amüsiert war als alarmiert. „Und wie protokollieren wir Operation *Beweis es*?"

Sie dachte darüber nach, während sie anfing, ihn in den Wahnsinn zu treiben, mit den Fingern immer wieder über die Knopfleiste seines Shirts fuhr. Einen Knopf öffnete, zwei, drei ...

„Einmal in der Woche prüfen wir es. Wir beichten unsere größten Fehler, feiern aber auch unsere größten Erfolge. Dann können wir über die Dinge motzen, die nicht so gut gelaufen sind, und trotzdem alles im richtigen Blickwinkel sehen, denn alles, was vorwärtsgeht, geht in die richtige Richtung, oder?"

„Genau", stimmte er zu, beugte sich vor, sodass sie ihm das Shirt von den Schultern ziehen konnte. Er war mehr als nur bereit, ihr zu helfen, ihn auszuziehen.

„Ist es abgemacht?" Sie schob die Hand in den schmalen Raum zwischen ihren Körpern.

Er legte ihr eine Hand um den Nacken, die andere ging um ihren unteren Rücken, damit er sie näher an sich ziehen konnte. „Ist absolut abgemacht."

Sie seufzte in seinem Mund, schmolz an ihm, während ihre Zungen Kontakt aufnahmen. Ein tiefer, langsamer Kuss, der das schwelende Feuer in ihm viel zu schnell entfachte. Er musste immer noch ihre Beziehung klären, aber verdammt sollte er sein, wenn er widerstehen konnte, zuerst einmal das zu tun.

Den Hunger zu befriedigen, der viel zu lange nicht beachtet worden war.

9

Zu beobachten, wie Ginny ihr Oberteil auszog, war ein Fest für die Augen, das sogar noch besser wurde, als sie an seinem T-Shirt zupfte, bis es aus seiner Jeans glitt. Zusammen arbeiteten sie, bis sie beide von der Taille aufwärts nackt waren und Tucker wieder Zugriff auf diese herrlichen Brüste hatte.

Sie war wirklich eine Göttin! Eine üppige Erdenmutter mit Titten, die ihm den Mund wässrig machten. Tucker hatte die Hände voll, während sie die Lippen noch etwas länger zusammenbrachten. Er küsste sie, bis sie bebte, jeder rasche Atemzug bewegte ihren Oberkörper, sodass ihre Brüste über seine Handflächen rieben.

Er hob sie höher, nahm sich einen Nippel und saugte so fest daran, dass sie keuchte. Als er loslassen wollte, machte sie deutlich, dass sie das nicht wollte, hielt seinen Kopf, damit er dortblieb.

„Mehr", verlangte sie.

„Wo sind die Kondome?", spuckte er in der kurzen Sekunde aus, in der er seine Lippen von ihrer Haut nahm.

Sie deutete zur Seite.

Er tastete mit der Hand blind über das Sofa, genoss weiterhin das Lecken und Knabbern.

Irgendwie bekamen sie die Schachtel auf. Irgendwie öffnete er seinen Reißverschluss und holte seinen Schwanz heraus, über den sie es dann zogen. Ginny hatte ihre Hose und Unterwäsche bis dahin verloren, war herrlich nackt, kroch zurück auf ihn, um ihre heiße, feuchte Muschi über ihn zu reiben.

Der Sex war bei ihnen immer gut gewesen. Nein, er war immer *spektakulär* gewesen, aber heute genoss Tucker den Augenblick, als sie sich verbanden, sogar noch mehr. Seine Spitze glitt zwischen ihre Falten, dann spannten sich ihre starken Oberschenkel an, als sie sich langsam auf seine ganze Erektion herabließ.

So heiß, so absolut richtig. Tucker stöhnte vor Verwunderung.

Ginny lehnte ihre Stirn an seine, grinste ihn an. Dann wurden ihre Augen groß. Sie richtete sich mit einem Ruck auf, was ihn noch tiefer hineinschob, und beide reagierten mit einem leisen Stöhnen.

Aber ihre Miene – irgendwo zwischen Panik und einem schalkhaften *o mein Gott, das nimmt kein gutes Ende.*

„Oh. Du *bleibst.* Auf Silver Stone.“

Tucker hielt sich fest, denn auf keinen Fall würde er sie von sich weglassen, nicht jetzt. Aber gleichzeitig kam Erheiterung in ihm auf, bis sich ein Lachen löste.

„Merk dir das für später“, befahl er, obwohl in den Worten seine Freude mitschwang. Dann hob er sie hoch, rückte herum, bis er die Jeans von seinen Füßen weggeschoben hatte. Er brachte sie ins Schlafzimmer und legte sie beide auf die Matratze, streckte sich aus, sie auf ihm.

Das war keine Zeit für eine Unterhaltung.

Mit ihren Hüften als Anker wiegte er sich tiefer in sie hinein. Genoss das Gleiten, den überbordenden Druck. Die Art, wie sie zusammenpassten.

Ginny bewegte sich mit ihm, half, wo sie konnte, aber als sie die Hände über ihre Brüste legte, erfasste ihn ein Schauder von oben bis unten. „Gib sie mir", befahl er.

Es war eher ein Knurren als klare Worte, aber irgendwie verstand sie es. Sie beugte sich vor und schob ihm einen Nippel in den Mund, und er saugte daran, die beste Art von Multitasking. Er verlor gerade schon den Verstand, sich selbst, verlor auf jeden Fall die Kontrolle, was ziemlich armselig war, da es doch erst ein paar Minuten lang ging.

Er ließ die Finger zwischen ihre Beine gleiten, wo sie verbunden waren, nahm etwas Feuchtigkeit auf und rieb sie über ihre Klitoris. Strich in festen Kreisen darüber, bis sie stöhnte: *„Ja."*

Bingo. Er machte alles um eine Winzigkeit langsamer, und Tucker reizte sie, bis sie kurz vor dem Zusammenbruch stand. Die Hitze, die zwischen ihnen aufstieg, war alles, was er wollte und brauchte. Er drängte wieder vor, um ihr einen Kuss auf die Brust zu drücken. Einen Kuss auf ihr Herz.

„Ich bearbeitete dich, bis du kommst", versprach er, beschleunigte seine Handbewegung nur ein winziges bisschen. Ein wenig schneller jetzt, mit einem Hauch von Druck zwischen Zeigefinger und Daumen bei jedem Streich.

„O mein Gott. Das, *das*", stöhnte Ginny, ihre Fingernägel gruben sich in seine Schultern, während sie die Hüfte fest an ihn stieß. Ihn ritt, über ihm aufragte wie die Göttin, die sie war.

Er hielt es nicht durch. Während sich ihr Geschlecht fest um ihn anspannte, ihre Fingernägel über seine Haut kratzten. Ihre Lippen kamen herab, um auf seine zu treffen, während sie sich mehr oder weniger an ihm rieb, als würde sie versuchen, sie zusammenzuschweißen.

Er schluckte ihren bebenden Schrei, folgte ihr über den Abgrund, und kam heftig.

Er hielt ihren Körper an seinem fest, während die Lust noch eine Weile wogte – zum Glück lag er schon, sonst wäre er vielleicht umgekippt und weggetreten, so gut war es gewesen.

Ginny verlangsamte ihre rastlosen Bewegungen, strich ihm mit der Hand über die Brust, eine beruhigende Liebkosung. „Wow."

Und seine Erheiterung war wieder da. „Ich habe Ginny Stone sprachlos gemacht. Das macht mich echt ein bisschen stolz."

Sie stieß mit den Knöcheln ihrer Faust an seine Brust, dann legte sie ihm eine Hand ans Gesicht. „Danke, dass du dich um mich gekümmert hast", flüsterte sie süß, ehe sie ihm einen sanften Kuss gab.

Immer. Auf ewig.

Aber das waren jetzt keine angemessenen Worte, um sie laut zu sagen, und das wusste er auch.

Trotzdem genoss er den Kuss und gab ihr einen weiteren, bevor er sie voneinander löste und sie auf eine Seite rollte. „Lass mich sauber machen, und dann können wir reden."

„Abgemacht."

Er schnappte sich seine Klamotten und nahm sie mit. Als er aus dem Bad zurückkam, hatte sich Ginny angezogen und wühlte im Kühlschrank herum.

„Bist du hungrig?", fragte sie.

„Immer", antwortete er wahrheitsgemäß. „Luke sagt, er hat uns was zu essen dagelassen. Also mir."

Ginny schnaubte. „Tamara hat auch den Kühlschrank vollgepackt. Sie ist wohl als erste vorbeigekommen, sonst hätte sie sich gewundert, warum schon was drin ist."

„Was irgendwie zur Antwort auf eine Frage führt, die du hattest."

Sie schloss den Kühlschrank und beäugte ihn von oben bis unten. „Ich erinnere mich nicht, dass ich eine Frage gestellt hätte. Ich weiß noch, dass mir klar wurde, wie wenig Peil ich wegen der Tatsache hatte, wie sehr es die Dinge verändern wird, wenn du hierbleibst."

Tucker machte sich bereit. „Ich will, dass sich die Dinge ändern. Was wir machen, meine ich."

„Oh." Sie beschäftigte sich, wühlte weiterhin im Kühlschrank und drehte ihm den Rücken zu. „Okay, schätze ich. Wenn es das ist, was du willst."

Ach, Teufel. Tucker legte ihr eine Hand auf die Schulter und drehte sie um, um sie vor sich hinzustellen. „Spring nicht zu voreiligen Schlüssen", warnte er. „Ich will nicht nur mit dir herummachen, Ginny. Nur dass wir nie zur gleichen Zeit am gleichen Ort waren, wenn es zu mehr gekommen wäre."

Er hatte sich niemals genug zugetraut, um dieses Risiko einzugehen, aber jetzt? Er wollte sie so sehr, dass er gegen seine eigenen Dämonen kämpfen konnte.

Sie dachte wieder nach, dieser intensive, konzentrierte Ausdruck, den sie aufsetzte, während das magische, mystische Programm, das sie in ihrem Hirn hatte, in Lichtgeschwindigkeit die Optionen durchging. „Du willst mehr als nur eine Affäre hin und wieder?"

„Ja. *Teufel*, ja."

„Oh." Sie neigte leicht den Kopf. „Sag es mir ganz klar. Was genau heißt das?"

Er nahm sie an den Händen, seine Berührung ganz sanft und sehr unschuldig, wenn man bedachte, dass sie vor nicht mal fünf Minuten einander wie verrückt gefickt hatten. „Ich will mit dir zusammen sein. Ich will dich besser kennenlernen und herausfinden, ob wir beide etwas finden können, was für die Ewigkeit ist."

„Heilige Scheiße", flüsterte sie.

Tucker strich mit dem Daumen über ihre Finger. „Heilige Scheiße, gut? Oder heilige Scheiße, *das hätte ich mir in einer Million Jahre nicht träumen lassen und wie bekomme ich dieses Arschloch aus meinem Anhänger?*"

Sie verdrehte die Augen. „Ach, bitte, ich soll doch in dieser Beziehung das Drama-Lama sein."

„Dann mach schon und bring das Drama, aber ich brauche dann immer noch eine Antwort auf die Frage."

Ginny wies mit dem Kopf zum Tisch. „Setz dich. Willst du ein Bier?"

„Warum nicht."

Sie schnappte sich zwei, dann setzte sie sich um die Ecke hin, anstatt ihm gegenüber. Dann nahm sie die Hand, die ihr am nächsten war, während sie mit der anderen ihre Flasche hob. „Auf Operation *Beweis es.*"

Sie stießen an, dann tranken sie.

Ginny stellte ihre Flasche sorgsam auf dem Tisch ab, bevor sie ihm in die Augen schaute. „Ich halte dich für einen der attraktivsten Männer auf dem ganzen Planeten."

Das war ein guter Anfang. Vielleicht. „Dankeschön."

„Ich habe mich auch schon in dich verguckt, als ich ein Teenager war, aber du weißt das ja, weil ich dir diese Details mitgeteilt habe, als ich einundzwanzig war und mich in dein Bett gequatscht habe. Selbst wenn es nur einmal oder zweimal im Jahr war."

„Du hast es mir erzählt." Tucker achtete nicht auf sein Bier und schlang seine beiden Hände um ihre. „Ich glaube, wir sollten das wie bei einem Pflaster machen. Es abreißen, ganz schnell. Willst du mir sagen, ich soll mich verziehen?"

Sie leckte sich über die Lippen, plötzlich – *schüchtern?* Die teuflisch selbstsichere und offene Ginny, die seinem Blick auswich?

„Ich sage dir nicht, dass du dich verziehen sollst", erwiderte sie sanft. „Ich glaube, wir haben eine gute Vorgeschichte und eine irre Chemie ...“

Scheiße. „Ich habe doch gerade ein *Aber* gehört.“

Sie schaute ihm direkt in die Augen. „Timing ist alles. Du wirst bald eine Stelle antreten, die dir ziemlich wichtig ist, und auch wenn es nicht unmöglich ist, dass wir zusammen sind, könnte es zu Problemen führen. Da ist schon mal Ashton, da sind meine Brüder, und da ist die ganze Mannschaft von Silver Stone. Du wirst dir ihren Respekt verdienen müssen – den du auch total verdient hast, denn du hast das Talent dazu. Aber die meisten von ihnen werden annehmen, dass du die Stelle bekommen hast, weil du mit Ashton verwandt bist. Wenn dazu noch eine Beziehung mit mir kommt, dann ...“

„Damit kann ich umgehen.“

Doch sie fuhr fort. „Ich will dir das nicht versauen. Was wir brauchen, ist so eine Art Kompromiss, denn ich will auch nicht ohne dich sein. Ich will Zeit zusammen für Operation *Beweis es*, und ich will Sex.“ Sie rümpfte die Nase. „Das lässt mich vermutlich ziemlich seicht wirken, dass ich den letzten Teil eingebracht habe.“

„Nein, ich will diesen Teil unbedingt auch“, gab Tucker zu.

Sie hob seine Hand und strich sich mit den Knöcheln über die Wange. „Ich sage nicht Nein, ich sage, langsam machen.“

„Wir warten ein paar Monate, bevor wir offiziell zusammenkommen?“

Sie zögerte. „Kein fester Zeitpunkt. Wir sehen, wie die Dinge laufen.“

„Aber ich will dich in meinem Bett“, gab Tucker zu. „Und damit meine ich buchstäblich, nicht nur miteinander schlafen.“

„Ich schlafe auch gern bei dir.“ Ginny verzog das Gesicht. „Ja, genauso wie mit dir, aber da können wir was ausknobeln.“

„Du ziehst in das Häuschen der Hayes’, richtig?“ Was gleich draußen auf der offenen Hügelflanke lag. Wirklich alle würden sehen, wenn er zu einem Besuch vorbei kam. „Wir werden kreativ sein müssen. Aber ich meine es ernst, Ginny. Sobald die Dinge glatt laufen, bitte ich dich offiziell um ein Date. Und sei darauf vorbereitet, dass du völlig verwöhnt wirst."

„Ich freue mich darauf." Die Vorfreude auf ihrem Gesicht war sehr echt und sehr gut für sein Ego. „Ich will wirklich, dass du mein Freund bist, Tucker Stewart, aber wir waren so lange geduldig. Was ist schon ein wenig mehr?"

Es war ein kluger Gedanke, doch Tucker war sich ziemlich sicher, dass seine Zustimmung zurückkommen und ihm in den Hintern treten würde, auf mehr als nur eine Art.

„Dann hoffe ich, dass es dir nichts ausmacht, wenn wir heute Nacht noch ein paar Mal etwas Energie verbrennen. Vielleicht am Morgen noch mal." Er drückte ihr einen Kuss auf die Handknöchel. „Ich habe mit meinem Boss geredet. Ich muss eine Woche lang nach Winnipeg zurück."

Sie zwinkerte ihm gerissen zu, strich mit den Fingern über seine Schulter, während sie aufstand und zurück zum Kühlschrank ging. „Na, ich bin enttäuscht, dass wir keine ganzen zwei Wochen bekommen, in denen wir zusammen in dieser Liebeshöhle festsitzen, aber je eher du gehst, desto eher kommst du zurück. Machen wir uns was zum Abendessen, damit wir genug Energie haben, um einander heute Nacht so oft wie möglich zu vernaschen."

Das klang für Tucker nach einem felsenfesten Plan.

FRÜH AM NÄCHSTEN Morgen ließ Ginny die Bettdecke zurückfallen, während Tucker hinter sich die Tür schloss.

Es war besser, ihn all die Dinge tun zu lassen, die er tun

musste, bevor er sich auf seine lange Fahrt begab, und es gab nichts, was sie im Augenblick tun konnte, um ihm zu helfen.

Sie streckte sich träge, genoss das leichte Ziehen und die schmerzenden Stellen an ihrem Körper, die von dem letztlich spektakulären Sex-Marathon kamen. Sie war froh, dass sie die Kondome geholt hatte.

Tucker Stewart wollte mit ihr zusammen sein.

Ginny streckte die Arme über dem Kopf aus und stieß ein erfreutes Quietschen aus. Okay, das war genauso aufregend, wie es sich ihr vierzehnjähriges Ich ausgemalt hatte.

Aber sie meinte es ernst, dass sie sich nicht einmischen wollte, wenn er sich in Silver Stone etablierte. Vielleicht, wenn die Dinge anders gewesen wären, vielleicht, wenn Tucker jedes Jahr da gewesen wäre, oder wenn ihre Eltern und die Hayes' noch da gewesen wären. Eine feste Gruppe älterer Männer, die als Mentoren dienten, hätte Tucker schon einen großen Vorsprung gebracht.

Sie war ziemlich sicher, dass ihre Brüder theoretisch zustimmen würden. Caleb tat das offensichtlich, und Luke hielt eine Menge von Tucker.

Aber wenn sie ins Bild kam, würden ihre Brüder sich in den Gedanken verirren, dass sie ihre kleine Schwester war, die sie beschützen mussten, anstatt sich auf Tucker als einen Mitarbeiter zu konzentrieren, den sie ermutigen und schnell anlernen mussten?

Sie seufzte. Es nervte, erwachsen zu sein, aber das waren sie eben.

Was bedeutete, dass ihre Pläne, mit dem nächsten Schritt fertig zu werden, neu justiert werden mussten, und zwar mit häufigen Sex-Dates. Gewissermaßen könnte es gut sein, all ihre Aufmerksamkeit darauf zu konzentrieren, sich mit alten Freundinnen auf den neuesten Stand zu bringen und weitere Pläne zu fassen, um auf der Ranch zu bleiben.

Das Päckchen oben auf ihrer Kommode zog ihre Aufmerksamkeit auf sich. Aus der Aufregung, die in ihrem Blut wogte, und dem schleichenden Argwohn, dass sie heute Abend sowieso ein emotionales Wrack sein würde, sobald sich alles gesetzt hatte, schloss sie, dass es auch schon egal war. Da sie nicht mit Tucker kuscheln konnte, war sie ohnehin aufgekratzt genug.

Sie schnappte sich das Päckchen von ihrer Kommode und setzte sich aufs Bett zurück.

Während sie die alte Schnur öffnete, hatte sie Zeit, es sich nochmals zu überlegen, aber ihre Neugier war inzwischen völlig aus dem Häuschen.

Vorsichtig löste sie das zerbrechliche Klebeband, das das Pergamentpapier hielt, und fand eine einfache, aber robuste Pappschachtel. Der Deckel ließ sich leicht abnehmen und enthüllte zwei zusammenpassende Notizbücher mit festem Einband.

Erinnerungen fluteten über sie hinweg ...

„Mom?" Ginny stieß ihre Stiefel an der Hintertür von sich und begab sich weiter ins Haus hinein. Etwas blubberte auf dem Herd, also musste ihre Mutter ja wohl irgendwo in der Nähe sein.

„Hier drin", rief ihre Mom. „Nur kurz noch."

Ginny kam um die Ecke in das Büro ihrer Mutter, rechtzeitig, um zu sehen, wie sie ihr glänzend rotes Notizbuch nahm und es in die oberste Schreibtischschublade schob. „Oh. Du schreibst in dein Tagebuch", neckte Ginny.

Ihre Mutter verschränkte die Hände. „Ja, so ist es. Eines Tages wirst du es zu schätzen wissen."

„Nicht, wenn du da drin Zeug über dich und Dad

schreibst. Es gibt ein paar Dinge, die ich nicht wissen muss", beharrte Ginny.

„Warte nur, bis du dich verliebst. Dann bist du vielleicht neugierig darauf, die Geschichten von anderen zu hören."

Ginny zuckte mit den Schultern. „Vielleicht. Aber rechne mal nicht damit. Auf jeden Fall versteckt sich Dusty in der Scheune. Er weigert sich, ins Haus zu kommen, weil er eine Prüfung versaut hat, und jetzt glaubt er, er fliegt aus der zweiten Klasse, oder noch schlimmer, dass Dad ihm seine Reiterlaubnis entzieht."

Deb Stone verzog das Gesicht. „Mit letzterem hat der Kleine wohl nicht unrecht. Was für eine Prüfung denn?" Sie beäugte Ginny streng. „Wie kommt es, dass du das weißt, und weshalb erzählst du es mir?"

„Weil ich, als seine geliebte große Schwester, die beinahe acht Jahre älter ist, alles weiß und alles sehe."

„Ginny. Spuck es aus, ohne noch ein größeres Drama zu machen, falls das möglich ist", forderte ihre Mutter.

„Mit dir kann man echt keinen Spaß haben. Gut, Dusty war auf der Busfahrt nach Hause von der Schule mürrisch, also habe ich ihn gefragt, was los war, und er hat es mir erzählt. Der Grund, dass er durchgefallen ist, war, dass er eigentlich draußen im Gang saß, weil er diszipliniert wurde, als die Lehrerin den Test ausgeteilt hat."

Ihre Mutter verschränkte die Arme vor der Brust. „Du machst die Dinge für deinen Bruder nicht unbedingt besser."

Ginny hob einen Finger. „Ach, aber jetzt kommt der Teil, den weder die Lehrerin noch Dusty dir erzählen werden. Ich weiß zufällig, dass Dusty raus in den Gang geschickt wurde, weil er Jeremy Dane gesagt hat, er soll es sich verkneifen, Fern Fields wegen ihrer Armprothese aufzuziehen. Und als Jeremy eine unflätige Geste gemacht hat, hat sich Dusty auf ihn gesetzt. Was vermutlich echt unbequem war, denn Jeremy hat

Ecken und Kanten wie ein Sack voller Steine. Persönlich hoffe ich, dass Dusty sich nicht angestoßen hat."

Deb kniff sich in den Nasenrücken. „Vielen Dank für diese sehr farbenprächtige Beschreibung."

„Auf jeden Fall. Rose und Tansy haben mir von diesem Teil erzählt, denn Fern hat es ihnen erzählt, also habe ich Dusty erzählt, dass ich sicher wäre, du würdest verstehen, was er getan hat, weil es das Richtige war, aber wenn es ans Eingemachte geht, würde ich ihm helfen, für einen Ausgleichstest zu lernen. Und ich mache Erdnussbutter-Kekse, damit er, wenn er reinkommt, etwas hat, das ihn fröhlich stimmt, okay?"

Ihre Mom stand hinter dem Schreibtisch auf und kam, um sie in die Arme zu nehmen. „Das klingt gut. Ich schätze, ich zieh mir jetzt die Stiefel an und gehe auf die Jagd nach Dusty."

„Schau mal nach dem nächstbesten Wurf Kätzchen. Der letzte, den wir gefunden haben, war in der Südecke des Heuschobers", schlug Ginny vor, während sie zurück in die Küche gingen, und ihre Mom sich für draußen anzog. „Mom? Was schreibst du denn in dein Tagebuch?"

Deb richtete sich die Mütze und zog die warmen Winterhandschuhe an. „Erinnerungen. Freuden und Sorgen. Träume. Manchmal schreibe ich das wildeste, was mir einfallen will, damit ich darüber lachen kann."

„So was Wildes und Ausgefallenes, wie etwa, dass Dad die Buchhaltung übernimmt?"

Ihre Mutter lachte. „So respektlos. Nein. Aber manchmal versuche ich, mir die Zukunft vorzustellen."

„Die nahe Zukunft enthält den himmlischen Geruch nach Erdnussbutter-Plätzchen, der sich um dich und deinen geliebten Sohn legt, wenn ihr von eurer Queste zurückkehrt", sagte Ginny, die sich dramatisch verbeugte.

„Ich liebe dich, Kleine. Jetzt lass mich mal deinen Bruder suchen."

~

Es war nur eine Erinnerung. Ginny hatte das Tagebuch im Lauf der Jahre mehrmals gesehen, zumindest das rote auf der rechten Seite, das angeschlagen und abgewetzt und ein wenig verbeult war. Das zweite war genau gleich, nur das der Umschlag noch wie neu glänzte, und anstatt Rot war er himmelblau.

Ginnys Lieblingsfarbe.

Sie strich mit den Fingern über beide, und in ihrer Kehle saß ein Kloß, als sie an all die Zeitpunkte zurückdachte, und die Orte, an denen sie ihre Mutter gesehen hatte, wie sie es hielt. Zusammengerollt in einem Sessel am Feuer. Auf der Schaukel auf der Veranda. Oben im Heuschober, das Tagebuch in ihrem Schoß, wenn sie entweder schrieb oder weiter hinten auf den gut genutzten Seiten las.

Ach du lieber Gott, Ginny würde wieder weinen. Zumindest war diesmal niemand da, um es zu bezeugen, während sie den kleinen Preis aus der Vergangenheit hochhob und vorsichtig an sich drückte.

Eine Haftnotiz, die überhaupt nicht mehr haftete, flatterte auf die Bettdecke neben Ginnys Hüfte.

Darauf stand nur 2 *von* 3.

Ginny öffnete das rote Tagebuch in der Hoffnung, dass eine weitere Erklärung folgen würde. Eine weitere gefaltete Notiz in der klaren, schönen Handschrift ihrer Mutter wartete zwischen den Seiten und richtete sich an sie.

. . .

DU FRAGST IMMER, *was ich in mein Tagebuch schreibe, also zeige ich es dir als mein zweites Geschenk an deinem Meilenstein-Geburtstag.*

Das ist wohlgemerkt eine Leihgabe. Einiges von dem, was in diesen Seiten steht, ist sehr persönlich, für mich und für andere, aber ich vertraue auf dich, dass du die Dinge bei dir behältst, bei denen es so bleiben sollte. Doch ich vertraue dir auch, das zu teilen, was geteilt werden sollte, wenn und falls es angemessen ist.

Ich schätze, es ist ein wenig altmodisch und leicht frauenfeindlich, dass ich automatisch denke, du solltest eines Tages die Hüterin der Familienaufzeichnungen sein. Diese Aufgabe scheint typischerweise an Frauen zu fallen, aber ich habe mich nie beschwert, denn es ist etwas, was mir gefällt. Ich hoffe, es ist auch etwas, das du gern machst.

Es gibt immer Fragen, es gibt immer die Weißt-du-noch-Momente, und das ist ein Grund, weshalb ich ein Tagebuch führe. Niemandes Erinnerung hält ewig, darum schreibe ich Dinge auf Papier, denn es ist ein guter Weg, um zurückzuschauen.

Manchmal machen wir es, um die guten Entscheidungen zu feiern, die wir gefällt haben. Manchmal machen wir es, um zu sehen, wo wir den falschen Weg eingeschlagen haben, um eine Kurskorrektur vorzunehmen.

So oder so musst du es nicht allein machen. Ich habe einiges davon schon vor dir gemacht, und ich hab einiges davon für dich gemacht (wirf einen Blick in dein neues Tagebuch, und du siehst, was ich meine). Und während der Sommer vergeht, freue ich mich schon darauf, mich mit dir auf die Veranda zu setzen, wenn wir beide in unsere Tagebücher schreiben. Unsere Hoffnungen und Träume teilen, und wenn Trauer unvermeidlich ist, wenn sie vorbei ist, dann bin ich mir sicher, wird bestimmt auch gelacht werden.

*Ich liebe dich. Auf die Erinnerungen, die wir zusammen
schaffen werden.*
Mom

IRGENDWO MITTEN IN dem Brief liefen ihre Tränen
ungehindert. So sehr Ginny auch im Inneren litt, war der
Augenblick dennoch schön. Ja, es war schmerzhaft, dass sie
nicht den Sommer hatten genießen können, den ihre Mutter
sich vorgestellt hatte.

Doch beim Blick zurück über die Jahre konnte Ginny
ehrlich sagen, dass es andere Freuden gegeben hatte. Es hatte
Erfahrungen mit ihren Brüdern gegeben – gute Erfahrungen –
die niemals geschehen wären, wenn ihre Welt nicht so
schrecklich auf den Kopf gestellt worden wäre.

Sie blätterte eine Seite um, musterte die nicht direkt
aufeinander folgenden Datumsangaben. Ihr fielen kleine Tüten
auf, die an manchen Seiten angebracht waren, mit zusätzlichen
Papieren, die dort drin steckten. Ihre Mutter hatte das
Tagebuch in eine Ansammlung von Notizen und Zeichnungen
verwandelt.

So ein Schatz, den Ginny nicht erwartet hatte.

Sie stellte es vorsichtig ab und nahm das neue Tagebuch
auf. Als sie die Seiten aufblätterte, hielt sie überrascht an, um
festzustellen, dass es nicht leer und neu war. Hier und da
waren oben auf den Seiten Notizen von ihrer Mom. Fragen,
oder Aufträge von jenseits des Grabes.

ETWAS, was ich an mir mag.
*Wer ist mein bester Freund, und was tue ich, um ihm oder
ihr zu zeigen, dass das stimmt?*

Wenn ich einen ganzen Tag nur für mich hätte, was würde ich tun?

Es gab noch mehr. Ginny drückte sich das Tagebuch an die Brust und hielt es dort fest, während sie die Traurigkeit in ihrem Inneren ein letztes Mal herausließ.

Dann wischte sie sich die Tränen ab, wusch sich das Gesicht und machte Frühstück. Die Tagebücher wurden sorgfältig zurück oben auf die Kommode gestellt, wie die Schätze, die sie auch waren.

Heute ging es um eine andere Art Schatzsuche. Sie nahm ihr Handy und machte ein paar Anrufe.

10

—————

Aus dem warmen Bett zu kriechen und weg von der noch wärmeren und weicheren Ginny war die Hölle gewesen. Tucker tröstete sich damit, indem er sich auf die Tatsache konzentrierte, dass er, je früher er rauskam, umso eher auch wieder zurückkehren würde.

Er spürte Ashton in der Scheune auf, überrascht, Luke und Jack auch dort zu finden. Die drei Männer lehnten gemütlich an der Wand und der seitlichen Absperrung vor einer Box, in der eine der hübschesten Stuten stand, die Tucker seit langer Zeit gesehen hatte. Sie war trächtig, und Luke streichelte ihr liebevoll die Nase, während er redete.

Tucker kam langsam näher, damit er die Stute nicht erschreckte.

„Ihr seid früh auf", sagte er, bevor er sich auf Jack konzentrierte. „Ich dachte, ihr hättet Urlaub."

Jack grinste. „Diane hat mich aus dem Bett geworfen. Sie sagte, ich müsse los und mich eine Weile woanders beschäftigen."

„Bist du ein wenig übergriffig geworden, oder was?" Luke

kicherte fies, während er sich von der Stute wegbewegte und es trotzdem noch schaffte, einem Stoß in die Schulter von seinem Freund zu entgehen. „Hey, entweder hat man eine Frau, die Sex am Morgen mag, oder man hat sie nicht."

Es war schrecklich, dass der erste Gedanke, der in Tuckers Verstand flutete, der war, dass Ginny Sex mochte, ganz gleich, zu welcher Tageszeit. Tatsächlich weckte sie ihn normalerweise auf, und die Erinnerung an diesen Morgen traf ihn mit einem Anflug von Hitze.

Seine einzige Rettung war, dass Ashton die Arme vor der Brust verschränkte und einen missbilligenden Blick aufsetzte. „Hört auf, mit eurem Sexleben zu prahlen."

„Heißt ja nicht, dass du dich nicht beteil..." Luke brach den Satz betont ab, dann schaute er nach oben, als würde er die Balken bewundern.

„Grobian", murmelte Ashton.

„Ich unterbreche diese herrliche Unterhaltung mal kurz", bot Tucker trocken an. „Ashton, weiß es Luke?"

„Weiß ich was?"

Offensichtlich nicht. Tucker hätte das gerne länger hinausgezögert und Luke leiden lassen, aber er war nicht bereit, so viel Zeit zu opfern. „Ashton hat mir angeboten, mich als Lehrling anzunehmen. Caleb hat gestern zugestimmt."

„Gratuliere." Jack stieß seine Faust fest in Tuckers Arm. „Schön für dich."

„Heilige Scheiße. Das ist fantastisch." Luke schlug ihm nicht nur auf den Rücken, sondern zog Tucker auch in eine Umarmung. „Wird aber auch Zeit, dass wir mehr von deiner hässlichen Fresse hier sehen."

Hoffentlich war das auch die Art, wie Luke die Dinge weiterhin sah, sobald Tuckers Plan, etwas Ernsteres mit Ginny anzufangen, zum Tragen kam.

„Danke", erwiderte er ehrlich. Er hob den Blick zu Ashton.

„Ich hab mich bei Raymond in der Stallung in Winnipeg gemeldet. Ich soll für ihn gleich mein Zeug wegbringen, außerdem muss ich Braggart abholen. Ich dachte, ich breche gleich auf. Funktioniert das für dich?"

Ashton neigte den Kopf. „Als ich zuletzt nachgesehen habe, sah das Wetter für die nächsten paar Tage freundlich aus."

„Wenn du mich brauchst, um irgendwas zu unterschreiben, während ich weg bin, schick einfach eine E-Mail."

Eine gemurmelte Unterhaltung zwischen Jack und Luke endete damit, dass Luke vortrat. „Wir kommen mit", verkündete er.

„Weg mit euch", widersprach Tucker. „Die Fahrt dauert einen ganzen Tag, und das zweimal, und ich werde mindestens ein paar Tage brauchen, um meinem alten Boss mit ein paar letzten Aufgaben zu helfen."

Diesmal antwortete Jack, sein Lächeln blitzte auf, während er grinste. „Ich bin im Urlaub, weißt du noch? Was ich unter anderem gerne tun würde, wäre, mehr von Kanada zu sehen."

Ein Kichern kam von Luke. „Netter Versuch, aber niemand wird glauben, dass das das Verkaufsargument ist, weshalb wir mitkommen. Wir fahren nach Osten durch einen der flachsten Landstriche, die Gott geschaffen hat."

„Guter Punkt", erwiderte Jack. Dann schaute er Tucker in die Augen. „Ich bin für meine Familienstallungen über fünfzehn Jahre lang Vorarbeiter gewesen, und ich rede gerne. Betrachte mich als deinen eigenen privaten Frage-und-Antwortdienst."

Was eine Goldmine von einer Gelegenheit war. Trotzdem …

„Glaubst du, deiner Frau – euren Frauen – würde es nichts ausmachen, wenn ihr für ein paar Tage mitten in eurem Besuch weggeht?" Er schloss Luke in die Frage ein.

„Sie haben bereits ein paar exklusive Mädelsdinge geplant, zu denen wir nicht eingeladen sind." Luke zuckte mit den Schultern. „Sie kommen schon klar. Gib uns zwanzig Minuten, und wir sind bereit zum Aufbruch."

Tucker wäre ein Narr gewesen, Zeit mit seinen Freund und Zeit mit einer willigen Quelle abzulehnen, die seine Zukunft erleichtern könnte. „Wenn ihr sicher seid, hätte ich nur zu gern Gesellschaft", gab er zu.

Jack jubelte. Luke schlug ihm auf den Rücken, und die beiden liefen los, als wären sie Teenager, die gerade etwas umsonst bekommen hatten.

Selbst Onkel Ashton war erheitert. „Sie sind gute Leute", erklärte er Tucker. „Ich freue mich, dass du ihr Angebot nicht ausgeschlagen und darauf bestanden hast, dass du es allein machen kannst."

Normalerweise hätte er das, wurde Tucker klar, nur das diese Option sich nicht richtig angefühlt hätte. „Irgendwas ist an Silver Stone, das mich dazu bringt, daraus eine Gruppenarbeit machen zu wollen."

Ashtons Mine wurde ernst. „Du weißt, das ist beinahe Wort für Wort etwas, das Walter Stone ziemlich oft gesagt hat. Der Teil mit der Gruppenaufgabe. Dass jeder seinen Teil beiträgt, um die Aufgabe einfacher zu machen. Dadurch wurden die wichtigen Dinge erledigt."

Sein Onkel schickte ihn mit dem Versprechen weg, nach einer anderen Unterbringungsmöglichkeit zu suchen, wenn er zurückkam. „Ich schätze, wenn du musst, kannst du im Anhänger bleiben, aber das ist nur vorübergehend."

Soweit es Tucker betraf, hatte er null Probleme damit, solange Ginny in der Unterbringung mit eingeschlossen war.

Er fuhr seinen Truck hinauf zu Lukes Haus, das über den Little Sky Lake blickte, um seine Begleiter aufzulesen.

Während er wartete, stieg er aus und stand in der Kälte, bewunderte die schneebedeckte Landschaft.

Luke hatte auf einer kleinen Erhebung gebaut, und obwohl die Hauptgebäude der Ranch und Calebs Haus gleich links waren, war das eigentliche Haus etwas mehr nach Nordwesten ausgerichtet, sodass es einen unverstellten Blick auf die Wildnis jenseits des kleineren der beiden Seen bot.

Dieser winterliche Eindruck war keiner, den Tucker oft hatte genießen dürfen. Er hatte so viele Sommer hier verbracht, aber das erste Mal, dass er im Winter auf die Ranch gekommen war, war im Februar des Unfalls gewesen. Er hatte jedes Jahr danach zu einer inoffiziellen gemeinsamen Gedenkfeier vorbeigeschaut. Es hatte sich richtig angefühlt, dafür zu sorgen, dass er da war.

Es war einer dieser inoffiziellen Winterbesuche gewesen, als Ginny ihn überzeugt hatte, sie in sein Bett zu lassen.

Jetzt lächelte er über die Erinnerung, ließ seinen Blick wandern, folgte Spuren ins Gebüsch, verfolgte sie in die Ferne, wo die Heart Falls im Eis eingeschlossen und wunderschön sein würden. Er schaute nach Süden und sah Männer, die bereits auf dem Reitplatz arbeiteten. Trucks fuhren vom Parkbereich der Ranch-Mitarbeiter vor den Schlafbaracken ab, als Arbeiter zu den Aufgaben aufbrachen, die Ashton ihnen gegeben hatte.

Etwas, das Panik nahekam, floss durch seine Adern. Er wollte das so dringend. Teil von Silver Stone sein. Ein Recht haben, hier zu sein, und nicht nur den Job. Der Mann zu sein, den Ginny brauchte.

Ihre Operation *Beweis es* – er spürte den Drang, es zu schaffen, bis ganz hinab in seine Seele.

Luke kam aus der Tür, Jack dicht hinter ihm. „Woohooo, bringen wir diesen Partybus auf die Straße."

Kelli und Diane steckten die Köpfe heraus und winkten zum Abschied.

Luke reichte Tucker einen Reisebecher. „Ich wollte dir schon einen Drink für Männer einschenken, aber Kelli hat sich eingemischt."

„Ich liebe dich, Kelli", rief Tucker zur Tür hin. „Wann immer du diesen Loser verlassen willst, sag mir Bescheid."

„Aber ich habe ihn doch schon halb stubenrein", beschwerte sich Kelli. „Habt Spaß beim Erstürmen der Burg, Jungs."

Frauengelächter folgte darauf, während die Damen wieder in das warme Haus verschwanden.

Tucker grinste noch, als er auf den Highway abbog und sie auf dem schnellsten Weg durch das Land brachte. „Danke für den Kaffee."

„Du musst aufhören, mit meiner Frau zu flirten. Such dir eine eigene", sagte Luke ausdruckslos.

Darauf würde Tucker nicht eingehen. Noch nicht.

Es half nicht, dass Jack dasselbe Lied anschlug. „Gibt es jemanden, von dem du dich verabschieden musst, während wir dein Zeug zusammenpacken?", fragte er vom Rücksitz.

„Gar niemanden", versicherte ihm Tucker. „Das Packen wird nicht lange dauern, aber mein Boss braucht etwas Hilfe, um Pferde umzusiedeln. Bevor wir gehen, schnappe ich mir meinen Anhänger, damit ich mein Reittier mit uns auf die Rückreise nehmen kann."

„Braggart ist eine ganz Süße", setzte Luke Jack in Kenntnis. „Ashton hat sie ausgebildet, und ich schwöre, sie kann manchmal Tuckers Gedanken lesen."

„Das ist die beste Art Frau", sagte Jack mit einem Grinsen. „Ob nun Mensch oder Pferd."

Tucker kicherte. „Ich bin mir ziemlich sicher, das ist genau die Art Geschwätz, für die du am Abend genauso wie am

Morgen aus dem Bett fliegst. Du weißt schon, wenn du sie mit einem Pferd vergleichst."

„Machst du Witze?", fragte Jack. „Diane weiß, dass es ein Kompliment höchster Ordnung ist, wenn ich mit dem Pferde-Talk anfange."

„Das ist aber einfach nur falsch", beschwerte sich Luke. „Du gibst mir so viele Möglichkeiten für grobe Witze, während ich doch daran arbeite, höflich zu sein und Tucker nicht zu schockieren."

„Ich glaube, ihr beiden wart nur einen Schritt davon entfernt, meinen Onkel zu schockieren", sagte Tucker. Er würde ihnen nicht verraten, was Ashton zugegeben hatte, aber er war neugierig, wie gut sein Onkel seine Geheimnisse wahrte.

„Mit meinem kleinen ‚warum gibst du denn nicht zu, was du vorhast'-Moment? Ja, geht mich nichts an, aber es ist verdammt verführerisch, den Mann hin und wieder ein wenig zu triezen." Luke nahm einen Schluck von seinem Kaffee und lehnte sich in seinem Sitz zurück. „Er hat mich nicht allzu sehr auseinandergenommen, als ich was mit Kelli angefangen habe, darum gehe ich es gerne bisschen lockerer an, wenn es um sein Liebesleben geht."

„Ich hoffe, meine Beziehungssituation ist sehr viel weniger kompliziert, wenn ich mal in den Sechzigern bin", sagte Jack. „Es ist gut, das alles schon festzumachen, während man jung ist."

„Damit eure Damen euch auch ganz gut trainieren können?", scherzte Tucker.

„Auf jeden Fall." Jack lachte. „Lass mich wissen, wenn du Hilfe brauchst, jemanden zu finden. Ich habe ein paar begabte Ausbilderinnen, die ich zu dir schicken könnte, die Singles sind."

Tucker warf einen Blick auf Luke. „Will er mich vermieten?"

„Nicht meine Schuld", beharrte Luke. „Vielleicht solltest du es annehmen. Ein wenig frisches Blut reinbringen. In der Stadt ist niemand. Natürlich sollte ich das nicht sagen. Du kennst die Fields-Schwestern. Und es gibt ein paar andere, die ..."

„Ich bin nicht wild darauf, verkuppelt zu werden", sagte Tucker rasch.

Dreizehn Stunden auf der Straße. Das würde ein teuflischer Trip werden, wenn er die ganze Zeit damit verbringen musste, seine Freunde davon überzeugen, dass er keine weibliche Begleitung brauchte.

Tucker warf einen Blick neben sich, um festzustellen, dass Luke über beide Ohren grinste.

„Wir hören jetzt auf. Du bist vermutlich völlig auf diese ganze Sache mit der Ausbildung konzentriert, und ich verstehe das. Ich bin auch ziemlich aufgeregt", gab Luke zu. „Und was für ein toller Einstieg. Road Trips sind immer super. Obwohl ich nicht auf dem Beifahrersitz sitzen sollte, sondern hinter dem Lenkrad."

„Teufel, nein", erwiderte Tucker. „Als dein Dad uns beigebracht hat zu fahren, sagte er, ich wäre ein viel besserer Schüler als du. Auf Sicherheit bedacht und exakt."

„Langweiliger Arschkriecher. Du hattest Glück, dass er dich nicht gesehen hat, wie du einen Monat später auf dem Parkplatz des Gemeindehauses gedriftet bist", entgegnete Luke.

„Du warst zu feige dafür." Tucker sagte es trocken, dann stellte er sich auf das Unvermeidliche ein.

Und tatsächlich ...

Sein ganzer Körper wurde durchgerüttelt, als Luke seine Faust in Tuckers Bizeps stieß. „Idiot."

„Arsch."

Ein Lachen ertönte vom Rücksitz. „Das ist ja wie eine kanadische Comedyserie, aber weniger höflich als erwartet."

Tucker hob eine Hand und zeigte ihm den Mittelfinger, dann kicherte er heftig, als ihm klar wurde, dass Luke neben ihm genau dasselbe gemacht hatte.

„Ihr Typen seid urkomisch." Jack stöhnte, dann seufzte er schwer. „Weckt mich, wenn wir fünf Minuten von unserem nächsten Halt entfernt sind, ja? Ich bin immer noch nicht an die andere Zeitzone angepasst."

„Machen wir", versicherte ihm Luke. Er senkte die Stimme ein wenig und redete leise mit Tucker. „In der Zwischenzeit bringen wir uns doch auf den neuesten Stand. Was hast du in letzter Zeit so gemacht?"

Tucker erzählte von alltäglichen, gewöhnlichen Ereignissen in seinem Leben seit dem letzten Mal, als sie sich getroffen hatten, und es war ein Stück Vollkommenheit.

Das Einzige, was es besser gemacht hätte, wäre gewesen, auch Ginny neben sich zu haben.

GINNY WAR auf halbem Weg über den Hof, als Dustin angelaufen kam. „Hey, Gin. Wart mal kurz."

Er war so nervig.

Sie funkelte ihren kleinen Bruder an. „Ich bin mir sehr sicher, du hast genug Kraft, um die beiden Silben auszusprechen, aus denen mein Name besteht. Das ist eine letzte Warnung, oder ich werde alle überzeugen, dass wir dich wieder Dusty nennen."

Sein selbstsicheres Grinsen wurde größer, als es hätte sein sollen. „Schön. Ich hab dich doch nur geärgert. Was die echten Nachrichten des Tages angeht, Tamara und Caleb haben mich vorgewarnt, dass du in das Häuschen ziehen willst. Ich wollte dich wissen lassen, das ist kein Problem."

„Danke." Ginny war tatsächlich ein wenig überrascht, dass er bereit war, es so leicht aufzugeben. Vielleicht war Tamaras Ahnung, dass Dustin nicht mehr lange hierbleiben würde, richtig, und in diesem Fall wollte Ginny es jetzt wissen, damit sie sichergehen konnte, dass ihr kleiner Bruder ein paar kluge Dinge plante. „Hast du Pläne?"

Er kicherte. „Ich schwöre, du hast gerade genau wie Mom damals geklungen."

Eine Woge der Traurigkeit spülte herein und über sie hinweg, war in einem Augenblick wieder weiter. „Das nehme ich als Kompliment."

„Es gibt eine Menge, an das ich mich nicht erinnere, aber ich habe diese Szenen im Kopf. Manchmal frage ich mich, ob ich sie mir halb ausgedacht habe, basierend auf Bildern, die ich in Fotoalben gefunden habe, oder Geschichten, die man mir erzählt hat." Dustin lächelte sie an. „Ich glaube, sie hat Leute dazu gebracht, Dinge zuzugeben, ohne jemals vorzutreten und ganz direkt zu fragen."

„So war sie." Ginny lachte leise. „Mom hat eine direkte Frage gestellt, die hundertachtzig Grad von dem entfernt war, was man am Ende eigentlich eingestehen würde. Es war wie Magie", teilte sie ihm mit.

Dustin nickte, inzwischen nachdenklich, und Ginny wurde wieder neu daran erinnert, wie jung er gewesen war, als ihre Mom und ihr Dad gestorben waren. Wie wenige Erinnerungen er wirklich an seine Zeit mit ihnen hatte.

„Auf jeden Fall, um die Frage zu beantworten, die du gestellt hast, *und* diejenige, die du nicht gestellt hast", scherzte Dustin, „bin ich mir nicht hundertprozentig sicher, ob ich mich am Rodeo versuchen möchte. Nicht bei all den Möglichkeiten, die hier bestehen. In der Zwischenzeit bleibt Shim zumindest für ein paar Monate hier. Er will unbedingt in die Schlafbaracken einziehen, also hat Ashton uns Platz in den Unterkünften gesucht."

„Er ist ..." Ginny war nicht ganz sicher, wie sie das sagen sollte, ohne dass es anklagend klang. „Er ist nicht aus der Gegend, oder?"

Ihr kleiner Bruder wischte sich über den Mund, verdeckte ein Lachen. „Nein. Ist ganz urban aufgewachsen, mit sehr strengen, intellektuellen und wenig naturverbundenen Eltern. Aber er ist ein guter Typ, darum dachte ich mir, warum zum Teufel nicht? Ich habe schon mal in den Belegschaftsquartieren gewohnt."

„Außerdem macht es dir auch nichts aus, in der Kantine zu essen, oder?", fragte Ginny trocken.

„Wir haben einen der besten Köche im Bezirk." Dusty schaute auf die Uhr. „Ich muss los, oder Ashton reißt mir den Hintern auf. Alles ist raus aus dem Häuschen, also kannst du jederzeit einziehen, wenn du willst."

Das kam unerwartet. „Schon?"

Dustin zuckte mit den Schultern, ging rückwärts. „Ich hatte sowieso nicht viel Zeug."

Er marschierte weg, wirkte plötzlich so erwachsen, dass Ginny ihn mit einem ihrer älteren Brüder hätte verwechseln können. Sie rief ihm nach: „Hey, Dustin. Ihr kommt mich aber mal zum Abendessen besuchen, okay?"

Er reckte einen Daumen hoch, ging aber weiter.

Sie kannte das Gefühl. Zu spät zu einem Treffen mit Ashton zu erscheinen, war nichts, was man regelmäßig unternahm ...

Die plötzliche Erkenntnis traf sie. Heilige Scheiße. Das war, wer *Tucker* sein würde. Der Mann, für den, wenn er *los* sagte, Männer mitten in der Unterhaltung aufhören und zurück an die Arbeit eilen würden.

Ja, aufzupassen, wenn man eine öffentlich bekannte Beziehung zwischen ihr und Tucker lostrat, war verdammt wichtig. Trotzdem wollte sie ihn auf keinen Fall aufgeben. Nicht mal vorübergehend.

Es war Zeit, sich etwas anderes zum Nachdenken zu suchen, anstatt nur zu grübeln. Ginny begab sich auf den Weg am Haupthaus der Ranch vorbei zu dem langen, niedrigen Gewächshaus, das vor ihrem Weggang ihr Revier gewesen war.

Draußen war es weit unter null Grad, darum war der Eintritt in dieses Haus, als würde man eine andere Jahreszeit betreten. Die Heizung stand immer noch auf der Wintereinstellung, gerade genug, damit die Leitungen und Materialien nicht einfroren. Warm genug, dass Ginny, die tief durch die Nase einatmete, vom üppigen Geruch der Erde überrollt wurde, und der wachsenden Dinge, die vorübergehend ruhten.

Das Dach über ihr und die Wände waren alle aus halbtransparentem Polycarbonat-Material. Es ließ das Licht durch, war aber nicht annähernd so durchsichtig wie normales Glas, sodass die Pflanzen nicht in der direkten Sonne verbrannten. Es hielt auch die Hitze besser zurück als klares Glas, sodass das Innere des Gebäudes zu einem Geheimversteck wurde, das vor Wärme und Licht glühte.

An diesem Ende des Gewächshauses gab es eine Reihe von Hochbeeten, die derzeit mit Brettern bedeckt waren. Die UV-Leuchten darüber waren abgeschaltet, aber alles war für die nächste Runde der Aussaat vorbereitet, damit man im Frühling einen Vorsprung bekam.

Sie ging langsam zwischen den Reihen umher, am Ende der Hochbeete vorbei und in den Bereich mit gut gedüngtem und gesiebtem Erdreich, wo man Dinge direkt in den Boden pflanzen konnte.

Draußen im Südwesten lag der Rest der ausladenden

Gärten. Sie waren vorerst unter einer weißen Decke, aber als Ginny durch das eine klare Glasfenster am gegenüberliegenden Ende des Gewächshauses schaute, sah es aus, als würde alles warten. Auf sie warten, um eine Entscheidung zu treffen, was als nächstes zu tun war.

Zu schade, dass sie noch nicht wusste, wie die Antwort darauf lautete.

War es richtig, den Kurs zu ändern und von dem Pfad abzurücken, auf dem sie jahrelang gewesen war? Sie hatte die letzten zwei Pflanzsaisonen zwar nicht auf Silver Stone verbracht, aber sie hatte sie in Betrieben verbracht, die sehr ähnlich waren. Farmen, Weinbergen und einmal einem Gemeinschaftsprojekt, das zusammen einen Garten anlegte. Die Arbeit bei ihnen allen war den Jahreszeiten gefolgt, und Ginny würde es hier genauso machen müssen. Was hieß, dass sie bald entscheiden musste – das war nichts, was sie ein paar Wochen oder Monate lang aufschieben konnte.

Das war der Grund, weshalb sie Inspiration brauchte.

In der nächsten Stunde ging sie von einem Ende des Gewächshauses zum anderen. Sie stocherte mit den Fingern in Töpfen voller Erdreich, schnüffelte an Eimern, wühlte unter Waschbecken und machte sich im Grunde dreckig. Das war, noch mehr als das Haus, in dem Caleb und Tamara wohnten, ihre Heimat geworden, nachdem ihre Mom und ihr Dad gestorben waren.

Das Gewächshaus war Ginnys Revier gewesen. Sie hatte gerne etwas gehabt, für das sie verantwortlich war.

Oh.

Sie blieb wie angewurzelt stehen, setzte sich mitten auf dem Weg hin und strich mit den Fingern über den grob gepressten Zement unter ihrem Hintern.

„Ich habe das Gefühl, als wäre ich nicht mehr für mein Leben verantwortlich." Sie sprach es aus, leise, aber in der

Lautlosigkeit war es eine tiefgründige Aussage. Es war auch nicht wahr, denn sie durfte auf jeden Fall etwas entscheiden.

Aber was?

Mach den nächsten Schritt, Süße.

Ginny seufzte, noch während sie der Stimme in ihrem Kopf antwortete. *Toller Rat, Mom, aber es gibt keine aktuelle To-do-Liste mehr.*

Bis sie eine aufsetzte, hatte es keinen Sinn, irgendetwas anzufangen.

Sie rappelte sich auf, streifte sich die Hände ab und ging zurück zu ihrem Truck. Im Augenblick brauchte sie etwas mehr, dem sie lauschen konnte als nur der Erde. Sie brauchte ihre Freundinnen.

Eine halbe Stunde und eine Textnachricht später ging Ginny durch die Tür von *Buns and Roses*.

„Achtung.“

Das war die einzige Vorwarnung, die Ginny erhielt, bevor sie in eine große Umarmung genommen und fest gedrückt wurde. Tansy Fields drückte sie noch einmal heftig, bevor sie sich weit genug zurückzog, um Ginny am Kopf zu nehmen und ihr eine übertriebene Reihe von Küssen auf die Wange, eine Seite, dann die andere, dann wieder die erste, zu drücken.

„Hör auf, sie so herumzubugsieren“, verlangte Tansys Schwester Rose, bevor sie übernahm und Ginny genauso fest umarmte. „Wird aber auch Zeit, dass du hier vorbei kommst.“

Ginny wurde warm bis in die Zehenspitzen. „Ich war mir nicht sicher, ob ich auf eurer Arbeit vorbeikommen soll. Ich wollte euch nicht stören.“

Tansy zog sie an die Seite des Raumes, wo sie offensichtlich einen Tisch hatten. „Sonntag ist unser freier Tag. Na ja, nachdem ich mit dem Backen am Vormittag fertig bin.“

„Nicht mehr Montag?“ Ginny hätte das während ihrer Besuche in den letzten sechs Monaten herausfinden sollen, aber die meisten dieser kurzen Gelegenheiten hatten direkt auf der Ranch stattgefunden, um jede Minute auszuschöpfen, die sie mit ihren Nichten und ihrem Neffen verbringen konnte.

„Sonntag *und* Montag", sagte Rose glücklich, bevor sie auf den Tresen deutete. Ihre jüngste Schwester Fern winkte zurück, ihre glänzende Prothese war heute wie ein Androiden-Arm dekoriert. „Fern hilft uns in den Ferien, aber wir haben auch ein paar andere Leute angestellt, damit wir uns mehr Zeit freinehmen können."

„Schön für euch", sagte Ginny, die beeindruckt und froh für sie war.

Tansy setzte sich, hielt einen Arm um Ginnys Schultern gelegt. „Hast du die ganzen Reisen verarbeitet?"

„Ziemlich gut sogar", gab Ginny leise zu. Sie lehnte den Kopf an Tansy und warf einen Blick auf Rose. Betrachtete diese beiden Freundinnen, die in ihrem Leben gewesen waren, solange sie sich erinnern konnte. „Ich will auf den neuesten Stand kommen. Ich will alles über die Veränderungen wissen, besonders die guten Dinge, etwa, dass es euch gut genug geht, dass ihr zusätzliche Leute einstellen könnt. Aber ich will auch einfach nur Zeit mit euch verbringen."

„Gleichfalls", stimmte Tansy zu. Sie zog sich weit genug zurück, dass sie die Ellbogen auf den Tisch stützen und Ginny direkt ins Gesicht sehen konnte. „Alle empfinden so, also mach dich bereit. Wir haben einen Mädelsabend diese Woche, und du bist die Hauptattraktion."

Ginny musste nicht im Mittelpunkt der Aufmerksamkeit stehen. „Ich will doch nur alle treffen."

Fern brachte ein Tablett mit Getränken und Brownies und Kuchenstücken herüber, die groß genug waren, dass sogar Tucker geblinzelt hätte. „Hi, Ginny. Schön, dass du wieder da bist. Deine Brüder waren so aufgeregt. Dustin hat mir bestimmt zehnmal erzählt, dass du in ein paar Tagen heimkommen würdest."

Interessant. Ginny hielt ihre Miene neutral. Bemühte sich ihr kleiner Bruder etwa um Fern? „Ach, hat er das?"

„Er und sein Freund haben mir geholfen, die Bühnengestaltung für die Weihnachtsspendenaktion zu machen." Fern stellte die letzte Tasse Kaffee formlos ab. „Shim wirkt nett."

Oh, aber das war ja mal eine neue Wendung. „Er ist sehr nett. Er wird noch ein wenig länger auf Silver Stone bleiben."

Fern schob sich das Tablett unter den Arm und blinzelte ein paar Mal, bevor sie sich wieder aufrichtete. „Oh, das ist gut."

Sie drehte sich um und ging weg, noch während Ginny ihr nachstarrte und bis über beide Ohren grinste.

Ein Blick auf ihre Freundinnen sorgte nur dafür, dass ihre Erheiterung noch größer wurde. „Kommt schon. Erzählt mir bloß nicht, das ist das erste Mal, dass ihr hört, dass Fern sich in Shim verguckt hat?"

Rose wirkte immer noch völlig verwirrt. „Wer ist in dieser Shim?"

„Ich dachte, sie macht Dustin schöne Augen", flüsterte Tansy, bevor sie sich Ginnys Hand schnappte. „Schnell, lass die Katze aus dem Sack über diesen Typen, damit ich weiß, ob ich ihn vergiften muss oder nicht."

„Ach, bitte. Du kannst ihn nicht vergiften. Das würde doch den Ruf von *Buns and Roses* ruinieren."

Rose trat ein fieses Leuchten in die Augen. „Ich nehme Schierling."

„Und das ruiniert unseren Ruf nicht?", wollte Tansy wissen.

„Natürlich nicht", schniefte Rose. „Es hat was Kleingärtnerisches. Das passt hervorragend zu mir."

Gelächter stieg auf, und mit den herrlichen Düften vor ihr und dem vertrauten Geplänkel ihrer Freundinnen fühlte sich Ginny endlich, *endlich,* als würden die Dinge in Ordnung kommen.

Sie war nicht auf dem Weg, den sie vorgehabt hatte, aber das war in Ordnung. Vielleicht war es bei den besten neuen Abenteuern so, dass sie gleich in ihrem eigenen Hinterhof anfangen musste.

11

Der Montag war eiskalt, mit einem Wind, der den Gedanken ans Draußensein zum Letzten machte, was Ginny tun wollte. Zum Glück hatte sie ein paar andere Dinge, die sie beschäftigt hielten.

„Du musst mir nicht helfen, das zu machen", sagte sie noch einmal zu Tamara, während sie in dem kleinen Wohnzimmer- und Küchenbereich standen, im ursprünglichen Häuschen der Hayes'.

Tamara hob eine Augenbraue. „Doch, muss ich wirklich." Sie hielt inne, lauschte dem Kindergelächter, das aus dem zweiten Zimmer kam. „Und sie müssen das auch wirklich. Das Häuschen aufzuräumen, ist eine gute Aufgabe für jeden, der dabei hilft. Wenn man bedenkt, dass immer wieder mal jemand hier draußen gewohnt hat."

Ginny versuchte es noch einmal. „Dustin sagt, er hat aufgeräumt."

„Ha." Tamara lachte, dann entschuldigte sie sich. „Ich bin sicher, er *glaubt*, dass er sauber gemacht hat. Ich sage das nicht gern, aber ich kann erkennen, dass dein jüngster Bruder von jemandem unterwiesen wurde, der sonst Scheunen sauber macht."

„Unsere Scheunen sind sauber", sagte Ginny abwehrend.

Tamara neigte den Kopf. „Für Scheunen sind sie sehr sauber. Ich jedoch habe früher mal in einem Krankenhaus gearbeitet."

Genug gesagt. Ginny hob den Eimer in ihrer Hand. „Dann lege ich besser mal los. Es klingt, als wäre die Inspektion heftig."

Sie arbeiteten fleißig, aber es gehörte genauso viel Gelächter wie Muskelschmalz dazu, besonders als die Mädchen sich darauf stürzten und mithalfen. Es war eine gute Gelegenheit, um Tamara ein bisschen besser kennenzulernen und ein paar spezielle Fragen zu stellen.

„Da du letztes Mal nicht da warst, als ich die Verantwortung für die Gärten hatte, weißt du nicht, was sich verändert hat. Lass mich stattdessen Folgendes fragen." Ginny lehnte sich über den Küchentisch zu ihrer Schwägerin hin, als sie gerade vom Schrubben Pause machten. „Gibt es etwas, von dem du dir wünschst, du müsstest nur vor die Tür gehen, um es zu finden? Gab es etwas damals bei dir in Rocky Mountain House, für das du in Heart Falls keinen Ersatz gefunden hast?"

Tamara wirkte nachdenklich. „Das erste ist tatsächlich schwieriger zu beantworten, denn ich bin auf einer Ranch aufgewachsen. Ich wurde von meinen Tanten so aufgezogen, dass man nutzte, was man hatte, und damit klarkam. Wenn ich mich ans Kochen mache, sitze ich nicht da und wünsche mir Spargel, wenn keine Spargelzeit ist." Sie nippte an ihrem Tee und fuhr fort. „Ich habe den Hausgarten. Außerdem hattest du diese Gärten an die Familie Singh verpachtet. Sie haben mir das Vorkaufsrecht auf alle Lebensmittel gewährt, wenn sie konnten."

Ginny hatte sich gefragt, ob die Familie das tun würde. Es

war nicht erforderlich, aber die meisten landschaftlichen Projekte mit Gemeinschaftsförderung versuchten, soweit möglich, mit einem Tauschsystem zu arbeiten.

Sie hatte Anfang nächster Woche ein Treffen anberaumt, was bedeutete, dass es eine Deadline gab. Sie musste bis Montag wissen, was sie ihnen sagen wollte. Kein Problem.

„Ich freue mich, dass die Dinge für sie gut funktioniert haben", sagte Ginny. „Klingt, als hätten sie ein paar gute Erntejahre gehabt."

„Keine Überschwemmungen, keine Trockenheit. Außerdem das Gewächshaus, was eine so große Hilfe ist", erklärte Tamara. „Um deine zweite Frage zu beantworten: Kräutertees, was ganz nach dir klingt. Eine unserer Damen vor Ort in Rocky war besessen davon, Kräuter zu trocknen und ihre eigenen Tränke anzusetzen. Ich habe sie im ersten Jahr, als ich hier war, herbestellt, aber letztes Jahr beschloss sie, den Onlinebereich ihres Geschäfts nicht mehr weiterzuführen. Jetzt bekomme ich Päckchen, wenn mein Dad zu Besuch kommt." Sie verzog das Gesicht. „Wenn er daran denkt."

Jedes Mal, wenn Ginny im Lauf der nächsten zwei Tage jemandem begegnete, stellte sie ähnliche Fragen. Sie würde ihr Leben nicht von einem Komitee bestimmen lassen, aber wenn ein Teil von dem, was sie tun wollte, ein besseres Leben für ihre Familie schaffen sollte, dann war es für den Anfang ein guter Start, ihnen etwas zu liefern, das sie wollten.

Bis zum Abendessen am Dienstag war ihr Kopf voller Ideen. Sie war auch ganz in das Häuschen eingezogen, was ziemlich unwirklich wirkte.

Ihr Handy läutete, und sie schnappte es sich und steckte es sich unters Ohr, während sie rasch Stiefel und Jacke anzog. „Hey."

„Hey auch", erwiderte Tucker, seine tiefe Stimme strich

wie eine Liebkosung über ihre Haut. „Wenn du mal kurz hast, wollte ich dich wissen lassen, dass ich an dich gedacht habe."

„Ist das ein Sex-Anruf?", neckte Ginny. „Denn das steht bei mir total auf dem Plan, aber ich gehe gerade jetzt aus der Tür."

„Mädelsabend bei Luke und Kelli. Habe ich gehört."

Der Mann hatte gute Verbindungen. „Wie läuft deine Männerkameradschaft?"

Das reine Glück in seiner Stimme sagte alles. „Luke ist wie immer solide. Urkomisch, und ich habe trotzdem hin und wieder mal den Drang, ihn umzubringen. Wenn ich dann gerade mitten dabei bin, zu debattieren, wie genau ich diesen Mord anstellen soll, lässt Jack diese Perlen der Weisheit raus, und ich lasse stehen und liegen, was immer ich tue, um mir Notizen zu machen."

„Ich wette, er würde alles so oft wiederholen, wie du magst."

„Da hast du recht. Das sind gute Leute", erklärte Tucker. „Und wir wohnen beengt zusammen, darum rufe ich dich rasch an, während sie aus dem Zimmer sind. Ich hoffe, wir sind morgen Abend wieder zurück."

Sie machte sich nicht die Mühe, ihn über die veränderte Wohnsituation zu informieren. Darüber musste er sich jetzt gerade keine Sorgen machen. „Und dann geht ein ganz neues Spiel los."

Er fluchte leise.

Ginny lachte. „Du wirst dich toll machen. Ich muss los. Fahr vorsichtig, und wir sehen uns bald."

Sie eilte das kurze Stück zu Kellis Haus und traf auf der Schwelle eine weitere vertraute Freundin.

„Brooke." Ginny umarmte sie, dann lehnte sie sich zurück, um sie genau zu betrachten. „So siehst du also verheiratet aus."

Die hochgewachsene Mechanikerin grinste. „Es war toll. Aber gehen wir doch rein, bevor ich mir den Arsch abfriere."

„Ich sollte doch diejenige sein, die sich über die Kälte beschwert, nachdem ich den Winter in Kanada drei Jahre lang nicht mitmachen musste", sagte Ginny.

Einen Augenblick später gab es keinen Grund mehr, sich wegen der Kälte Sorgen zu machen. Tatsächlich zog Ginny nicht nur ihre Jacke aus, sondern auch den Pulli, den sie darunter angehabt hatte. Lukes und Kellis Haus war sehr viel wärmer als ihr kleines Häuschen. Ginny würde sich etwas einfallen lassen müssen, um mit dem Heizproblem umzugehen.

Das Geräusch von Stimmen und Gelächter lockte sie, und sobald sie ihre Stiefel ausgezogen hatten, schnappte Brooke sich Ginnys Hand und führte sie in das eigentliche Haus.

„Der Star der Show ist eingetroffen", verkündete Brooke.

„Ginny." Der Ruf kam unter allen gleichzeitig auf, Hände wurden in die Luft erhoben, die bereits gefüllte Gläser hielten.

Ginny holte tief Luft und schaute sich um, verband Namen mit Gesichtern. Und dann, weil sie es konnte, sagte sie sie laut auf, deutete auf jede nacheinander. „Kelli, Rose, Brooke, Tansy. Obwohl zwei von euch den Nachnamen geändert haben seit dem letzten Mädelsabend, auf dem ich war." Das waren seit langer Zeit ihre Freundinnen. Jetzt zu den Neuankömmlingen. „Diane und ich haben uns am Heiligabend getroffen. Und du bist Yvette Wright, die Tierärztin."

Yvette winkte.

Dann musterte Ginny die letzte Frau im Raum, die mindestens ein paar Jahre jünger war als der Rest, aber selbstsicher mit ausgestreckter Hand zur Begrüßung vortrat. Wunderschöne dunkle Haut, eine Flut von Locken, die ungehindert um ihren Kopf wippten.

„Charity Gruzing, ja?"

Charity wirkte entsetzt, aber erfreut. Sie warf einen Blick auf die anderen Frauen. „Ihr habt recht, sie hat so eine gruslige Voodoo-Lady-Aura." Sie schüttelte Ginny die Hand. „Habe ich da irgendwo ein Namensschild?"

„Ich habe zwei Nichten in deinem Ballettunterricht", rief ihr Ginny in Erinnerung. „Sie haben den Nachmittag damit verbracht, ein Loblied auf dich zu singen und Pirouetten in meine Wände zu tanzen."

„Ach, ja, Sasha und Emma sind sehr ... enthusiastisch."

„Du hast mehr Geduld als ich", sagte Yvette. „Aber du scheinst ehrlich Spaß dabei zu haben, mit den Kindern zu arbeiten, also schön für dich."

„Du bist selbst ziemlich geduldig", erwiderte Charity. „Ich hab gesehen, wie du diesen ausgesetzten Hund dazu bringst, in deinen Truck zu steigen."

Eine Geschichte, die offensichtlich die meisten Frauen im Raum noch nicht gehört hatten. Was bedeutete, dass zu Yvettes Verlegenheit Charity die ganze Geschichte von da an weitererzählte, während Brooke Ginny mitnahm, um sich was zu trinken zu holen.

Bis alle im behaglichen Wohnzimmer eingeigelt waren, war die schwache Spur von einem nervösen Magen, den Ginny früher am Tag verspürt hatte, verschwunden.

Teilweise lag es daran, dass neue Frauen im Raum waren – das gab ihr das Gefühl, als wäre sie nicht die Einzige, die mehr wissen wollte. Sie war nicht die Einzige, die Dinge verpasst hatte, die kürzlich geschehen waren.

Tatsächlich, als die Zeitschaltuhr am Ofen losging, lag Ginnys Nervosität schon in der Vergangenheit.

„Pizza", rief Kelli. „Kommt schon. Bedient euch auf der Kücheninsel. Auf dem Tisch ist Grünzeug für jeden, der so tun will, als sei das eine ausgewogene Mahlzeit."

Ginny endete auf dem Platz neben Yvette.

„Ich habe tolle Dinge über dich gehört", erklärte ihr Ginny. „Mein großer Bruder ist gut mit Josiah Ryder befreundet, und Josiah sagt, du machst fantastische Arbeit. Dass sogar die alten mies gelaunten Typen dich mögen."

Yvette nickte langsam. „Das höre ich gerne. Den Teil, dass Josiah zufrieden ist. Der Teil über die alten mies gelaunten Typen ist etwas weniger toll, denn sie sind trotzdem noch mies gelaunt, und ich muss mich trotzdem noch mit ihnen rumschlagen."

„Verstehe ich. Als ich früher die Kisten aus dem Förderprogramm abgeladen habe, waren einige Kunden mürrisch und grummelig, noch während sie sich bedankt haben, und ich bin mir ziemlich sicher, dass sie genervt waren, weil ich dafür sorgte, dass sie Gemüse essen mussten."

„Irgendwie wie Kelli?", fragte Yvette.

„Das habe ich gehört", rief Kelli und kehrte dann zurück zu ihrer Unterhaltung mit Charity.

Sie lachten beide. „Hast du vor, die Gartenboxen wieder anzufangen?", fragte Yvette.

„Das entscheide ich noch", sagte Ginny ehrlich. „Erzähl mir mehr über dich. Hast du irgendwelche Tierärzte in deiner Familie? Bist du auf einer Ranch aufgewachsen? Hast du an der Schule Exzellenz-Preise gewonnen?"

Die andere Frau schüttelte den Kopf. „Ungefähr so weit davon entfernt, wie man nur sein kann, um ehrlich zu sein. Der Großteil meiner Familie ist im Baumaterialiengeschäft. Außerdem sind meine Mutter meine Schwester auch beinahe gegen alles allergisch, darum hatte ich nicht mal ein Haustier."

Das war überhaupt nicht, was Ginny erwartet hatte. „Wow. Wie bist du dann zu der Entscheidung gelangt, diesen total neuen Kurs einzuschlagen?"

Yvette zuckte mit den Schultern. „Ich mag Tiere. Ich

kümmere mich gern um sie und sorge dafür, dass es ihnen besser geht. Es ist zwar nichts, was meine Familie jemals in Betracht gezogen hätte, aber als ich mich richtig hinsetzte und darüber nachdachte, was mich glücklich machen würde, wenn ich es viele Jahre lang mache, hat Tierärztin überall Punkte abgestaubt."

„Schön für dich." Ginny meinte das ernst. Sie beugte sich vor und stellte eine Abwandlung derselben Frage, die sie in den letzten beiden Tagen ständig gestellt hatte. „Was ist denn eine Sache, von der du dir wünschst, du könntest sie hier in Heart Falls kriegen?"

„Eine Überraschungsbox vom Ort", sagte Yvette sofort.

Ginny hatte keine Ahnung, was das bedeutete. „Erklär mal."

„Auf den sozialen Medien geht das gerade voll ab. Boxen für einen guten Zweck oder Bücherboxen oder Kunstboxen. Abonnements, also bekommt man einmal im Monat oder einmal im Quartal eine Auswahl an Dingen zugeschickt." Yvettes Wangen wurden leicht rot. „Ich sammle gern Krimskrams, aber da ich beruflich so beschäftigt bin, gibt es einfach keine Gelegenheit, durch Läden mit so Zeug zum Sammeln zu ziehen. Außerdem gefällt mir der Gedanke, jemanden vom Ort zu unterstützen, wenn ich also online etwas bestelle, möchte ich nicht, dass es über große Entfernungen geliefert wird. Ein kleiner Fußabdruck, aber trotzdem eine Menge Spaß."

Ginny klappte den Mund wieder zu. „Du bist genial. Außerdem hast du gerade einen großen Teil dessen ausgedrückt, wonach ich gesucht habe, und ich habe nicht mal die richtige Frage gestellt. Vielen Dank."

Impulsiv legte sie die Arme um Yvette, um sie zu drücken.

Irgendwie fasste sie sich, bevor sie den Kontakt herstellte. „Huch. Lässt du dich denn umarmen?"

Yvette grinste. „Nicht immer, aber für dich mache ich eine Ausnahme." Sie zog Ginny zu einer engen Umarmung heran.

Die Party ging noch eine Weile weiter. Ginny aß viel zu viele Pizzastücke, gefolgt von einer von Tansys riesigen Zimtschnecken. Und sie redeten und zeigten einander Bilder auf ihren Handys, und manchmal tauschten sie zum allerersten Mal Telefonnummern.

Am Ende des Abends fühlte Ginny sich, als wäre sie in die riesigste weiche Decke der ganzen Welt eingewickelt. Ihr Bauch war mit gutem Essen gefüllt, ihre Freundinnen waren wieder bei ihr oder gerade erst neu eingetroffen.

Diese Saat einer Idee, der ihren Verstand schon vorher gekitzelt hatte, war nun fest eingepflanzt und bereit, gegossen zu werden.

Jetzt musste sie noch den Rest des Gartens bereit machen, metaphorisch ausgedrückt.

SIE WAREN an einem hellen und frühen Mittwochvormittag unterwegs auf der Rückreise nach Heart Falls.

Tuckers Boss Raymond war beinahe umgekippt, als nicht nur Tucker, sondern Luke und Jack für zwei Tage halfen. Der Mann hatte sie am Ende jeder Schicht zum Essen eingeladen, und außerdem Tucker einen Bonus mit seinem letzten Gehaltsscheck überreicht.

Eine ganze Menge Sachen kamen ihm in den Sinn, wie er das Geld ausgeben könnte. Das erste, wohin seine Gedanken gingen, war ein Essen zum Feiern und ein Ausflug mit Ginny, was irgendwie die Art war, wie sie es in den Jahren gehalten hatten, bevor sie das Land verlassen hatte. Er buchte irgendwo ein paar Nächte, wo es bescheiden und bequem war – was alles war, was er sich leisten konnte. Er hatte niemals genug Geld oder Zeit gehabt, um sie so zu verwöhnen, wie er es gewollt hätte, aber wenn man bedachte, dass sie normalerweise die meiste Zeit auf dem Zimmer verbrachten, war sauber und gemütlich ihre höchste Priorität gewesen.

Sie hatten eine Menge sexuelle Energie zum Abbauen gehabt. Hatten sie noch immer.

„Geht dir viel durch den Kopf?" Die Frage kam von Luke, der wieder einmal auf dem Beifahrersitz saß.

Da Tucker nicht genau erklären konnte, dass er die Unmöglichkeit bedauerte, ein Sex-Fest mit Lukes kleiner Schwester planen zu können, griff er nach einer genauso gültigen Ausrede. „Ich mache mir im Geiste Listen mit den Dingen, die ich tun muss. Jede Menge Listen. Jede Menge To-do-Listen."

Ein leicht fieses Kichern kam vom Beifahrersitz. „Du weißt schon, da Ashton so lange da ist, wird das ziemlich erheiternd werden."

Tucker dachte nicht mal darüber nach. Seine Hand ging automatisch hoch und nach drüben, seine Faust traf Lukes erhobenen Unterarm. „Idiot."

„Ja, das wird ziemlich unterhaltsam." Luke rieb sich den Arm, jetzt ein wenig nachdenklicher. „Hast du dich in letzter Zeit irgendwie geprügelt?"

„Nur, wenn ich muss." Tucker warf seinem Freund einen Blick zu. „Du?"

Luke zuckte mit den Schultern. „Selten mal. Normalerweise, wenn jemand sich daneben benimmt, aber Ashton hat alles ziemlich im Griff. Ranchhelfer, die den Regeln nicht folgen, halten nicht lange durch."

Was so ziemlich das war, was Tucker auch erwartet hätte. Und es zeigte wieder einmal genau, wie groß die Schuhe waren, die er sich früher oder später anziehen wollte.

Ashton war beinahe seit dem ersten Tag auf der Ranch

gewesen. Er hatte mit Walter Stone und Joseph Hayes gearbeitet, und von allen hier, vielleicht mehr noch als Caleb, wusste Tuckers Onkel, welche Hoffnungen es gegeben hatte, als sie die Ranch gegründet hatten.

Doch gab es kein Zögern in Tuckers Bauchgefühl, weil er von ihm übernehmen wollte, nicht, wenn er richtig darüber nachdachte.

„Ihr habt alle einen soliden Kurs für Silver Stone gesetzt", sagte Tucker langsam. „Du, Caleb, Walker. Ihr macht es euch zu eigen. Nicht erst jetzt, nachdem sich die finanzielle Lage verändert hat. Ihr habt wirklich etwas bewirkt."

Luke wirkte erfreut. „Findest du?"

Ein Schnauben kam vom Rücksitz. „Bitte", sagte Jack träge. „Muss man dein Ego noch ein bisschen mehr streicheln, Liebling?"

„Arsch", sagte Luke liebenswürdig. „Ja. Ich will ein Loblied auf all die guten Dinge hören, die wir geschafft haben."

„Aber natürlich", sagte Jack. Er legte Tucker eine Hand auf die Schulter und drückte sie, sprach mit gespieltem Flüstern. „Das gehört zur Arbeit eines guten Vorarbeiters. Schön, dass du das schon raus hast."

Tucker wusste genau, was los war, aber er schaute Jack im Rückspiegel in die Augen und zwinkerte ihm zu. „Es ist mein Job, meine Bosse an das zu erinnern, was sie geschafft haben?"

„Tätschle ihnen den Rücken und gib ihnen Kekse", erwiderte Jack. „Kinder arbeiten sehr viel besser, wenn man sie regelmäßig belohnt."

„Hey." Luke drehte sich auf dem Sitz um und funkelte seinen Freund streng an. „Auf wessen Seite stehst du eigentlich?"

„Auf deiner natürlich", sagte Jack, spielte völligen Ernst vor. „Willst du eine Kuscheldecke? Ein Plüschtier? Ein Glas warme Milch?"

Luke warf seinen leeren Kaffeebecher auf den Rücksitz.

Erheiterung grollte tief aus Tuckers Eingeweiden herauf. „Plagegeister. Keine Raufereien in meinem Truck."

Das ursprüngliche Gefühl, an der Außenseite zu stehen, war in den letzten paar Tagen komplett verschwunden. Das Gefühl war durch etwas Neues und Wunderbares ersetzt worden. Luke war immer noch sein bester Freund. Dass Jack auch im Bild war, hatte von dieser jahrelangen soliden Basis nichts weggenommen, sondern stattdessen etwas hinzugefügt. Eine weitere dieser Veränderungen aus der Vergangenheit, die schön zu sehen war und tief drinnen absolut nachvollziehbar.

Tucker schaute Jack wieder in die Augen. „Reden wir mal über meine erste To-do-Liste, wenn es dir nichts ausmacht."

„Überhaupt nicht." Jacks geduldiger Enthusiasmus war ein Geschenk. „Ich bin ganz Ohr."

Die Fahrt nach Hause ging rasch vorüber, aber es war trotzdem spät, als sie ankamen, sodass Luke und Jack sich darauf freuten, sich wieder mit ihren Frauen zu treffen.

Tucker stellte sein Pferd in die Box, die dafür bereitstand, dann eilte er zurück zum Anhänger.

Ginny und alle ihre Sachen waren weg.

Auf dem Tisch lag eine Nachricht.

Tamara und Caleb haben mich bereits ins Häuschen einquartiert. Ich hoffe, du hattest eine gute Heimfahrt. Ich schaue heute Abend mit den Mädels Filme. Ich werde versuchen, dich morgen irgendwann mal in der Scheune zu erwischen.

Operation Beweis es *beginnt jetzt!*

X, Ginny

Enttäuschung und Erschöpfung stritten sich um den Spitzenplatz. Tucker beschloss, den Vorteil mitzunehmen, dass er unerwarteterweise ein wenig Ruhe bekam, machte sich eine einfache Mahlzeit und haute sich früh aufs Ohr.

Am nächsten Morgen stellte er fest, dass er in ein Treffen mit Ashton und Caleb gezogen wurde. Papiere wurden unterschrieben, und sie machten eine Runde um die Hauptgebäude der Ranch. Nicht einmal eine Woche vorher, als Tucker angekommen war, hatte Ashton ihm alles gezeigt, aber die Informationen trafen ihn jetzt sehr viel härter.

Caleb stellte einen Fuß im Stiefel auf die untere Zaunlatte, während sie am Reitplatz standen, die Hände locker oben aufgestützt, während er, Ashton und Tucker anhielten, um Kelli und Luke mit einem der neuen Pferde arbeiten zu sehen.

„Sie hat Talent", sagte Caleb.

„Hat sie, und sie ist nicht die Einzige", stimmte Tucker zu, der einen erfahrenen Blick auf ein paar der anderen Ranchhelfer warf. Sein Kopf war randvoll, und trotz Jacks Hilfe damit, festzulegen, wo er anfangen sollte, fühlte sich der Augenblick überwältigend an.

Ashton verschränkte die Arme vor der Brust und seufzte zufrieden. „Alles in allem stehen die Dinge gut."

„Sogar noch besser, als ich erwartet habe", gab Tucker zu. Er entschied sich für direkte Aufrichtigkeit, denn bei der Arbeit mit diesem Mann wäre es besser, nicht um die Dinge herumzuschleichen. Er schaute Caleb direkt in die Augen. „Das Einzige, was ich nicht verstehe, ist euer mangelnder Fokus."

Caleb blinzelte. „Erklär das."

Tucker zuckte mit den Schultern. „Ihr habt euch in eine Menge Bereiche aufgespalten. Das ist keine schlechte Art, um Geld auf den Tisch zu bringen, aber es ist nicht die Art, wie Silver Stone sich auf dem Spitzenplatz in dem etabliert, was es macht. Ihr habt ein Zuchtprogramm, ihr bildet Pferde für alles von persönlichen Reittieren bis hin zu Rodeo-Material aus. Ihr habt Vieh, und ihr hattet ein halb kommerzielles Ackerbau-Unternehmen."

„Das war ja auch sinnvoll", sagte Ashton, ein wenig grober als üblich. „Die Vielseitigkeit brachte Geld."

„Ich sage nicht, dass es falsch ist", beharrte Tucker. „Aber ich sage, dass es etwas ist, über das ihr nachdenken müsst, während ihr weitermacht. Wenn euch gefällt, was ihr macht, dann machen wir weiter und finden Wege, um jeden Teil des Betriebes stärker und lukrativer zu machen. Oder, wenn ihr nicht mehr so viele Töpfe auf dem Ofen haben wollt, könntet ihr diejenigen aussuchen, die euch am besten gefallen, und euch spezialisieren. Da ihr nicht mehr länger darum kämpft, in die schwarzen Zahlen zu kommen."

Calebs Miene wirkte streng, aber blinzelte öfter als normal, worin Tucker ein verräterisches Zeichen sah, dass der Mann über brandneue Gedanken nachdachte. „Du sagst, ich muss meinen eigenen Rat befolgen. So wie ich es allen am Heiligabend aufgetragen habe, davon zu träumen, was man gern tun würde."

Tucker neigte das Kinn. „Wenn du Ideen austauschen willst, sind Ashton und ich mehr als nur bereit, dir ein offenes Ohr zu schenken."

„Hmm." Caleb starrte Luke und Kelli an, aber sein Blick schien sehr viel weiter in die Ferne zu gehen. „Vielleicht komme ich darauf zurück."

Die Unterhaltung verlegte sich auf andere Themen. Schließlich zog Ashton Tucker weg in die Kantine zum Mittagessen, wo der Koch eine vielseitige Mischung aus klassischem Ranchessen und leckeren, würzigen indischen Gerichten auftischte, die ein Aroma entfalteten, das Tucker das Wasser im Mund zusammenlaufen und ihn fast sabbern ließ.

Er ließ sich seinem Onkel gegenüber nieder und machte sich über das Essen her, das leere Loch in seinem Magen vermasselte seine Manieren.

Als er schließlich innehielt, sah er auf und stellte fest, dass Ashton ihm gegenüber saß, die Arme wieder vor der Brust verschränkt und einen hochgradig missbilligenden Ausdruck auf dem Gesicht. „Tut mir leid. Mir war nicht klar, dass ich so viel Hunger hatte."

„Deine fehlenden Tischmanieren sind nicht der Part, wegen dem ich angepisst bin", knurrte Ashton.

Ja, Tucker hatte sich gedacht, dass das kommen würde. Und doch glaubte er, genauso wie bei Caleb, dass es besser war, so einzusteigen, wie er auch weitermachen wollte. Was tatsächlich einer der Ratschläge gewesen war, die Jack ihm gegeben hatte, und die verdammt sinnvoll geklungen hatten.

„Du meinst, weil ich Caleb gefragt habe, ob er mal über die grundlegende Richtung von Silver Stones Zukunft nachdenken will?"

Ashtons Stirnrunzeln vertiefte sich. „Ich dachte, du wolltest von mir angelernt werden, und nicht bei der ersten Gelegenheit übernehmen, die du bekommst."

Tucker legte seine Gabel ab und wischte sich den Mund mit einer Serviette sauber, dachte über seine Worte nach. „Ich will auf jeden Fall angelernt werden, aber was ich zu Caleb gesagt habe, gilt auch für dich. Mit den Veränderungen, die Silver Stone offenstehen, und dass außerdem ich mit in den Mix komme, müsst ihr darüber nachdenken, was ihr wollt. Es hat nicht so viel Sinn, mich bei etwas anzulernen, das ein Jahr später wieder völlig überflüssig wird."

Ashton machte ein brummendes Geräusch.

Die Tatsache, dass sein Onkel ihn bisher noch nicht in Fetzen gerissen hatte, war etwas Positives. Tucker fuhr fort und ließ zu, dass sich ein erheiterter Unterton einschlich. „Außerdem schätze ich, dass du nicht die Absicht hast, ganz in den Ruhestand zu gehen."

„Verdammt richtig."

„Dann sag mir doch, dass es falsch war, die beiden Männer mit dem größten Einfluss dazu anzustiften, alle ihre Optionen in Betracht zu ziehen." Tucker beugte sich vor und zwinkerte seinem Onkel zu. „Nö. Dachte ich mir doch."

„Undankbarer Knilch", murmelte Ashton, aber er nahm die Gabel und kümmerte sich wieder um seinen Teller, anstatt Tucker weiter zu drangsalieren.

Und so fing es an.

12

Neujahr kam und ging wie im Flug, und als es Januar wurde, stellte Ginny fest, dass sie sich am Ende eines jedes Tages sehr viel erschöpfter in das Häuschen zurückzog, als sie erwartet hatte.

Die Suche nach einem neuen Weg zum Weitermachen bedeutete, dass es eine Menge zu tun gab, und alles davon schien andere Leute zu beinhalten. Es gab ihre Freundinnen, die das Gefühl hatten, sie müssten auf verpasste Jahre aufholen, und das stimmte auch. Ihre Nichten und ihr Neffe wollten Zeit mit ihr verbringen. Außerdem stand es auch hoch oben auf Ginnys täglicher Liste der Aktivitäten, Zeit mit ihrer neuen Schwägerin zu verbringen – die, Gott sei es gedankt, ganz anders war als Calebs erste Frau.

Der Gedanke an diese kaltblütige Kreatur bescherte Ginny immer noch Albträume, wenn sie ehrlich war.

Leise sagte sie etwas in dieser Art zu Tamara, während sie nach dem Mittagessen am Montag aufräumten. Emmas fröhliches Lachen hallte durch das Zimmer, trieb Schuld- und Glücksgefühle gleichermaßen in Ginnys Herz.

Ginny beäugte ihre Nichte. „Ich hatte keine Ahnung, wie viel Schaden Wendy angerichtet hat. Ich bin so froh, dass du in ihrem Leben bist", gab sie zu, während sie und Tamara leise nebeneinander arbeiteten.

Tamara hielt mitten im Spülen inne und legte ihre Hand auf die von Ginny. „Das hättest du nicht wissen können."

„Ich habe direkt hier gewohnt", sagte Ginny heiser. „Ich hätte sehen sollen, dass Wendys Verhalten mehr als nur das einer Person war, die sich in ihrer Umgebung unwohl fühlte. Als ich gehört habe, dass sie sie misshandelt hat, habe ich immer wieder zurückgedacht, ob ich irgendwelche Zeichen übersehen habe. Ich wünsche mir mit allem, was in mir ist, ich hätte es aufgehalten."

Das Geschirr war vergessen, als Tamara Ginny an der Hand nahm und sie herumzog, bis sie sich von Angesicht zu Angesicht gegenüber standen. „Es war nicht deine Schuld", sagte sie deutlich, allerdings immer noch leise, während sich die Mädchen im Wohnzimmer nur ein paar Meter entfernt um ihren kleinen Bruder kümmerten. „Caleb macht das auch manchmal. Er reibt sich daran auf, dass er nicht perfekt ist. Und es ist sinnlos, denn es ist Vergangenheit. Wenn du es gesehen hättest, hättest du die Dinge geändert, aber jetzt sind die Dinge sowieso anders. Wir bewegen uns vorwärts, wir schauen nicht zurück."

Was normalerweise Ginnys Mantra war, aber der Gedanke verfolgte sie trotzdem. „Ich war zu sehr mit meinen eigenen Gedanken beschäftigt", gab sie zu.

Tamara nahm ihr das Geschirrtuch aus den Händen, trat zurück, während sie es ein paar Mal verdrehte, dann ließ sie es gut gezielt auf Ginnys Oberschenkel schnalzen.

„Autsch", rief Ginny laut genug, um die Aufmerksamkeit der kleinen Kinder in der Nähe auf sich zu ziehen.

Tamara drehte das Tuch erneut. „Wenn du nicht aufhörst,

gebe ich dir was anderes, worum du dir Sorgen machen kannst."

Ginny hob die Hände, ging rückwärts. „Okay, okay, ich benehme mich schon."

Emma kam zu ihrer Verteidigung herbeigerannt, was Tamaras Aussage sogar noch mehr unterstrich. „Tante Ginny, du musst dich benehmen", neckte sie. „Mama geht nur mit dem Geschirrtuch auf Papa los, wenn er unartig war."

„Sehr unartig", sagte Tamara erheitert. „Was heißt, dass ich das nicht allzu oft tun muss."

Sasha kam vorbei, Tyler auf der Hüfte. Seine kleinen Händchen waren fest um den Hals seiner großen Schwester gelegt. „Tyler sagt, er will nach Kätzchen schauen gehen."

Tamara stemmte die Fäuste in die Hüfte und warf ihrer ältesten Tochter einen *Blick* zu.

Sasha öffnete und schloss den Mund ein paar Mal, bevor sie wieder etwas sagte. „Ups. Tut mir leid, Mom. Tyler, sag Mommy mal, was du jetzt tun willst."

Tyler fletschte die kleinen Zähne und gab ein Miauen von sich.

„Dann schätze ich, machen wir das als nächstes." Tamara kam herüber und drückte Ginny. „Du bist eine wunderbare Tante und eine wunderbare Schwester. Vergiss das nie", tadelte sie sanft in Ginnys Ohr.

Emma griff nach Ginnys Fingern. „Kommst du mit uns in die Scheune?", fragte sie.

Es wäre schön gewesen, zu versuchen, einen Blick auf Tucker zu erhaschen, den Ginny nicht gesehen hatte, seit er zurückgekommen war, aber leider war das keine Option. „Ich muss mich mit jemandem im Gewächshaus treffen", sagte sie zu ihrer Nichte.

Emma tätschelte ihr traurig die Hand. „Arbeite nicht so schwer."

Ginny kicherte noch immer über den ernsthaften Tonfall in der Stimme des kleinen Mädchens, während sie über den Hof ging und in die Wärme des Gewächshauses trat.

Devjeet und Janae Singh warteten auf sie, sichtlich verunsichert, obwohl sie sie nach ihrer Abwesenheit herzlich willkommen hießen.

Ginny machte schnell, um sie von ihrem Elend so rasch wie möglich zu erlösen. „Ich habe nur gute Dinge darüber gehört, wie toll ihr die geförderten Boxen in den letzten Jahren geführt habt", versicherte Ginny ihnen. „Ich wollte wissen, ob ihr daran interessiert wärt, das weiterhin zu machen."

Das Paar wechselte einen Blick, bevor sie sich mit Aufregung und gleichermaßen Verwirrung wieder zurück an sie wandten. „Musst du die nicht jetzt für deine Familie übernehmen?", fragte Janae.

Ginny wedelte mit einer Hand. „Ich habe die Gelegenheit, ein paar Veränderungen vorzunehmen. Ich dachte, wir könnten vielleicht zusammenarbeiten und ein paar neue Pläne in die Wege leiten, die für uns alle funktionieren. Aber ich möchte nicht, dass ihr weitermacht, außer, ihr wollt es."

„Wir sind interessiert", sagte Devjeet sofort.

„Sehr interessiert", wiederholte Janae. „Aber von welchen Veränderungen sprichst du denn?"

„Diese Unterhaltung verlangt nach einer Kanne Tee." Ginny wies sie zur kleinen Küche an der Seite des Gebäudes.

Das einzig Gute daran, dass Tucker unter Arbeit begraben war, bestand darin, dass Ginny die letzten Abende damit verbracht hatte, sich Ideen auszudenken. Mit den Vorschlägen ihrer Freundinnen und allem, was sich ereignet hatte, während sie weg gewesen war, war sie bereit, einige, wie sie hoffte, sehr interessante Vorschläge auf den Tisch zu bringen.

Ginny stürzte sich hinein. „Ich will immer noch, dass die geförderten Boxen für Heart Falls und alle Gemeinden erhältlich sind, die ihr erreicht habt. Ich habe vor, mich auf den Anbau von Kräutern zu konzentrieren, sowohl für Tees, wie ich es früher gemacht habe, und vielleicht auch eine Weiterentwicklung in Pflege- und Bade-Produkte."

Devjeet nickte langsam. „Wir haben nur begrenzt Kräuter in die Boxen getan. Die mehrjährigen, die du angepflanzt hast, sind immer noch hier, aber nicht so gut gepflegt, fürchte ich."

„Das ist schon in Ordnung, ich würde es gern ein bisschen aufmotzen, aber das bedeutet, dass ich Platz in den Außengärten brauche, bis wir Zeit haben, zu erweitern. Außerdem brauche ich hier drin im Gewächshaus Platz für Setzlinge."

„Wir haben für dieses Jahr bereits Gemüsesamen geordert", erklärte ihr Janae. „Genau, wie wir es jedes Jahr gemacht haben, so wie du es von Anfang an eingeführt hast. Du wirst also was Neues bestellen müssen. Ich habe die Aufzeichnungen für dich."

Ginny dachte rasch nach. „Wir können sie durchgehen, aber die Idee ist nicht, dass ich alles übernehme. Ihr beiden trefft immer noch die Entscheidungen, und ich kann was ganz Neues aushecken."

„Aber wir können uns ein bisschen überschneiden, oder?", schlug Devjeet vor. „Wenn du genug Kräuter hast, um sie mit in die Boxen zu geben?"

„Darüber reden wir noch", versprach Ginny. „Außerdem kennt ihr doch meine Schwägerin, Ivy, die Konrektorin an der Schule?"

Janae nickte. „Sie unterrichtet unsere Tochter in der zweiten Klasse. Unser Sohn ist in der fünften."

„Ich habe vergessen, wie groß sie sind." Ginny schüttelte den Kopf. „Auf jeden Fall hat sie sich danach erkundigt, im Frühling einen Schulgarten zu beginnen. Ich werde Hilfe von einigen Organisation vor Ort eintreiben, um Hochbeete zu bauen, aber die Schulkinder würden den Garten anfangen. Wir werden ihn für die Gemeinschaft öffnen, damit er über den Sommer weiter betrieben werden kann."

Devjeet wirkte überrascht, nickte aber. „Das klingt nach einer guten Idee, um die Gemeinschaft zu stärken."

Ginny nickte. „Es sollte den Verkauf eurer Boxen nicht beeinträchtigen. Tatsächlich bekommt ihr vielleicht mehr Abonnenten, wenn die Kinder anfangen, nach Karotten vom Ort zu fragen."

„Karotten vom Ort schmecken besser", wiederholte Janae in einer kindlichen Stimme, offensichtlich ahmte sie ihre Tochter nach.

Die drei redeten über eine Stunde lang, und je länger sie ihre Gedanken zusammentrugen, desto mehr Ideen kamen auf. Weitere Anpassungen wurden an den Plänen vorgenommen, als Devjeet und Janae etwas Feuer fingen und sich immer mehr für Ginnys Ideen begeisterten.

Am Ende schüttelte ihr Devjeet die Hand, und Janae umarmte sie direkt, bevor sie aufbrachen.

Ginny schlenderte zurück zu ihrem Häuschen, die Hände in die Taschen geschoben, und pfiff in der Kälte, ihr Atem stieg in weißen Wölkchen in die eisige Luft auf.

Es war ein Plan, der kaum einmal begonnen hatte, aber irgendetwas tief in ihrem Inneren sagte, dass er am rechten Fleck war. Sie mochte ja nicht alles richtig hinbekommen, aber das hier könnte am Ende vielleicht etwas bewirken.

Unten in der Nähe der Scheunen erschienen zwei vertraute Umrisse auf dem Pferderücken. Tucker und Ashton kehrten zurück von der Aufgabe, an der sie diesen Nachmittag gearbeitet hatten. Ginny sehnte sich nach einer Gelegenheit, Tucker zu treffen. Ihn auf den neuesten Stand zu bringen, wo sie bei Operation *Beweis es* stand ...

Ach, sie machte sich nur etwas vor. Sie vermisste den

Typen einfach. Sie wollte mit ihm reden und ihn festhalten und ihn bespringen.

Sie ging in das Häuschen und legte Holz im Ofen nach, versuchte die Winterkühle zu vertreiben, die viel zu schnell durch die dünnen Holzwände kam.

Sie tippte eine rasche Nachricht.

Ginny: *Dein böser Herrscher muss dir mal etwas freigeben.*

Die Papiere, die Janae ihr gegeben hatte, verbrauchten den Rest von Ginnys Nachmittag. Sie machte eine Neubestellung für zusätzliche Kräuter und die Ausrüstung für die Gemeinschaftsgärten.

Sie spülte gerade das Geschirr ab, als ihr Handy summte, und sie öffnete FaceTime, um festzustellen, dass Tucker ihr einen schwelenden Blick zuwarf.

„Tut mir leid, ich nehme keine Video-Anrufe von völlig Fremden an", scherzte sie.

„Gut zu wissen. Das werde ich auf jeden Fall allen völlig Fremden sagen, die immer wieder nach deiner Nummer fragen." Er lehnte sich auf dem Sofa im Anhänger zurück und neigte den Kopf sanft von einer Seite zur anderen. „Die bösen Herrscher auf dieser Ranch haben irgendwie Überstunden an die üblichen täglichen Schichten drangehängt."

„Armer Kleiner." Ihre Finger zuckten beinahe, weil es sie so drängte, dort rüber zu gehen und ihm den Nacken zu massieren. „Wie läuft es denn sonst?"

Er trank eine halbe Flasche Wasser, bevor er antwortete. „Gut, glaube ich." Tucker stützte sich auf den Ellbogen, dachte heftig nach. „Sehen wir mal. Du hast gesagt, für Operation *Beweis es* dürfen wir uns über eine Sache beschweren und eine Sache feiern, richtig?"

„Volle Punktzahl, Mr. Stewart", sagte Ginny. „Erst beschweren oder erst feiern?"

„Beides gleichzeitig. Silver Stone hat den Betrieb so

aufgesetzt, dass er läuft wie am Schnürchen. Was bedeutet, dass es viele Leute gibt, die wirklich wissen, wie man die Aufgaben gut über die Bühne bringt."

Ginny verzog das Gesicht. „Das klingt Unheil kündend."

„Ja. Denn zum zweiten gibt es eben ein paar Leute, die nicht wissen, wie sie ihren Job erledigen, aber sie sind verdammt sicher, dass sie es wissen, darum mache ich mich in der Zukunft auf ein paar Auseinandersetzungen gefasst."

Was eines der Dinge war, über die sie geredet hatten. „Du wirst damit klarkommen."

Er zuckte mit den Schultern. „Werde ich. Mir wäre es lieber, wenn sie ihren Kram hinkriegen, anstatt dass ich sie feuern muss." Er schaute sie an. „Was ist mit dir? Wie kommst du mit deinem Projekt zurecht?"

Sie hielt ihn über ihre Ideen für das Gewächshaus auf dem Laufenden. „Was ich zu feiern habe? Ich habe einen Plan gemacht. Ich werde keine Gartengöttin mehr sein."

Er blinzelte. „Echt?"

„Echt." Sie hatte dazu alles aufschreiben müssen, um es klar zu sehen. „Zumindest keine Küchengartengöttin mehr. Ich will mich spezialisieren. Auf Kräuter – für Tees und als Kochzutat am Anfang, dann werde ich mich auf Bad- und Schönheitsprodukte erweitern."

„Wunderbar", sagte er anerkennend. „Das ist ein ganz klarer Geschäftsplan, den du da in ganz kurzer Zeit vorgestellt hast. Gut gemacht."

Sein Kompliment brachte sie zum Strahlen. Sie beugte sich vor und grinste. „Du wärst stolz auf mich gewesen, wenn du mich gesehen hättest, Tucker! Ich habe mindestens zehn Seiten und einen großen Filzstift benutzt, um alles aufzuschreiben, woran ich denken musste. Und dann habe ich den Großteil einer Rolle Klebeband benutzt, um alles an die Wand zu hängen, damit ich meine

Ziele ordnen und neu ordnen konnte, bis ich es raus hatte."

„Hmmm." Er wackelte mit den Augenbrauen. „Schmutziges Mädchen, das mich immer wieder mit diesem Gerede von Tabellen und Checklisten verführt."

„Ich weiß. Total versaut, oder? Ich habe sogar ein paar ‚ich bin …'-Aussagen dazu geschrieben. Oh, und die Filzstifte waren alle nach Farbe sortiert."

Dabei stöhnte er tief und rau.

Sie grinsten einander an.

Es tat gut, so mit ihm zu reden, war aber auch leicht nervig. „Ich vermisse dich", sagte sie abrupt. „Irgendwie nervt es, dass wir nur zehn Minuten zu Fuß voneinander entfernt sind, und wir machen FaceTime."

Er krümmte einen Finger. „Komm doch rüber."

Es war verführerisch. So verführerisch, und doch war es nicht mal eine Woche her, verdammt. Dazu kam noch, dass er gerade zugegeben hatte, dass es ein Balanceakt war, Veränderungen vorzunehmen und den Respekt der Ranchhelfer zu gewinnen, wo er doch gerade erst begonnen hatte.

Sie musste stark sein und sich um seinetwillen an den Plan halten.

Was bedeutete, dass gerade jetzt ein wenig Ablenkung eine gute Idee war. „Ich habe mich nur ein bisschen beschwert. Aber das heißt nicht, dass ich nicht an ein wenig Spaß interessiert wäre."

Tucker lachte leise. „Ich bin ziemlich gut ausgestattet, aber auf diese Entfernung kriege ich es nicht hin."

Ginny johlte. „Mit deinem Ego ist auf jeden Fall alles in Ordnung."

Er ließ ein kurzes Grinsen aufblitzen, und ihr Herz blieb stehen. Dann konzentrierte sie sich darauf, seinen Kopf aufzurütteln. „Wie gut, dass wir die Wunder der Technik haben, die uns zusammenbringen."

Langsam öffnete sie die Knöpfe ihres Oberteils, dann zog sie die Vorderseite auseinander, um jede Menge Ausschnitt zu enthüllen.

~

AUF EINER EBENE war es überhaupt kein Problem, zuzusehen, wie Ginny Stone sich auszog.

Die Tatsache, dass er hier war, und sie da drüben, allerdings? Das war mehr als nur ein Problem.

Während sie die Seiten ihres blauen Flanellhemdes wegzog, konnte er die weiche Oberfläche unter seinen Fingerspitzen beinahe spüren.

„Was machst du da?", wollte er wissen.

Das Hemd rutschte ihr von den Schultern, und sie rückte mit dem Stuhl vom Tisch weg. Woran auch immer sie ihr Handy aufstützte, dieser neue Blickwinkel sorgte dafür, dass er einen Sitz in der ersten Reihe bekam, um ihre spektakulären Titten in einem sehr durchsichtigen blauen BH zu sehen.

Er ließ eine Hand auf seinen steif werdenden Schwanz fallen und packte ihn fest.

Sie knabberte unschuldig an ihrer Unterlippe. „Willst du ein bisschen rummachen?"

Immer. Auf ewig. Keines davon war die richtige Antwort.

Er entschied sich für locker und leicht, denn das schien angemessener. „Du machst mich noch fertig, Frau."

„Schon wieder dieses Ego." Sie ließ den Blick auf ihn fallen. „Richte mal deinen Bildschirm auf. Ich will was sehen."

Er strich mit dem Handrücken über seine Erektion, machte die Armbewegung sehr betont, denn auch wenn seine Lende nicht im Bild war, würde sie auf jeden Fall verstehen, was er tat. „Vielleicht ist es mir so ganz recht."

Ihre Augen blitzten. „Gut. Dann macht es dir ja nichts aus, wenn ich das tue."

Sie lehnte sich in ihrem Stuhl zurück, hob eine Hand an den Mund. Zwei Finger schob sie durch diese geschürzten Lippen, ihre Zunge schnellte vor, während sie daran leckte. Immer wieder im Kreis, bis die Feuchtigkeit im Licht blitzte. Die Verführerin hielt ihren Blick fest auf seinen gerichtet, während sie die Hand über ihren Körper hinabgleiten ließ. An ihren Brüsten vorbei und über ihren Bauch ...

Bis sie außer Sicht war.

„*Ginny.*" Ein geknurrter Protest entschlüpfte ihm, während ihre Augenlider langsam zugingen und ihr Kopf nach hinten sank. Ihre Finger hatten wohl das Ziel gefunden.

Sie spielten ein gemeines Spiel, was bedeutete, dass er Feuer mit Feuer bekämpfen musste.

Er stand auf, schaute auf sein Handy, um genau zu sehen, worauf die Kamera sich richtete. Als er ein Bild von seiner Lende bekam, ignorierte er sein Abbild und ging wieder dazu über, sie zu beobachten. „Willst du das?"

Sie leckte sich wieder über die Lippen, den Blick auf seine Hände gerichtet, während er streichelte. „Halleluja. Endlich schickst du mir mal ein Dick Pic."

„Doch nicht so was Krasses", erwiderte er. „Beweg deine verdammte Kamera, damit ich sehen kann, was du machst."

Sie kämpften beide mit ihren Handys, zogen sich Klamotten aus, und dann starrte er sie an, in ihrem Set aus durchsichtiger Unterwäsche, die zu dem sündigen sexy BH passte.

Ginny seufzte zufrieden. „Du bist ein echt schnuckliges Muskelpaket geworden", sagte sie.

Er verlangsamte seine Bewegungen, ließ den Druck auf

seinem Schwanz schwächer werden. Denn der Anblick ihrer üppigen Kurven, die sich in dem Sessel entspannten, während ihre Finger tief unter den blassen Stoff tauchten, ihre Knöchel sich in einem leichten Rhythmus bewegten, als sie sich streichelte ...

Diese Bilder allein hätten ihn schon völlig mühelos abspritzen lassen.

„Schieb einen Finger in deine hübsche Muschi", befahl Tucker.

Ein Schaudern lief über sie. „Das ist ja mal eine Sprache", tadelte sie, noch während ihr ein Seufzen über die Lippen drang. Sie folgte seinem Befehl, und das Geräusch wurde zu einem atemlosen Stöhnen. „Zeig mir deinen Schwanz."

„Bald", versprach er. „Wenn ich das mache, mache ich es richtig."

Auf ihren Lippen bildete sich ein Lächeln. „Ich mag deinen Schwanz, Tucker. Zeig ihn mir."

„Auf keinen Fall. An der männlichen Ausstattung ist nicht sehenswert. Nicht so, wie deine Muschi für mich anschwillt und feucht wird. Sich öffnet, sodass ich jede weiche Falte mit der Zunge bearbeiten will. Ich schmecke dich so gerne und necke diese kleine Perle deiner Klitoris in der hübschen kleinen Höhle, wo sie sich versteckt."

Ihre Finger bewegten sich schneller unter dem Stoff, der inzwischen sichtlich nass war. „Du wirst ja ziemlich poetisch, Liebling."

„Süße Worte für eine süße Muschi. Streichle sie doch etwas fester. Genauso. Ich will sehen, wie deine Beine zittern." Tucker stieß die Hand unter seine Jogginghose, die Erleichterung, als er in seine Faust pumpte, reichte aus, dass deine Muskeln sich anspannten.

Ihre Lider sanken halb herab, während sie sich auf seine

Hand unter seiner Hose konzentrierte. Dann ging die Hand zu seiner Brust, wo er mit dem Daumen über einen Nippel rieb.

„Ich habe dir nie so was Gewöhnliches wie ein Dick Pic geschickt. Aber ich höre, das hier ist der letzte Schrei." Er ließ den Rand seiner Jogginghose auf einer Seite über die Hüfte gleiten, drückte mit der Hand, die auf und ab ging, den Stoff vorne zur Seite, bis die Spitze seines Schwanzes jedes Mal sichtbar wurde, wenn er darüber strich.

„*Tucker*." Ginny schob den Zwickel ihres Höschens zur Seite, stellte den rechten Fuß auf dem Sessel neben sich hoch, und lag für ihn gut sichtbar weit offen da.

Himmel, er würde gleich jetzt und hier sterben. „*Scheiße*."

Es war überhaupt keine Raffinesse mehr da, er schob nur noch seine Hose zur Seite und wichste heftig. Beobachtete, wie ihre Finger in die feuchte Perfektion ihres Geschlechts stießen. Ihre andere Hand hielt ihre Brüste umfasst, erst eine, und dann die andere.

Er rieb mit dem Daumen über die perfekte Stelle, wünschte sich, sie wären nicht in unterschiedlichen Räumen, unterschiedlichen Häusern, wünschte sich, er wäre da, um auf die Knie zu sinken, und mit der Zunge …

„Wenn ich da wäre, würde ich dich jetzt lecken. Deine Hände wegschieben und deine Klitoris in meinen Mund saugen. Ich würde dich mit der Zunge ficken, bis …"

Ginny stieß ein unterdrücktes Seufzen aus, ihre Finger spannten sich an, während sie vor Erlösung keuchte.

Ihre Lust war der Auslöser, den er brauchte. Seine Hüfte stieß hilflos nach vorne, der Druck seiner Hand war nur ein blasser Abklatsch im Vergleich zu den Vorzügen ihres Körpers.

Ohne sich irgendetwas anderem bewusst zu sein außer der Art, wie er sie beim Kommen beobachtete, und dem Gefühl, dass sein eigener Körper erlöst wurde, brach Tucker auf dem

Sofa zusammen, bevor er merkte, dass sie leise lachte. „Was für eine Boshaftigkeit denkst du dir jetzt aus?"

„Das war ziemlich gut, oder?" Sie wackelte mit einem Finger. „Obwohl ich glaube, dass du im Zielschießen nicht ganz so gut warst."

Scheiße. Er schaute nach vorne und merkte, dass er so im Augenblick aufgegangen war, dass er seine Ladung einfach überall verteilt hatte. Er fluchte leise. „Mist, was für ein Saustall."

Ihr Kichern wurde noch lauter. „Tut mir leid?"

Er runzelte die Stirn. „Sollte es. Du solltest rüberkommen und diesen Saustall sauber machen."

„Ich?", fragte sie, ihr Gesicht völlig unschuldig. „Ich habe nichts damit zu tun, dass du in eine etwas ... feuchtfröhliche Situation geraten bist."

Verdammt, diese Frau. Er schnappte sich sein T-Shirt und warf es auf den Boden. Ums Saubermachen würde er sich in einer Weile kümmern. Erst wollte er etwas klarstellen. „Das hat Spaß gemacht, aber es ist keine Langzeitlösung", warnte er sie.

„Ich weiß." Sie schob sich wieder nach oben, richtete sich auf eine normale Position von Angesicht zu Angesicht ein. „Nur ist es vorerst das Richtige."

Das war etwas, was man noch besprechen musste, aber er respektierte ihre Wünsche vorerst.

In Wahrheit war es doch so, nachdem er Luke, Caleb, und Ashton in Erinnerung gerufen hatte, dass sie herausbringen sollten, was sie wirklich wollten, klang die Weisheit dahinter, seine und Ginnys Beziehung auf Eis zu legen, immer weniger logisch.

„Ich will dich irgendwann diese Woche persönlich sehen", sagte Tucker zu ihr.

Ginny nickte langsam. „Wir kriegen da irgendwas hin. Ich

kenne meinen zeitlichen Ablauf noch nicht, denn ich muss mich noch mit ein paar weiteren Leuten in Verbindung setzen, aber ja. Ich will dich auch sehen."

Sein Handy ging los. Alex Thorne, einer der führenden Mitarbeiter auf der Ranch. „Da muss ich rangehen", sagte er zu Ginny.

Sie warf ihm einen raschen Kuss zu und legte auf.

Er öffnete die Verbindung zu Alex, und zum Glück war es nur Telefon, kein Video. „Tucker hier."

„Hast du Zeit, in die Kantine zu kommen?", ließ Alex hören, aber Tucker bewegte sich bereits, um alle seine Klamotten wieder anzuziehen. Die Rufe und das Klirren im Hintergrund klangen nicht sonderlich vielversprechend.

„Ich bin in weniger als fünf Minuten da", versprach Tucker.

Bis er an der Kantine ankam, hatte sich das, was immer die Gemüter kurzzeitig erhitzt hatte, soweit abgekühlt, dass Alex es unter Kontrolle hatte.

Er stand jedoch mitten in einem Saal zwischen zwei vollen Tischen mit Ranchhelfern, die viel zu lang nach dem Essen noch sitzen blieben.

Tucker ging zu ihm, marschierte mit festem Schritt und einer so missbilligenden Miene wie möglich durch den Raum. „Alex."

Der andere Mann grinste. „Tut mir leid, dass ich dich wieder an die Arbeit hole, aber Ashton sagte, von jetzt an bekommst du die ganzen bekloppten Anrufe."

Tucker schnaubte. „Natürlich sagt er das."

„Kann man ihm keinen Vorwurf draus machen. Ich schätze, das ist die perfekte Entscheidung, während er dich als Ersatz ausbildet." Alex neigte den Kopf ein winziges bisschen nach rechts. „Jeffrey und Jim. Ich hab sie daran erinnert, dass sie so viel über Politik reden können, wie sie möchten, aber halt woanders.“

Himmel. Manche Dinge änderten sich nie. „Religion, Politik, Geld – es gibt immer irgendwas, weswegen man raufen kann.“

„Frauen. Die hast du vergessen“, entgegnete Alex leise. „Der Tisch links ist etwas weniger konservativ in seiner Ansicht, und etwas eher bereit, die Regel ‚kein Schwachsinn in der Kantine‘ zu ignorieren.“

„Gibt es jemanden, mit dem ich reden muss?“, fragte Tucker, der Alex’ Meinung vertraute.

Nicht nur war Alex einer der leitenden Helfer auf der Ranch, er war auch ein aktiver Koordinator bei der Feuerwehr von Heart Falls, was den Mann etwas ausgeglichener machte, wenn es um Beziehungen in der Gemeinschaft ging. Er hing mit anderen Leuten rum, nicht nur mit seinen Kollegen auf der Ranch, und er schien durch und durch solide.

Alex schüttelte den Kopf. „Es scheint, die Drohung, dass du oder Ashton auftauchen könntet, hat gereicht, um sie diesmal zu beruhigen.“

Oder war es nur Ashtons Missbilligung?

Ein Schritt nach dem anderen. Tucker legte einen Arm auf Alex’ Schulter und führte ihn zu den Getränkeautomaten. „Kann ich dir einen Kaffee ausgeben?“

„Jetzt kommen aber die Spendierhosen raus“, scherzte Alex. „Klar.“

Bis sie sich die Getränke geholt und an einen Tisch in der Nähe des Ausgangs gesetzt hatten, hatten die meisten Männer, die auf Ärger aus gewesen waren, sich so schnell wie möglich außer Sicht geschlichen. Nur Jim schaute Tucker direkt in die Augen, überall an ihm war Missbilligung zu sehen.

Tucker machte sich nicht die Mühe, seine Miene zu

ändern. Der Mann musste sich bei ihm nicht einschleimen, er musste seine Aufgabe erledigen.

Alex rührte in seinem Kaffee und kicherte leise. „Verdammt. Dieses Funkeln, das du und Ashton haben. Ist das was Genetisches, oder ist das was, was ich lernen kann?"

„Wovon redest du denn da?", fragte Tucker erheitert.

„Was du da machst. Was auch Ashton macht, wenn ihr ausseht, als könntet ihr Laser aus den Augäpfeln schießen, und wehe dem Mann, der die Bestie losschlagen lässt."

Ein Schnauben kam von Tucker. „Bist du sicher, dass du ein Ranchhelfer bist? Du hast da ein bisschen was von einem ..."

„... Literaturgenie?", schlug Alex vor.

„... Schwachsinnsgenerator", schloss Tucker.

Ein offenes Lachen brach aus Alex hervor. „Du wirst dich einfach nur gut machen", versicherte er Tucker. „Falls du noch ein paar Hände brauchst, lass es mich wissen, solange ich noch da bin."

„Gehst du irgendwohin?"

Alex neigte den Kopf. „Ashton hat wohl vergessen, es dir zu sagen. Ja, er lässt mich mit nur kurzer Vorlaufzeit gehen. Meine Eltern sind zurück in Manitoba, und sie sind beide auf der Warteliste für größere Operationen. Hüft- und Knieersatz. Meine Schwester kümmert sich um Pflegekinder mit vielen Bedürfnissen, also kann sie nicht alles stehen und liegen lassen."

Das ergab schon Sinn. „Du wirst ihnen helfen, während sie sich erholen? Ich hoffe, du kommst zurück", sagte Tucker aufrichtig.

Etwas nicht so leicht zu Deutendes ging über Alex' Gesicht. „Teufel, ja, ich komme zurück. Alle möglichen Dinge warten hier auf mich. Ich vertage nur manche, bis der richtige Zeitpunkt kommt, weißt du?"

Der richtige Zeitpunkt. Tucker hasste diesen Satz allmählich. Er stand für so viel in seinem Leben, das auf Eis lag, weil es auf *den richtigen Zeitpunkt* wartete.

Er musste eine Möglichkeit finden, dafür zu sorgen, dass der richtige Zeitpunkt eher früher als später eintrat ...

13

———————

Obwohl es ganz offensichtlich war, dass sie und Tucker darauf gehofft hatten, regelmäßig mehr Kontakt miteinander zu haben, verstrichen die nächsten Tage, bis eine Woche vergangen war, die zu einer Menge Zeit wurde, die viel zu schnell verflog, ohne dass sie die Gelegenheit bekam, auch nur mit dem Mann zu reden.

Sie spürte ihn ein paar Mal auf, doch jedes Mal, wenn sie sich näherte, tauchte ein Ranchhelfer oder Ashton oder einer ihrer Brüder auf, sodass sie einfach ganz nebensächlich weiterging und so tat, als wäre alles wie immer.

Diane und Jack waren inzwischen am Ende ihres Besuches, darum veranstalteten Kelli und Luke einen letzten gemeinsamen Abend, wo viel gelacht und haarsträubende Geschichten geteilt wurden. Etwa die halbe Zeit über war auch Tucker da, bevor er von seinem Onkel wegbeordert wurde. Was bedeutete, dass sie nicht zusammen kamen, obwohl Ginny ihn kurz sah.

Sie lenkte sich ab, indem sie ein paar der witzigeren

Begebenheiten aus ihrer Zeit im Ausland erzählte, und die liebste hob sich für ganz am Ende auf.

„Ein Besuch im Spa war der absolute Luxus, nachdem ich in Frankreich auf dem Land war, wo es einen Monat lang nichts als lauwarmes Wasser in den Arbeiterunterkünften gab. Da bin ich also in Paris, ganz gemütlich in diesem Bademantel, der sich anfühlte wie ein Wattebausch im Himmel. Ich hatte eine Pediküre und eine Maniküre, und ich war so entspannt, dass mein Hirn nicht richtig arbeitete, als sie mich in einen winzigen Saunaraum schickten, ein bisschen über zwei Meter mal zwei Meter groß. Die Frau, die mir geholfen hat, nahm mir meinen Bademantel ab und schloss die Tür. Ich dachte mir, der Raum ist so klein, das ist bestimmt eine Privatsauna.“

„Oh-oh.“ Dianas Augen wurden groß. „Nicht?“

„Nicht“, erwiderte Ginny trocken. „Etwa zwei Minuten danach, als ich gerade zu schwitzen anfing, öffnete sich die Tür, und Besucher Nummer 2 kommt rein. Ein Typ, der auch seinen Bademantel auszieht. Gefolgt ein paar Sekunden später von Besucher Nummer 3.“

Kelli warf einen Blick auf Luke, dann schlug sie sich die Hand vor den Mund, als würde sie einen richtig versauten Kommentar unterdrücken.

Ginny kicherte. „Ich weiß, was ihr denkt, und nein. Sie waren nicht mal annähernd innerhalb meiner Altersklasse für ein annehmbares Date. Das war keine besonders gute Gelegenheit, etwas Spaß zu haben.“

„Du hattest Glück, dass sie keinen Herzinfarkt bekommen haben, als sie dich da gesehen haben. Eine gut aussehende Frau, mehr sage ich nicht.“ Jack duckte sich vor Dianes gespieltem Fausthieb.

„Wenn ihr also nach einer Sauna in Paris sucht, habe ich eine, die auf der Tabu-Liste steht“, sagte Ginny betont.

„Außer, man steht auf so was“, erwiderte Kelli, die mit den

Augenbrauen wackelte. „Ich bin entsetzt, dass eine überraschende Fleischbeschau nicht genau dein Ding ist."

„Mit den richtigen Leuten schon. Mit diesen Leuten nicht so ganz."

„Müssen wir uns wirklich anhören, wie du darüber redest, dass du nackt bist?", fragte Luke, der sie nicht anschaute und den Kopf schüttelte.

„Du bist zu prüde", scherzte Ginny. „Gewöhn dir das mal ab."

„Du bist meine Schwester", wiederholte er, als wäre niemals eine andere Antwort nötig.

Ginny stellte fest, dass sie in die Arme genommen wurde, als es Zeit war, sich für die Nacht zu verabschieden, denn Jack und Diane brachen früh am nächsten Morgen auf.

„Du kümmerst dich jetzt um mein Mädchen", sagte Diane, während sie Ginny fest drückte. Sie beugte sich dichter heran. „Du bist ein heller Stern, der darauf wartet, die Welt zu erleuchten. Ich bin froh, dass du da bist. Ich hoffe, Kelli darf so viel von diesem Leuchten genießen, wie du mit ihr teilen kannst."

Das Kompliment ließ es Ginny im Inneren ganz warm werden. „Kelli ist toll, und es war schön, dich kennenzulernen."

„Dich auch, Freundin." Diane zwinkerte ihr zu. „Wir kommen wieder."

Ashtons Geburtstag kam und ging, aber nicht mal das wurde letztlich zu einer Gelegenheit, sich mit Tucker zu treffen, denn die Jungs verschwanden zu einer Feier nur für Männer in Josiahs Haus.

Das nervte. So richtig. Enorm, gigantisch, und nur die Tatsache, dass Ginny mehr zu tun hatte, als sie je für möglich gehalten hatte, ließ die Tage ins Land ziehen.

Aber die Party nur für Männer brachte Ginny wieder auf eine Idee, die sie sich vor ein paar Wochen gemerkt hatte. Eine

Idee, die erneut angeschoben wurde, als sie Zeit damit verbrachte, im Tagebuch ihrer Mutter zu lesen, und zögerlich begann, in das neue zu schreiben, dass sie bekommen hatte.

Ginny hat vorgestern gefragt, ob wir mal zum Frühstück ins Connies gehen könnten. Als ich sie gefragt habe, was wir zu feiern hätten, hat sie mir erzählt, dass Caleb und Walter alle paar Wochen mal zu Connies zum Frühstücken gehen, und weil überhaupt nicht zur Debatte stand, dass eine andere Frau ein so gutes Frühstück machen könnte wie ich, musste an dem Ort ja wohl irgendwas Besonderes sein.

Und wieder einmal lerne ich Demut von meinem Kind. Wir haben jetzt eine Verabredung nur für Mädchen auf dem Plan, denn sie hat recht. Ich kann viel besser kochen als die angestellten Köche bei Connies, aber wenn man dort zusammen hingeht, wird es etwas Besonderes.

Dann gab es da eine Schreibidee in nur einer Zeile in Ginnys neuem Tagebuch, wo es hieß: *Was tue ich, um etwas weiterzugeben?*

Was alles Mögliche bedeuten könnte, aber angesichts der Bemerkung ihrer Nichte kürzlich ergab das zusammen alles einen Sinn.

Ginny kam vorbei, um Tamara die Idee vorzuschlagen, bevor sie etwas zu den Mädchen sagte.

„Was hältst du denn davon, so was wie einen Mädelsabend für die Kleinen zu veranstalten?", fragte Ginny.

Tamara blinzelte. „Erzähl."

„Sasha sprach davon, dass ein Mädelsabend nur für Erwachsene ist, und das stimmt auch. Es ist gut, dass sie wissen, dass es Dinge gibt, die sie sich erst erarbeiten müssen." Ginny zwinkerte.

„Oh. Also denkst du da an mehr als ein Treffen zum Spielen mit ihren Freundinnen?" Tamara überlegte. „Damit sind sie normalerweise ziemlich zufrieden."

Ginny wollte Vorsicht walten lassen, denn das letzte, was sie nahelegen wollte, war, dass Tamara keine fantastische Arbeit erledigte. Denn das tat sie auf jeden Fall, und die Mädchen waren aufgeblüht.

Trotzdem wollten die Worte unbedingt heraus. „Ich dachte mehr so an ein Mutter-Tochter-Ding, aber da du zwei hast, könnte ich diesmal bei einer davon Ersatz spielen. Irgendwas, was ein wenig spezieller ist als nur einfach Zeit zum Spielen, die sie genießen können."

Verständnis stellte sich ein, und Tamara lächelte. „Das ist eine gute Idee, besonders jetzt. Ich weiß, dass Hanna das nur zu gerne mit Crissi machen würde, und Talia hat auch eine neue Mutterfigur in ihrem Leben. Leiten wir es in die Wege."

Und so endete Ginny ein paar Tage später mit vier kleinen Mädchen, die beinahe vor Aufregung aus der Haut fuhren, als sie sich in der Küche im Ranchhaus von Silver Stone trafen.

Die zierliche Hanna Ford war mit ihrer Tochter Crissi da. Tamara hatte sowohl Sasha als auch Emma, die sich an ihre Seiten schmiegten, während sie Madison Joy und Talia Zhao im Haus willkommen hießen.

Madison hatte eine verwirrte, aber glückliche Miene auf. Als könne sie gar nicht glauben, dass sie tatsächlich da war.

Talia schlang die Arme um Madisons Nacken und hatte eine Wange an ihre gelegt. „Tante Ginny, das ist meine neue Mami."

„Hallo, neue Mami", sagte Ginny, während Madison heftig blinzelte, offensichtlich gegen ihre Gefühle ankämpfte. „Ich habe gehört, du hast letztens dafür gesorgt, dass mein kleiner Bruder Feenflügel trägt. Du bist bereits einer meiner Lieblingsmenschen hier."

Madison lachte, und von da an verlief der Nachmittag reibungslos. Es wurden Kekse gebacken, Geschichten erzählt. Weil Sasha darauf bestand, brachte Tamara ihnen allen einen

Wurf bei, mit dem man eine größere, schwerere Person aus dem Gleichgewicht bringen konnte. Und obwohl es Spaß machte, war es auch wichtig. Eine Saat legen, etwas bewirken.

Die Tatsache, dass Emma vorhatte, bei der erstbesten Gelegenheit, die sich ihr bot, Dustin zu Fall zu bringen, war auch noch höllisch komisch.

Ein Teil der Freude an diesem Nachmittag lag darin, später Dare davon zu erzählen. Ginnys Schwester war von der ganzen Idee zum größten Teil erheitert, aber auch leicht entsetzt.

Dare: *Ich bin so froh, dass ich nur Jungs habe. Woher wusstest du überhaupt, was auf dem Plan stehen sollte?*

Ginny: *Machst du Witze? Hast du so schnell Sasha und ihre unverhohlenen Ansichten vergessen?*

Dare: *Wo habe ich nur mein Hirn gelassen? Also, Pediküre? Maniküre?*

Ginny: *Pediküre wurde von drei unserer vier jüngeren Teilnehmerinnen als „eklig" bezeichnet, darum hatte Madison den genialen Einfall, unsere Füße auf einem Blatt Papier nachzuzeichnen, damit wir uns eine virtuelle Pediküre verpassen können.*

Dare: *Hör doch auf. Das klingt witzig.*

Ginny: *Ich schicke dir später von allen ein Bild.*

Dare: *Das würde ich gerne sehen. Also, wo wir gerade von Bildern reden ... bist du irgendwie mit der seltsamen Nachricht von deinen Eltern weitergekommen?*

Ginny seufzte. Diesen Teil des Problems hatte sie ignoriert. *Ich habe dir davon ein Foto geschickt, oder nicht?*

Dare: *Nö. Lass mich ein Bild sehen, und ich denke mal drüber nach.*

Ginny: *Zeige es aber niemanden, okay?*

Sie war sich nicht sicher, weshalb, aber es fühlte sich falsch an, mit dem Blatt hausieren zu gehen, wo es doch ein Geschenk an sie gewesen war, und sie konnte nicht mal erklären, was es bedeutete.

Dare schickte ihr ein Augenroll-Emoji. *Natürlich halte ich das unter Verschluss. Du dummes Ding.*

Ginny: *Du kannst es dem Cowboy zeigen, der dich geschwängert hat. Das ist keine Situation, in der man was vor ihm geheim halten muss.*

Dare: *Du machst so viel Ärger, aber ich liebe dich trotzdem, ganz doll.*

Ginny: *Ich dich auch.*

Ginny schlüpfte früh am nächsten Morgen ins Gewächshaus, atmete tief durch und nahm das Gefühl ein weiteres Mal tief in ihre Seele auf.

Es gab ein paar Anzeichen, dass Devjeet und Janae sich auf das Frühjahr vorbereiteten, aber es war noch zu früh, um etwas auszusäen. Und sie hatten das Ganze im letzten Herbst offensichtlich in Top-Kondition hinterlassen.

Obwohl eine Menge Arbeit vor ihr lag, fühlte es sich gut an, in diesem vertrauten Haus zu sein. Ginny ging langsam herum, erinnerte sich an vergangene Jahre, plante, was sie anbauen würde, sobald die Samen ankamen.

Sie recherchierte ein wenig über ihre Idee, sich auf natürliche Reinigungsmittel und Kosmetik zu erweitern.

Sie war am gegenüberliegenden Ende des Gewächshauses, spähte hinaus auf den schneebedeckten Boden vor der Plexiglaswand, als ein leises Geräusch herangetragen wurde. Sie wirbelte rechtzeitig herum, dass Tucker sie an der Hüfte erwischte und hochhob, um seine Lippen auf ihre zu drücken und ihren Mund in einem heftigen Kuss zu verzehren.

Es war viel zu lange her. Sie vergrub die Finger in seinen Haaren, sein Cowboy-Hut flog weg, während sie es genauso erwiderte, wie sie es von ihm bekam. Zungen fochten, ihr Atem ging abgehackt. Sie schlang die Beine um seinen Rücken, und die Hitze zwischen ihnen wuchs.

Er drehte sich und war unterwegs zur nächstbesten Bank, fiel auf die Knie, während ihr Hintern auf der tiefen Sitzfläche landete. Er atmete schwer, während eine Hand unter ihr Hemd glitt und er hungrig wieder ihre Lippen beanspruchte und gleichzeitig eine Hand auf ihre Brust legte.

Nicht, was sie erwartet hatte. Überhaupt nicht, aber auch sehr erfreulich, während sie sein Hemd in die Fäuste nahm und es aus seiner Jeans riss, bis sie mit den Händen an seine bloße Haut kam. Sie drückte die Finger auf seine festen Muskeln, glitt mit den Fingernägeln vor und zurück, sodass ein Keuchen über seine Lippen kam.

Er schob ihren BH zur Seite, hob die Vorderseite ihres Hemdes und lehnte sich gerade weit genug zurück, um ihre halb nackte Gestalt im trüben Licht anzustarren. „Verdammt, Ginny. So hatte ich das nicht geplant."

„Es ist perfekt. Hör nicht auf", befahl sie.

Seine ernste Miene wurde glühend heiß, als er nach dem Knopf an ihrer Jeans griff, ihn aufschnappen ließ, ihren Reißverschluss herabzog und sie weit genug zurück an die Bank drückte, um den Stoff zu ihren Knöcheln hinabzuziehen.

Dann richtete er sich über ihr auf wie ein erdgeborener Gott, der auf ihre halb nackte Gestalt herabstarrte. „Hart und schnell, ja?"

„Genauso", erwiderte sie.

Aber wenn sie darauf gesetzt hätte, dass er einfach seinen Schwanz herausholen und sie an die Bank drücken würde, hätte sie verloren. Stattdessen tauchte er mit dem Kopf zwischen ihre Knie und kam dann wieder hoch, sodass ihre Fußknöchel in den Jeans auf seinem Rücken verstrickt waren, und sein Kopf sich direkt über ihrem Geschlecht befand.

Er grinste. „Mein Lieblingsfrühstück."

Ginny lachte, dann stöhnte sie, denn er tauchte nach unten, als wäre er am Verhungern, sein Mund auf ihr tat schrecklich schöne Dinge. Sie saß fest. Der Stoff um ihre Knöchel hielt sie, darum konnte sie nichts tun, sich kein bisschen vor seiner schnellenden Zunge zurückziehen, oder vor seinen Fingern, die zwischen ihre Falten glitten, sie viel schneller dem Höhepunkt entgegentrugen, als sie es für möglich gehalten hätte.

„O. Mein. Gott." Ginny spannte unabsichtlich die Finger in seinen Haaren an, und sie hätte auch gut und gerne ein paar ausreißen können, denn sie kam so heftig, dass sie die Beine um seinen Kopf fest zusammenpresste, den Rücken durchbog, und Sterne vor ihren Augen schwebten.

Dann war er dran, lehnte sich zurück, sodass die Jeans von einem ihrer Beine fiel. Einen Moment später war er in ihr, auf ihr, der dicke Schaft seines Schwanzes verschaffte sich Zugang, während ihr Körper sich weiter anspannte.

Tucker stützte die Hände zu beiden Seiten ihres Kopfes auf die Bank. Ihre Füße lagen über seinen Schultern, und sie war obszön, wunderbar weit geöffnet. Er schaute ihr in die Augen und stieß ganz hinein. Zog sich zurück und machte es wieder. Schneller diesmal, härter.

Es fühlte sich so verdammt gut an. Ginny schloss die Augen kurz. *„Ja."*

„Schau mich an." Der Befehl wurde rau und tief hervorgestoßen. „Schau uns an."

Ginny schaute ihm wieder in die Augen, ihre Finger gruben sich in seinen Oberkörper, während er schneller wurde, in sie stieß, bis sie beide in Flammen standen und sie noch einmal explodierte. Eine Rakete, die gleich von einer glitzernden Lichtshow und Wirbeln und was immer sonst noch verzehrt wurde, wenn die Böller losgingen, denn ihr tropfte das

Hirn aus den Ohren, und sie bekam kaum Luft, weil die Lust so groß war.

Tucker gab ein gequältes Geräusch von sich, seine Hüfte an ihrer erstarrt, die Hitze und der Rhythmus seiner Reaktion pulsierten im Takt mit ihrem Herzschlag.

Sie brauchten eine Weile, um sich zu beruhigen.

Am Ende saß Tucker auf der Bank und Ginny auf seinem Schoß, und keiner war komplett angezogen oder ganz bei Sinnen. Was, ehrlich gesagt, ganz in Ordnung so war.

Sie legte den Kopf an seine Schulter, strich träge mit dem Finger über sein Kinn. „Guten Morgen."

Er gab ein leises, erheitertes Geräusch von sich. „Morgen."

So verdammt lustig. „Komm schon. Der hat doch ein *gut* verdient, oder?"

Seine Lippen zuckten. „Die Männer werden mich für völlig übergeschnappt halten, wenn ich rumlaufe und ihnen einen *verdammt fantastischen Morgen* wünsche, was sogar noch genauer treffen würde."

Ginny lachte. Aber sie musste einsehen, dass er wohl recht hatte.

TUCKER HATTE NICHT VORGEHABT, ihr das Hirn wegzuficken. Es schien, wenn es Ginny betraf, mussten seine Pläne immer in letzter Minute an ganz impulsive Ideen angepasst werden.

Sein Mangel an Kontrolle war verstörend. Trotzdem konnte er kaum Einspruch dagegen einlegen, wie sie die letzten Augenblicke verbracht hatten.

Nur dass er eine Menge Zeit darauf aufgewendet hatte, über seine Entscheidungen nachzudenken. Dass er Caleb und seinen Onkel aufgefordert hatte, klug zu planen, war der Arschtritt gewesen, den er nötig gehabt hatte.

Obwohl Ginny durchaus eine zutreffende Aussage über sie beide und ihr Timing gemacht hatte, war es auch Schwachsinn. Er kam mit den Folgen und Fragen klar, die die Ranchhelfer haben mochten, falls sie davon ausgingen, dass er den Job wegen seiner Beziehungen bekommen hatte.

Davon, den Plan, alles unter Verschluss zu halten, über Bord zu werfen, hielt ihn nur ab, dass er nicht wollte, dass etwas davon auf sie abfärbte. Das war seine größte Sorge. Menschen konnten Arschlöcher sein, und er konnte nicht da sein, um sie vor allen möglichen abfälligen Bemerkungen zu beschützen.

Er hatte also nur beschlossen, dass die Ankündigung, dass sie zusammen waren, nicht aus dem Nichts kommen sollte. Was es noch leichter machte, seinen eigenen Schritt-für-Schritt-Plan zu starten. Falls Operation *Beweis es* die Verbindung war, die er und Ginny hatten, um in der neuen Realität Fuß zu fassen, dann hatte er eine ganz eigene *Beweis-es*-Situation, wenn es um sie ging.

Wie beschützte er eine starke Frau? Wie unterstützte er sie und hörte zu und nahm ihr trotzdem noch alle Lasten ab, die sie nicht tragen musste?

Und am wichtigsten, wie verhinderte er, dass er und Ginny zu seinen Eltern wurden, von denen keiner wirklich glücklich war, weil sie immer halb ausgegorenen Kompromissen zustimmten?

All das ging ihm durch den Kopf, während er dort saß und immer noch sexuelle Endorphine durch seinen Körper rauschten. Ihr Gewicht auf seinem Schoß war perfekt, und Hitze legte sich um sie in einer Mischung aus Zärtlichkeit und verbleibender sexueller Befriedigung.

Sie fuhr ihm mit den Fingern am Kinn entlang. „Wir

sollten uns anziehen. Oder ich sollte die Heizung im Gewächshaus hochdrehen, damit wir uns nicht erkälten."

„Klingt spannend", neckte er. „Machst du es hier drin wirklich so heiß, dass du nackt gärtnern kannst?"

Ginny lachte, während sie von seinem Schoß glitt und ihre Kleider wieder in Ordnung brachte. „Was meinst du damit, ob ich es *heiß mache*? Du bist gefährlich, Mister Supernova. Wie gut, dass ich noch keine Setzlinge habe, sonst hätten wir sie verdampft."

„Mr. Supernova ist kein anerkannter Spitzname", sagte er trocken. Er warf einen Blick in die Runde, während er seinen Reißverschluss schloss und sich das Hemd in die Hose schob. „Da kann der Sex noch so feurig sein, hier drin fühlt es sich winterlich an."

„Wir brauchen die Temperatur erst hochzudrehen, wenn wir kurz vor dem Pflanzen sind, und da ist es noch eine Weile hin." Ginny verschränkte ihre Finger in seinen, während sie zurück zur großen Tür gingen. „Wolltest du was? Außer einem Sex-Date?"

Scheiße. Genau das wollte er nicht, dass sie es dachte. Er blieb stehen und zog sie an sich, hob ihr Kinn, damit sie sich in die Augen schauten. „Lass dich nicht von der Tatsache, dass bei uns immer sexuell die Funken fliegen, davon überzeugen, dass da nicht mehr dran ist."

Sie neigte leicht den Kopf, legte ihm eine Hand ans Gesicht. „Tut mir leid. Ich habe mich nur flapsig ausgedrückt. Ich weiß, dass das bei uns längst mehr als nur Sex ist."

Für ihn war es nie nur Sex gewesen, aber jetzt war nicht die Zeit, um das zu sagen.

Stattdessen riss er sich endlich zusammen und tat das, wozu er überhaupt erst hergekommen war. „Es geht rum, dass in ein paar Tagen im *Rough Cut* getanzt wird. Ich will, dass du auftauchst. Nicht zu Hause bleibst und mit deinen Nichten Disney schaust."

„Tucker, wir können doch nicht ..."

„Ich nehme dich nicht als Date mit, aber ich will, dass du da bist." Ein Kompromiss, mit dem er arbeiten konnte, und er passte zu seinem Plan, langsam klarzumachen, dass Ginny ihm gehörte. Dass er ihr gehörte.

Dass sie zusammen waren.

Zum Glück schien Ginny für diesen Teil der Idee Feuer zu fangen. Sie nickte. „Ich glaube, meine Mädels haben davon geredet, demnächst auszugehen. Ich bin mir sicher, das ist derselbe Abend, also wird es eine Menge Gründe für uns geben, zur gleichen Zeit am selben Ort zu sein. Oh, und wir brauchen bald ein offizielles Meeting für Operation *Beweis es*."

Das Dröhnen eines Trucks, der vor dem Gewächshaus anhielt, ließ Tucker wieder voll aufmerksam werden. „Ich sollte los, aber ich schicke dir später eine Nachricht. Ich habe eine Ahnung, wo wir uns treffen können."

Ihre Augen leuchteten, und sie drückte ihm rasch einen Kuss auf die Lippen, wozu sie sich auf die Zehenspitzen stellte. „Schick es mit einem geheimen Boten, wenn du musst, aber ich freue mich drauf, von dir zu hören."

Tucker löste sich mit Mühe von ihrer Wärme und ging hinaus durch die Seitentür, als Stimmen vom Haupteingang hereinkamen. Ginny begrüßte jemanden, der zu einem Besuch vorbeigekommen war.

Er ging allerdings langsam, als er zurück zu den Scheunen unterwegs war. Er verabscheute es, dass sie ihre Beziehung nicht offen ausleben konnten.

Es war ja nicht so, als hätte er nicht genug Ablenkung, um sich beschäftigt zu halten. Mit Ashton und Caleb hatte Tucker angefangen, ernsthaft allmählich alle Aufgaben kennenzulernen, die sein Onkel als Vorarbeiter von Silver Stone abarbeitete.

Nachdem er fast vierzehn Jahre lang die Verantwortung gehabt hatte, war Caleb auf jeden Fall der Manager. Er und seine Brüder setzten die Richtung für den Ranchbetrieb, aber es war Ashton, der dafür sorgte, dass alles erledigt wurde.

Wie ein Jongleur, der ein Dutzend Bälle in der Luft hielt, während er Teller herumwirbeln ließ und die ganze Zeit dabei cool blieb …

Wie die Tage vergingen, bewunderte Tucker den Mann immer mehr.

„Du starrst mich ständig an. Habe ich Schmutz im Gesicht?", fragte sein Onkel grob, als er zu einem raschen Happen in der Kantine Halt machte, nachdem er sich einen Tag lang jedes Stück Gerätschaft angeschaut hatte, das sie im Besitz hatten.

Tucker zuckte mit den Schultern. „Tut mir leid. Wollte ich nicht. Ich denke nur daran, wie dankbar ich bin, dass du bereit bist, die nächste Zeit noch hier rumzuhängen."

Ashton funkelte ihn an. „Was hast du angestellt?"

„Nichts", widersprach Tucker. „Wie zum Teufel kommst du denn darauf, dass ich was falsch gemacht habe, wenn ich sage, ich freue mich, dass du da sein wirst?"

„Das ist so ziemlich das, was du früher getan hast. *Onkel Ashton, du kannst so toll mit den Pferden umgehen. Übrigens, ich glaube, ich habe meinen Sattel kaputtgemacht.*" Ashton versuchte, den kindlichen Tucker zu imitieren, woraufhin Tucker nur noch lauter schnaubte.

„Bitte. Fang nicht an mit Schauspielerei."

Ashton hob das Kinn. „Ich möchte dich doch mal wissen lassen, dass der *Heart Falls Star* berichtet hat, meine Darbietung einer Ziege war eine der besten bei der Nicht-ganz-Nussknacker-Vorstellung im letzten Dezember."

Wovon Luke ihm insgeheim ein Video gezeigt hatte, während die beiden vor Lachen geheult hatten. Das war auf jeden Fall nichts, was er mit seinem Onkel teilen wollte.

„Ich bin sicher, du warst eine gute Ziege."

Ashton funkelte ihn an. „Nimmst du mich auf den Arm, Junge?"

„Würde ich so was jemals tun?" Er sagte es völlig ausdruckslos.

Sein Onkel machte wieder ein missbilligendes Geräusch, aber um seine Mundwinkel spielte ein leichtes Lächeln.

Tucker machte sich bereit zum Schlafen, sehr zufrieden mit der Arbeit, die er insgeheim an diesem Abend im Heuschober erledigt hatte. Ein Geheimnis, von dem er gar nicht erwarten konnte, es Ginny wissen zu lassen.

Sein Handy klingelte, gleichzeitig kam eine Textnachricht an.

Er zog seine Kleider wieder an und eilte in die Scheune, wo Alex und Luke immer noch in der Box mit der trächtigen Rotfuchs-Stute standen.

Sie war nervös, trat unbehaglich von einem Bein aufs andere, ihr Kopf schwenkte hin und her. Luke tat sein Bestes, um sie zu beruhigen, während Alex vortrat, um Tucker auf den neuesten Stand zu bringen. „Es ist zu früh, und irgendwas stimmt mit ihr überhaupt nicht."

„Habt ihr den Tierarzt angerufen?"

„Ist unterwegs."

Luke sprach leise, beruhigte die Stute. „Ruhig, Liebling. Das wird schon."

Tucker bewegte sich behutsam, ließ die Hand über die aufgedunsenen Seiten der Stute gleiten, während er sie untersuchte. Ihre Haut zuckte unter seiner Hand, bewegte sich, wenn er darüberstrich.

Das war nicht Tuckers Spezialbereich, aber er wusste

genug, um zuzustimmen, dass da keine Kleinigkeit schiefgegangen war.

Die drei arbeiteten zusammen, so gut sie konnten, um das Unbehagen der Stute zu erleichtern. Tucker war froh, als die Tür zur Scheune in der Ferne aufschwang und damit die Ankunft des Experten kundtat.

Nur dass es nicht Josiah Ryders vertrautes Gesicht war, das auftauchte. Statt des robusten Tierarztes, der ein Eckpfeiler von Heart Falls geworden war, war es die viel kleinere Frau, die er als Assistentin angeheuert hatte.

Yvette Wright trat allerdings mit lockerem Selbstbewusstsein vor. Sie legte Luke eine Hand auf den Rücken und sprach leise mit dem Pferd. „Hey, meine Schöne. Klingt, als könntest du etwas Hilfe brauchen."

„Wo ist Josiah?", fragte Alex.

„Beschäftigt." Ihr Blick wanderte über das Pferd, während sie sich aus ihrer Jacke schälte und sie dann Alex in die Arme drückte. „Hier. Mach dich mal nützlich."

Tucker blinzelte über ihren wechselnden Tonfall von der Freundlichkeit mit dem Pferd zu der trockenen Verachtung für Alex.

Er musterte das Gesicht des Mannes. Alex starrte Yvette mit etwas nach, das wie Sehnsucht aussah.

Oje. Solche Verwirrungen tauchten immer zu den seltsamsten Zeitpunkten auf.

Es dauerte nur ein paar Minuten, bis Yvette fertig war. „Tucker, komm und hilf mir", befahl sie leise. Sie gab ihm Anweisungen, die er genau befolgte, während sie eine Hand in der Stute verschwinden ließ, und Verwirrung verwandelte sich rasch in Verständnis.

„Na, Süße, kein Wunder, dass es dir nicht so gut geht. Deine Babys sind ein ziemliches Knäuel. Ich werde das hinbiegen, so schnell ich kann", versprach Yvette.

Es dauerte eineinhalb Stunden, und am Ende hatte Tucker das Gefühl, seine Arme wären durch die Mangel gezogen worden. Er hatte keine Ahnung, wie Yvette noch auf den Füssen blieb, wo sie doch im Inneren des Pferdes gearbeitet hatte, um die Glieder eines seltenen Pärchens von überlebenden Zwillingen zu entwirren.

Bis die winzigen Tiere geboren waren, hatte sich die Menge um die Box um ein paar Leute erweitert. Ashton war aufgetaucht. Luke hatte Kelli kontaktiert, die offensichtlich eine Nachricht an Ginny geschickt hatte, für den Fall, dass die sich an der Sache beteiligen wollte.

Ginny brachte eine Thermoskanne mit Chai, und sobald Yvette sich gewaschen hatte, legte sie die Hände um die Tasse, die Ginny ihr gereicht hatte, und nahm dankbar ein paar Schlucke. „Vielen Dank. Das ist genau das Richtige.“

„Ich helfe gern“, erwiderte Ginny leise.

Im Inneren der Box ruhte sich Strawberry Delight inzwischen behaglich aus, eines der kleinen Fohlen schlief fest, während das andere trank.

„So einen Anblick bekommen wir nicht allzu oft zu sehen“, sagte Ashton anerkennend.

Tucker konnte den Blick nicht von Ginnys Gesicht wenden. Die Verwunderung in ihren Augen, ihr Glück, während sie zwischen den neugeborenen Fohlen und Yvette hin und her sah. Die junge Frau trank ihren Tee aus, und Ginny ging vor ihr her, schnappte sich ihre Jacke und half der Tierärztin hinein.

Immer eine Hilfe. Immer im Bilde darüber, was andere brauchten ...

„Das hat sich zu einem guten Abend entwickelt“, sagte Luke, der vorkam, um Yvette die Hand zu schütteln. „Vielen Dank.“

Yvette neigte das Kinn. „Freut mich, dass ich helfen konnte."

Alex kam auch vor, die Hand ausgestreckt. „Das war toll anzusehen."

Sie beäugte seine Hände, als würde sie etwas erwarten, das die Freude abtötete, dann nahm sie sie auch fest. „Dankeschön."

Es sah aus, als würde Alex noch etwas sagen wollen, aber Tucker trat dazwischen. In Yvettes Gesicht stand Erschöpfung geschrieben. „Komm schon. Ich bringe dich heim", bot er an. „Alex fährt deinen Truck für dich."

Yvette blinzelte. „Ach, nein. Das geht schon."

Aber als ihr ein riesiges Gähnen entschlüpfte, streckte Tucker eine Hand aus und zog sie vor. „Wehr dich nicht dagegen. Ich würde Josiah dasselbe anbieten. Ehrlich."

Was bedeutete, anstatt nach Ginny zu suchen, beendete Tucker den Abend, indem er als dankbarer Chauffeur für eine sehr müde, aber begeisterte Tierärztin diente.

Sie legte den Kopf zurück an die Kopfstütze, schloss die Augen und seufzte leise, ein Geräusch, das glücklich und zufrieden klang. „Dadurch lohnt sich das alles, weißt du? Die Augenblicke, in denen man nicht sicher ist, ob die Dinge funktionieren, die inneren Fragen, ob man das Richtige tut, und sogar die Angst." Sie warf rasch einen Blick auf ihn. „Sag aber Josiah nicht, dass ich das erwähnt habe. Dass ich Angst habe."

Tucker schnaubte. „Das würde er völlig verstehen. Auf gar keinen Fall schafft es einer von uns auf der Ranch auch nur durch einen Tag, ohne vor irgendwas Angst zu haben. Nicht, wenn wir tatsächlich versuchen, das Leben voll auszukosten."

Sie nickte und gähnte wieder. „Hübsche kleine Fohlen. Ich freue mich, dass sie es schaffen."

Auf der Heimfahrt saßen Tucker und Alex schweigend da, bis sie fast schon in Sichtweite von Silver Stone waren.

„Ich bin ein Idiot", murmelte Alex.

Tucker war nicht mal sicher, was das Problem zwischen Yvette und Alex war, aber er musste es auch nicht wissen, nicht, um einen kleinen Rat zu geben.

„Vielleicht", erwiderte Tucker. „Aber zu wissen, dass du das Problem bist, ist schon die halbe Miete."

Alex kicherte, dann nickte er. „Ja, schon so ziemlich." Eine friedliche Stille trat wieder ein, und Tucker atmete tief durch.

Es war ein gutes Ende für einen guten Tag.

14

———

Am Samstag war es warm genug, dass Ginny, als sie aus dem Bett stieg und hinausschaute, beschloss, dass es Zeit war, sich eine Scheibe von ihrer Schwester Dare abzuschneiden.

Sie machte sich eine Tasse Tee, packte sich ein und ging, um sich auf die Veranda zu setzen, während die Sonne langsam goldene Finger über Silver Stone ausstreckte.

Letzte Nacht war erstaunlich gewesen, und sie hatte nur am Rande der Magie gestanden. Yvette dabei zu beobachten, wie sie arbeitete, hatte Ginny an das erinnert, was die Frau darüber gesagt hatte, zu finden, was sie den Rest ihres Lebens lang tun wollte, was sie glücklich machte.

Es war klar, dass Yvette sich nicht nur das Richtige ausgesucht hatte, sondern sie machte mit ihrer Wahl auch noch andere glücklich.

Zwei schöne Tiere, die sonst vielleicht nicht überlebt hätten, drei womöglich, wenn man die Mutter bedachte, die auch in Gefahr gewesen war, befanden sich alle sicher und gesund in der Wärme der Scheune.

Ginny nahm ihre Tasse etwas fester. Sie hatte keine solchen Talente. Nichts, das wirklich etwas bewirken konnte, und dieser Mangel führte zu einer Sehnsucht in ihrem Inneren.

Aber als ihre Nichten aus dem Haus kamen und unterwegs waren zu dem Hügel in der Nähe, Schlitten in der Hand, schob Ginny ihren vorübergehenden depressiven Moment zur Seite. Genug herumgedruckst. Sie war jenseits des Glaubwürdigen gesegnet und hatte ein paar ziemlich schöne Entscheidungen vor sich.

Irgendwo würde sie eine Möglichkeit finden, etwas zu bewirken.

In der Zwischenzeit musste sie ein wenig Zeit damit verbringen, sich mit dem Rätsel zu befassen. Wenn sie das nicht tat, würde Dare mit einer weiteren Erinnerung auf sie eindringen, sowie sie es letzte Nacht getan hatte.

Dare: *Hey meine Liebe. In letzter Zeit irgendwelche Rätsel gelöst?*

Ginny: *Hey, du liebe. Hör auf damit, du nervst.*

Dare: *Hier spricht dein Unterbewusstsein. Schick mir ein Foto, Mädchen. Lass mich bloß nicht zu dir rüber kommen.*

Ginny: *Als wäre das eine Drohung. Dir steht die Tür immer offen.*

Ginny griff in ihre Tasche und holte das gefaltete Blatt heraus, das mit kryptischen Zeichnungen bedeckt war.

Anfang hatte sie es sich vorgestellt wie eine Art Bilderrätsel. Aber obwohl sie normalerweise klug genug war, die zu lösen, ergab das hier noch immer keinen Sinn.

Zwölf verschiedene Bilder, darunter das mit einer Art pferdeähnlichem Tier – es war nicht zu glauben, dass das ein Pferd sein sollte, denn gewiss konnte ihr Vater besser zeichnen als das.

Sie versuchte, aufzuschreiben, woran jedes Symbol sie auf

den ersten Blick denken ließ. Dann hatte sie selbst versucht, sie als Strichmännchen zu zeichnen, um zu sehen, ob irgendwas davon sich in Buchstaben oder Wörter verwandelte.

Ein halbes Dutzend Versuche später war ihr Tee kalt, und sie war noch nicht weiter gekommen, als sie am Anfang gewesen war, als eine leise Stimme sie unterbrach.

„Was machst du da, Tante Ginny?"

Ginny schaute überrascht auf, um festzustellen, dass Emma unten an der Veranda stand. „Hey, Kleine. Du hast dich aber angeschlichen."

Emma zuckte mit den Schultern, der Puschel an ihrer rosaroten Mütze wippte, als sie sich auf der Stelle wand. „Du hast in deinem Buch gelesen."

„Ich schätze, das habe ich", gab Ginny zu. Sie schaute sich um. „Wo ist Sasha?"

Ihre Nichte schaute auf den Boden, aber antwortete nicht.

„Emma?", wiederholte Ginny, diesmal strenger. „Ist Sasha irgendwo, wo sie nicht sein soll?"

Emma nickte, starrte immer noch auf den Boden.

Verflixt. Aber auch *Hurra*, dass die Kleine bereit war, ihre Schwester zu verpfeifen.

Ginny legte ihre Sachen ab und hielt ihrer Nichte eine Hand hin. „Komm schon. Zeig mir, wo sie ist, dann können wir sie vielleicht aufhalten, bevor es zu spät ist."

Das kleine Mädchen sprach leise, eine winzige Erinnerung an die Zurückhaltung, die sie jahrelang mit sich herumgetragen hatte. „Ich will nicht, dass Sasha Schwierigkeiten bekommt."

„Ich weiß, Süße, aber manchmal müssen wir Leuten, die wir lieben, leichte Schwierigkeiten machen, damit sie nicht noch größere kriegen." Ginny drückte die kleinen Finger, während Emma sie zur Scheune zog. „Das steht im Regelbuch für Schwestern. Ehrlich."

„Hast du *deine* Schwester jemals in Schwierigkeiten gebracht?"

Das erste Mal, als Dare beschlossen hatte, ihrer Familie zu gedenken, blitzte vor ihrem inneren Auge auf. Ginny hatte eine Wahl getroffen und Luke gerufen, um es ihm zu beichten, bevor ihre Schwester sich so sehr betrank, dass sie nicht mehr gehen konnte. In derselben Nacht hatte sie, wie der Zufall so wollte, ihren Mut zusammengerafft und Tucker verführt, was bedeutete, dass die Erinnerung sogar noch süßer war.

Sie richtete ihre Aufmerksamkeit wieder auf das Hier und Jetzt und nickte ihrer Nichte ernst zu.

„Immer wieder mal. Selbst jetzt, wo wir alle erwachsen sind", sagte Ginny. Sie grinste über die schockierte Miene auf dem Gesicht ihre Nichte. „Weil ich sie sehr, sehr liebe, weißt du."

Was Emma ein Kichern entlockte, bevor sie ernst anfügte: „Sasha wollte die kleinen Pferde sehen. Papa sagte, er wird uns nach dem Mittagessen mitnehmen, aber sie sagte, sie will jetzt mal schnell einen Blick darauf werfen."

Sie hätten wissen sollen, dass die beiden Fohlen eine zu große Anziehungskraft auf Sasha hatten, um ihnen zu widerstehen.

Zum Glück, obwohl Sasha beschlossen hatte, sich der dauerhaften Anordnung zu widersetzen, sich aus der Scheune mit den Pferden fernzuhalten, wenn sie nicht von einem Erwachsenen begleitet wurde, hatte sie es so klug wie möglich angestellt. Ginny sah ihrem Pferdeschwanz, der über den Rand des Heuschobers ragte, während sie aus einer sicheren Entfernung in die Pferdeboxen hinabschaute. Ganz aus dem Weg der anderen Ranchhelfer, und nicht auch nur annähernd nah genug, um Strawberry Delight einen Schrecken einzujagen.

Ginny brachte Emma über die alte Seitenleiter zum

Heuschober hinauf. Sie blieben stehen, ragten über Sasha auf, bis sie sich herumrollte und überrascht keuchte.

Dann blinzelte sie schuldbewusst und warf Emma einen finsteren Blick zu. „Petze."

O nein. Das würde sie gleich im Keim ersticken. Ginny hob einen Finger und sprach leise. „Sag mir, was du falsch gemacht hast."

Ihre älteste Nichte rollte sich hoch, bis sie saß. „Ich bin in die Pferdescheune gekommen, ohne die Erlaubnis dazu zu haben."

„Das war dein zweiter Fehler", setzte Ginny sie in Kenntnis. „Dein erstes und bedeutsameres Vergehen war, dass du erwartest, dass deine Schwester für dich lügt."

Sashas Augen wurden groß. Emma presste die Lippen aufeinander.

Ginny schaute zwischen ihnen hin und her, redete immer noch so leise, dass niemand sonst erfahren würde, dass sie da waren. „Ihr beiden seid auch beste Freundinnen, nicht nur Schwestern, was heißt, dass ihr aufeinander aufpassen müsst. Das hat Emma getan. Wenn ihr einander nicht vertrauen könnt, dass ihr das Richtige tut und immer aufeinander aufpasst, selbst wenn es schwierig ist, werdet ihr etwas Magisches und Besonderes verpassen."

Sashas Unterlippe bebte. Sie zog sich zurück von ihrem Platz und kam vor, um Emma fest zu umarmen. „Tut mir leid. Ich wollte dich nicht traurig machen."

„Mir tut es auch leid", schniefte Emma.

Ginny tat ihr Bestes, um nicht zu grinsen, denn die ganze Unterhaltung war eine Erinnerung an Augenblicke zwischen ihr und Dare, und verdammt sollte sie sein, wenn sie sich nicht dieselbe wunderbare Freundschaft für immer und ewig für diese beiden Kleinen wünschte.

Sasha gab auch Ginny eine Umarmung und entschuldigte

sich. Dann musste Emma ihr eine Umarmung geben, und Ginny musste sie beide küssen und ihre Tränen abwischen.

Nachdem das alles erledigt war, rückten sie wieder vor an den Rand des Heuschobers und schauten hinab auf die beiden perfekten kleinen Fohlen, die sich an ihre Mama kuschelten.

„Können wir sie streicheln?", fragte Sasha.

Ginny schüttelte den Kopf. „Überlassen wir das doch eurem Dad, für den Zeitpunkt, den er für richtig hält."

Sasha wirkte enttäuscht, aber sie nickte gehorsam.

„Wir können allerdings nachsehen, ob wir Kätzchen finden", bot Ginny an.

Emma lächelte bis über beide Ohren, und schon wurde Ginny über die Heuballen in die Ecken gezerrt, auf der Suche nach Kätzchen, die etwas größer waren als letztes Mal.

Sie waren mitten in einem felligen Kuschelmarathon, als Emma das Blatt erwischte, das aus Ginnys Tasche fiel.

„Du hast da was fallen lassen, Tante Ginny."

Ginny nahm es ihr ab und öffnete es. „Vielleicht könnt ihr mir helfen, das Rätsel zu lösen", sagte sie in einem recht mysteriösen Tonfall.

Sasha beugte sich vor und rümpfte die Nase, während sie das Papier anstarrte. „Ist das irgendeine Rätselaufgabe?"

„Ich habe keine Ahnung, was es bedeutet", gab Ginny zu. „Aber könnt ihr erraten, was irgendwas davon ist?"

„Das ist eine Ziege." Emma stieß mit dem Finger auf ein Bild und nickte entschieden. „Ich habe ein Bild von Mene gemalt, und es sah genauso aus."

Ginny grinste. „Na, dann ist Mene ziemlich schick."

Und es schien, als wäre künstlerisches Talent nicht gerade in der Familie Stone verbreitet.

Es gab ein paar weitere Rateversuche, aber nichts völlig Schockierendes. Sasha fand, eines der Gebilde sähe aus wie ein schicker Kerzenleuchter. Bei einem rieten sie, es wäre ein Ball mit Beinen.

Es war Emma, die, abgesehen vom Vorschlag mit der Ziege, die erstaunlichste Entdeckung machte. Sie deutete mit dem Finger auf ein Bild. „Da drin sind Zahlen", sagte sie.

Ginny schaute näher hin. „Wo?"

Emma legte den Finger auf das Blatt und fuhr die Zahlen nach, während sie aufsagte. „Fünf. Zwölf. Dreißig. Siehst du, das sind kleine Linien zwischen ihnen, darum glaube ich, dass es nicht nur eine große Zahl ist."

Ginny drückte Emma einen Kuss auf die Schläfe. „Kluges kleines Mädchen. Das ist eine wunderbare Entdeckung."

Absolute Anerkennung strömte von Sasha aus. „Emma ist sehr klug. Sie ist die Beste in Mathe, und eines Tages wird sie für Silver Stone arbeiten und die ganze Buchhaltung machen."

Eine Tatsache, die Caleb in Begeisterung versetzen würde, schloss Ginny. „Wenn du das tun möchtest, ist es wunderbar."

Um nicht übertrumpft zu werden, musste Emma auch etwas mitteilen. „Sasha will die Pferde ausbilden."

Ihre Schwester verzog das Gesicht. „Aber ich bin noch zu klein", beschwerte sich Sasha.

„Zu klein, um Rodeopferde auszubilden, das auf jeden Fall", sagte Ginny überzeugt. „Aber das heißt nicht, dass du das Ausbilden nicht schon jetzt üben kannst."

Sasha und Emma schauten einander mit offenen Mündern und überraschtem Blick an, bevor sie sich wieder an Ginny wandten.

„Wie?", wollte Sasha wissen.

Ginny zuckte mit den Schultern. „Ich dachte, ihr würdet die Ziegen ausbilden."

Sasha macht ein wegwerfendes Geräusch. „Ziegen sind keine Pferde."

„Das sollte man nicht denken, aber wenn Emma später mal

die Buchhaltung für die Ranch übernehmen will, glaubst du, sie weiß alles, was sie später brauchen wird? Selbst wenn sie echt gut mit Zahlen umgehen kann, und mit Plus- und Minusrechnung und Multiplikation."

Emma rümpfte die Nase. „Ich kann noch nicht alles", beichtete sie.

Sasha nickte langsam. „Wenn ich wirklich gut darin bin, Ene, Mene und Miste auszubilden, wird mir das helfen, Pferde auszubilden?"

„Außerdem haben wir eine Menge Hunde auf der Ranch", erklärte Ginny. „Es ist immer eine gute Idee, ihnen beizubringen, wie sie sich besser benehmen." Sie tippte ihrer Nichte auf die Nase. „Es kommt alles zusammen, ein kleines bisschen, nach und nach."

Emma wandte sich an Sasha. „Wie Mr. Tucker. Er weiß eine Menge Sachen, aber Papa sagt, er wird erst bei Ashton in die Lehre gehen, bis er wirklich gut darin ist, ein Vorarbeiter zu sein."

„Ich will bei jemandem in die Lehre gehen", erklärte Sasha ernsthaft.

„Du solltest das Papa sagen", sagte Emma. Sie nahm Sashas Hand in ihre. „Ich komme mit dir. Und wenn du viel üben musst, komme ich mit dir und helfe dir beim Üben. Denn du bist meine große Schwester, und ich mag dich."

„Ich mag dich auch", sagte Sasha.

Dann löste sich das Ganze in eine weitere Runde Mädchenumarmungen auf. Ginny wurde mit ins Vergnügen gezogen, und das Blatt mit den Zeichnungen ging wieder zurück in ihre Tasche, denn ein solcher Strom aus Glück und Freude war wichtiger, als ein Rätsel aus der Vergangenheit zu lösen.

~

NACHDEM ER ALLES so eingerichtet hatte, dass er Ginny zum Tanzen ausführen konnte, oder zumindest unschuldig um einen Tanz bitten, während sie alle ausgingen, mischte sich Ashton in Tuckers Pläne ein. Sie brachen am Donnerstagabend in die Gegend von Pincher Creek auf, wo Onkel Frank von den Stones Land hatte.

Diesen Mann mochte Tucker noch immer nicht sonderlich. Er war ziemlich sicher, dass Frank ihn auch nicht mochte, einfach weil Tucker dabei gewesen war, als Caleb zum ersten Mal die Verantwortung übernommen und sich geweigert hatte, den Forderungen seines Onkels nachzugeben.

Zum Glück war es ein kurzer Besuch, und Tucker musste sich nur bemühen, ein paar Abende lang herzlich zu sein.

Als sie zurückkamen, war ein weiteres Wochenende vorbei und es war Ende Januar. Es war über eine Woche her, seit er und Ginny zum letzten Mal für ein Meeting für Operation *Beweis es* Kontakt gehabt hatten, und Tucker hatte die volle Absicht, dass eher früher als später ein weiteres Treffen zustande kam.

Bevor er es sich versah, war es schon Nachmittag, und er fragte sich ernsthaft, ob er sie vor dem Frühling noch einmal sehen würde.

„Da bist du ja.“ Luke steckte den Kopf in das Büro, wo Tucker die Angestelltenkartei durchging. Ein Raum, der zum Glück ein Fenster hatte, das auf den Big Sky Lake hinausschaute. Luke klopfte auf einen der Stapel Papiere auf dem Schreibtisch im Büro der Ranch. „Das sieht düster aus.“

„Ashton hat mir das zweifelhafte Privileg überlassen, den Teil der Gehaltsabrechnungen zu übernehmen, für den er bisher verantwortlich war. Ich mag ja vielleicht Tabellen, aber ich weiß bereits, dass das eine meiner unbeliebtesten Aufgaben wird“, erklärte Tucker. „Zum Glück bin ich fast fertig.“

Luke klatschte in die Hände und rieb sie aneinander. „Gut. Denn wir gehen angeln."

Tucker beäugte die To-do-Liste, die neben ihm offen war. „Vielleicht."

„Komm schon", sagte Luke. „Ich weiß, dass du viel zu tun hast, aber jemand echt Kluges hat kürzlich einen Kommentar dazu abgegeben, dass man dafür sorgen sollte, sich Zeit für Dinge nehmen, die wichtiger sind. Das bedeutet, wenn Ashton für zwei gearbeitet hat, musst du darüber nachdenken, noch jemanden als Assistenz einzustellen."

„Verdammt soll ich sein, wenn ich aussehen möchte, als könnte ich nicht mal am Anfang mit ihm mithalten", beschwerte sich Tucker.

„Mein Freund, du hast die ganzen letzten Tage durchgearbeitet. Du darfst dir auch mal freinehmen." Luke verkniff sich das Scherzen und sprach sehr ernst, was durch Tuckers Zurückhaltung durchdrang.

„Du hast recht."

Luke zwinkerte. „Mach fertig. Ich packe ein, was wir brauchen."

„Ich bin dabei, aber ich will nicht so weit ins Gelände, dass ich über Nacht weg bin", beharrte Tucker. Er war entschlossen, sich heute noch mit Ginny zu treffen, selbst wenn er die Nacht durchmachen musste, damit es dazu kam.

„Wir fischen gleich draußen in unserem Hinterhof." Luke deutete vor das Fenster, wo sich die Sonne auf der gefrorenen Fläche des Sees spiegelte. „Wir bohren ein paar Löcher, und schon können wir Eisfischen."

Perfekt. „Alles klar. Ich brauche ich eine halbe Stunde, um mich fertigzumachen, und ich bringe den Whiskey mit."

Luke klopfte ihm auf die Schulter. „Guter Mann."

Eisfischen weniger als zehn Minuten von zu Hause entfernt schien eine dekadente Erfahrung zu sein, aber eine, auf die Tucker voll einsteigen konnte. Das Eis war dick genug, dass Luke ein Angelzelt und ein Heizelement herausholte, und zwei gemütliche Campingstühle waren am Rand des Loches aufgestellt.

Luke hielt seine Kaffeetasse vor und wartete, bis Tucker einen guten Schluck Whiskey eingeschenkt hatte. „Da haben wir es. Übrigens, Ginny nennt Eisfischen *kanadisches Pong*. Du weißt schon, dieses Trinkspiel, bei dem man versucht, Tischtennisbälle in Becher zu werfen?"

Tucker kicherte. „Wie zum Teufel passt das denn für sie zusammen?"

Luke warf seinen Kaffeebecher hoch. „Je weniger Glück man hat, mit den Bällen zu treffen, umso mehr trinkt man. Je weniger Glück man beim Fischfang hat, umso mehr trinkt man. Kanadisches Pong eben."

Ihm entschlüpfte ein Lachen. „Sie ist urkomisch."

„Ist sie. Ich bin froh, dass sie wieder da ist", sagte Luke ernsthaft. „Irgendwas hat sich nicht richtig angefühlt, als sie weg war. Obwohl sie nie viel mit dem Vieh gemacht hat, war sie irgendwie immer bei jedem größeren Ereignis dabei."

Weil sie sich immer um alle kümmert. Der Gedanke kam ihm sofort.

Es war Zeit, das Thema von Ginny wegzulenken, bevor Tucker etwas sagte, das er nichts sagen sollte. „Willst du bald mal den Keller in deinem Haus ausbauen?"

Luke lehnte sich in seinem Stuhl zurück, den Blick auf den Schwimmer gerichtet, der in dem Loch vor ihnen trieb. „Auf jeden Fall. Ich habe Dustin und Shim angeheuert, um in der nächsten Zeit ein wenig daran zu arbeiten. Ich dachte, wenn sie genug Rahmenwerk machen, kann ich jemanden für den Trockenbau und fürs Verfugen herholen – das hasse ich beides."

„Was geht denn mit Shim?", fragte Tucker. Es war eine

Frage, die sich ihm ständig entzogen hatte, während er sich um alles andere kümmerte.

„Dustin hatte ihn während der Highschool als Brieffreund, wenn du das glauben kannst. Seine Eltern sind beide College-Professoren. Klingt, als wären sie ziemlich entsetzt, dass ihr Sohn seine Zeit damit verbindet, sich täglich um Mist zu kümmern.“

Tucker hob einen Becher in die Luft. Professoren und Forscher hatten eine Menge gemeinsam, wie es schien. „Auf Eltern, die völlig ahnungslos sind.“

Luke blinzelte. „Das ist richtig. Und es ist nicht so, als hätte ich das vergessen, es ist nur, dass du niemals über sie sprichst. Sind deine Eltern immer noch so völlig abgedreht, wie sie es waren, als du aufgewachsen bist?“

„Noch mehr“, gab Tucker zu. „Nur dass es inzwischen in Ordnung ist. Ich glaube, sie haben beschlossen, dass das Experiment, ein Kind zu haben, abgeschlossen ist. Sie haben ein halbwegs produktives Mitglied der Gemeinschaft aufgezogen, also ist es nun Zeit, zum nächsten Experiment weiterzuziehen.“

Sein Freund runzelte die Stirn. „Das ist doch Mist.“

„Nein, echt, ist schon gut. Wenn ich ihnen wichtiger gewesen wäre, während ich aufgewachsen bin, hätte ich nicht zu viel Zeit mit euch verbringen können. Mit Onkel Ashton rumhängen, deinen Eltern, das hat einen großen Unterschied in meinem Leben gemacht, und ich weiß es so sehr zu schätzen. Teufel, jahrelang haben mich deine Eltern angerufen, während ich zu Hause war, um Kontakt zu halten. Ich habe in manchen Monaten vermutlich genauso viel mit Walter gesprochen wie meinem Vater.“

„Ich erinnere mich, dass du mir das erzählt hast“, sagte Luke. Er lächelte trocken. „Ich erinnere mich, dass Dad manchmal wusste, was du vorhattest, noch bevor ich mit dir geredet hatte. Das hat ihn nur noch mehr wie Gott wirken lassen – jemanden, der alles wusste."

Darüber lächelte Tucker. „Er war ein guter, guter Mann. Ich denke oft an ihn und Deb und die Dinge, die sie mir beigebracht haben. Das lässt mich noch mehr schätzen, dass meine Eltern nicht versuchen, sich jetzt in mein Leben einzumischen."

„Trotzdem sind deine Leute echt irgendwie blöd", beharrte Luke.

Tucker kicherte. „Gut. Sie sind irgendwie blöd."

Luke kniff die Augen zusammen. „Nimmst du mich auf den Arm?"

„Niemals."

„Denn ich brauche niemanden, der meine Gefühle steuert", sagte Luke, dessen Erheiterung größer wurde. „Du bist so ein Idiot."

„Okay. Wenn du das denkst." Tucker verbarg sein Lächeln hinter dem Becher.

„Verdammt, das habe ich vermisst." Luke beäugte Tucker. „Nicht den Teil, bei dem du dich wie ein Idiot benimmst."

„Den Teil auf gar keinen Fall."

„Hör auf", sagte Luke, bevor er zuließ, dass sein Grinsen zu einer ernsteren Miene verblasste. „Es ist witzig. Ich hatte immer meine Brüder um mich. Aber Walker war eine Weile beim Rodeo, und Dustin ist ein guter Junge, aber er ist noch jung. Caleb hatte den Kopf immer voll mit den Dingen, um die er sich Sorgen machen musste." Luke stellte Blickkontakt her. „Du bist wie ein Bruder und bester Freund in einem Paket. Etwas hat nicht gestimmt, wenn du nicht hier warst."

Tucker nahm diesen Kommentar wörtlich. „Das tut mir leid."

Luke schüttelte den Kopf. „Nicht deine Schuld. Du musstest die Dinge tun, die du tun musstest. Ich habe vermutlich nicht gerade geholfen, da ich eine Zeit lang mit Penny beschäftigt gewesen bin.“

Ja, das hatte überhaupt nicht geholfen. Lukes Ex-Verlobte hatte sich für Tucker nicht ganz richtig angefühlt. „Ich habe sie nie gemocht“, gab er zu.

„Hast du mir gesagt“, erwiderte Luke trocken.

Na, Scheiße. „Habe ich das? Das weiß ich nicht mehr.“

„Ich glaube, ich habe irgendwann am Anfang von ihr geschwärmt, und du hast mir so ziemlich gesagt, ich solle mir das noch mal genauer überlegen.“ Luke schaute zur Seite. „Du bist ein kluger Mann, Tucker Stewart. Rückblickend weiß ich jetzt, dass ich jedes Mal hinhören sollte, wenn du mich auf irgendwas aufmerksam machst.“

Das war ein ziemliches Kompliment. „Es tut mir leid, dass es nicht funktioniert hat, aber ich bin verdammt froh, dass du mit Kelli zusammen bist. Sie ist toll.“

„Sie ist die beste.“ Luke beäugte Tucker nachdenklich. „Jetzt müssen wir für dich jemanden finden.“

Teufel, nein. Oder schon eher *Teufel, ja,* aber Luke war noch nicht bereit für diese Enthüllung, und Tucker konnte nichts sagen, bis Ginny einverstanden war.

Luke hätte es vermutlich weiter getrieben und etwas mehr gesagt, aber in diesem Augenblick tauchte sein Schwimmer unter, und die beiden mussten nach ihren Angeln greifen.

Eine Weile kamen die Fische. Jedes Mal, wenn sie die Leinen wieder ins Wasser hinabließen, hatten sie einen Treffer, darum war das Entspannen vorbei, und das Fischen hatte begonnen.

Nachdem sie so viel gefangen hatten, wie sie wollten, holte Tucker ein Messer heraus und säuberte den Fang, während Luke ihr Zeug einpackte und es hinten auf das Schneemobil lud.

„Ich habe es vermisst, Zeit mit dir zu verbringen“, sagte

Luke. „Ich bin echt froh, dass du wieder da bist. Ganz gleich, wie umtriebig es wird, wir werden uns immer Zeit für so einen Scheiß nehmen, ja?"

Tucker brachte es nicht über sich, es hinauszuzögern und ihn aufzuziehen. Er stimmte von ganzem Herzen zu. „Ja, wir werden diese Scheiße weiterhin machen. So sehr es unsere – deine Frau und unsere Jobs zulassen."

Luke wurde eine Weile still. Sie packten eine Tasche mit Fisch, die sie bei Tamara abladen wollten, und eine für Ashton, genauso wie einen Fisch für jeden von ihnen, um ihn mit nach Hause zu nehmen.

Dann schockte Luke Tucker, indem er ihm eine Umarmung gab. Er klopfte ihn kameradschaftlich auf den Rücken, bevor er mit dem Kopf auf das Schneemobil wies. „Komm schon, ich fahre dich."

„Klingt gut."

Tucker schlüpfte in seinen Anhänger und schnappte sich, was er brauchte. Dann schickte er eine Nachricht an Ginny, um sich mit ihr in einer halben Stunde im alten Heuschober zu treffen.

Er wartete auf ihre Antwort, die zum Glück nur wenige Minuten danach kam.

Ginny: *Was hast du vor?*

Tucker: *Komm in die Scheune und finde es raus.*

15

Sie hatte vorhin das Angelzelt auf dem Wasser gesehen, hatte sich aber absichtlich ferngehalten. Es war nicht nur gut, dass Tucker Zeit abseits von der Arbeit mit seinen Jungs bekam, Angeln war auch nicht ihre liebste Aktivität.

Herauszufinden, was Tucker jetzt vorhatte? Das stieß schon viel mehr auf ihr Interesse.

Sie schnappte sich ein paar wichtige Beiträge zu ihrem Treffen und ging durch die Tür, marschierte durch den festen Schnee zu ihrem Ziel.

Sie kam an ihrem Bruder Caleb vorbei, der in die gegenüberliegende Ecke unterwegs war, und winkte ihm grüßend zu. „Grüß Tamara von mir.“

„Warum kommst du nicht mit und isst mit uns zu Abend?“, fragte Caleb, der auf dem Weg stehen blieb.

Sie dachte rasch nach. „Nein. Danke für die Einladung, aber ich will nicht so oft vorbeischauen.“

Er lachte leise. „Ginny, du gehörst zur Familie. Du wohnst

fünf Minuten entfernt, da ist es irgendwie eine Erwartung, dass du regelmäßig vorbeischaust."

„Wie gut, dass ich gern das Unerwartete tue", neckte sie. „Ernsthaft, vielen Dank für die Einladung, und ich werde dich und alle irgendwann zu mir einladen. Aber nicht heute Abend."

Er neigte das Kinn, begann sich abzuwenden, dann hielt er inne. „Wo gehst du hin?"

„In die Scheune."

Er runzelte die Stirn. „*Ginny*."

„Was?", fragte sie unschuldig.

„Was machst du in der Scheune, von dem du nicht willst, dass ich es erfahre?" Er schlug denselben Tonfall an, den er damals benutzt hatte, als er die Familie übernommen hatte. Damals hatte er ihr einen höllischen Schrecken eingejagt, aber inzwischen ließ sie sich weniger leicht ins Bockshorn jagen. „Ich mache etwas, das ein erwachsenes Ginny tun darf, ohne es ihrem Bruder weiter erklären zu müssen."

Ein Schnauben kam von ihm. „Gut. Sag mir, ich soll mich um einen eigenen Kram kümmern."

„Kümmer dich um seinen eigenen Kram", erwiderte sie gehorsam.

Er kicherte laut.

„Ich muss sagen, dein Sinn für Humor hat sich echt verbessert, seit Tamara dazugekommen ist."

Er funkelte sie gespielt an. „Los und mach, was immer du mir nicht sagen willst. Ich muss mich fürs Abendessen fertigmachen."

„Ich liebe dich auch, großer Bruder." Impulsiv warf sie ihm die Arme um die Schultern und drückte ihm einen dicken Kuss auf die Wange.

Er klopfte ihr auf den Rücken. „Ich liebe dich auch, du Göre. Jetzt los."

„Bin schon weg."

Im Inneren der Scheune gab es vertraute Gerüche und warme Behaglichkeit. Sie nahm sich Zeit, die lange Reihe der Boxen zum alten Gebäude in der Mitte entlangzugehen. Kelli war vor ihr, redete mit süßer Stimme mit einem der Pferde und tätschelte ihm die Nase.

Ginny blieb neben ihr stehen. „Um diese Tageszeit bist du doch normalerweise schon fertig."

Kelli schaute auf. „Hey. Ja, mein Opa hat vorhin angerufen, und ich habe dann über eine Stunde lang mit ihm gequatscht. Ich dachte mir, ich sollte mir jetzt die Zeit nehmen, besonders da Luke mit Tucker beim Fischen war."

„Ich bin immer noch von den Socken, dass du jetzt einen Opa hast." Ginny neigte das Kinn. „Er ist auch noch ein Guter. Das weiß ich zu schätzen."

Kelli kicherte. „Gut für Opa Timothy, denn wenn du ihn nicht zu schätzen wüsstest, bin ich mir ziemlich sicher, dass er inzwischen schon Stiefelabdrücke im Arsch hätte."

„Verflixt korrekt", sagte Ginny, die eine Hand hob und darauf wartete, dass Kelli ihr ein High-Five gab. „Gehen du und Luke am Freitag tanzen?"

Kelli nickte. „Tansy wird auch da sein. Rose hat vielleicht was mit ihrer kleinen Schwester vor. Sie nach Calgary zu einer Anpassung der Prothese fahren oder so was."

„Wir sollten vorschlagen, dass Dustin sie hinfährt", sagte Ginny unschuldig. „Du weißt schon, damit Rose mit zum Tanzen kommen kann."

Ihre Schwägerin wirkte einen Augenblick lang verwirrt. „Weshalb sollte Dustin denn Fern rumkutschieren wollen? Ich meine, ich weiß, sie sind befreundet, aber er ist beschäftigt, mit ... oh. Ich sehe schon, was du da machst." Ihre Augen blitzten. „Wenn Dustin fährt, ist es ziemlich garantiert, dass Shim mitkommt, denkst du etwa daran?"

Ginny blinzelte unschuldig. „Mir liegt nichts ferner, als mich in den Fahrplan von jemandem einzumischen, aber vielleicht ist das eine Option.“

Sie schauten einander einen Augenblick an, dann brachen sie in Gelächter aus. „Weißt du, ich werde es erwähnen“, erklärte Kelli. „Wir lassen Tansy und Rose entscheiden, ob sie sich ins Liebesleben ihrer kleinen Schwester einmischen wollen.“

Ginny schlenderte weiter und überließ Kelli ihren Aufgaben, wurde langsamer, als sie die ältesten Bereiche der Scheune betrat.

In jedem Quadratzentimeter dieses Ortes steckten Erinnerungen von ihr. Das abgetragene Holz, die Haken an den Wänden. Die Gerüche und Geräusche und Staubfahnen, die in den Lichtern an der Decke tanzten. Alles so vertraut wie das Luftholen.

Verloren in einem Tagtraum nahm Ginny die Ecke zu rasch und stieß beinahe voll gegen einen Ranchhelfer.

„Huch, tut mir leid. Ich hab nicht aufgepasst, wohin ich gehe“, gab sie zu, dankbar, dass er schnell genug reagiert und sie erwischt hatte, bevor sie beide zu Boden gingen.

Der Mann war hochgewachsen und stämmig, mit einem dunklen Ansatz von einem Bart, der ordentlich gestutzt war, aber als er sie ein bisschen länger als nötig festhielt, trat Ginny zurück und schwang heftig einen Arm herum, um seine Hand wegzuschlagen.

„Musst doch nicht gleich so frech werden.“ Er schaute sie von oben bis unten an, blieb zu lange an ihrer Brust hängen, als dass es höflich gewesen wäre.

Ginny hatten schon Typen auf die Brüste gestarrt, seit sie mit dreizehn zu wachsen begonnen hatten. Das war nicht der erste Mann, der versuchte, eine Unterhaltung mit ihrer Brust zu führen, und vermutlich würde er nicht der letzte sein.

Aber es muss dir nicht gefallen.

„Hey." Sie klatschte in die Hände, dann deutete sie nach oben. „Mein Gesicht ist hier."

„Ich bewundere doch nicht dein Gesicht, Süße", sagte er viel zu selbstbewusst.

Und als er sich extra lange Zeit ließ, um den Blick tatsächlich zu heben, war Ginny ziemlich sicher, dass sie Dolche aus den Augen schoss. „Wie heißt du?"

„Jim Allen." Er kam einen Schritt näher, ragte über ihr auf, während er abermals den Blick über ihren Körper schweifen ließ. „Und ich höre, du bist ein geschmeidiger, kühler Drink mit Gin."

„Wunderbar. Hast du auch gehört, dass ich einer deiner Bosse bin?" Sie trat zurück, denn so sehr sie auch recht haben wollte, war sie nicht dumm genug, zu denken, sie könne es körperlich mit diesem Bastard aufnehmen. „Achte auf deine Manieren. Es tut mir leid, dass ich in dich reingerannt bin. Jetzt zurück an die Arbeit."

Er hob eine Hand und tippte sich betont an den Hut. „Ja, Ma'am."

Sie behielt ihn im Auge, während er sich umdrehte und weg schlenderte, hinaus durch die Tür und auf die Schlafunterkünfte zu.

Ach, Scheiße.

Es passierte nicht oft. Nicht auf Silver Stone, wo eines der ersten Gespräche mit neuen Angestellten die Frauen betraf, die auf der Ranch arbeiteten. Kelli war schon seit Jahren eine der führenden Hilfskräfte, und bevor Ginny gegangen war, als sie noch in die Scheunen gegangen war, ohne dort zu arbeiten, war sie oft genug in der Gegend gewesen, dass Ashton und ihre Brüder dafür gesorgt hatten, dass niemals etwas gefährlich wurde.

Ginny kannte die Regeln. Es war eine Ranch, und mit

Tieren, die sich wie – na ja, Tiere – benahmen, kam es immer wieder zu sexuellen Anspielungen. Aber sie und Dare hatten von Anfang an gelernt, dass sie jeden Helfer melden sollten, der mit seinen Witzen über ein behagliches Niveau hinausging.

Scheiße, Scheiße, *Scheiße*. Denn derjenige, dem sie das jetzt melden sollte, war vermutlich Tucker.

Sie dachte rasch zurück. Jim hatte nichts wirklich Schreckliches gesagt, oder? Reagierte sie über? Sie war auch oft genug draußen in der Öffentlichkeit unterwegs gewesen und hatte einen gut aussehenden Mann bewundert. War es falsch, dass Jim sie gemustert hatte, wo sie doch wusste, dass sie einen Körper hatte, der Typen zweimal hinschauen ließ? Vielleicht hatte sie etwas getan, um ihn zu ermutigen …

… Und die Tatsache, dass sie diese Debatte im Geiste führte, bedeutete, die Antwort lautete, dass sie mit Tucker reden musste. Aber verdammt, es war eine Unterhaltung, die sie nicht führen wollte.

Die Tür öffnete sich hinter ihr, und sie ließ den Kopf hochzucken, aus Sorge, dass der Mann zurückgekehrt war.

Es war Tucker mit einer übergroßen Sporttasche in einer Hand und einer erfreuten Miene auf dem Gesicht. „Hey. Tut mir leid, dass es ein wenig länger gedauert hat als erwartet."

„Schon in Ordnung", erwiderte sie fröhlich. „Was ist denn das große Geheimnis?"

Er neigte den Kopf zum Heuschober hin. „Geh weiter nach oben. Ich habe etwas, was ich dir zeigen will."

Sie kicherte, behielt aber den schmutzigen Kommentar für sich. Sie beschloss auch, dass sie ihm von Jim erzählen würde, aber eines nach dem anderen.

Sie waren jetzt im ältesten Bereich der Scheune, felsenfest gebaut, mit nur wenigen Fensteröffnungen an der Westwand. Sie folgte Tucker, bewunderte seine breiten Schultern, während er sie zu einer Stelle führte, wo jemand offensichtlich einige Zeit investiert hatte, um die perfekte Sitzgelegenheit aus Heuballen zu errichten.

Sie trat in das hübsche kleine Versteck mit einer breiten, bequemen Bank, die in Richtung Fenster ausgerichtet war, eine Rückenlehne dahinter und einer Fußstütze vorne. Als Tucker in seine Sporttasche griff und Kissen für sie herausholte, auf denen sie sitzen und die sie sich in den Rücken stecken konnten, lächelte Ginny.

„Das ist gemütlich."

„Das ist das Hauptquartier von Operation *Beweis es*", erklärte er ernsthaft.

„Hör doch auf." Sie ignorierte die Kissen und sprang hoch, um Tucker die Arme um den Hals zu legen, drückte fest und genoss das Gefühl, als er sie hielt.

Ein paar Augenblicke lang standen sie da, hielten einander nur. Ginny atmete tief ein und spürte, wie sie sich auf ihn einließ. Ihre Brust bewegte sich mühelos, während sie sich in seinen Rhythmus und seine Geschwindigkeit einfand.

Er schob die Hand unter ihr Kinn und hob ihr Gesicht zu seinem. „Ich habe dich vermisst."

Dann küsste er sie. Sanft und weich. Zuckersüß, was ihr nach der Umarmung auf hunderte Arten ein gutes Gefühl gab.

„Ich habe dich auch vermisst", gab sie zu.

Anstatt dann die Dinge aufzuheizen, deutete er auf die Kissen. „Wir haben einige Berichte zu erstatten."

Der Nachmittag, den er mit Luke verbracht hatte, hatte Tuckers Entscheidung nur bestätigt. Es spielte keine Rolle, wie beschäftigt er war, am Ende des Tages wollte er nach Hause zu Ginny, und ihm war es verdammt gleich, wer davon wusste.

Nein, das musste man korrigieren. Er wollte verdammt noch mal, dass alle wussten, dass *er* derjenige war, der zu dieser Frau nach Hause kam.

Aber es war mehr als das. Er hatte sie gesehen, wirklich die Art gesehen, wie sie vortrat und Dinge erledigte, oft, ohne dass es jemandem auffiel. Ginny war immer für ihre Familie da. Machte immer, was sie für das Richtige hielt.

Und das, was für sie das Richtige war? Diese Augenblicke schienen nur selten zu sein, mit viel Zeit dazwischen. Sie wusste, wie sie sich das holte, was sie wollte – ihn verführen zum Beispiel. Aufzubrechen und diese Lehre zu machen.

Aber ihr Beharren darauf, dass sie ihre Beziehung versteckt hielten, hatte darauf abgezielt, ihm das Leben zu erleichtern. Na ja, Scheiß drauf.

Er wollte es nicht leicht. Er wollte sie.

Er wollte ihr bewusst machen, dass sie womöglich das wichtigste in seinem Leben war. Das war nur irgendwie schwer zu bewerkstelligen, wenn sie an zwei unterschiedlichen Orten lebten und kaum miteinander sprachen, nur übers Telefon. Verdammt noch mal.

„Du schaust finster", scherzte Ginny.

Scheiße. Er lehnte sich zurück an sein Kissen und stellte die Füße hoch, richtete es sich absichtlich so ein, dass er ihr ins Gesicht sehen konnte. „Ich hoffe, du weißt, dass ich nicht vorhabe, so beschäftigt zu bleiben."

„Manche Jahreszeiten brauchen eben mehr Energie als andere", entgegnete sie. „Und du willst einen guten Job machen, also ist es nur natürlich, dass du fünfhundert Prozent eintauchst, wenn man dich kennt."

„Das ändert nichts an der Tatsache, dass Luke mir heute die Hölle heißgemacht hat. Und das zurecht", fügte er rasch hinzu, als ihre Miene empört wurde. „Es war gut, Zeit mit ihm zu verbringen. Aber ich brauche auch Zeit mit dir."

Sie stellte die Füße neben sich hoch und legte die Arme um die Knie, lächelte süß. „Ich vermisse es, persönlich mit dir zu reden. Handy und Nachrichten sind eine Zeit lang okay, und dann will ich den echten Menschen mit mir in einem Raum."

Er breitete die Hände aus. „Echter Mensch, gleich hier."

Ginny zog eine schreckliche Grimasse. „Okay, bevor wir anfangen, muss ich dir was erzählen. Es ist nur ein Hinweis, aber ich will nicht, dass mir das entgeht und vergessen wird."

Sie gab ihm eine rasche Zusammenfassung von ihrer Begegnung mit Jim.

Er unterdrückte seinen ersten Impuls, der dahin ging, dass er sofort den Bastard aufspüren und ihm Manieren beibringen wollte. „Ich rede mit Ashton. Wir werden uns darum kümmern, dass das nicht wieder vorkommt."

Sie nickte rasch. „Danke, und danke, dass du da kein großes Gewese drum machst. Ich will, dass wir uns auf uns konzentrieren. Also sag mir, was steht in deinem Bericht."

Tucker sah sie einen Augenblick lang an. „Dieses Thema lasse ich noch nicht fallen, meine Liebe. Ich will kein Gewese machen, werde aber tun, was getan werden muss, verstehst du das?"

Ginny rümpfte die Nase. „Ich weiß. Es ist nur – ich weiß nicht, ob ich etwas falsch gemacht habe, aber ich will nicht, dass Jim mehr Schwierigkeiten bekommt, als er verdient." Sie kniff die Augen zusammen. „Verprügel ihm bloß nicht in irgendeinem He-Man-Ritual, verstanden?"

„He-Man-Ritual?"

„Fäuste. Flüche. Blut und blaue Flecken." Ihre Miene wurde härter. „Du und Luke habt das die ganze Zeit gemacht, und ich hasse es."

„Manchmal ist es unvermeidlich."

„Mir muss es nicht gefallen. Und unvermeidlich heißt, man hängt in Vergangenheit fest, wo sich nichts ändert, bis sich was ändert." Ginny atmete rasch ein. „Erwarte nicht von mir, dass ich das gutheiße."

„Willst du mir eine Kräuterwaffe zubereiten?", fragte er, um die Situation aufzulockern.

Ginny neigte den Kopf und warf ihm einen sehr gut ausgeführten finsteren Blick zu. „Das ist nicht witzig."

„Es ist zum Schreien komisch", beharrte er, noch während er tief Luft holte und neu ansetzte, obwohl der Vorfall mit Jim nur beiseitegeschoben war, nicht vergessen. „Ich will mit einem Erfolg beginnen", sagte er, ging wieder in sicheres Terrain. „Ich möchte dich wissen lassen, dass Ashton mich nun für einen niederen Gott hält, wenn es um Reparaturen geht."

Sie lehnte sich neugierig vor. „Was? Hast du was repariert, das er nicht reparieren konnte?"

„Natürlich, aber es war ganz knapp", sagte Tucker trocken. „Ich habe das Problem bei Google nachgeschlagen, als er zu Caleb ging, und als er dann zurückkam, habe ich die Kabel sofort gerichtet, die falsch verdrahtet waren."

Sie johlte, und das Geräusch hallte durch den Heuschober, während sie sich eine Hand auf den Mund legte. „Ups. Tut mir leid, unser Hauptquartier hat eine sehr offene Akustik."

Er grollte erheitert. „Was ist mit dir? Gibt es irgendetwas, worin du erfolgreich warst?"

Sie wirkte einen Augenblick lang nachdenklich. „Ist immer noch zu früh, um etwas zu pflanzen, obwohl ich die Bestellung für alle Kräuter und Gefäße aufgegeben habe, die ich brauche. Darüber hinaus war ich ziemlich entspannt. Ich habe ein wenig mit diesem seltsamen mysteriösen Geschenk herumgespielt, das meine Mom und mein Dad mir hinterlassen haben. Auch in diesem Bereich leider keinen Erfolg zu vermelden."

„Bring es zu einem unserer Meetings mit, und wir können es uns zusammen ansehen", versprach er.

„Das wäre nett." Ginny zuckte mit den Schultern. „Ich

habe mich mit meinen Nichten herumgetrieben und meine Mädchen getroffen. Habe Zeit damit verbracht, Tamara besser kennenzulernen. Eigentlich nichts Wichtiges."

Sie sah es einfach nicht, und er hatte es so verdammt satt, sich anzuhören, wie sie ihren Wert herabspielte. Tucker verschränkte die Arme vor der Brust. „Kennst du meine Eltern?"

„Nicht wirklich. Bin ihnen nie begegnet, obwohl ich im Lauf der Jahre ein wenig von ihnen gehört habe. Niemals von dir allerdings. Es war niemals etwas, was wir besprochen haben, als wir uns in den letzten paar Jahren getroffen haben. Ähem."

Er konzentrierte sich auf das Argument, das er einbringen wollte.

„Du hättest sie nicht gemocht", sagte er überzeugt. „Innerhalb einer halben Stunde, nachdem du sie kennengelernt hättest, hättest du meinen Dad einen Stock im Schlamm genannt, und meine Mutter gefragt, ob sie jemals lächelt. Mit Ersterem hättest du recht, und die Antwort auf Zweiteres lautet Nein."

„Na, das ist schrecklich." Ginny schürzte mitfühlend die Lippen. „Tut mir leid. Ich wusste, dass du hergekommen bist, um mit uns den Sommer zu verbringen, aber ich dachte immer, das läge daran, dass Ashton dich da haben wollte – berechtigterweise. Denn du bist toll."

„Meine Eltern sind keine netten Leute, und ich kam ihnen ungelegen."

Sie fluchte leise. „Idioten."

Er schnaubte. „Einfach nur kein gutes Elternmaterial." Er lehnte sich vor, bis die Ellbogen auf seinen Knien ruhten. „Ich habe dir das erzählt, weil du etwas verstehen musst. Die ganze Zeit, die du mit deinen Nichten verbringst? Die Augenblicke, die du mit Tamara teilst? Das sind wichtige Dinge, darum musst du aufhören, dich herabzusetzen, und dir über deinen Wert klar werden."

Ginny starrte ihn an.

Wut und Frust stiegen heftig auf, und er fuhr sich mit den Händen durch die Haare. „Ach, Scheiße. Das ist nicht die Unterhaltung, die ich führen wollte, aber da wir hier sind, kann ich mich da auch gleich weiter in die Scheiße reiten. Ja. Was du machst, ist nicht immer etwas Großes und Glänzendes, aber man weiß es zu schätzen. Offensichtlich mehr, als dir klar ist. Du hast ein sehr großes Herz, und ich glaube, du bist wunderbar, Ginny. Es ist an der Zeit, dass du allmählich auch anfängst zu glauben, dass du wunderbar bist."

Ihre Lippen zuckten, und einen Augenblick lang dachte er, sie würde vielleicht weinen.

Dann breitete sich das wunderschönste Lächeln auf ihrem Gesicht aus. Sie kroch über die Heuballen, überbrückte den Abstand zwischen ihnen, damit sie sich auf seine Beine setzen und ihm die Arme um den Hals legen konnte, um ihn fest zu drücken.

„Ich mag dich, Tucker Stewart", flüsterte sie.

Zum Teufel damit. „Ich weiß."

Sie lachte laut, lehnte sich zurück und drückt ihm beide Hände ans Gesicht. „Du hast recht. Ich habe in dieser Woche eine Menge wichtige Dinge getan, vor allem Zeit mit meiner Familie verbracht. Was ich dran am wenigsten mochte, war, dass ich keine Zeit mit *dir* verbringen konnte."

„Das werden wir ändern", sagte er, „denn das ist die Sache, die mir auch am wenigsten gefallen hat."

Argwohn machte sich breit. „Tucker."

Er hielt ihre Hüfte fest. „*Ginny*."

„Du bist immer noch im Anfangsstadium des größten Berufswechsels in deinem Leben."

„Und das ist nichts, was ich machen möchte, außer, ich darf

es mit dir machen." Diese Beichte kam heftig verfrüht, aber es war die Wahrheit. „Wenn es Probleme gibt, werde ich mich ihnen stellen. Aber bisher hat es nichts gegeben als das typische leichte Grollen von ein paar Männern, weil sie einen weiteren Aufseher in ihrem Leben haben. Ashton ist immer noch hier, Caleb ist felsenfest. Ich glaube nicht, dass es eine so große Sorge ist, wie wir uns das gedacht haben."

„Was sagst du da?" Sie strich mit den Fingern abgelenkt um sein Ohr herum, schob seine Haare zurück.

„Ich sage, dass wir zusammen sind, Ginny Stone. Offiziell." Er nahm ihre Finger, denn sie machten ihn verrückt, und hob sie an den Mund, damit er ihr einen Kuss auf die Knöchel geben konnte. „Ich würde gerne fünf Schritte weiter springen und bei dir im Häuschen einziehen, aber ich glaube, das könnte dafür sorgen, dass sich ein paar Schaufeln in meine Richtung drehen."

Sie kicherte. „Wenn wir zusammen sind, wirst du mich zu Hause besuchen."

„Ja."

„Und manchmal über Nacht bleiben."

„Ja."

Sie senkte die Wimpern und blinzelte ihn provokativ an. „Führst mich am Freitag zum Tanzen aus?"

Er strich mit seiner Nase über ihre. „Auf jeden Fall. Ist es in Ordnung für dich, wenn das unser erstes offizielles Date ist?"

„Natürlich. Wann hast du vor, Luke zu sagen, dass das, obwohl wir jetzt zusammen sind, nicht der Anfang ist?" Sie verzog das Gesicht ein wenig. „Denn das ist nichts, worüber ich lügen werde. Und obwohl es sie nicht wirklich was angeht, gehört es zu unserer Beziehung dazu."

„Du hast recht. Ich werde auf jeden Fall mit Luke reden. Bald."

Sie rückte näher. „Gut. Dann lasse ich dich darum Sorge tragen. Und vertrau mir. Ich habe nicht vor, mich hinzustellen und allen aus vollem Halse kundzutun, dass wir schon in den letzten neun Jahren herumgeknutscht haben."

„Himmel, ist das schon so lang?"

Sie grinste. „Aber wenn man diese Stadt kennt, wird die Information wohl früher oder später herauskommen."

„Das ist in Ordnung für mich", sagte er, war immer noch ein wenig erschüttert darüber, wie lange es schon ging. „Zählt es immer noch als neun Jahre, wenn du drei davon weg warst?"

„Es ist etwas einfacher, neun Jahre zu sagen, als zu sagen: ‚neun Jahre, minus die drei, die Ginny außer Landes verbracht hat', findest du nicht?" Sie grinste ihn an.

„Wir müssen nicht immer den einfachen Weg nehmen", rief er ihr in Erinnerung.

Sie wurde einen Augenblick lang ernst. „Ich hoffe, das funktioniert. Ich will, dass das funktioniert", gab sie zu, „aber wenn wir eine Pause machen müssen. Wenn wir etwas anders machen müssen, dann lass es mich wissen."

Er nahm ihr Kinn, und seine Finger schüttelten sie sanft. „Hör auf, alles für alle reparieren zu wollen. Das kommt schon in Ordnung. Du und ich kriegen die Dinge in der Zukunft hin. Zusammen."

Sie holte tief Luft und nickte entschieden. „Zusammen."

16

Das warme Leuchten in ihrem Inneren ließ nicht nach. Ginny fühlte sich wie ein Teenager, der bereit für ein Date war. Es war eigentlich ziemlich armselig.

Bevor sie es verhindern konnte, schickte sie eine Nachricht an ihre Schwester.

Ginny: *Bitte lach mich aus und sag mir, ich soll mich beruhigen.*

Dare: *LOL. Was bringt dich denn so durcheinander? Moment – es ist heute Abend, oder nicht?*

Ginny: *Ich habe mich schon viermal umgezogen. Was, wie du weißt, ziemlich lächerlich ist, da meine Garderobe aus Jeans, Jeans und noch mehr Jeans besteht.*

Dare: *Ach, du Liebe. Wir wissen doch beide, dass es die verschiedensten Arten von Jeans gibt. Ich hoffe, du hast eine ausgesucht, die sexy ist und in der dein Hintern toll aussieht.*

Ginny: *Mein Hintern sieht in allen meinen Jeans toll aus.*

Dare: *So kenne ich meine Ginny! Aber natürlich ist das so. Hab heute Abend Spaß, und du musst dir um nichts Sorgen machen. Wir reden doch hier von Tucker. Er ist ein toller Typ.*

Ich bin so froh, dass ihr endlich aus den Schatten tretet, um es mal so zu formulieren.

Ginny: *Toll. Jetzt stelle ich ihn mir vor wie eine Riesenspinne.*

Dare: *LOL. Ich meine, diese ganze Sache mit den geheimen Treffen war ziemlich spektakulär, aber er hat mehr Potenzial für etwas Langfristiges. Das macht mich glücklich.*

Das war der Teil, vor dem Ginny eine Heidenangst hatte. Der langfristige Teil. Sie wollte das – sie war sich sicher, dass sie das wollte. Aber war sie gut genug für ihn?

Ginny: *Er ist ein toller Typ. Und ich bin echt froh, zum nächsten Schritt weiterzugehen. Ich hoffe, es funktioniert.*

Dare: *Wird es. Wenn du mich für irgendwas brauchst, melde dich. Ich werde jeden mit schwesterlicher Empörung eindecken, der es braucht. Jetzt los. Genieß deinen Abend.*

Ginny: <3

Sie legte das Handy weg und drehte sich ein letztes Mal zum Spiegel. Ihre Jeans war neuer, das Dunkelblau hob sich von dem blassen pastellblauen Oberteil ab, das sie über ein cremefarbenes Tanktop gezogen hatte. Sie trug die Haare offen, was sie vermutlich irgendwann zwischen der dritten und vierten Tanzrunde bedauern würde.

Ginny schnappte sich ein Haargummi und schob es sich in die Tasche für den unvermeidlichen Augenblick, in dem sie zum Pferdeschwanz zurückkehren wollte.

Ein letzter Blick. Die schwache Schicht Schminke, darunter ein Lippenbalsam, den sie selbst gemacht hatte, reichte aus, damit sie strahlend glücklich wirkte, aber nicht übertrieben. Sie sah gut aus, also war es nicht Sorge um ihr Aussehen, weswegen ihr Herz schneller schlug, als es an der Tür klopfte.

Sie schwang sie auf, um festzustellen, dass Tucker vor ihr stand. In einer mit Schaffell gesäumten Jacke, seine dunklen

Haare etwas zerrauft wie immer. Sauber rasiert, mit keiner Spur von Stoppeln.

Sein Gesicht war einfach perfekt, denn in seinen Augen stand ein anerkennender Blick. „Verdammt, du bist schön."

Sie lachte leise, schnappte sich ihre Jacke und zog sich rasch an. „Danke. Ich bin froh, dass dein Geschmack eher Richtung wenig herausgeputzt und natürlich geht."

Er trat ein und schloss die Tür hinter sich, sodass die warme Luft drinnen blieb, während sie die Stiefel anzog.

„Mein Geschmack geht eher Richtung schöne Frauen, die etwas tragen, das ihre Augen zum Leuchten bringt." Er nahm sie an der Hand und zog sie vor. „Gehst du mit mir tanzen?"

„Das ist der Plan", scherzte sie.

Er beugte sich dicht zu ihr. „Ich muss mir einen Kuss stehlen, bevor wir aufbrechen."

Sie ließ die Hände über seine Brust nach oben gleiten, über seine Schultern, rückte näher, bis sie sich am Oberkörper berührten. „Ist es noch stehlen, wenn er freiwillig geliefert wird?"

Das beantwortete er auf die bestmögliche Weise. Seine Hände glitten nach unten, um sich um ihren Hintern zu legen. Sein Mund berührte ihren, auf eine Art, bei der ihr Blut durch die Adern pumpte und jedes bisschen Vorfreude aufkam.

Er drückte ihren Hintern sanft, bevor er losließ und zurücktrat, wieder nach ihrer Hand griff und sie durch die Tür zog. „Komm schon. Ich habe gehört, dass Ryan heute Abend irgendwas Neues im *Rough Cut* vorhat."

Es war auf alle erdenkliche Arten unfassbar, als er ihr auf der Beifahrerseite seines Trucks beim Einsteigen half. Zu sehen, wie er sie missbilligend anschaute, als sie sich anschnallen wollte.

„Rück rüber", befahl er. Dann half er ihr, auf den Mittelsitz zu schlüpfen.

Ja, als Teenager hätte Ginny es total zu schätzen gewusst, neben ihm sitzen zu dürfen, wo sich ihre Oberschenkel berührten, sein Arm um ihre Schultern, während sie in die Stadt zum Tanzen fuhren.

„Danke, dass du einen meiner Teenagerträume wahrwerden lässt", sagte sie impulsiv.

Tucker lachte leise. „Ich bin froh, dass ich keine Ahnung hatte, dass du vor all den Jahren für mich geschwärmt hast. Das hätte mich zum Ausflippen gebracht."

„Du hättest meine Mutter mal hören sollen", sagte Ginny. „Sie hat mir direkt gesagt, dass ich damals zu jung für dich war. Nicht genau in diesen Worten, aber sie hat mir auf jeden Fall gesagt, dass ich warten muss."

Sie waren auf dem Highway, ein paar andere Fahrzeuge waren auch in die Stadt unterwegs. Die roten Schlusslichter vor ihnen tauchten auf und verschwanden wieder, während die Straße anstieg und abfiel.

„Deine Mom war toll", sagte Tucker leise. „Ich hoffe, sie hätte das mit uns gutgeheißen."

„Ich bin mir ziemlich sicher, das hätte sie getan. Nur nicht, als ich noch ein Kind war." Sie drehte sich, sodass sie sein Gesicht mustern konnte, während er nach vorne auf die Straße schaute. „Eines der coolen Dinge an meiner Mom war, dass sie einem auf einmal nicht mehr mit mitgab, als man brauchte. Aber sie war ziemlich eindeutig mit dem, was sie für wichtig hielt."

„Hast du dir ihr Tagebuch durchgelesen?"

„Ein bisschen", gab sie zu. „Manchmal fühlt es sich unwirklich an. Als ob sie jeden Augenblick wieder durch die Tür kommen und mir die Hölle heißmachen würde, weil ich herumschnüffle."

Das entlockte ihm tatsächlich ein Lachen. „Das kann ich mir vorstellen."

Ginny dachte nach, dann schätzte sie, dass Tucker der einzige Mensch war, dem sie damit absolut vertrauen konnte. „Ich habe das Tagebuch zufällig geöffnet, und hier und da ein Stück gelesen. Ich wollte herausfinden, weshalb ich das so mache, und plötzlich traf es mich: Wenn ich am Anfang anfange und ganz bis zum Ende lese, werde ich irgendwann einmal fertig sein."

Er nahm sie an den Fingern, verschränkte sie in seinen und drückte sie sanft. „Du willst nicht, dass es zu Ende ist."

Sie legte ihm den Kopf an die Schulter. „Ich schätze nicht."

Sie saßen die restliche Fahrt schweigend da, und abermals war Ginny dankbar, dass das Tucker war, und nicht irgendein anderer Typ, mit dem sie ein erstes Date versuchte. Es war kein unbehagliches Schweigen, sondern ein Augenblick, in dem sie etwas Wertvolles und Vertrautes teilten.

Als er hinter der Bar auf den Parkplatz fuhr, hielt Tucker inne und drehte sich zu ihr, um ihr einen Kuss auf die Stirn zu drücken. „Deine Mom wird immer Teil deiner Welt sein. Das verspreche ich."

Was genau das war, was sie hören musste.

„Danke", sagte sie ehrlich.

Er senkte das Kinn.

Ginny holte tief Luft. „Bist du dafür bereit?"

„Mehr als nur bereit", erwiderte Tucker träge.

Was Ginny zum Lachen brachte, während er sie auf der Fahrerseite mit ihm durch die Tür zog und dann ihre Finger in seine Ellbogenbeuge steckte, um sie über den Parkplatz zu führen, die Stufen hinauf, und in die Bar hinein.

Vor einer Woche war sie mit ihren Freundinnen hier gewesen, doch als sie in ihre Ecke gingen und die Musik um sie herum aufstieg, stellte Ginny fest, dass sie mit einer seltsamen Mischung aus Nervosität und Neugier kämpfte.

Wie würden ihre Freundinnen mit der geänderten Beziehung umgehen, die sie gleich sehen würden?

Rose war die Einzige auf ihrem üblichen Platz. Sie lächelte, als Ginny und Tucker bei ihr ankamen.

„Du hast es geschafft", sagte Ginny. „Ich dachte, du hättest was mit deiner Schwester vor."

„Ferns Termin wurde gestern geändert, also ist alles gut." Rose senkte den Blick, ihre Augen wurden einen Sekundenbruchteil lang groß, als Tucker den Arm um Ginnys Taille legte. Ihr Blick hob sich zu dem von Ginny, und ein träges Lächeln nahm ihre Lippen ein, aber sie gab einen typischen Rose-Bericht ab, ohne etwas zu kommentieren. „Tansy ist auf der Tanzfläche und bedauert die Entscheidungen ihres Lebens, denn sie hat jemanden mit drei linken Füßen gefunden. Kelli und Luke tanzen, und Fern ist da drüben mit dem Rest ihrer Clique, wo sie deinem jüngsten Bruder und seinem Kumpel schöne Augen macht."

Ginny spähte dort hinüber, wo Rose hingezeigt hatte. „Fern kennt Charity?"

Rose verdrehte mehr oder weniger die Augen. „Fern kennt alles und jeden. Zumindest laut Oma Sonora. Oma glaubt auch, dass Fern mit ihrer gefährlichen Quell des Wissens aufpassen muss, denn irgendwann wird sie dadurch in Schwierigkeiten geraten."

„Fern ist doch nicht der Typ, der irgendwo herumschnüffelt, wo sie nichts verloren hat", sagte Tucker verhalten.

Rose wedelte mit der Hand. „Das ist es nicht. Ich glaube, sie ist gerissen. Geht mitten in eine Unterhaltung rein und stellt sich dazu, und aus irgendeinem Grund reden die Leute weiter. Wenn dazu noch kommt, dass dieses Mädchen niemals etwas vergisst, könnte sie so ziemlich erpresserisches Material über jeden der Stadt haben."

Tucker wandte sich an Ginny. „Willst du was trinken?“

„Etwas später. Tanzen wir doch erst“, befahl Ginny. Und es war ein Befehl, denn sie nahm ihn an der Hand, zwinkerte Rose zu, und dann zerrte sie ihn auf die Tanzfläche.

Tuckers beruhigende Arme legten sich um sie. Er wirbelte sie in einem schnellen Two-Step direkt ins Getümmel hinein, seine Lippen zu einem hauchfeinen Lächeln gekrümmt. „Ich nehme an, wir legen es darauf an, es ihnen richtig zu zeigen, anstatt es locker angehen zu lassen.“

Ginny grinste, vertraute darauf, dass er verhindern würde, dass sie auf der voll besetzten Tanzfläche in jemanden hineinkrachten. „Meine Mom hat immer gesagt, wenn man etwas macht, soll man es richtig machen.“

„Es scheint, als hätte ich diesen Ratschlag auch ein- oder zweimal von meinem Onkel gehört“, wandte Tucker ein.

Sie tanzten. Die ersten paar Augenblicke war Ginny neugierig, was für eine Reaktion sie wohl hervorrufen mochten. Aber tatsächlich, je länger sie tanzten und je länger sie in seinen Armen war, sich zu der lebhaften Musik bewegte, je länger Tucker mit dieser intensiv konzentrierten Art auf sie herabschaute, bei der ihre Nerven prickelten, je länger alles weiterging, umso weniger kümmerte sich Ginny darum, die Reaktion der anderen zu sehen.

Hier wollte sie sein. Punkt.

„Dein Bruder hat uns gesehen“, informierte Tucker sie leise.

Ginny war es egal. Oder vielleicht war es ihr nicht egal, denn sie strich etwas absichtsvoller mit den Fingern über seinen Nacken. „Wenn das nächste Lied eine Ballade ist, fordere ich dich dazu auf, mich zu küssen.“

Wieder lächelte er fast. „Du bist eine boshafte Frau, Ginny.“

„Ja, aber du magst mich trotzdem.“

Ein unverhohlenes Lachen entwich ihm, und er wirbelte sie besonders heftig herum, legte sie über seinen Arm nach hinten und lächelte mit den Augen auf sie herab, die den heißen Blick ungefähr auf Stufe zehn hochgeschraubt hatten. „Herausforderung angenommen."

Das war nicht ganz das, was sie erwartet hatte. Sie neckte ihn, und er reagierte darauf, aber in diesem Fall hatte er all ihre Erwartungen gesprengt.

Tucker holte sie wieder nach oben, fest an seinem Körper. Mit einer Hand in ihrem unteren Rücken zog er sie dicht aneinander. Die andere Hand legte er ihr um den Nacken, die Finger in ihren Haaren, um ihr Gesicht nach oben zu wenden, damit er sich vorbeugen und sie küssen konnte. Ein langsamer, heißer, fordernder Kuss, der klar machte, dass das die Art Abend war, die im Schlafzimmer enden würde.

Irgendwann zwischen dem Zeitpunkt, als ihre Lippen sich berührten und seine Zunge zwischen ihre Lippen stieß ...

Irgendwann zwischen dem Zeitpunkt, an dem er ihre neckende Herausforderung angenommen und völlig die Kontrolle an sich gerissen hatte ...

Irgendwann zwischen dem Anfang und dem Ende all dessen gab Ginnys Verstand einfach auf. Als er sie schließlich nach oben holte und sie beide mitten auf der Tanzfläche standen, während erheiterte Gäste um sie herumtanzten, geschah es.

Ginny Stone verliebte sich.

17

Wieder einmal hatte Tucker ein wunderbares Beispiel dafür erhalten, dass es niemals nach Plan lief, wenn er mit Ginny zusammenkam.

Zum Glück war das nächste Lied langsamer. Tucker hielt Ginny in den Armen, sie wiegten sich zusammen. Dabei hatten alle genug Zeit, um zu gaffen und zu reden, und es breitete sich sichtlich im ganzen Raum aus.

Er war nicht furchtbar überrascht, als Luke und Kelli plötzlich neben ihnen tanzten, die Miene seines Freundes war völlig entgeistert.

Unerwartet war, dass Luke Ginny aus seinen Armen stahl, während Kelli zu ihm trat, um ihren Platz einzunehmen.

Tucker sah Ginny wehmütig nach, als sie weg tanzte. „Na, Mist. Das war eine Unterhaltung, die ich zu Ende hätte führen wollen", beschwerte er sich, wandte seine Aufmerksamkeit Kelli zu. „Hi. Hast du einen schönen Abend?"

„Ich weiß nicht, ob ich dir jetzt gerade einen Preis verleihen oder dich fesseln sollte", sagte Kelli ganz nett.

„Nehmen wir doch den Preis."

Sie lachte. „Ich dachte, Luke würde gleich ein Ei legen."

„Also war es das, was seine Miene ausgedrückt hat."

Kelli kicherte wieder. „Du bist furchtbar. Außerdem glaube ich, dass du und Ginny ein tolles Team abgebt, also komm bitte mit jedwedem Unsinn klar, der sich in den nächsten paar Tagen abspielt, bis sich das alles beruhigt, ja?"

Interessante Beobachtung. „Ginny und ich kommen schon klar", versicherte er ihr. „Ich bin hier, um das auszusitzen. Oder zumindest haben wir das vor, eine Tatsache, die auch Ginny bekannt ist."

Kelli nickte. „Luke regt sich nicht auf, weil ihr beiden offensichtlich ..." Ihre Lippen zuckten, während es schien, als würde sie sich um das richtige Wort bemühen.

„Einander mögt?", schlug Tucker vor.

„*Intime Kenntnisse voneinander habt*, wirkt ein wenig passender", wandte Kelli ein.

Na ja. „Es war ein besserer Kuss, als ich erwartet habe."

Kelli breitete die Finger vor ihrem Gesicht aus. „Hallo. Jede von Ginnys Freundinnen hat vor, sie so bald wie möglich zu verhören. Nur für den Fall, dass dir später heute Abend noch die Ohren glühen."

Es war unmöglich, sein Lächeln zu unterdrücken. „Ich mag sie wirklich", sagte er ernster. „Ich bin froh, dass sie euch alle wieder in ihrem Leben hat. Sie braucht euch, Kelli. Sie braucht dich und alle ihre Freundinnen mehr, als sie vermutlich jemals zugeben wird."

Kelli nickte langsam. „Ja, tut sie. Aber du kannst niemandem helfen, der dich nicht darum bittet. Weißt du, was ich meine?"

Himmel, das wusste er. „Wir müssen herausfinden, wie wir zum besten geheimen Team der Ginny-Unterstützer werden."

Kelli klopfte ihm auf die Schulter und neigte den Kopf zur anderen Seite des Raumes, wo ihre Sachen waren. „Komm schon. Es ist Zeit, sich dem Erschießungskommando zu stellen."

Tucker machte sich bereit, nicht sicher, was als nächstes passieren würde. Aber Luke nickte ihm nur knapp mit dem Kinn zu, dann nahm er Kelli wieder zurück mit auf die Tanzfläche.

Dann, weil Ginny darauf bestand, tanzte Tucker mit Tansy, die richtiggehend begeistert von dem Kuss war. Dann wirbelte er Rose herum, bevor er sie an Alex weiterreichte.

Es war ein normaler, gewöhnlicher Abend, an dem man mit guten Freunden tanzte. Die einzige Veränderung war, dass es eine hübsche Frau gab, die die meiste Zeit an seiner Seite stand, und die er die Seine nennen wollte.

Eine Reihe Ranchhelfer waren da. Ginny nahm ihre Einladungen zum Tanz an, kam jedes Mal mit erheiterten Neuigkeiten zu Tucker zurück.

„Ein paar von ihnen schleimen sich bei mir ein, um sich bei dir beliebt zu machen", sagte sie mit einem Grinsen, nahm einen großen Schluck von seinem Bier. „Ist das für dich in Ordnung?", fragte sie, beugte sich dichter heran, damit sie nicht über die Musik hinweg schreien musste.

„Mit dir hier zu sein, oder dass du mit anderen Typen tanzt?"

„Beides."

Er zuckte mit den Schultern. „Du tanzt gerne. Solange sie respektvoll sind, nehme ich das heute Abend hin." Sie blinzelte überrascht. „Sie haben Fragen. Einige von ihnen vergewissern sich vermutlich, ob es für dich okay ist, was da vorgeht. Sie werden sich freuen, wenn sie hören, wie es von dir kommt."

Sie legte ihre Arme um seinen Bizeps und drückte ihn kurz. „Du bist schlau. Und du hast recht."

„Ich bin schlau, aber ich habe es auch so richtig versaut."

Tucker sah, wie Alex herüberkam, und deutete auf den Mann. „Tanz mit ihm. Ich muss mit deinem Bruder reden."

Ginny runzelte die Stirn. „Ich habe Luke gesagt ..."

„Es geht nicht um uns", versicherte Tucker ihr. Er drückte ihr einen Kuss auf die Stirn und drehte sie zu Alex um. „Geh. Tanz."

Alex hob eine Augenbraue. „Das ist ja ein unfassbares Timing."

„Benimm dich nicht wie ein Idiot", erklärte Tucker ihm.

Ginny kicherte. „Komm schon, Alex. Ich habe Fragen an dich."

Jetzt war Alex derjenige, der besorgt wirkte. „Tucker, wo manövrierst du mich da rein?"

„Nicht ich. Das war sie", erwiderte Tucker träge. Er beobachtete, wie sie weg tanzten, und schlug sich weiter nach rechts, wo Luke und Kelli einen niedrigen Tisch erobert hatten. Er zog einen Stuhl neben seinen Freund und setzte sich dicht neben ihm hin.

Er lehnte sich zurück, beobachtete Ginny, während sie mit Alex lachte.

Seine Position sorgte dafür, dass er dicht genug saß, dass sein Kopf nur ein paar Zentimeter von dem von Luke entfernt war. „Danke, dass du vor ein paar Minuten ein ganzes Stück klüger warst als ich."

Luke legte den Arm um die Rückenlehne von Tuckers Stuhl und beugte sich noch näher heran. „Du bist mein bester Freund, und wenn wir jetzt rausgehen, reiße ich dir die Milz durch den Hals raus."

„Das würdest du *versuchen*", verbesserte ihn Tucker. „Ich kämpfe immer noch besser als du. Aber ich hätte dich vorwarnen sollen, und das tut mir leid."

„Was zum Teufel", beschwerte sich Luke. „Du hast ein Glück, dass Kelli schneller als ich raus hatte, was für einen

Ärger es machen würde, wenn ich hier in der Öffentlichkeit einen Anfall kriege."

„Dafür entschuldige ich mich doch", erklärte Tucker. „Verdammt, das hätte ein sanfter Übergang sein sollen, dass die Leute sehen, dass ich und Ginny ein Paar sind."

„Gut gemacht. Es besteht gar kein Zweifel, nicht das kleinste bisschen, dass ihr beiden was für einander empfindet", sagte Luke trocken. „Wie lange schon?"

Verdammt, Tucker wollte wirklich nicht *neun Jahre* sagen. „Lange genug, dass wir wissen, dass wir einander mögen."

Sein Freund lachte. „Du redest so einen Schwachsinn. Beantworte die verdammte Frage. Wann hast du was in meiner Schwester angefangen?"

Zögerlich erzählte ihm Tucker die Wahrheit. „Erinnerst du dich noch an das Jahr, in dem Ginny aus der Bar angerufen hat, weil Dare beschlossen hat, eine Gedenkfeier für die Familie zu halten, und alles ein wenig außer Kontrolle geriet?"

Luke lehnte sich zurück, sein Körper drückte Frust aus, während er den Kopf schüttelte. „Heilige Scheiße, Mann. Ernsthaft? Vor so langer Zeit?"

Tucker zuckte mit den Schultern. „Sie hat mir gesagt, dass sie das unbedingt wollte, und da wir beide erwachsen waren ..."

„Keine Einzelheiten", beschwerte sich Luke. „Denn ich will es nicht wissen."

Tucker blieb ruhig. Es gab nicht viel, was er im Augenblick sagen konnte.

Luke nahm einen langen Schluck von seinem Bier, dann schüttelte er den Kopf, beugte sich vor, um Tucker weiterhin zu verfluchen. „Verflixt. Nicht einmal in fast zehn Jahren hattest du das Gefühl, dass du es mir sagen solltest?"

„Was hätte ich denn sagen sollen?", fragte Tucker ernsthaft.

Luke verzog das Gesicht. „Wie wäre es mit ,ich mag deine Schwester'?"

Sie waren schon zu lange befreundet. Instinktiv antwortete Tucker auf die Art, wie er es bei jedem anderen Anlass getan hätte. „Luke, ich mag deine Schwester."

Sein Freund schnitt eine Grimasse. Dann bebten seine Lippen, und er verdrehte die Augen heftig. Dann lachte er aus vollem Halse, schlug die Hand ein wenig fester als ein kameradschaftliches Tätscheln auf Tuckers Schulter. „Du bist ein Idiot. Gut. Ich freue mich, dass du meine Schwester magst. Viel Glück dabei, mit ihr fertig zu werden, denn obwohl sie einer der wunderbarsten Menschen ist, die ich kenne, ist sie auch eine verdammte Aufgabe."

„Danke, dass du keinen Aufstand machst und die Dinge schwieriger für mich und diese ganze Sache mit der Lehre werden lässt."

Luke zuckte mit den Schultern und nahm einen weiteren Schluck von seinem Bier. „Wofür du mir eigentlich danken solltest, ist die Tatsache, dass ich dich später nicht verprügeln werde."

„Du meinst, dass du nicht *versuchen* wirst, mich zu verprügeln."

Sein Freund schüttelte ungläubig den Kopf. „Du hast mir nicht gesagt, dass du mit meiner Schwester schläfst."

Ginny war zurück. Und ließ sich natürlich auf Tuckers Schoß nieder. Sie funkelte ihren Bruder an. „Verflixt noch mal. Wir haben doch bereits darüber gesprochen. Lass Tucker in Ruhe. Außerdem habe ich ihn dazu überredet. Es hat drei Stunden gedauert, bevor er nachgegeben hat."

Luke blinzelte, dann funkelte er Tucker an. „Warum hast du so lange gebraucht? Hast du gedacht, sie ist nicht gut genug für dich?"

Erheiterung breitete sich rasch aus. „Jetzt willst du mich verprügeln, weil ich nicht schnell genug mit ihr geschlafen habe?"

„Klingt ganz danach", stimmte Luke zu.

Ginny seufzte, ein lautes, frustriertes Geräusch. „*Luke.*"

Tucker war absolut erheitert. „Gibt es in deinem Kopf eigentlich irgendein Szenario, bei dem ich nicht verprügelt werde?"

Luke dachte einen Augenblick lang nach. „Keines, das ich mir vorstellen kann."

Kelli lachte unvermittelt. Sie schlug Luke auf die Schulter, dann deutete sie auf die Tanzfläche. „Komm schon. Anstatt anderen Leuten anzudrohen, dass du sie verprügelst, verbrennen wir diese Energie doch auf der Tanzfläche, abgemacht?"

„Genial." Ginny war aufgesprungen, zog Tucker mit sich. Sie sprach hinter vorgehaltener Hand mit Kelli. „Abendessen morgen bei mir für uns vier, ja?"

„Wir werden mit Pauken und Trompeten da sein", versprach Kelli.

Dann war Ginny wieder in Tuckers Armen, und alles in seiner Welt war in Ordnung.

Die Musik wurde langsamer und sanfter. Während Ginny in seinen Armen tanzte, wirkte sie nachdenklich. „Ich hoffe, das lief besser als erwartet."

„Ich hab's versaut", gab Tucker zu. „Ich wusste, dass Luke kein Problem damit hat, dass wir zusammen sind, und über den Sex redet er nicht wirklich. Aber ich habe ihn übergangen. Er ist mein bester Freund, und bis jetzt haben wir alle wichtigen Dinge in unserem Leben geteilt. Das geht auf meine Kappe, und ich bin froh, dass er auf eine Art reagiert hat, die bei diesem neuen Job nichts beeinträchtigt. Ich bin dankbar, dass er mein Freund ist."

Sie rümpfte die Nase. „Tut mir leid. Ich hätte dich nicht dazu verleiten sollen, so schnell zu machen."

Auf gar keinen Fall. „Göttin, du stellst Dinge mit meinem

Hirn an, die ich nicht erwarte, aber du bist nicht für meine Taten verantwortlich. Ich bin erwachsen, und ich kann die Dinge ein bisschen mehr durchdenken, bevor ich handle, und das habe ich mir zuzuschreiben. Niemals dir."

Sie neigte das Kinn. „Okay. Ich fühle mich trotzdem noch ein wenig schuldig."

„Na ja, Gefühle sind eben Gefühle, aber ich sage, dass du daran denken muss, dass es nicht deine Schuld ist. Und letztlich haben sich die Dinge doch gut gemausert." Er wirbelte sie ein wenig näher heran, genoss das Gefühl ihrer Körperwärme. „Konzentrieren wir uns auf diesen Teil, okay?"

Sie drehte den Kopf, um ihn ihm auf die Schulter zu legen, lehnte sich behaglich an ihn. „Okay."

Ein großartiger Abend auf der Tanzfläche wurde zu einem noch großartigeren Abend in Ginnys Bett. Tucker erwischte sich dabei, wie er pfiff, als er am nächsten Vormittag das kurze Stück zwischen ihrem Häuschen und der Scheune ging.

Natürlich, wenn er ein Beispiel dafür gewollt hätte, wie schnell sich die Gerüchteküche an die Arbeit machte, könnte er jetzt aus dem Vollen schöpfen. Während er sich eine Tasse Kaffee in der Kantine schnappte, grinsten mehr Leute in seine Richtung als üblich. Ein paar Stunden später kam er um die Ecke in der Scheune und stand von Angesicht zu Angesicht Dustin gegenüber, der definitiv kein Grinsen aufgesetzt hatte.

„Wir müssen reden", sagte Dustin grob, starrte vorwurfsvoll auf Tucker.

Tucker mahnte sich zur Geduld. Er war sich ziemlich sicher, dass es hier nicht um Dustins Aufgaben ging.

Der junge Mann war wie ein kleiner Bruder, den Tucker nie gehabt hatte, und obwohl zwischen ihnen genug Jahre Abstand waren, dass er mehr Zeit damit verbracht hatte, mehr oder weniger als Babysitter für ihn zu dienen, als tiefgründige

Gespräche zu führen, wusste er auch, wie es gewesen war, in der Familie Stone aufzuwachsen.

Teufel, Walter Stone war es gewesen, der Tucker die Sache mit den Blümchen und Bienchen erklärt hatte, da sein eigener Dad null Interesse daran gehabt hatte, diese Art Fragen zu beantworten.

Nein – das musste er korrigieren. *Deb Stone* hatte ihm die erste Runde Informationen verschafft, sehr zu Lukes und Tuckers jugendlicher Verlegenheit. Seine Sommer-Mom hatte die Logistik dahinter, wenn man *es* machte, ganz klar in Schwarz und Weiß dargelegt. Sie hatte ihnen nicht nur gesagt, dass die meisten Frauen eine Stimulation der Klitoris benötigten, um zum Höhepunkt zu kommen, sie hatte ihnen auch gesagt, wenn sie Tipps brauchten, sollten sie frauenfreundliche Pornos schauen.

Gott, Tucker konnte immer noch ihre Stimme hören, und seine Wangen wurden bei der Erinnerung daran rot.

Sex mit dem richtigen Menschen macht Spaß, aber damit geht auch eine Menge Verantwortung einher. Wenn ihr beide Spaß habt, dann macht ihr es richtig. Wenn du nicht rauskriegst, wie du erst sie glücklich machst, nimm lieber weiter deine Hand.

Walter hatte darauf aufgebaut, eindeutig teuflisch amüsiert über ihre geröteten Gesichter. Er hatte jedem von ihnen eine Schachtel Kondome und die strikte Anweisung gegeben, es niemals ohne zu machen.

Dustin war bestimmt zu jung gewesen, dass seine Eltern ihm die Fakten erklärt haben, aber die nächste Generation? Caleb hatte ein gesundes Gefühl für richtig und falsch, wenn es um Sex ging. Weder Luke noch Walker waren Schürzenjäger gewesen, aber sie hatten auch keine Frauen verachtet, die gerne beim Rodeo mit Männern ins Bett stiegen.

Tamara wirkte nicht gerade wie ein Mauerblümchen, wenn es um direkte Fakten und Wahrheiten ging.

Also würde er es direkt machten. Tucker schätze, wenn er sich in diesem Augenblick als Ersatz für Luke betrachtete, würde alles gut laufen.

„Ich kann nicht glauben, dass du nie ein Wort davon gesagt hast, dass Ginny und du euch in all den Jahren getroffen habt." Dustins Stirnrunzeln verstärkte sich. „Ich kann nicht glauben, dass du es für eine gute Idee gehalten hast, mit ihr zu schlafen."

„Warum?"

Dustin stutzte. „Warum was?"

„Warum war das keine gute Idee? Wir sind erwachsen. Wir haben auf eine Art Zeit miteinander verbracht, die uns beide glücklich gemacht hat, aber es war geheim genug, dass man es nicht an die große Glocke hängen musste."

Wenn jemandem jemals ein Unterhaltungsthema nicht geheuer gewesen war ... der arme Dustin zuckte beinahe. „Aber du hättest nicht mit ihr schlafen sollen, außer es hätte was bedeutet."

„Jetzt schaufelst du dir ein Loch." Tucker schaute den jungen Mann so ausdruckslos an wie möglich. „Du sagst, niemand sollte je Sex haben, außer man ist in einer langfristigen, fest gebundenen Beziehung wie einer Ehe?"

Dustin war eher empört als verlegen. „Sei nicht albern."

„Sagst du, dass deine Schwester keine verantwortungsvollen erwachsenen Entscheidungen darüber treffen darf, ob sie Sex mit jemandem hat, dem es wichtig genug ist, sich darum zu kümmern, dass sie Spaß hat und alles sicher abläuft? Glaubst du, sie sollte gar keinen Sex haben, und das war's?" Tucker hielt inne, gab aber nicht nach, denn das war ein Argument, bei dem es um mehr ging als nur Sex. „Ich hoffe echt, dass ich deinem Verstand da etwas aus der Klemme helfen kann, denn Ginny und ihre Freundinnen müssen Entscheidungen treffen, die für sie richtig sind. Ihr Verhalten in ein überkommenes ‚Männer dürfen Sex genießen, aber wenn Frauen es so machen, sind sie Huren‘-Schema zu pressen, lässt dich nur schlecht aussehen.“

Dustin sah aus, als würde er darüber grübeln, ob er sich in ein Loch verkriechen oder Tucker eine Ohrfeige geben sollte. Oder vielleicht beides gleichzeitig.

Bevor sich der Kleine entscheiden konnte, zuckte Tucker mit den Schultern. „Außerdem haben wir nicht *nur* Sex gehabt. Es hat auf jeden Fall was bedeutet.“ Er hielt inne. „Aber wenn nichts Dauerhaftes draus wird, haben wir trotzdem nichts falsch gemacht. Verstanden?“

„Hör auf, so vernünftig zu sein. Da kriege ich ja die Krätze“, beschwerte sich Dustin.

„Tut mir leid, dass ich die Stimme der Vernunft bin, aber das ist wichtig. Sowohl dabei, wie du Ginny behandelst, als auch, wie du damit langfristig umgehst.“

„Ich werde sie nicht beschimpfen“, beharrte Dustin.

„Nein, du bist klug genug, um zu wissen, dass sie dir die Eier durch die Milz kickt, wenn du das machst. Aber es geht nicht nur um Ginny. Toll, dass du nicht so dumm bist, dass du deine Schwester beleidigst.“ Tucker beobachtete den jüngeren Mann. „Bist du auch klug genug, keine anderen Frauen zu beleidigen? Oder noch besser, bist du bereit, es deinen Freunden auch zu sagen, wenn sie sich arschig verhalten und grobe Kommentare abgeben, damit sie damit aufhören, selbst wenn es nicht um deine Schwester geht? Denn wenn ich das mitkriege, werde ich wissen, dass du deine Lektion gelernt hast.“

Dustin seufzte, seine Schultern sanken mehr oder weniger herab. „Du hast recht.“

„Natürlich habe ich recht“, erwiderte Tucker trocken, verbarg sein Grinsen, als der Kopf des Kleinen hochfuhr, um zu sehen, ob er ihn verarschte. Dann hob Tucker betont die Arme und schaute auf die Uhr. „Hast du nicht was zu tun?"

Dustin bemerkte, wie spät es war, und fluchte leise, während er sich aufrichtete. Ehe er wegsprintete, blieb er aber stehen und schaute Tucker direkt in die Augen. „Du bist in Ordnung."

„Danke für die Vertrauensbekundung." Tucker meinte es ernst.

Der Kleine war bereits weg, vermutlich jetzt doppelt besorgt, dass er zu spät zur Arbeit kommen würde.

Das Leben war manchmal verdammt komisch, dachte Tucker. Ginny würde es total freuen, zu wissen, dass Dustin sich für sie eingesetzt hatte, auch wenn er völlig falschgelegen hatte.

Tucker ging zurück an seine eigene endlose To-Do-Liste.

Wieder pfiff er vor sich hin.

18

———————

Ginny schaute auf das festgebundene Tagebuch in ihrem Schoß. Sie strich mit den Fingern über die Oberfläche, dann öffnete sie es langsam auf einer freien Seite.

Mit dem Stift in der Hand begann sie zu schreiben, im völligen Bewusstsein, dass sie eine Stelle gewählt hatte, die etwa schon ein Drittel weit im Buch war. Sie mied absichtlich Seite 1. Genauso wie sie es immer noch vermied, die ersten Seiten im Tagebuch ihrer Mutter zu lesen.

Sie schob das alles zur Seite und fing an zu schreiben.

Ich bin mit Tucker Stewart zusammen.

Selbst das zu schreiben gibt mir im Inneren ein ganz wuseliges Gefühl, denn ich denke zurück an all die Nachrichten, die ich früher an Dare geschrieben habe, in denen ich mich darüber ausgelassen habe, wie attraktiv er ist. Wie stark und muskulös — und da verstand mein Teenager-Gehirn noch nicht mal genau, was für einen Spaß die Muskeln in einer Beziehung machen können.

Es ist eine Woche her, seit wir offiziell öffentlich zum Paar wurden, und die Dinge sind recht gut gelaufen. Von Tucker wurden noch keine Schwierigkeiten gemeldet, was klugscheißerische Bemerkungen der Männer angeht. Meine Brüder haben sich alle merkwürdig gut benommen, das Rätsel darum wurde gestern gelöst, als ich herausfand, dass Tamaras jüngere Schwester Lisa irgendwann in der jüngeren Vergangenheit Wetten abgeschlossen hat, dass Tucker und ich in der Zukunft zusammenkommen würden.

Diese Frau ist krass. Mit nichts als Basis außer den Geschichten, die sie im Lauf der Jahre gehört hat, hat sie irgendwie eins und eins zusammengezählt und hundert Mäuse verdient. Sie ist entweder sehr, sehr klug, oder hat sehr, sehr viel Glück.

Auf jeden Fall bin ich mir nicht ganz sicher, was ich in dieses Tagebuch eigentlich schreiben soll. Ich habe mir ein wenig von dem Zeug durchgelesen, das Mom geschrieben hat, und es war nicht dieser Alltagskram, von wegen ‚was heute passiert ist/was erledigt werden muss‘. Es ging eher um die Aha-Momente, schätze ich.

Was also ist mein Aha-Grund, dass ich heute etwas schreibe?

Ich bin gerne mit Tucker zusammen. Er ist sündig sexy, und jedes Mal, wenn wir im Bett landen, ist es heiß und doch etwas Besonderes. Aber es geht inzwischen um mehr als nur Sex, wenn wir zusammen sind.

Ich erwische ihn manchmal dabei, wie er mich ansieht, und ich will ihn eigentlich nur fragen, was ich tun kann, um ihn glücklich zu machen. Ich hasse es, dass seine Eltern nicht für ihn da waren, als er klein war. Ich verabscheue ja vielleicht, dass meine Eltern zu diesem frühen Zeitpunkt gestorben sind, aber ich durfte sie für ein paar sehr wichtige Jahre haben. Seine Eltern sind nicht tot, aber sie könnten es auch gut und gerne sein, so wenig Einfluss hatten sie auf seine Welt.

Ich bin wirklich voller verworrener Gefühle.

Vielleicht ist das heute mein Aha-Moment, denn ich bin auch sehr glücklich über viele Dinge, und trotzdem so verwirrt darüber, was der nächste Schritt sein könnte.

Wie hast du entschieden, Mom? Wie hast du immer gewusst, wenn es Zeit war, einen Richtungswechsel vorzunehmen, wenn du uns angeleitet hast? Uns wegfliegen lassen, oder uns noch ein wenig länger zurück zum Nest führen?

Woher wusstest du, dass du die richtige Entscheidung triffst?

Sie sah die Seite noch etwas länger an, wurde sich plötzlich bewusst, dass das Feuer im Ofen ausging. In der Spüle stand noch Geschirr vom Frühstück, und trotz allem, was in ihrer Welt gut lief, war sie kurz davor, zu weinen.

Was zum Teufel?

Ginny tadelte sich streng. „Verdammt, du bist rührselig. Du musst einen Energietee aufsetzen und dich da losreißen.“

Nur eine Tasse Tee später fühlte sie sich immer noch gereizt, darum zog sie sich an und machte sich auf zur Scheune, stieg hinauf in den Heuschober und ließ sich in den Sitz von Operation *Beweis es* fallen.

Die Sonne strahlte durch das offene Fenster, verwandelte die Heuballen in goldenes Braun, beleuchtete den kleinen Raum wie eine Kathedrale.

Sie lehnte sich zurück an die stachlige Oberfläche, ihr war egal, dass sie vergessen hatte, eine Schutzschicht mitzubringen. Sie schaute einfach nur auf die Balken über ihr und verlangsamte ihre Atmung, während sie auf das ferne Geräusch der Stimmen und Tiere lauschte. Dem Klappern der Futtereimer, Türen, die sich öffneten und schlossen, hin und wieder einem Wiehern oder aufsteigenden Lachen.

Vertraut. Friedlich.

Ein leises Quietschen der Bodendielen führte dazu, dass sie sich halb zum Sitzen aufrichtete, als Tucker in den kleinen Raum schlüpfte und sich neben ihr niederließ. Er stützte die Hände auf die Heuballen, dann nahm er leise Platz.

Ginny strich mit den Fingern über seine. „Hey."

„Hey. Alles in Ordnung?"

Sie zuckte mit den Schultern. „Ich fühle mich unruhig."

Er gab ein leises Geräusch von sich, hob sie hoch und setzte sie auf seinen Schoß, während er die Füße an den Ballen in der Mitte stützte und sich zurücklehnte. „Wundert mich nicht."

„Echt?"

„Göttin." Er drückte ihr einen Kuss oben auf den Kopf. „Vergisst du, welcher Tag heute ist?"

Ginny dachte darüber nach. „Mittwoch?"

Tucker wiegte sie sanft, als wären sie in einer Art riesigem Schaukelstuhl. „Es ist der 10. Februar."

Oh. „Das ist der Jahrestag."

Der Jahrestag des Unfalls. Der Tag, an dem sich alles verändert hatte.

Eine Weile saßen sie noch still da, Ginnys Kehle wurde eng auf eine Weise, die ihr gar nicht gefiel. „Wie kommt es, dass es immer noch so wehtut?"

„Weil du sie genauso liebst wie eh und je, und dir wünschst, sie wären hier", sagte er leise.

Sie konnte die Tränen nicht zurückhalten. Sie wollte, denn so war sie nicht. Wie sie Tamara schon einmal erzählt hatte, war sie nicht nah am Wasser gebaut, sie war stark. Sie bekam Dinge erledigt, sie konnte anderen helfen. Sie konnte etwas bewirken.

Aber das Einzige, was sie nicht tun konnte, war, ihre Eltern zurückzubringen.

„Ich vermisse sie so sehr", gab sie zu, die Worte klangen abgehackt und hoch.

Tucker zog sie näher an sich, rieb ihr sanft über den Rücken. „Ich weiß, Kleine. Ich weiß.“

Es dauerte eine Weile, bis die Tränen versiegten, und bis dahin war ihre Nase verstopft, und ihre Kehle war wund, wodurch sie sogar noch wütender auf sich wurde.

Dann war da noch ein anderes Problem. „Ich halte dich von deiner Arbeit ab“, beschwerte sich Ginny.

Tucker schüttelte den Kopf, hielt sie immer noch dicht an sich. Er hatte ihr ein sauberes Taschentuch gegeben, damit sie sich abwischen konnte. „Ich mache gerade jetzt das, und das ist wichtig“, versicherte er ihr.

Sie schob sich das nasse Taschentuch in die Tasche, bevor sie mit dem Handrücken ein letztes Mal über ihre Augen wischte. „Woher wusstest du, dass ich hier bin?“

„Hat mir ein kleines Vögelchen zugezwitschert“, sagte Tucker träge.

Ginny verdrehte die Augen. „Ernsthaft.“

„Kelli hat gesehen, wie du reinkommst, und hat es erwähnt. Ich dachte, ich schau mal vorbei, um herauszufinden, ob du Gesellschaft willst.“

Sie verzog das Gesicht. „Was für eine wunderbare Gesellschaft. Ich habe dich vollgeweint ...“

„Du hast mir deine Tränen anvertraut“, verbesserte er sie. Als sie protestieren wollte, wackelte er mit einem erhobenen Finger. „Das Leben ist nicht nur immer Lachen und Sonnenschein, Ginny. Ich will nicht nur bei dir sein, wenn es einfach ist, weißt du noch?“

Er war ein guter, guter Mann. Ginny neigte das Kinn. „Ich weiß es noch.“

Er schaute sich in dem Raum um. „Ist es Zeit für ein Meeting von Operation *Beweis es*?“

Vielleicht, aber es gab noch etwas, bei dem sie noch mehr Hilfe brauchte. „Würdest du mit mir ans Grab von Mom und

Dad gehen?"

Tuckers Miene wurde ernst. Er neigte das Kinn. „Es wäre mir eine Ehre."

Eines nach dem anderen allerdings. Ginny schlang die Arme um seinen Hals und drückte ihn fest. Völlig unschuldig. Völlig vertraut, denn dieser Mann wurde rasch zu einem regelrechten Anker für ihre Seele.

An der Grabstätte bekamen sie Gesellschaft.

Ginny schickte eine Nachricht an Caleb, um ihn wissen zu lassen, was sie vorhatten. Tucker hatte es bei Luke genauso gemacht. Und dann war es nur sinnvoll, auch Walker und Dustin eine Nachricht zukommen zu lassen …

Eine Stunde später bewegte sich eine lange, ernste Reihe im Sattel den Weg am Hügel hinauf, wo ihre Eltern begraben lagen. Ihre ganze unmittelbare Familie war da, nur nicht Dare. Ashton hatte sich ihnen zusammen mit Kelli angeschlossen, und als die Gruppe abstieg und nach vorne trat, war es ein weiterer dieser bittersüßen Momente.

Jemand war früher hier gewesen, denn von beiden Gräbern war der Schnee weggeräumt, und Plastikblumen leuchteten in den Haltern in der Nähe der Grabsteine.

Nachdem sie die Versammlung impulsiv organisiert hatte, wusste Ginny plötzlich nicht mehr weiter. Was machte sie jetzt? Was sagte sie?

Dustin sah aus, als würde er gleich weinen. Walker starrte in die Ferne, nickte sanft, als würde er im Inneren eine Unterhaltung führen. Kelli hatte die Arme um Lukes Oberkörper geschlungen, den Kopf an seiner Brust. Seine Lippen waren zusammengekniffen, und Ginny merkte, dass auch er um Kontrolle kämpfen musste.

Sogar der große Bruder Caleb, – stark, zuverlässig, bereit, das Unmögliche zu tun, weil es das Richtige war, dieser Caleb –, selbst er hatte sich leicht von den Gräbern abgewandt und hing an Tamara, als wäre sie die Stütze, die ihn aufrecht hielt.

Irgendwie konnte sie das schaffen. Sie war eine Stone, und sie waren stark. Sie war eine Stone, und sie machten den nächsten Schritt. Ihre Familie brauchte sie heute genauso sehr wie vor all den Jahren, aber im Inneren hatte sie das Gefühl, sie hätte nichts zu geben.

Noch als sie tief Luft holte, legten sich starke Finger um ihre. Tucker schaute nach unten, einen Moment lang nur auf sie. Dann sah er sich die Versammlung an und sprach in diesem klaren, festen Tonfall, den sie inzwischen so liebte, und war *für* sie stark.

„Habe ich euch je von dem einen Mal erzählt, als ich von zu Hause weggelaufen bin?"

Alle Köpfe wandten sich in ihre Richtung, Neugier vertrieb die Trauer und traurigen Erinnerungen, auf die sie sich alle konzentriert hatten.

Tucker legte Ginny locker den Arm um die Schultern, lehnte sich zurück und schaute leicht nach oben, und verdammt sollte er sein, wenn da nicht ein Lächeln auf seinem Gesicht stand.

„Es war Frühling. Es war ungefähr die Jahreszeit, wenn ich mir immer dachte, dass der Sommer gar nicht schnell genug kommen konnte. Ich war dreizehn, und das hieß, dass ich eine Menge über Busse wusste und selbstbewusst genug war, um in Erwägung zu ziehen, einfach loszufahren, wenn ich musste. Denn, um die Wahrheit zu sagen, ich lief nicht weg, sondern ich lief nach Hause, dorthin, wo ich meine wahre Heimat vermutete. Silver Stone." Tucker sah sich im Kreis um und schaute Luke in die Augen. „Unter anderem war da mein bester Freund, und es schien mir nicht richtig, dass ich noch weitere drei Monate warten musste, um ihn zu treffen."

Ashton lachte, nickte, lachte leise, als würde ihm die Geschichte schneller einfallen, als Tucker sie erzählte.

„Ich war klug, das schon. Ich packte eine Tasche, kaufte eine Fahrkarte und fuhr den ganzen Weg nach Black Diamond. War so verdammt stolz auf mich, denn ich war dreimal umgestiegen und hatte in den eineinhalb Tagen, die das dauerte, überhaupt nichts verloren."

Dustin wirkte ehrfürchtig. „Was ist passiert, nachdem du in Black Diamond ankamst?"

„Ich habe natürlich euren Vater angerufen", erwiderte Tucker ernsthaft. „Dachte mir, ich hätte es so weit geschafft, und auf gar keinen Fall würde mich jemand wegschicken. Ich hatte es *verdient*, zu bleiben."

Walker lachte leise. „Oje. Das wird kein gutes Ende nehmen."

„Der Dreizehnjährige, der ich war, sah das anders", stimmte Tucker zu. Er schaute sich wieder im Kreis um, nacheinander sah er allen in die Augen. „Euer Dad kam zur Bushaltestelle und sammelte mich auf. Dazu kam auch noch eure Mom mit. Walter und Deb fuhren mich direkt zu einem Restaurant, und wir haben dort zusammen gegessen. Zum ersten Mal, seit ich von zu Hause aufgebrochen war, denn *so* gut hatte ich auch wieder nicht geplant."

Ginny war fasziniert. „Ich erinnere mich gar nicht, dass du zu einem besonders langen Sommerbesuch vorbeigekommen wärst."

„Das liegt daran, dass sie dann als nächstes meinen Hintern wieder in den Bus verfrachtet haben. Aber sie haben mich nicht allein losgeschickt. Walter ist mit mir gefahren, denn er sagte, man könne mir offensichtlich nicht zutrauen, erwachsene Entscheidungen zu treffen, darum bekam ich die Babybehandlung, die ich auch verdient hatte."

„Autsch." Luke verzog das Gesicht.

Caleb sah aus, als würde er sich an das alles nur zu gut erinnern. „Der Zorn von Dad. Er wurde nicht wütend, aber Junge, man wusste, wenn man es verbockt hatte."

Tucker nickte. „Ich wurde vom Gefühl, dass ich drei Meter groß war, wieder zurückgestutzt auf ein Kleinkind, das man auf das Zimmer schickt, nachdem es einen Tobsuchtsanfall hatte. Er hat mich den ganzen Weg nach Hause gebracht – ich habe immer noch keine Ahnung, wie er einfach nur so ein paar Tage aus dem Nichts heraus freinehmen konnte. Nur kommt hier der Teil, von dem ich euch erzählen will. Die ganze Zeit über auf der Fahrt nach Hause haben wir geredet. Er sprach von der Ranch. Er sprach von seinem besten Freund Joseph. Er sprach von seinen Hoffnungen und Träumen, und er machte das, als wäre ich ein Erwachsener. Als hätte ich es nicht gerade so richtig versaut und mich absolut kindisch benommen."

Tuckers Arm um ihre Taille spannte sich ein wenig an. Ginny legte die Arme um ihn und drückte ihn fest. Die gab ihm ein wenig Kraft zurück, damit er zu Ende erzählen konnte.

Er lächelte sie an. „Euer Dad hat von jedem von euch gesprochen. Seinen Kindern, auf die er aus so vielen verschiedenen Gründen stolz war. Einige von euch waren in einer Sache gut, einige gut in einer anderen. Er sagte, er wüsste, dass der Tag kommen würde, wenn ihr euch um Silver Stone kümmern würdet, aber das war in Ordnung. Denn ihr wüsstet ja, wie man zusammenarbeitet. Wie man einander vertraut und füreinander da ist."

Caleb nickte. „Unser Dad war kein einsamer Wolf. Er hat sich auch sehr auf Mom verlassen." Er legte einen Arm um Tamara, und sie lächelte.

Tucker ließ die Hand nach unten gleiten, bis sich seine Finger mit denen von Ginny verschränkten. „Ginny hat mir heute gesagt, wie sehr sie sie vermisst. Ich weiß, dass wir das alle tun. Nicht nur heute, sondern jeden Tag. Aber – und ich weiß nicht, ob das eine Hilfe ist – aber, wenn ich mich umschaue, sehe ich sie immer noch hier. In der Arbeit, die ihr verrichtet, und in der Art, wie ihr einander unterstützt." Er drückte Ginny die Hand. „In der Art, wie ihr einander liebt. Es ist ein ziemlich erstaunliches Erbe, das eure Eltern euch mitgegeben haben, und es stimmt heute auf jeden Fall immer noch."

Ashton nickte. „Amen."

Links von ihnen griff Luke mit einer Hand nach Tucker. Nur dass Luke, als Tucker zugriff, ihn in eine feste Umarmung zog und ihm auf den Rücken klopfte. „Du hast recht. Es ist ein verdammt gutes Erbe, das sie für uns hatten. Und eine verdammt gute Geschichte."

„Ich kann nicht glauben, dass du uns von dieser Reise bis jetzt noch nicht erzählt hast", sagte Walker in dem Augenblick, bevor auch er Tucker in eine Umarmung zog.

Die ganze Gesellschaft an den Gräbern entwickelte sich zu einer Reihe von Umarmungen reihum.

Ginny stellte fest, dass sie von Tamara besonders fest gedrückt wurde, bevor ihre Schwägerin sich löste und mit einem Finger wackelte, sie sanft mit einer Stimme tadelte, die leise war, damit niemand mithören konnte. „Ich erkenne diesen Ausdruck in deinen Augen in den letzten paar Wochen. Das ist der gleiche, den meine Schwester Karen aufhat, wenn sie mit etwas zu kämpfen hat. Hör dir an, was dein Typ gerade darüber gesagt hat, wie die Stones als Team zusammenarbeiten, okay? Wenn du etwas hast, bei dem du Hilfe brauchst, bin ich für dich da. Wir sind *alle* da."

Es reichte mit den Tränen. Ginny lächelte. „Danke. Mache ich", sagte sie entschieden. „Nur kann ich nicht garantieren, dass alles, was ich euch sage, einen Sinn ergibt."

Tamara streckte ihr die Zunge heraus. „Du musst mehr mit

meinen Schwestern rumhängen. Lisa lebt dafür, sinnloses Geplapper zu Worten umzuformen."

„Das ist mir auch schon aufgefallen", sagte Ginny trocken.

Eine ganze Reihe Umarmungen später stiegen alle auf und machten sich auf den Weg.

Ginny stellte fest, dass Dustin neben ihr stand.

Er wirkte immer noch, als würde er gleich weinen, aber er grinste auch verlegen. „Danke. Ich bin heute Vormittag vorbeigekommen, um ein wenig sauber zu machen und ..." Er schluckte schwer. „Ich bin froh, dass du alle versammelt hast. Es war das Richtige."

Tucker glitt hinter sie.

Ginny umarmte Dustin noch einmal rasch. „Es ist nur einfach irgendwie passiert, aber ich bin froh, dass ich es getan habe."

Dustin schaute auf zu Tucker, zögerte. Danach klangen seine Worte ein bisschen mürrisch. „Das war eine gute Geschichte, die du da erzählt hast. Danke."

Tucker legte einen Arm um Ginny, dann neigte er zur Erwiderung das Kinn. „Die Blumen waren eine hübsche Idee. Ich freue mich, dass sie da waren. Es bedeutet eine Menge, dass du dich um alles so kümmerst."

Der jüngste Bruder bekam große Augen. „Woher wusstest du, dass ich das war?"

Tucker zuckte mit den Schultern. „Ashton bringt mir bei, wie man Gedanken liest."

Dustin richtete sich auf, dann kicherte er. „Genau."

Tucker klopfte ihm auf den Rücken, dann drehte er ihn dorthin, wo die Pferde standen, und schob ihn sanft an. „Gehen wir. Ich glaube, du hast noch ein paar Aufgaben, die heute Nachmittag abgeschlossen werden müssen."

„Ja, Sir."

Die Antwort kam so rasch und natürlich, dass Ginny ihr Lächeln verbergen musste.

Die Wärme in ihr war wieder da. Sie hielt die ganze Strecke an, bis sie die Pferde in die Scheune brachten und alle nach Hause zurückgekehrt oder wieder zur Arbeit gegangen waren.

Ginny erwischte Tucker an der Hand und zog ihn zu sich. „Ich weiß, dass du vermutlich heute Nachmittag auch ein paar Aufgaben abschließen musst, aber kommst du bei mir vorbei, wenn du fertig bist? Ich mache Abendessen.“

Er nickte. „Ich bin in ein paar Stunden da, wenn das für dich funktioniert.“

Sie brachen beide in unterschiedliche Richtungen auf.

Als erstes, als sie nach Hause kam, stellte Ginny sich unter die Dusche, das dampfende Wasser um sie herum wärmte sie, bis jedes letzte bisschen Anspannung weggespült war.

Dann machte sie noch mal Tee, mischte ein paar unterschiedliche Kombinationen zusammen, bevor sie sich auf dem Sofa einrollte und noch einmal das Tagebuch auf den Schoß nahm. Einmal mehr öffnete sie es auf einer zufälligen Seite und begann zu schreiben.

Ich weiß nicht, wie man das richtig macht, aber ich schätze, das ist Teil der Reise.

Jeden Tag müssen wir das Abenteuer so nehmen, wie es kommt, und obwohl manchmal der Weg nicht der ist, den wir einschlagen wollen, habe ich heute eine sehr wichtige Lektion gelernt.

Die Begleiter auf der Reise sind entscheidend.

Ich denke, das hast du uns zum Teil beibringen wollen, Mom. Dass wir uns in der Schule Freunde suchen, die so richtig solide sind, und keine, die uns nur zum Unfug anstiften. Ich glaube, deswegen haben du und Jacquie Hayes euch so gut vertragen. Ihr wusstet, wie man um das kämpft, was wichtig war, sodass ihr voneinander lernen konntet.

Dare und ich sind nicht immer einer Meinung. Wir machen nicht immer dasselbe – obwohl sie es total zu schätzen wissen wird, dass ich in diesem Ding schreibe. Wenn man daran denkt, dass sie diejenige war, die schon Tagebuch führt, seit sie sechzehn ist ...

Ist das Karma oder Schicksal oder nur ein seltsamer Zufall?

Spielt keine Rolle.

Was eine Rolle spielt, ist die Tatsache, dass ich Leute auf meiner Seite habe, die mich lieben und sich um mich kümmern und nichts als das Beste für mich wollen.

Ich muss nicht nur selbst stark sein.

Ginny schloss langsam das Buch, ihre Finger glitten beinahe liebkosend zwischen den Seiten hervor. Das hatte sich anders angefühlt. So ganz anders als vorher.

Es hatte sich ... richtig angefühlt.

Dann, weil sie keine Ahnung hatte, wann Tucker herkommen könnte, ging sie in die Küche und fing mit dem Abendessen an.

Sie konnte es auch gleich zugeben. Obwohl es eine Menge Dinge gab, die sie nicht konnte, war das Kochen für einen Mann – *ihren* Mann – etwas, das ihr wirklich gefiel.

Um sich Tuckers liebsten Satz auszuleihen, *scheiß auf die Regeln.*

Als er kurz nach fünf herkam, blieb er auf ihrer Türschwelle stehen und schnupperte lange anerkennend. „Ginny, hier drinnen riecht es himmlisch.“

Sie trat vor, nahm ihm den bunten Blumenstrauß aus der Hand. „Die sind schön.“ Sie stellte sich auf die Zehenspitzen und drückte ihm einen Kuss auf die Wange. „Danke.“

Während er die Stiefel auszog, ging sie, gab die Blumen in

eine Vase und stellte sie auf den Tisch, dann kehrte sie zurück und nahm ihn mit an den überladenen Küchentisch.

Er hielt inne, eine Hand auf dem Stuhlrücken. „Wow. Du hast dich ja ins Zeug gelegt."

Ginny lachte. „Ich hatte ein paar Sachen in der Gefriertruhe, aber ja. Ich dachte mir, du hättest deine Lieblingsspeisen verdient."

Sie hatte übrigen Braten aufgewärmt, gewürzten Blumenkohl gemacht, und einen ganzen Berg Kartoffelpüree. „Es gibt auch noch überbackene grüne Bohnen mit Rosmarin, und zum Nachtisch Beerenkuchen."

Er hielt immer noch ihre Hand und hob die Knöchel an seinen Mund, um sie sanft zu küssen. „Nur um das mal deutlich zu sagen, ich liebe es wirklich sehr, wie du denkst."

Nach dem höchst emotionalen Tag tat es gut, zu lachen. „Schau mal, ich kann nichts dagegen tun, dass du einen fantastischen Rundum-Deal bekommst. Ich habe einen tollen Körper, ich liebe Sex, und ich liebe es, zu kochen. Stell dich den Tatsachen, du hast den Hauptgewinn gezogen, Tucker."

Er zog sie kurz zu einer festen Umarmung an sich. „Da habe ich keine Einwände. Wie ich schon sagte, du bist die klügste Frau, die ich kenne."

Wenn sich der Tagebucheintrag vorhin schon richtig angefühlt hatte, fühlte sich das sogar noch besser an.

Ginny würde es nicht laut aussprechen, aber sie gab es vor sich selbst zu. Ihr gefiel der Gedanke, eine Hausfrau zu sein. Sie war bei ihren Reisen niemals darauf aus gewesen, wild und frei zu sein, sondern darauf, an jedem Ort, den sie besuchte, ein wenig Heimat zu finden.

Nach dem Abendessen spülte Tucker das Geschirr, während sie alles aufräumte, zwischen ihnen ging eine lockere Unterhaltung über die Aufgaben hin und her, auf die sie sich in der nächsten Woche freuten.

Dann zogen sie aufs Sofa, Ginny unter Tuckers Arm gekuschelt, ihr Kopf ruhte auf seiner Brust, während er Netflix öffnete, und sie sich einen Film aufsuchten.

Gemütlich. Friedlich.

Nachdem der Film vorbei war, schaltete Tucker den Bildschirm aus und drückte ihr einen Kuss auf die Schläfe. „Ich will über Nacht bleiben."

Sie schaute auf und strich mit dem Finger an seinem Haaransatz entlang, schob jede Strähne zurück. Ließ die Fingerspitzen weiter nach unten gleiten, um leicht über die Bartstoppeln zu gleiten. „Mir fällt auf, dass du Schlafen nicht erwähnst", neckte sie leise.

„Da kommen wir schon noch hin", versprach er.

Er führte sie ins Schlafzimmer. Schaute ihr die ganze Zeit über in die Augen, während er ihre Knöpfe öffnete, sie nackt auszog und dann seine Kleider abnahm.

Starke, feste Muskeln pressten sich an ihre weichen, und Tucker legte sich auf sie, bis sie von seinem Körper bedeckt war.

Langsame, süchtig machende Küsse folgten, dann Berührungen, bei denen er die Lust zwischen seinen Fingern, seinen Lippen, seiner Zunge und seinen Zähnen aufteilte. Ginny schloss die Augen und ließ ihre Hände auf Wanderschaft gehen. Neckte auch ihn, bis sie beide vor Verlangen vibrierten.

Tucker rollte sie beide auf die Seite, dann zog er ihr oberes Bein über seine Hüfte, sodass sie ineinander verstrickt waren, während er sie zusammenbrachte. Langsame Bewegungen, seine Hände kurz auf ihren Brüsten, bevor er sie über den Bauch hinab zum höchsten Punkt ihres Geschlechts streifen ließ.

Sie unterdrückte ein Keuchen, als das Verlangen brennend wurde.

„Genauso. Das ist es", ermutigte er sie. „Lass los. Ich fange dich", versprach er.

Ginny hätte nicht aufhören können, selbst wenn sie es gewollt hätte. Wie ein Bach in der Schneeschmelze türmte sich alles auf zu einem Punkt ohne Wiederkehr, bis sie zusammen die Welle brechen ließen und die Erlösung übersprudelte.

Danach lagen sie noch lange zusammen, streichelten einander, schauten einander in die Augen.

Tucker ging nur kurz, um sich um das Kondom zu kümmern, bevor er zurückkam und sie wieder in die Arme nahm. Von Angesicht zu Angesicht, ihre Herzen schlugen im gleichen Rhythmus.

Sie beobachtete, wie sich seine Wimpern langsam herabsenkten, der Hauch eines Lächelns lag ihm noch auf den Lippen. Zufriedenheit stieg von ihm auf wie frisches Grün im Frühling.

Er schlief fest, und Ginny starrte immer noch vor sich hin. Strich immer noch mit den Fingern über seinen Körper.

„Ich liebe dich", flüsterte sie, nur um die Worte mal auszuprobieren.

Auch das klang sehr, sehr richtig.

19

Alex bestellte Tucker während seiner Kaffeepause ein paar Tage später rüber. „Ich habe eine Bitte, die ich von einem Freund weitergeben möchte.“

„Klingt spannend“, sagte Tucker.

„Mein Freund Ryan – der Besitzer des *Rough Cut*. Er und seine Freundin haben beschlossen, Ringe zu tauschen.“

Tucker hatte sein Bestes getan, um sich mit allen Ereignissen vor Ort auf den neuesten Stand zu bringen, dazu gehörten auch die Hauptakteure in der Gemeinschaft. Onkel Ashton hatte sich überraschenderweise als wunderbarer Quell der Information erwiesen, und wenn man bedachte, dass Ryan auch zur Freiwilligen Feuerwehr gehörte, wo Ashton jede Woche antrat, waren die neuesten Beziehungsabenteuer des Barbesitzers zur Genüge diskutiert worden.

„Ryan und Madison heiraten? Mann, das geht schnell“, sagte Tucker. „Ist sie nicht erst im Dezember aufgetaucht?“

Alex zuckte mit den Schultern. „Wenn es stimmt, dann stimmt es eben. Außerdem sind sie schon gut befreundet, seit sie jung waren." Er warf Tucker einen betonten Blick zu. „Du kennst ja vielleicht so jemanden. Jemanden, der derzeit mit einer Frau zusammen ist, mit der er viel Zeit verbracht hat, als sie jung waren, und wer weiß, wohin das führen könnte?"

„Das reicht", sagte Tucker, aber er war erheitert. Es war schön, jemanden wie Alex zu haben, der seine Scherze mit mehr erwiderte als nur einem ‚Ja, Sir'. „Was braucht Ryan denn?"

„Sie wollen die Hochzeit drüben in der *Red Boot Ranch* stattfinden lassen, aber sie hoffen, dass alle ihre Freunde sich der Party anschließen können. Kannst du dafür sorgen, dass alle auf der Liste am Samstag frei haben?"

Tucker stieß ein Pfiff aus. „Wow, da heißt wohl, dass man die Aufgaben doppelt so schnell erledigen muss."

„Ryan redet davon, dass sie es gleich mit Nachwuchs probieren wollen. Ernsthaft, er ist ein Mann der Tat, um es mal so zu sagen." Alex grinste. „Und das ist nicht nur Gerede von mir. Ryan hat absolut jedem genau dasselbe gesagt. Madison hat es aufgegeben, ihn dazu zu bringen, nicht zu viel rauszulassen. Sie hält es für witzig."

„Hey, was immer für so eine Beziehung eben funktioniert", sagte Tucker. „Gib mir die Liste, und ich sehe mal, was ich tun kann."

Was bedeutete, wenn er eine Doppelschicht einlegen musste, würde er das tun. Impulsive Aktivitäten in letzter Minute wie diese musste man ermutigen, soweit es ihn betraf …

Einen Augenblick später fing er sich wieder. „Verdammt, ich bin wohl krank."

Alex runzelte die Stirn. „Was?"

Tucker legte sich eine Hand an die Stirn. „Ich hab mich nur gerade dabei erwischt, wie ich dachte, dass Spontanität und Impulsivität was Gutes sind. Dem Tucker von vor ein paar

Jahren ist gerade schlecht geworden, und er zog gleich los, um auf ein paar Tabellen zu schauen, damit er sich wieder beruhigt.“

Der Mann brach in Gelächter aus. „Du bist schon in Ordnung.“ Alex schaute ihn sich zufrieden an. „Es ist gut, dich hier zu haben. Ernsthaft.“

„Danke. Besorg mir die Liste, sobald du kannst.“ Tucker brach auf, denn falls er seinen Zeitplan umbauen musste, musste er erst ein paar andere Dinge erledigt bekommen.

„Mache ich“, rief Alex ihm nach.

Tucker war gerade aus der Wärme des Ausbildungsstalls getreten und in den dunklen Gang zwischen den Gebäuden, als etwas Hartes in ihn hineinkrachte und ihn an die Wand drängte.

Tucker bewegte sich instinktiv, rollte sich von dem Aufprall weg und hob zum Schutz die Hände, während er wieder ins Gleichgewicht kam.

„Verdammtes Arschloch. Natürlich versteckst du dich hinter ihrem Rock. Ich weiß schon, wer in deiner Beziehung die Hosen anhat.“ Eine Faust kam in seine Richtung.

Tucker duckte sich zur Seite, blinzelte fest, um sich zu konzentrieren. „Jim. Was zum Geier? Zurück mit dir, und wir reden drüber“, befahl Tucker.

Stattdessen ging eine weitere Faust in Richtung seines Gesichts. Tucker blockte sie, aber nicht fest genug, und der Schlag traf seine Schulter, sodass er leicht herumgewirbelt wurde.

„Sie hat dir gesagt, du sollst mich loswerden, oder?“, wollte Jim wissen.

„Ich weiß immer nicht noch nicht, wovon du redest“, erwiderte Tucker, der sich rasch zur zweiten Tür zurückzog. Obwohl er sich verteidigen konnte, war ein Kampf mit einem der Männer nichts, was er wollte, außer es war absolut nötig.

Jim wies mit dem Kinn nach oben. „Diese frigide Stone-Schlampe. Ich hab sie nicht mal angefasst. Ich schätze, ich hätte es tun sollen, wenn man sich ansieht, dass du es geschafft hast, dich in eine führende Position zu ficken. Wenn ich sie nächstes Mal sehe, bin ich nicht so höflich. Vielleicht spüre ich sie ja mal in ihrem Gewächshaus auf und habe ein wenig Spaß, oder?"

Was bedeutete, dass der verdammte Bastard beobachtet hatte, wie Tucker und Ginny rumgemacht hatten. Er hatte wohl nicht viel gesehen, da das Fensterglas matt war, aber Tuckers Zorn schoss trotzdem hoch.

Es war allerdings der Rest von dem, was Jim gesagt hatte, mit dem er eine Grenze überschritt, von der es kein Zurück mehr gab. Irgendwie schob Tucker, anstatt den Mann umzubringen, die Tür hinter sich auf, Licht strömte in den engen Gang. „Schwing deinen Arsch raus."

Jim stürzte sich auf ihn und packte im letzten Moment Tuckers Arm, um ihn herumzuwirbeln, damit er wieder in Reichweite war. „Kämpf, du Scheißwarmduscher. Meine Arbeitsstunden verringern? Mich noch mal trainieren lassen? Das ist alles die Schuld der verdammten Schlampe."

Tucker und Luke hatten viele Jahre mit Raufereien verbracht. Sie hatten gerauft, weil sie lernen wollten und manchmal, weil sie einander ernsthaft angepisst hatten.

Jim war ja vielleicht in ein paar Kneipenschlägereien gewesen, aber er hatte niemals tatsächlich gekämpft. So viel war klar, als Tucker zurückwich und sich breitbeiniger hinstellte.

„Das willst du doch gar nicht", sagte Tucker. „Geh jetzt, und ich lasse Ashton alles erledigen. Aber du bist hier fertig. Du arbeitest keinen weiteren Tag mehr auf Silver Stone."

„Leck mich am Arsch", rief Jim, knurrte wie ein tollwütiger Hund.

Er hätte besser daran getan, wenn er sich einfach auf ihn gestürzt hätte, anstatt sich so viel Mühe zu machen, wild auszusehen. Tucker wich dem nächsten Schlag aus und landete einen befriedigenden Treffer in Jims Rippen.

Ein paar Leute kamen auf sie zu, was auch Tuckers Hoffnung gewesen war, als er sie an einen öffentlicheren Ort gebracht hatte. Er hatte keinerlei Einwände, den Mann niederzuschlagen, aber rechtlich gesehen musste er sich um der Ranch willen ans Gesetz halten. Was bedeutete, er musste im Verteidigungsmodus bleiben.

Aber eine Verteidigung gegen einen skrupellosen Gegner bedeutete, dass er Jim so sehr wehtun musste, dass der mit dem Schwachsinn aufhörte. Tucker wich einem weiteren wilden Tritt aus, stieß die Faust in Jims Magengegend, sodass der andere Mann rückwärts stolperte.

„Hör auf", befahl Tucker wieder.

Jim stürzte sich auf ihn, brüllte vor Zorn. Mit fliegenden Fäusten, die Knie erhoben. Tucker wehrte ihn ab, so gut er konnte, aber ein paar der wilden Schläge trafen. Bis ein Ranchhelfer Jim zurückgezogen hatte, hatte Tucker einen Zufallstreffer ins Auge und einen auf der Nase abbekommen, von seinen Lippen tropfte Blut.

„Was zum Teufel geht hier vor?" Ashton kam in Sicht.

„Er denkt sich, weil er die Schwester vom Boss fickt, kann er machen, was er will." Jim wies mit dem Finger auf Tucker. „Sie hat sich vorgestern einfach über mich aufgeregt. Ich habe gar nichts gemacht, aber ich wusste, dass sie Lügen herumerzählt, um mich in die Scheiße zu reiten."

Ashton verschränkte die Arme vor der Brust und trat direkt vor Jim. Er schaute ihn verächtlich von oben bis unten an. Tucker freute sich, zu sehen, dass das Gesicht des anderen Mannes schlimmer aussah, obwohl Tucker sich nur verteidigt hatte.

„Wenn du davon sprichst, dass du wieder zurück auf Probezeit bist und ein neues Training angesetzt wurde, das kommt von mir", sagte Ashton.

Jims Kopf fuhr hoch. „Dir?"

„Mir. Denn so machen wir es normalerweise hier, wenn ein Mann eine Aufgabe nicht erledigt, aber das Potenzial hat, die Dinge noch hinzubiegen." Ashton schüttelte den Kopf. „Aber dieser Unsinn ist ein klarer Verstoß gegen alles, worauf du dich eingelassen hast, als du bei dieser Ranch angefangen hast. Du bist gefeuert."

Jim fluchte, aber Ashton achtete nicht auf ihn. Er schaute zu den Helfern, die in der Nähe standen. „Mason. Cooper. Geht mit Jim zu seinem Zimmer, damit er alles ausräumen kann. Sei in einer Stunde in meinem Büro, damit ich dir deinen letzten Scheck ausstellen kann."

„Du kannst mich nicht einfach rauswerfen", beschwerte sich Jim.

„Ich werfe dich nicht raus", erwiderte Ashton ruhig. „Du hast die Vertragsbedingungen gebrochen, also hast du dich selbst gefeuert. Jetzt sieh zu, dass du wegkommst. Wenn du nicht freiwillig gehst, rufen wir die Polizei."

Jim spukte vor Tucker auf den Boden. „Bastard."

„Pass lieber mal auf, wie du dich benimmst", sagte Tucker leise, ein Spiegelbild seines Onkels. „Wir auf den Ranchen sind eine fest verwobene Gemeinschaft, und es gibt keine große Auswahl an Orten da draußen, die sich mit deinem Schwachsinn rumschlagen wollen. Wenn du irgendwo in der Nähe einen Job willst, musst du mal über deine Haltung nachdenken."

Jim ging. Er ging nicht leise, aber er ging, trat nach Dingen, die ihm im Weg waren, bis die beiden Männer auf jeder Seite näher kamen und ihn mehr oder weniger auf den verschneiten Hof hinaus bugsierten.

Die Männer, die immer noch versammelt waren, schauten zwischen Ashton und Tucker hin und her, als würden sie abwarten, um zu sehen, was es nächstes geschah.

„Die, die Schwierigkeiten machen, geben sich immer selbst zu erkennen." Ashton sagte es so laut, dass alle um sie herum es hörten.

Tucker sah sich um, schaute den Männern in die Augen. „Irgendwelche Fragen?"

Einer der Helfer hob die Hand. „Bist du wirklich mit Ginny Stone zusammen?"

Tucker lachte leise, wischte sich mit der Hand über den Mund und schaute sich das Blut an, das er abgewischt hatte. „Bin ich wirklich. Also achte auf deine Manieren, genauso wie du es bei jeder Frau tun würdest, der du auf Silver Stone begegnest, verstanden?"

„Ja, Sir", erwiderte der junge Mann rasch. Dann grinste er. „Wäre es unangemessen, dich zu beglückwünschen?"

Ashton gab ein Geräusch von sich, das ganz erstaunlich nach einem unterdrückten Kichern klang, bevor er einen weiteren Befehl knurrte: „Zurück an die Arbeit, ihr alle."

Tucker wartete, bis die Menge sich aufgelöst hatte. „Ist es für dich in Ordnung, wenn ich es übernehme, mich um Jim zu kümmern?"

Sein Onkel starrte ihn einen Augenblick lang an, dann nickte er langsam. „Mach nichts, was dich ins Gefängnis bringt."

„Ich versuch's."

So verführerisch es auch war, es allein zu machen, war es vermutlich gut, ein paar Vorsichtsmaßnahmen zu treffen. Tucker rief Luke an und bat ihn, sich mit ihm in der Kantine zu treffen.

Sein Freund traf rasch ein, beäugte Tuckers blutiges

Gesicht neugierig und besorgt, während Tucker erklärte, was passiert war, und dann trieb Wut alle anderen Gefühle auf seinem Gesicht zurück.

„Ist er weg?", wollte Luke wissen.

„Packt sein Zeug. Ich will sichergehen, dass er die Situation voll verstanden hat, wenn er geht." Ein grässliches Gefühl machte sich breit, noch während Tucker entschied, weiterzumachen. Seine Wut und sein Gerechtigkeitssinn machten den nächsten Schritt logisch und unvermeidlich, aber es war auch möglicher Ärger, vor dem er nicht ungeschoren davonkommen würde. Ginny würde das nicht gutheißen. „Darum muss ich mich kümmern, verstanden?"

Luke nickte zögerlich. „Bring den Mann nicht um."

„Keine Garantien", murmelte Tucker.

Die Tür zu Jims Zimmer stand offen. Mason und Cooper standen mit vor der Brust verschränkten Armen draußen, ihre Stirn gerunzelt.

Sie richteten sich beide auf, als Tucker und Luke erschienen.

„Wir übernehmen das", sagte Luke leise, deutete auf die Kantine. „Schnappt euch doch einen Kaffee, wenn ihr einen braucht, und dann zurück an die Arbeit."

Die Männer beäugten Tucker, bevor sie anerkennend nickten, und sich dann rasch wie befohlen aufmachten.

Jim hatte wohl etwas gehört, denn er kam an die Tür marschiert und warf einen verächtlichen Blick in ihre Richtung, während er Taschen hinten in seinen Truck schleuderte. „Seid ihr da, um euch zu amüsieren?"

Luke trat zurück.

Tucker deutete auf das Zimmer. „Alles ausgeräumt?"

Der Mann verschränkte die Arme vor der Brust. „Was willst du?"

Tucker breitete die Hände aus, seine Haltung sagte: *Komm und hol mich.* „Da du kein Angestellter mehr bist, bin ich nicht mehr dein Boss. Was bedeutet, wenn du dich mit mir anlegen willst, bekommst du die Gelegenheit dazu."

Ein fieses Grinsen huschte über Jims Gesicht. „Verdammt richtig, ich will mich mit dir anlegen."

Jim bewegte sich, als wäre er von einem Katapult abgefeuert, mit fliegenden Fäusten, die auf Tuckers Kinn zielten. Tucker drehte sich im letzten Augenblick weg, sodass der Großteil des Aufpralls abglitt.

Dann hob er die Fäuste und trat vor. „Ich bin dran."

Jim griff noch einmal an, aber Tucker schob seine Hand mühelos zur Seite, bevor er seine Faust in Jims Gesicht stieß. Der Mann kippte um, seine Arme ruderten nach hinten, die Beine übereinander. Einen Augenblick lang lag er reglos da, völlig schockiert, bevor er wie eine Krabbe wegkroch.

Er war zu langsam. Tucker packte ihn an der Vorderseite seines Hemdes, hob ihn hoch, um ihm noch einen heftigen Schlag zu versetzen.

Und noch einen.

Die Versuchung war stark, einfach damit weiterzumachen, denn obwohl Jim persönlich zu Ginny nur mäßig unhöflich gewesen war, war seine Drohung, ihr nachzustellen und wehzutun so richtig beschissen. Das war die Art Mann, der es drauf ankommen lassen würde. Irgendwo, irgendwann würden die Dinge zu weit gehen.

Was, wenn Tucker nicht da war, um Ginny zu beschützen? Was, wenn jemand anders am Ende Jims beschissenes Verhalten abbekam?

„Tucker, das reicht." Luke sprach leise. Die Stimme der Vernunft, die durch den Nebel von Tuckers Zorn drang.

Sein Freund hatte recht, verdammt sollte er sein.

Tucker zerrte Jim ein letztes Mal auf die Füße und schob

ihn zu seinem Truck. Der Mann packte die Tür und hielt sich zur Unterstützung daran fest.

„Das war dafür, dass du meine Frau bedroht hast", sagte Tucker leise. „Hier ist deine letzte Warnung. Ich habe genug Kontakte, darum vertrau mir, wenn ich sage, man wird dich beobachten. Wenn du in der Zukunft jemals jemanden einschüchterst oder verängstigst oder anfasst – Frau, Mann, ist mir egal – werde ich davon hören. Es wird dir nicht gefallen, was passiert, wenn ich dich dann aufspüre."

Tucker machte auf dem Absatz kehrt und ging, ohne einen Blick zurückzuwerfen.

In seinen Ohren hämmerte das Blut so heftig, dass ihm nicht klar war, dass Luke neben ihm ging, sein normalerweise fröhliches Gesicht war nachdenklich geworden.

Sie waren beinahe auf dem Reitplatz, als Luke Tucker eine Hand auf die Schulter legte und ihn drückte. „Ich habe Kelli gesagt, wir würden uns in ein paar Minuten treffen. Sie hat diese verrückte Idee, dass ich sie den jungen wilden Hengst reiten lassen würde, den wir gerade reingeholt haben."

„Himmel. Die Frau ist furchtlos", sagte Tucker.

„Das macht mir manchmal eine Heidenangst", stimmte Luke zu. Er zog Tucker an die Seite der Scheune, wo es ein Waschbecken gab, und reichte ihm ein Taschentuch. „Wisch dir das Blut ab, bevor noch jemand Angst kriegt."

„Ein bisschen Angst ist vielleicht was Gutes", knurrte Tucker.

Luke wartete, bis Tucker sich die oberflächlichen Spuren des Kampfs abgewischt hatte, dann räusperte er sich. „Danke."

Tucker warf einen Blick auf seinen Freund. „Wofür denn?"

Luke wies mit dem Kopf zu den Schlafbaracken. „Dafür, den Bastard nicht umgebracht zu haben, aber auch dafür, dass du ihm eine Heidenangst eingejagt hast. Kelli kann mir manchmal mit der Art, wie sie sich benimmt, Angst machen, aber ich muss mich nicht fragen, ob sie davor sicher ist, gleich hier in unserem Hinterhof angegriffen zu werden. Ashton ist ein großer Grund, dass das so ist, und es ist klar, dass du das genauso siehst." Er streckte eine Hand vor. „Darum danke."

Tucker ignorierte die Hand und gab ihm eine Umarmung, klopfte Luke fest zwischen die Schulterblätter. „Ach, ich liebe dich auch, Liebling."

Luke gab ihm einen Schubs, und die beiden rangen zum Spaß einen Augenblick miteinander.

Ein scharfer Pfiff erklang, gefolgt von einem lachenden Ruf. „Hey, zurück an die Arbeit, ihr Faulpelze, oder ich verpfeife euch bei Ashton." Kelli kam näher, ganz locker und glücklich, und Tucker spürte eine tiefe Zufriedenheit, die ihm bis ganz in die Zehenspitzen hinabdrang.

Ja, Luke hatte recht. Es gab einfach Dinge, die sein Onkel Ashton im Lauf der Jahre getan hatte, die es absolut wert waren, sie als Priorität zu behalten. Um Kellis willen. Für Ginny. Für Calebs kleine Mädchen, die früher oder später zum täglichen Betrieb von Silver Stone gehören würden.

Eine Sekunde lang blitzte die Vision eines kleinen Mädchens mit Ginnys dunklen Haaren und großen braunen Augen auf, und Tucker blieb nur durch schiere Willenskraft auf den Beinen.

Nur dass er auch Ginnys Meinung zu Prügeleien kannte. Was, wenn seine Taten gerade seine Chance auf Glück mit der Frau zerstört hatten, die er liebte? Angst auf einer Ebene, die er noch niemals zuvor gespürt hatte, strömte einen Sekundenbruchteil lang tief in ihn hinein, bevor er sie zurückdrängte.

Ginny war nicht wie seine Eltern. Ginny war vernünftig – gewissermaßen. Er musste darauf vertrauen, dass das, was sie zwischen sich aufgebaut hatten, solide genug war, um mit einem unterschiedlichen Standpunkt fertig zu werden.

Dabei würde es allerdings keine Kompromisse geben. Nichts war mehr wert als ihre Sicherheit, und die Sicherheit von anderen, und das stand nicht zur Debatte.

Er hoffte einfach, wenn der Staub sich legte, würde er immer noch stehen.

20

———

*E*twas war faul.

Nicht nur drehten sich Köpfe, um Ginny zu folgen, während sie an den Boxen vorbeikam, um ihr Pferd abzusatteln, sondern es folgte ihr auch ein leises Gemurmel.

„Lass mich das für dich machen." Alex eilte vor, um ihr zu helfen, den Sattel zu heben, bereit, ihn in den Sattelraum zu tragen.

„Danke." Sie erwischte ihn, bevor er verschwinden konnte, beugte sich dicht zu ihm, um ihre Frage zu flüstern. „Warum benehmen sich plötzlich alle, als wären wir in der Kirche?"

Alex blinzelte kurz, versuchte offensichtlich, irgendwas wenig Kontroverses zu finden, das er sagen konnte.

„Alex", warnte sie. „Lüg mich an, und ich arrangierte ein Date für Yvette, und es wird nicht mit dir sein."

Ihm stand der Mund offen. Er klappte ihn zu. „Du bist fies."

„Ich bin motiviert", rief Ginny zurück, bevor sie Mitleid mit ihm bekam. „Das werde ich nicht machen. Ich sehe doch, dass du sie magst, und soweit ich gehört habe, hasst sie dich auch nicht. Sonderlich."

Er seufzte. „Ist kompliziert."

Sie kicherte. „Das erzählst du der Richtigen." Dann kniff sie die Augen zusammen. „Buchstäblich. Was ist denn da los auf den billigen Plätzen? Sie benehmen sich alle, als würde ich gleich hochgehen wie ein Hefeteig?"

Alex hob sich den Sattel auf die Schulter. „Einer der Ranchhelfer wurde gefeuert."

„Ehrlich?" Sie dachte nach, konnte sich aber nicht vorstellen, weshalb alle Blicke auf ihr lagen. Außer ... „Jim?"

„Verdammt, du bist gut", sagte Alex, der von ihr abrückte. „Mehr sage ich dir nicht. Red mit Tucker."

„Danke für die Hilfe", rief sie ihm nach.

„Jederzeit."

Einen Augenblick später summte auf ihrem Handy eine Nachricht.

Tucker: *Hast du Zeit für ein Meeting von Operation Beweis es?*

Ginny: *Nachdem ich Prancer gestriegelt habe, klar.*

Tucker: *Wir treffen uns im Geheimversteck.*

Der Austausch brachte sie zum Lächeln und steigerte ihre Neugier. Dass der große, starke Tucker ihr eine Nachricht schickte, um sie im Geheimversteck zu treffen, war ziemlich komisch.

Erst als sie in ihrem abgelegenen Versammlungsort um die Ecke bog, rauschte das Adrenalin herein und verdrängte die anhaltende Erheiterung. „Was ist mit deinem Gesicht passiert?"

Er hob verlegen den Blick. „Auch schön, dich zu sehen." Sie ließ sich auf den Heuballen neben ihm fallen und strich sanft über seinen Augenwinkel. „Tucker."

Er legte eine Hand auf ihre und senkte ihre

verschlungenen Finger auf seinen Oberschenkel. „Operationsbericht – die Dinge sind heute mit einem einzelnen Abweichler bis zum Äußersten gegangen. Alles ist geregelt. Mein Onkel war derjenige, der den Prozess in die Gänge gebracht hat, aber ich möchte zugeben, dass ich ihn abgeschlossen habe. Jim Allen wird weder dich noch sonst jemanden in der Zukunft belästigen."

Scheiße. „Das klingt grusliger und abschließender, als du, glaube ich, beabsichtigt hast. Er lebt schon noch, oder?"

Tucker schnaubte leise. „Darum hat Luke sich gekümmert. Ich habe mir keine so großen Sorgen gemacht."

Ginny saß schweigend da, sammelte ihre Gedanken, während sie den Mann vor sich betrachtete. Er war starr vor Anspannung.

Warum jetzt, wo er doch offensichtlich getan hatte, was er für nötig gehalten hatte?

„Ich mag keine Prügeleien", sagte sie, die Worte waren schärfer, als sie vorgehabt hatte.

„Ich weiß." Er verteidigte sich nicht, bot auch keine Entschuldigungen. Er saß nur da, die Augen voller Traurigkeit. Als ob er erwarten würde, dass sie ... was tat? Ihn tadelte? Mit ihm Schluss machte?

Als ob.

Sie seufzte schwer. „Wie sage ich dir, dass ich mir Sorgen mache, du könntest verletzt werden, ohne nahezulegen, dass du dich nicht um dich kümmern kannst? Oder dass du dich nicht um dich kümmern kannst, denn keines davon stimmt."

Tucker hielt inne. Zwischen seinen Brauen entstand eine steile Falte. „Dir gefällt es nicht, wenn ich kämpfe, weil ich verletzt werden könnte? Das ist deine Sorge?"

Sie verzog das Gesicht. „Mann, ich habe gesehen, wie du aussiehst, nachdem du dich mit Luke geprügelt hast. Es war nicht immer hübsch, obwohl ich vermute, dass das eher Glück meines Bruders ist, nicht Talent. Erzähl ihm bloß nicht, dass ich das gesagt habe."

Seine Verwirrung schien größer zu werden, anstatt nachzulassen. „Meine Eltern sagten, Raufereien wären ein eindeutiges Zeichen von niedrigem Intellekt und eines moralisch verdorbenen Individuums."

„Ach, scheiße." Die Worte entschlüpften ihr, bevor sie sie aufhalten kann. „Sie, nicht du. Haben sie dir das wirklich ins Gesicht gesagt?"

Er neigte das Kinn, weigerte sich, ihr in die Augen zu schauen. „Im Sommer, als ich vierzehn war, bin ich mit blauen Flecken nach Hause gekommen, und habe die Mutter aller Lektionen erhalten. Sie hätten mich beinahe nicht wiederkommen lassen. Ashton und dein Vater mussten ständig anrufen, damit meine Sommer weitergehen konnten."

„Das ist so ein Schwachsinn und grausam, und hundertprozentig falsch." Ginny war bereit, für ihn in den Krieg zu ziehen. „Es ist was Gutes, dass ich nicht weiß, wo sie wohnen."

Sie war bereit, ihre Regel zu überdenken, dass Prügeleien nicht drin waren, wenn es bedeutete, dass sie ihnen in den Hintern treten konnte.

„Ich verstehe das nicht", sagte Tucker leise.

„Ich schieße ziemlich gut. Ich frage mich, ob sie einen Hintern voller Schrot für eine zivilisierte Art halten könnten, ihr arschiges Verhalten zu kommentieren." Sie funkelte in die Ferne, schickte fiese Gedanken durch den Äther an seine unglaublich dummen Eltern. Dann schüttelte sie den Kopf, um sich wieder zu konzentrieren, und schaute ihm direkt in die Augen. „Zurück zu dem Thema. So, wie du an Muskeln zugelegt hast? Versprich mir, dass du nicht mal ernsthaft auf meinen Bruder losgehst. Lukes Profil verträgt keine gebrochene Nase. Andererseits, wenn ihr wirklich kämpft, wette ich, du würdest dich um der alten Zeiten willen trotzdem noch zurückhalten, und dann würde *er* dein hübsches Gesicht verunstalten, das will ich auch nicht." Sie warf dramatisch die Hände in die Luft. „Siehst du das Dilemma, das eure Kämpfe mir bereiten?"

Im nächsten Augenblick war sie in der Luft, saß auf seinem Schoß.

Er nahm ihr Gesicht in beide Hände und holte lange tief Luft. „Du bist erstaunlich."

Es war unmöglich, zu widerstehen. „Ich weiß."

Seine Lippen zuckten. „Du bist echt nicht wütend?"

Sie dachte über ihre Worte nach. „Deine Eltern hatten unrecht. Nicht nur, was die Kämpfe betrifft, sondern mit einer Menge Dinge. Die Art, wie sie niemals für dich da waren, als du aufgewachsen bist, die Art, wie sie dich weggeworfen haben. Das ist alles falsch. Das weißt du, oder?"

Tucker neigte langsam den Kopf.

„Warum hast du so viel Angst gehabt, es mir zu sagen?", flüsterte sie. „Warum?"

Er schluckte schwer. Ihr selbstsicherer und starker Mann, so voller Unbehagen, als ginge es hierbei für ihn um Leben und Tod. „Ich habe es dir schon mal gesagt. Du bist einer der klügsten Menschen, die ich kenne. Was, wenn ..." Er brach ab. Schaute von ihr weg, als wollte er nicht, dass sie sah, welche Schmerzen er im Inneren spürte. „Was, wenn ich es nicht verdient habe, mit dir zusammen zu sein?"

In diesem Augenblick hasste Ginny seine Eltern richtiggehend. „Das Einzige, was du nicht verdient hast, sind die Arschlöcher, die deine Spender von biologischem Material waren", sagte sie offen. „Haben meine Mom und mein Dad dir jemals das Gefühl gegeben, du wärst unzureichend?"

Tucker hielt nicht einmal inne, um nachzudenken. Er schüttelte nur den Kopf, um sofort zu widersprechen.

„Natürlich nicht. Tatsächlich bist du sehr viel weniger nervig als jeder meiner Brüder, was bedeutet, dass du vermutlich der Liebling meiner Eltern warst."

Ein leises Schnauben entwich ihm.

„Versprich mir, dass du dich schneller duckst, wenn es jemals wieder zu einer solchen Situation kommt." Sie sprach die Worte leise, aber mit allem, was sie hatte. „Du musst tun, was du für richtig hältst, selbst wenn es mir nicht gefällt. Ich verstehe das. Ich darf mir immer noch Sorgen machen, okay?"

In dem Augenblick, in dem ihr letztes Wort gesprochen war, war sein Mund auf ihrem, und sie wurde besinnungslos geküsst. Er stöhnte jedoch, und nicht auf die gute Art, als er sie schließlich wieder atmen ließ und seine Stirn an ihre legte. „Meine Lippe tut weh."

Das war so verdammt komisch. „Tut mir leid, aber darum geht es mir ja irgendwie gerade."

Er schnaubte. „Okay. Ich verspreche, deinem Bruder in Zukunft keinen dauerhaften Schaden zuzufügen. Du musst mir versprechen, meine Eltern in Zukunft weder zu vergiften noch zu erschießen, denn das wäre einfach verschwendete Energie. Und schließlich verspreche ich, vorsichtig zu sein und meine Macht nur zum Guten einzusetzen."

Ginny kicherte. „Du bist ein Superheld. Ich wusste es."

Er summte, während er mit den Händen über ihren Rücken hinabstrich, sie auf seine Hüfte setzte und sie vorzog, bis sie vollen Kontakt zu einigen sehr interessanten Körperteilen hatte. „Du bist eine Göttin. Machst du Magie mit mir?"

Sex in der Scheune, während sie ziemlich sicher war, dass mindestens die Hälfte der Ranchhelfer wusste, dass sie da waren, und was sie taten?

Es gab mehr als nur eine Art, auf die ihr Mann ihr beweisen konnte, dass er wusste, wie man sich um sie kümmerte, schätzte sie. Obwohl sie ihr Bestes tat, um ihr Stöhnen und ihre Schreie minimal zu halten.

Die nächsten drei oder vier Tage verflogen, während Tucker wieder beschäftigt war und Ginny sich voll in die Recherche und Planung für ihr neues Unternehmen stürzte. Aber sogar wenn sie Rezepte prüfte und Liefersysteme für ihre Kräutertränke entwarf, nahm das nur eine gewisse Anzahl von Stunden ein.

Ihre ganze zusätzliche Zeit ging in die Lösung des verdammten Rätsels. Nur dass sie alles versuchte, was ihr einfallen wollte, und es reichte immer noch nicht. Es war an der Zeit, die großen Geschütze aufzufahren.

Ginny machte ein Foto von ihrem zerfledderten Geburtstags-Rätsel-Blatt und schickte schließlich ein Bild an ihre Schwester.

Dann druckte sie ein halbes Dutzend zusätzliche Kopien aus, faltete sie und steckte sie sich in die Taschen, damit sie sie herausziehen und jedem unter die Nase halten konnte, den sie traf, um nach Ideen zu fragen.

2 von 3

Die klare Nachricht auf dem Haftnotizzettel fiel ihr immer wieder ein. Wenn das Rätselblatt *eins* war, und die Tagebücher *zwei*, dann bedeutete das, dass irgendwo da draußen eine *Drei* war. Sie konnte den Gedanken nicht ertragen, das letzte Geschenk von ihren Eltern nicht ganz zu verstehen.

Im Café, unten am Markt, überall, wo Ginny hinging, zeigte sie Leuten das Blatt. Jeder tat sein Bestes, aber keine der Vorschläge half, und ihr Frust wurde immer größer, obwohl andere große Dinge in ihrer Welt Fortschritte machten.

Gute Dinge, wie Tucker Stewart, der sie über den Esstisch mit schwelendem Blick anschaute, während er genussvoll das Brathähnchen verspeiste, das sie für sie gemacht hatte. Tucker, der neben ihr das Geschirr spülte und ihr alles darüber erzählte, was er an diesem Tag getan hatte. Mit echtem Interesse zuhörte, während sie von ihren Aufgaben erzählte.

Tucker, der sie in die Arme nahm und in das Schlafzimmer trug, wo sie zusammen lachten, bis sie nichts mehr tun konnten, außer unverständliche Geräusche von sich zu geben, als die Lust sie überwältigte.

Bis auf das ungelöste Rätsel musste Ginny zugeben, dass ihr Leben so ziemlich perfekt war.

Als die Außentemperaturen schließlich so weit stiegen, dass sie einen Abend draußen genießen konnten, legte Tucker den Arm ein wenig fester um sie, während sie zusammen auf der Veranda saßen und den Sonnenuntergang betrachteten. „Willst du es noch mal durchgehen?"

„Ach, bitte." Sie lehnte den Kopf an seine Brust. „Ich treibe dich doch bestimmt in den Wahnsinn mit diesem endlosen Rätsel."

„Es macht mir nichts", sagte er, strich ihr eine Haarsträhne hinter die Ohren. „Und ich kann den Augenblick nicht erwarten, in dem du es löst. Du wirst so richtig dafür brennen."

„Dir gefällt, wenn ich in Flammen stehe?" Ginny drückte ihm eine Handfläche auf die Wange. „Was für eine dumme Frage."

Er kicherte. „Schmutziges Mädchen." Aber er legte ihr die Finger ans Kinn und hob ihr Gesicht, damit er sie küssen konnte, und wieder einmal verschwanden die Rätsel und lang verschollenen Fragen. Nichts bis auf seinen Geschmack, seine Berührung blieb ... sie hatte eine Sucht nach Tucker, die kein Ende nahm.

Er summte leise, als er sich schließlich zurückzog, damit sie wieder zu Atem kam. „Wo waren wir?"

„Wen kümmert das?", murmelte Ginny, die sich drehte, um sich auf seinen Schoß zu setzen.

Er grinste leicht. „Komm schon. Nicht ablenken lassen."

„Böser Mann", beschwerte sich Ginny.

„Ich sag dir was. Gehen wir es noch mal ganz von Anfang an durch, und wenn wir etwas Neues finden, bekommst du eine Belohnung."

„Ha", schnaubte Ginny. „Ach, schau mal, ich habe was Neues entdeckt."

Tucker ließ die Zunge schnalzen. „Versuch es noch mal. Am Heiligabend, an dem Tamara dir das Geschenk gegeben hat. Du hast es mit in den Anhänger genommen ..."

„Warte ..." Oh mein Gott. Wie war ihr das entgangen? Ginny hob den Hintern hoch genug von seinem Schoß, um ihr Handy aus der Hosentasche zu holen. Tucker sah sie verwirrt an, während sie sich mit Tamara verband. „Hey, Frage an dich."

„Was ist los?", fragte ihre Schwägerin.

„Ich lege dich auf Lautsprecher", warnte Ginny, bevor sie es genauso machte und fortfuhr. „Tucker und ich beschäftigen uns mit diesem Rätsel. Als du mir das Geschenk gegeben hast, hast du gesagt, da waren noch andere Päckchen verstaut?"

„So war es. Eines für Caleb, Luke und Walker. Ich hab sie schon vor Ewigkeiten weitergereicht. Bin mir nicht sicher, ob das hilft." Tamara summte kurz vor sich hin. „Ich kann dir erzählen, was Caleb bekommen hat, denn es war so seltsam, dass wir uns schon gefragt haben."

„Das könnte helfen", sagte Tucker.

„Legosteine. Etwa ein Dutzend."

Ginnys Aufregung verflog leicht. „Urgs. Das wird komplizierter anstelle von leichter."

„Schon, oder? Wenn man bedenkt, dass Caleb etwa vierundzwanzig war, als deine Mom die Sachen verpackt hat, wirken Legos nicht wie das logische Geschenk." Tamara seufzte. „Sie sind in den Haupt-Lego-Eimer gewandert, aber ich kann sie raussuchen, wenn du sehen möchtest, ob darauf noch weitere Hinweise sind."

„Das ist ein erstaunliches, doch wenig beachtetes Talent", sagte Tucker.

„Sie waren wie Heuballen bemalt", erwiderte Tamara mit einem Lachen. „Die einzigen in dem ganzen Haufen."

Interessant.

„Leg sie für mich zur Seite, bitte", bat Ginny. „Jetzt muss ich herausfinden, was die anderen Jungs gekriegt haben."

„Viel Glück", erwiderte Tamara, bevor sie auflegte.

„Ich kontaktiere Luke, wenn du möchtest, und du kannst Walker anrufen", bot Tucker an.

„Abgemacht. Bericht in fünf Minuten", befahl Ginny.

„Ja, Ma'am." Seine Augen blitzten. „Hmm, da komme ich ja gleich auf Ideen."

Sie wedelte mit der Hand, während sie auf die Nummer ihres Bruders tippte. „Wir können es später versaut werden lassen."

„Versprochen? Kann ich die Seile rausholen?", sagte er, bevor er schnaubte. „Hi, Luke. Nein, das kannst du ignorieren." Er verdrehte die Augen. „Ich sagte, ignoriere es, oder ich gebe nach und erzähle dir genau, was ich mit deiner Schwester vorhabe."

Ginny krähte vor Lachen, leider genau dann, als Walker dran ging.

„Verdammt, du Göre. Handyetikette. Sei vernünftig", grollte Walker.

„Tut mir leid. Rasche Frage, und ich verspreche, ich werde den Lärm klein halten."

Fünf Minuten später wartete Tucker auf sie, während sie ihren Anruf bei Walker beendete.

„Es wird noch unmöglicher", beschwerte sich Ginny.

„Walker hat Weihnachtsschmuck bekommen. Wie eine Schatztruhe, die man ins Aquarium legen kann."

Tucker schüttelte den Kopf. „Ich sehe da kein Thema. Luke sagt, sein Geschenk wäre eine Stickarbeit von einem Pferd."

„Hat sie auch wie ein Pferd ausgesehen?", grollte Ginny. „Oder hat mein Dad es vermasselt, indem es fünf Beine und drei Köpfe hatte?"

„Frustrierend, ich weiß." Tucker drückte ihr einen Kuss auf die Stirn. „Jetzt habe ich aber was von einer Belohnung für die neue Information gesagt, und es wurde von Seilen gesprochen, und neuen Sex-Ideen. Ich bin dafür, dass wir reingehen und nachsehen, was für einen Unfug man mit diesen drei Dingen treiben kann."

„Du lenkst mich schon wieder ab", sagte Ginny, aber sie war aufgestanden und zerrte ihn hinter sich her ins Haus. „Mach dich nackig. Ich hole das Seil."

„Netter Versuch." Er nahm sie an der Hand und zog sie kurz direkt an seinen Körper. „Du machst dich nackig."

Sie wich weit genug zurück, um ihm einen anerkennenden Blick von oben bis unten zukommen zu lassen, bevor sie nach ihren Knöpfen griff. „Wie wäre es, wenn wir uns beide nackig machen?"

Zeit mit Tucker, in der sie nackt waren, war wirklich die beste Art, um Enttäuschungen zu verarbeiten.

Eine weitere gute Ablenkung gab es ein paar Tage später, als einige ihrer Freundinnen sich bei Kelli zu Hause versammelten, um Ginny mit der Arbeit an ein paar Kräuter-Körperpflegemitteln zu helfen.

Denn ihre Richtung für die Zukunft wurde allmählich klar. Dazu gehörte eine steile Lernkurve, aber auch eine Menge Spaß.

Kelli stand am Herd und rührte langsam in einem Topf wie

angewiesen, und schnüffelte vorsichtig. „Ich bin keine gute Köchin", warnte sie.

Ginny lachte. „Das ist für die äußerliche Anwendung, nicht innerlich, weißt du noch? Mach weiter, du bist fast fertig."

„Danke, dass du uns an die Kücheninsel lässt, denn ich habe mir Sorgen gemacht, dass wir das Zeug, das wir essen können, mit dem Zeug mischen, das wir nicht essen können", scherzte Tansy. Sie und Yvette waren damit beschäftigt, Blätter von Stilen zu zupfen, wie Ginny es ihnen gezeigt hatte. Keine der Kräuter waren bereits frisch im Garten von Silver Stone angebaut, doch Ginny schätzte, wenn sie Fehler mit Vorräten aus dem Laden machte, würde es ihrem Ego weniger wehtun.

„Ihr habt eine Menge Erfahrung mit dem Kochen", sagte Yvette. „Wenn es jetzt ich wäre, die entscheiden müsste, ob es ein Körperpflegeprodukt oder ein Pizzagewürz ist, dann wären wir in Schwierigkeiten."

„Warte, bis ich dich wirklich verwirre, wenn ich eine Körperlotion mit Basilikum mache", sagte Ginny mit einem Lächeln.

„Will ich wie Pizza riechen?", fragte Yvette.

„Machst du Witze? Wie viele Leute lieben Pizza?" Kelli warf einen Blick über die Schulter und zwinkerte ihr wissend zu. „Ich glaube, das ist eine ziemlich gute Art, um jemanden dazu zu bringen, an dir zu knabbern."

Tansy und Yvette kicherten, während Ginny sich zufrieden im Raum umsah. Es war immer noch ein weiter Weg, und doch war jede Teilstrecke zum Abenteuer geworden.

Es funktionierte, einfach den nächsten Schritt zu tun.

Es ging auch nicht nur um die Kräutertränke; es ging um Gemeinschaft. Darum, Zeit mit ihren Freundinnen und anderen zu verbringen, einen kleinen Teil beizutragen, einen Tag nach dem anderen.

Ginny goss die Flüssigkeit vorsichtig in Testbehälter, einen für jeden. Die Mädchen schnupperten anerkennend.

„Riecht köstlich."

„Pfefferminz-Fußcreme. Ich freue mich auf die nächste Fußmassage von Luke. Hey, da fällt es mir ein." Kelli schnappte sich etwas von der Arbeitsfläche nebenan und hielt es Ginny hin. „Er hat gesagt, du willst die Stickarbeit sehen, die er in diesem Rätsel-Päckchen bekommen hat."

„*Ohhhh*, noch mehr Rätsel lösen." Tansy rieb sich die Hände, dann rümpfte sie die Nase. „Ich habe Kräuterhände."

Gelächter trieb durch den Raum, während Ginny das selbst gemachte Bild annahm und es genau untersuchte.

„Das ist auf jeden Fall die Arbeit meiner Mom." Ein einzelnes Fohlen, Braun mit einer schwarzen Mähne. Einfach, nichts Schickes. Sie drehte es um und entdeckte ein Datum, das mit Filzstift geschrieben war, oben und unten vom Umriss einer Möwe gerahmt. „28. Februar. Das stimmt. Luke hatte Glück, dass er kein Schaltjahr-Baby wurde."

„Er ist aber typisch Fische. Durch und durch", beharrte Kelli.

„Mag er Wassersport, oder was?", fragte Tansy so trocken wie möglich. Ihre stoische Miene brach einen Augenblick später ein, während im ganzen Zimmer wildes Gelächter laut wurde.

Kelli drohte ihr mit dem Finger. „Du bist furchtbar."

„Ja", stimmte Tansy zu, die Hand nach der Stickerei ausgestreckt. Sie musterte sie, während sie sprach und sie umdrehte. „Fische – o mein Gott, Ginny, wo ist denn dein Blatt mit dem Unsinn drauf?"

Hoffnung strömte auf Ginny ein, während sie die Kopie vorschob. „Siehst du irgendwas?"

Tansy nickte, musterte das Blatt, dann deutete sie fest auf ein Bild. „Es ist die Hälfte eines Symbols für Fische und das

Sternzeichen, letzteres mit einer Menge künstlerischer Freiheit gezeichnet."

„Was? Moment – Sternzeichen?"

„Ich glaube schon."

Plötzlich ergab es eine Menge Sinn. „Das ist es – das ist der Hinweis, den wir gebraucht haben." Ginny wirbelte im Kreis, bevor sie Tansy drückte und ihr einen feuchten Kuss auf die Wange gab. Ginny schüttelte das zerfledderte Blatt in der Luft. „Wenn alles um Sternzeichen geht, dann nerven die Zeichenkünste meines Vaters zwar, aber es gibt in der Hausbibliothek ein Buch, von dem ich glaube, dass wir es brauchen. Falls es noch da ist."

Kelli wedelte mit den Armen, als würde sie Gänse hüten. „Worauf warten wir noch? Es ist Zeit, dort einzufallen."

Fünf Minuten später schaute sich Tamara die vier Frauen an, die auf ihrer Veranda mehr oder weniger zappelten, dann trat sie zur Seite. „Natürlich könnt ihr reinkommen."

Ginny wartete nicht ab, um es weiter zu erklären. Sie zog nur ihre Stiefel aus und rannte zum Büro, wo die bis an die Decke reichende Bücherwand immer noch eine Vielzahl an Büchern aus der Zeit ihrer Eltern enthielt. Sie fand dasjenige, das sie wollte, weit an der Seite in der obersten Reihe, dann huschte sie damit zurück in die Küche.

„*Das komplette Sternzeichen-Buch*", sagte Ginny, die es auf den Tisch fallen ließ. „Inzwischen nicht mehr so komplett, da es schon zwanzig Jahre alt ist, aber bitte lasst es den Hinweis sein, den wir brauchen."

Die anderen Frauen versammelten sich um die Kücheninsel, beobachteten fasziniert, wie Ginny Seiten umblätterte und dann das Buch am Umschlag schüttelte. Allerdings fielen keine Papiere heraus.

„Die Nummern, die Emma gefunden hat", erinnerte sie Tamara. „Kannst du die benutzen?"

„Genau." Ginny schnippte mit dem Finger. „Emma sagte auch, dieses Bild wäre eine Ziege. Welches Sternzeichen ist wie eine Ziege?"

„Was im Dezember. Steinbock", schlug Yvette vor. „Ich glaube, den nennt man auch Wasserziege, was vielleicht die Zeichnung deines Dads entschuldigt."

„Nichts entschuldigt seine Zeichnungen", sagte Ginny trocken. Einen Augenblick später hatte sie das Buch auf der Titelseite für Steinbock offen. „Zahlen?"

„Fünf – zwölf – dreißig." Yvette schaute auf. „Seite, Absatz, Zeile?"

„Seite erst", schlug Kelli vor. „Dann kannst du sehen, ob da ein Hinweis ist."

Ginny zählte sorgfältig die Seiten, und als dort weniger als zwölf Absätze waren, zählte sie die Zeilen, um die zweite Zahl darauf festzulegen.

Sie schrieb sich den dreißigsten Buchstaben dieser Zeile auf ein Stück Papier, das Tamara für sie suchte. „Das ist eins. Noch elf weitere."

Als die ersten vier Buchstaben tatsächlich einen Wortanfang ergaben – ZUSA – fühlte Ginny sich ein wenig schwindlig. Bis sie die Hälfte der Symbole nachgeschlagen hatte, war es im Zimmer sogar noch voller geworden. Caleb und Luke waren aufgetaucht, genauso Tucker.

Ginny hielt inne in dem, was sie tat, um einen Kuss von ihm entgegenzunehmen, war sich kaum bewusst, dass ihre Brüder am Rand ihres Sichtfelds Blicke wechselten. „Ich wollte dich nicht bei der Arbeit stören."

„Machst du Witze?" Tucker ließ sich neben ihr nieder. „Das ist wichtig. Der Erfolg steht bevor."

Als sie die letzten sechs Buchstaben hinschrieb, war die Nachricht klar, aber völlig nutzlos.

ZUSAMMENHALT

Kelli runzelte die Stirn. „Zusammenhalt? Was hält zusammen? Du und deine Brüder? Ein Weihnachtsschmuck, eine Stickerei und ein Spielzeug?"

Tamara rümpfte die Nase. „Ich verstehe das nicht."

Ginny konnte es nicht ertragen, die Leute, die ihr wichtig waren, so enttäuscht zu sehen.

„Ich bin gerade jetzt so froh", erklärte sie und merkte, dass sie nicht log oder versuchte, die Dinge schönzureden. Sie hob das Blatt ganz hoch und schaute Tucker in die Augen. „Wir haben einen Teil des unlösbaren Rätsels gelöst. Ich bin so stolz auf uns. Und vielleicht werden wir eines Tages einen weiteren Hinweis finden, der uns den nächsten Teil rausbringen lässt. Was könnte denn besser sein?"

Tucker legte ihr eine Hand um den Nacken und lehnte sich langsam vor. „Du, Ginny Stone, bist etwas ganz Außergewöhnliches."

„Bin ich", erklärte sie, zwinkerte Kelli zu, die sich unter Lukes Kinn anschmiegte. Sie schaute sich im Raum unter ihren Freunden und der Familie um. „Wie wäre es, wenn alle rüber zu mir kommen, um an der Feuerstelle zu feiern. Ich habe heute Morgen was gebacken, und ich habe Marshmallows. Man hat noch nicht gelebt, bis man nicht mal Brownie-Marshmallows übers Feuer gehalten hat."

Jubel kam auf, es wurde zustimmend genickt. Die Gesellschaft ging nach draußen zu ihrem kleinen Häuschen.

Irgendwo bei den Leckereien und der Gemeinschaft wurde die größte Wahrheit von allen klar.

Vielleicht war das Rätsel noch nicht gelöst, aber was Ginny anging, hatte sie bereits einen Schatz gefunden.

21

Die letzten Februartage kamen, und es lag Schabernack in der Luft. Lukes Geburtstag, und der von Tucker, waren gleich um die Ecke, darum wurden hinter verschlossenen Türen und außer Hörweite der beiden neugierigen Männer Ideen verhandelt.

Nein. Nicht *beiden*.

Ehrlich gesagt war es so, dass Luke ganz furchtbar nervte und jedes Mal plötzlich auftauchte, wenn Ginny und Kelli versuchten, etwas zu planen.

Tucker? Er schien überhaupt keine Ahnung zu haben, dass jemand mit ihm feiern wollte – ein weiterer Grund, seine Eltern zu verabscheuen.

Besonders nach dem Eintrag, den Ginny vor ein paar Tagen im Tagebuch ihrer Mom gefunden hatte. Nur der Gedanke daran pisste sie an und machte das Bedürfnis, eine großartige Überraschung zu planen, umso wichtiger.

Als würde sie an einer schmerzenden Abschürfung herumkratzen, öffnete Ginny das Buch, nur um es noch einmal zu lesen.

Ich bin so verflixt wütend, ich könnte spontan in Flammen aufgehen.

Tucker hat heute Nachmittag angerufen, um sich für das Geburtstagsgeschenk zu bedanken, das wir ihm geschickt haben. Er hat uns erwischt, bevor wir ihn anrufen konnten – wir haben gedacht, er wäre mit seiner Geburtstagsfeier bis nach dem Essen beschäftigt.

Es scheint, als wäre „etwas dazwischen gekommen", und seine Eltern hätten die Party abgesagt, also ist Tucker, anstelle mit seinen Freunden zu schwimmen, zu Hause, während seine Eltern auf ein Ereignis an der Universität gehen.

Ich verstehe das. Notfälle bei der Arbeit gibt es eben, aber diese Leute sollen doch verdammt sein. Er hat bereits alles aufgegeben, was er wirklich wollte, um ihren Neigungen nachzugeben, und jetzt bekommt er nichts?

Sie haben keine Ahnung, wie außergewöhnlich ihr Sohn ist. Der Schwachsinn, mit dem er da klarkommen muss, hätte ihn zu einem rebellischen Tyrannen machen sollen, und nicht zu einem vernünftigen jungen Mann. Er hat ein so gutes Herz und so viel Potenzial. Jedes Mal, wenn er hier ist, sehe ich eindeutig, dass er jede gute Gelegenheit nutzen möchte, die er bekommt.

In ihm ist tatsächlich etwas von Walter, und das freut mich.

Was heißt, zusammen mit meiner Wut bin ich auch im Modus des Problemlösens. Walter und ich sind einer Meinung – Tucker bekommt seine Geburtstagsparty, wenn er diesen Sommer herkommt. Wir werden sie zwar nicht so nennen, aber trotzdem.

Er hat es verdient, etwas Spaß zu haben. Außerdem bin ich ziemlich sicher, dass wir den Rest der Horde dazu bewegen können, mitzumachen, ob es nun eine offizielle Party ist oder nicht.

Schabernack treiben und Probleme zu lösen schienen für

Ginny im Augenblick sehr ähnliche Aufgaben zu sein. Sie war genauso entschlossen, wie es ihre Mutter gewesen war.

Tucker brauchte eine Überraschungs-Geburtstagsfeier.

„Wir könnten einen Raum im *Rough Cut* mieten, damit die Jungs Billard spielen können", schlug Kelli vor.

„So was haben sie schon bei Ashtons Party gemacht", sagte Ginny mürrisch. „Ich meine, es ist eine gute Idee, aber ich würde lieber irgendwas machen, das Teil der Vergangenheit ist und die Zukunft feiert."

„Hey. Kel, du hast mir gar nicht erzählt, dass meine Schwester rüberkommt." Luke spazierte in die Küche und stützte die Ellbogen auf die Kücheninsel, grinste sie beide irre an. Er hätte eigentlich etwas für Ashton draußen abholen sollen, darum bedeutete sein unerwartetes Auftauchen in der Küche, dass er versuchte, ihnen im Weg zu sein. „Hey, Schwester. Was für eine Überraschung. Schön, dich zu sehen."

„Du bist so ein Arsch", sagte Ginny trocken zu ihrem Bruder.

„Ja, aber er ist mein Arsch", erwiderte Kelli. „Er wird also nicht vergiftet."

Ginny stemmte die Fäuste in die Hüfte. „Das war einmal, vor sehr langer Zeit. Ich weiß nicht, warum ihr das alle immer wieder erwähnt."

Luke glitt hinter Kelli, ließ einen Arm um ihre Taille gleiten. „Wir denken, es ist besser, der potenziellen Gefahr vorauszueilen." Er zwinkerte Kelli zu. „Ich bin froh, dass ich dein Arsch bin. Das bedeutet, deiner gehört mir, oder?"

Ein leises Quietschen kam von Kelli, und sie fuhr zusammen, als hätte Luke ihren Hintern betatscht. „Benimm dich."

„Ich habe keine Ahnung, warum denkst, ich würde jetzt damit anfangen", schnurrte er.

Ginny verdrehte die Augen. „Da du ein so gutes

Gedächtnis für manche Dinge hast, sehen wir doch mal, wie weit es zurückreicht. Was haben wir an deinem vierzehnten Geburtstag gemacht?"

Luke hielt inne, blinzelte überrascht. „Das ist eine merkwürdige Frage."

Ginny hob eine Augenbraue.

Er wirkte nachdenklich. Runzelte die Stirn, dann wurden seine Augen groß. „O ja. Ich bin mir ziemlich sicher, das war das Jahr, in dem wir in den Vergnügungspark gegangen sind, bei dem alles im Innenbereich war. Indoor-Fußball, Indoor-Go Kart, so was in der Art."

Die Inspiration kam in einer Flut. „Perfekt."

Die Miene ihres Bruders wurde besorgt. „Was machst du da?"

„Ich habe keine Ahnung, wovon du redest." Ginny blinzelte unschuldig.

„Schwachsinn. Ich tu mal so, als wärst du nicht nervig. Außerdem, jetzt, da du Geburtstage erwähnt hast", erwiderte Luke gerissen, „habe ich eine Bitte."

Kelli lehnte sich an den Tresen zurück und verschränkte die Arme vor der Brust. „Ist das erlaubt?"

Ein selbstsicheres, zufriedenes Grinsen ging über sein Gesicht. „Dir wird es gefallen, wenn ich dir sage, was ich will."

Ach, würg.

Ginny machte ein unflätiges Geräusch. „Wie kommt es, dass du die ganze Zeit eindeutig-zweideutige Kommentare machen kannst, wenn ich da bin, aber wenn ich auch nur an das Wort Sex denke, windest du dich?"

„Da täuschst du dich", sagte Luke. „Ich bin ein reifer, erwachsener Mann, der sich niemals windet."

Ach, wirklich?

Ginny wandte sich an Kelli. „Wenn ihr eine Auszeit planen wollt, können Tucker und ich ein paar tolle Hotels im

Radius von zwei Stunden empfehlen. Du weißt schon, die Orte, an denen wir uns für unsere geheimen Stelldicheins getroffen haben, damit wir Stunden über Stunden damit verbringen konnten, uns ...“

Luke steckte sich die Finger in die Ohren und begann laut zu singen. „La la la la la la la.“

Kelli brüllte vor Lachen und schob ihn zur Tür. „Du. Geh und vergnüge dich woanders, und dieser Kommentar ist überhaupt nicht zweideutig gemeint. Außerdem warne ich dich jetzt, wenn du willst, dass ich bei Ginny die Information mit den geheimen Stelldicheins abgreife, dann sei mal besser bereit, uns in ein paar Tagen mit einem Geheimnis zu helfen, verstanden?“

Er nahm ihre Hand, um ihre Körper aneinander zu ziehen, küsste sie fest mit sehr viel Liebe, bevor er sie losließ und Ginny zuzwinkerte. „Ich helfe immer gern, und wenn die Überraschung etwas ist, was Tucker glücklich macht, dann noch ist es noch besser.“

Ihr Bruder ging, pfiff vor sich hin wie ein verflixtes Rotkehlchen.

Kelli schüttelte den Kopf, während sie Ginny anlächelte. „Manchmal ist er ein Arsch, aber verdammt, ich liebe ihn.“

„Er ist ein guter Kerl“, stimmte Ginny zu. „Jetzt lass mich dir erzählen, was ich denke, dann erzählst du mir, wie wir es sogar noch besser machen können. Wir fangen damit an, dass wir Lukes Party zu einer Überraschungsparty für zwei machen. Das wird Tucker nicht erwarten, aber er wird definitiv dabei sein, um mit Luke zu feiern.“

Kelli stand der Mund offen. „Das ist perfekt. Es ist listig, und Luke wird es nicht ausmachen, da bin ich mir sicher. Und was ist mit dieser Vergnügungspark-Sache?“

„Ich habe so ein Gefühl, ich weiß, was sich Tucker mit vierzehn als Party gewünscht hätte, wenn er die Gelegenheit bekommen hätte, wirklich zu sagen, was er will. Außerdem weiß ich genau, wie man das umsetzen kann."

Sie verbrachten die nächste Stunde mit dem Planen, machten Einkaufslisten und Anrufe. Nichts zu Kompliziertes, aber sehr machbar und äußerst unterhaltsam.

Tucker würde gar nicht ahnen, was da auf ihn zukam.

Oder genauer gesagt, er würde genau wissen, was da kam, und es würde ihn glücklich machen.

Ginny konnte es gar nicht erwarten.

TUCKER KÜMMERTE sich um ein paar Notfälle in letzter Minute, darunter einen Fehler bei der Küchenbestellung für die Kantine, die gleich als erstes am Montagmorgen rausgehen musste.

Es war keine gute Idee, wenn der Kantine zu wenige Lebensmittel geliefert wurden. Tucker war nicht sicher, ob er sich mehr vor dem fürchtete, was die Männer tun würden, oder vor dem Koch JP. Es wäre vermutlich der sicherste Weg, um einen Aufstand herbeizuführen.

Was bedeutete, bis er die Stufen hinauf zu Lukes Haus unterwegs war, war schon eine ordentliche Ansammlung von Trucks draußen geparkt. Luke würde sich riesig freuen, all seine Freunde da zu haben, um seinen Geburtstag zu feiern, und Tucker war verdammt froh, dass er dieses Jahr dabei sein durfte.

Es war das eine, was er im Lauf der Zeit wirklich daran hassen gelernt hatte, Geburtstag im Winter zu haben. All die Kinder, die im Sommer Geburtstag hatten, beschwerten sich, weil sie niemals ihre Schulfreunde dabei haben konnten. Aber im Sommer Geburtstag zu haben, hätte bedeutet, dass Tucker mit den Stones hätte feiern können.

Die Wahrheit gab es in vielen Gestalten. Dass er jetzt hier auf Silver Stone war, war beinahe das beste Fast-Geburtstagsgeschenk, um das er hätte bitten können.

Er atmete tief in der eisigen Winterluft ein, von Zufriedenheit erfüllt.

Ein Schritt ins Haus, und das Glück traf ihn sogar noch heftiger, als er den köstlichen Geruch in der Luft einatmete, und das Geräusch des Gelächters, das durch den Raum hallte, seine Ohren füllte.

„Endlich." Luke kam vor, eine Hand ausgestreckt, um ihn willkommen zu heißen. Er rief über die Schulter in die Küche. „Holt das Essen raus. Tucker ist hier."

„Ihr hättet nicht auf mich warten sollen", tadelte Tucker. Aber er nahm Luke in die Arme und klopfte ihm fest auf den Rücken. „Alles Gute zum Geburtstag, alter Mann."

„Du bist so ein Arsch", murmelte Luke. „Alter Mann, echt jetzt?"

Luke ließ ihn los und reichte ihm ein verpacktes Geschenk. „Ich höre, bei alten Leuten lässt die Sicht nach. Wenn sie dauernd in die Sonne blinzeln müssen und so. Vielleicht hilft das."

Walker trat vor, begrüßte Tucker und lachte leise. „Ich habe immer gehört, dass Jungs ihr Augenlicht wegen anderen Dingen verlieren."

„*Davon* wird derzeit nicht mehr so viel gebraucht, für jeden von uns", scherzte Luke, bevor er dramatisch stöhnte, während er sich mit der Hand auf die Stirn schlug. „Lieber Gott, ich habe gerade einen versauten Witz vor dem Mann gemacht, der mit meiner Schwester zusammen ist."

„Ich hab's doch gesagt, du hast Probleme." Ginnys Stimme kam aus dem Raum, zusammen mit einer Menge Frauenlachen.

Luke ignorierte sie und packte sein Geschenk aus, pfiff

leicht, als er ein kleines Fernglas sah. „Sehr hübsch. Dankeschön."

„Verstau es in deiner Satteltasche. Dann musst du nicht mehr mich fragen, ob ich die Tiere für dich identifizieren kann, die über zwanzig Schritte entfernt sind", schlug Tucker amüsiert vor.

Luke tätschelte ihm die Schulter, dann drehte er sich um zu dem vollen Raum.

Es gab eine Menge vertrauter Gesichter. Leute, die Tucker in den letzten paar Monaten kennengelernt hatte, darunter Tamaras drei Schwager.

Ginny kam vor und schmiegte sich unter seinen Arm. „Schön, dass du's geschafft hast."

„Auf gar keinen Fall wollte ich das verpassen." Er drückte ihr einen Kuss auf die Schläfe und sprach leise, sodass nur sie es hören konnte. „Das ist ein Meilenstein. Dass ich hier sein kann, meine ich."

Sie drückte ihn, dann schob sie ihn zur Küche, wo alle sich die Teller voll schaufelten. Es schien, der erste Punkt an diesem Abend war, so viel Pizza, Chicken Wings und andere Sachen von der Teenager-Speisekarte zu essen wie möglich. Als Nachtisch gab es kleine Stücke Schoko-Tassenkuchen — aus Schokopudding, in den Kuchenstücke gemischt waren, mit Gummi-Würmern und Bonbon-Insekten, die auf der Oberfläche jedes Bechers verteilt waren.

Erst nachdem sie sich gesetzt hatten, kam der Rest der Geschenke heraus.

Tucker achtete kaum darauf, wie Luke seine Geschenke auspackte, er war eher daran interessiert, Ginny zu beobachten. Sie saß auf seinem Schoß, redete leise mit Tamaras jüngster Schwester Julia.

Tucker war warm und entspannt, sein Bauch war voll mit Essen, das man nur als kalorienreiche Nascherei bezeichnen konnte. Sein Mädchen lehnte an seiner Seite, während er plauderte. Ganz gemütlich, während Tucker in einer anerkennenden Liebkosung seine Finger über ihren Oberschenkel auf und ab streichen ließ.

Jedes Mal strich er ein wenig höher, bis seine Fingerspitzen über ihren Hintern strichen. Langsam wurden ihre Wangen vor Hitze rot.

Ach, ja, das machte Spaß.

„Hey, Tucker.“

Tucker wandte sich von Ginnys gerötetem Gesicht ab, um festzustellen, dass Luke die Augen verdrehte. Wenn er Luke nerven konnte, war das immer ein Bonus. „Ja?“ Sein Freund hielt ein Päckchen nach vorne. „Auf dem hier steht *dein* Name.“

Was? „Echt?“

„Echt.“ Luke schüttelte es leicht, stand auf, um den Abstand zwischen ihnen zu überbrücken. „Hier. Es ist dein Name, siehst du? *Tucker*. Ganz klar.“

Tucker beäugte verwirrt die Schachtel. „Ja, ich verstehe, dass da mein Name drauf ist. Aber warum?“

„Weiß ich verdammt noch mal nicht, aber ich mache es nicht auf.“ Luke schob es ihm an die Brust, dann ließ er los, sodass Tucker gezwungen war, es zu nehmen, oder die Schachtel wäre heruntergefallen.

Ein leises Geräusch kam von Ginny.

Tucker warf ihr einen Blick zu, Argwohn machte sich breit. „Was hast du getan?“

Sie drückte sich eine Hand auf die Brust, ihr Mund stand in einer leichten O-Form offen. „Moi?“

„Ja, *toi*. Malicieux.“

„Ich, schelmisch?“ Ginny lachte laut, stieg von seinem Schoß und ließ sich auf dem Beistelltisch vor ihm nieder. „Na ja, vielleicht. Öffne es.“

Alle hatten mit dem aufgehört, was sie gerade getan hatten, um ihm zuzusehen. Tucker zuckte mit den Schultern und öffnete die Schachtel.

Darin warn eine Maske mit grünen Lichteffekten und eine Wasserpistole, die zu schwer und glänzend für Wasser war. „O mein Gott, echt jetzt?"

Luke klatschte in die Hände und nutzte eine Ansagerstimme, damit er über das Geplauder gehört wurde. „Ich fordere alle von euch, aber besonders Tucker heraus zum ultimativen Lasertag-Geburtstags-Wettkampf."

„Möge der beste Geburtstagsjunge gewinnen", fügte Ginny an.

„Oder zumindest in seinen Stiefeln sterben", ergänzte Caleb.

Die nächsten Minuten über herrschte Chaos, während Luke die Regeln erklärte – drei Leben, Treffer würden auf der Waffe oder der Maske registriert werden, Masken waren alle Zeit zu tragen –, jeder, der es mit einer Laserwaffe probieren wollte, griff dann in einen Beutel, um eine Nummer mit der Spielreihenfolge zu ziehen.

Julias Mann Zach machte etwas mit dem Fernseher, und plötzlich gab es einen geteilten Bildschirm, der drei unterschiedliche Ansichten eines seltsam beleuchteten Ortes zeigte, der vage vertraut wirkte.

„Ist das dein *Keller*?", fragte Tucker.

Luke nickte, schob sich die Maske auf die Stirn, und deutete dann auf die Stufen. „Wir haben Karton an die Wände getackert, darum ist es im Augenblick eher ein Irrgarten als ein Keller. Aber lehn dich nicht zu fest an irgendwas, sonst brichst du durch, und das wird nicht schön."

Tucker schüttelte ungläubig den Kopf. Er hatte schon immer mal Lasertag spielen wollen. So verdammt großartig.

„Du wirst untergehen", sagte er nebenher zu Luke. „Nur damit du es weißt."

Luke warf den Kopf in den Nacken und heulte böse, bevor er Tucker einen Todesblick zukommen ließ. „Dann los."

Tucker hob eine Augenbraue.

Sein Freund kicherte. „Okay, alle, die in dieser Runde nicht spielen, setzt euch und genießt die Show."

Runde eins begann. Zusätzlich zu Tucker und Luke gab es vier weitere Spieler – Dustin, Josiah, Karen Coleman und Tansy Fields.

Unten an den Stufen hielt Tucker inne, um die Menge an Arbeit zu bewundern, die in die Ausstattung gegangen war. Drei unterschiedlich große Öffnungen führten in den eigentlichen Keller. Musik wurde um sie herum in einem harten, hämmernden Beat laut, der alle Geräusche überdecken würde. Über Mikrofon, sodass es deutlich hörbar war, trug Zachs Stimme durch die Luft. „Team eins – Karen, Tucker, Josiah. Gesichtsmasken auf, dann tretet jetzt in den Irrgarten ein."

Die drei salutierten einander, dann schlüpften sie in die das Halbdunkel.

Tuckers Herz hämmerte, und er war sich verdammt sicher, seine Wangen würden wehtun, weil er so grinste. Seine Laserwaffe hatte drei grüne Streifen auf dem Lauf, und ein grünes Glühen leuchtete um seinem Kopf.

Also. Nicht auf grüne Teamkollegen schießen. Verstanden.

Er ging vorsichtig weiter, bog um die Ecken und wand sich durch enge Gänge. Rückwärts ging er in eine Seitennische, weil er hoffte, da würde er sich verstecken können.

Zachs Stimme erklang wieder. „Team zwei, Gesichtsmasken auf. Im Irrgarten gibt es einen grünen Ring und einen roten Ring. Findet den Ring eures Teams und bringt ihn zur Basis zurück, um zusätzlich Ruhm zu gewinnen. Team zwei, betretet jetzt den Irrgarten."

Scheiße. Tucker hatte vorher nicht genau genug zugehört. Dieses „finde ein Ding und bring es zurück" kam unerwartet. Es bedeutete, dass er nicht einfach da sitzen und abwarten konnte, dass der Feind zu ihm kam.

Zögerlich ging er ganz langsam aus seinem Versteck, wollte verzweifelt die Geräusche der Musik von der potenziellen Gefahr trennen, dass ...

Seine Waffenhand leuchtete, und ein hohes *Blip*-Geräusch erklang. Er war von links getroffen worden. Tucker wirbelte herum und schoss gleichzeitig, zielte unabsichtlich viel zu tief, um etwas zu treffen.

Nur dass Luke auf Händen und Knien war, und Tuckers Schnellfeuer ihn dreimal hintereinander traf, sodass seine roten Lichter sofort ausgingen.

„Na, verdammt", sagte Luke mit einem Lachen, dann fiel er dramatisch um und schüttelte sich in gespielten Todeszuckungen.

Tucker lachte, salutierte aber vor seinem Freund, bevor er weiter in das Labyrinth vordrang.

Drei Ecken weiter wurde er in einem Kreuzfeuer zwischen Josiah, Dustin, Tansy und Karen erwischt. Dann ging die Musik aus, die Lichter waren an, und die einzige, die noch stand, war Karen.

Sie hob die Waffe an ihre Lippen und blies auf den Lauf, bevor sie grinste.

Das Ganze hatte weniger als sieben Minuten gedauert.

In den nächsten beiden Stunden spielten sie abwechselnd in zufälligen Gruppen, die am Anfang hinuntergingen, später in Teams, die gut gelaunt schon vorher abgesprochen waren.

Die beste Gegenüberstellung des Abends war Tuckers Einschätzung nach, als die Frauen das Labyrinth übernahmen.

Die vier Coleman-Schwestern – Tamara, Karen, Lisa und Julia – schnappten sich Kelli und Ginny. Lisa wechselte die Lager und schloss sich Ginny und Kelli in Team zwei an.

Tucker und seine Freunde sahen sich die Action auf dem Bildschirm an. Das Tempo war fies und schnell, das Kreischen und Schreien und Frauenlachen so laut, dass es durch die Bodendielen aufstieg. Aber bis Team zwei schließlich Team eins ausgelöscht hatte – es brauchte eine Menge Energie, um Karen auszuschalten – waren Lisa, Ginny und Kelli alle auf ein Leben reduziert. Doch sie hatten auch den Bonusring gefunden.

„Gut gemacht, Freundinnen." Lisa gab ihnen High-Fives, dann zog sie locker ihre Waffe und erschoss ihre beiden Teamkolleginnen, wo sie standen.

Danach hörte das heulende Lachen eine lange Zeit nicht auf, besonders da Lisa durch den Keller lief, während sie den Ring um ihren Finger wirbelte.

Josiah schüttelte den Kopf, aber er lachte auch. „Darüber wirst du niemals wegkommen", warnte er sie, während sie ihm fröhlich ihren Preis präsentierte.

„Leben heißt Gefahr", erwiderte sie mit einem Grinsen.

Aber sie versuchte, ohne Erfolg, wegzulaufen, als ihre Schwestern und Teamkolleginnen sie umzingelten, sie sich schnappten und sie hinaus in eine Schneewehe warfen.

Den ganzen Abend lang gingen Tucker und Luke in gegensätzliche Teams. Sobald sich der Staub gelegt hatte, hatten sie sechs Runden gespielt, und es stand zwischen ihnen ausgeglichen drei zu drei.

Inzwischen war es so spät, dass Paare sich allmählich nach Hause aufmachten, bis nur noch ein paar übrig geblieben. Dustin und Shim traten zum vierten Mal hintereinander gegen Fern und Tansy an.

Luke hob ein Bier an die Lippen und nippte, beobachtete

erheitert den Bildschirm. „Diese Jungs lieben es, bestraft zu werden."

„Auf jeden Fall", stimmte Tucker zu. „Ach, schau mal. Dustin wird gleich niedergestreckt."

Fern war fies mit ihrem Laser. Irgendwie hatte sie ihn an ihrer Prothese angebracht, und sie sah aus wie eine Heldin aus *Star Wars*, während sie Lukes Bruder wieder einmal ausschaltete.

In der Küche plauderten Kelli und Ginny. Sie nickten, lachten offen. Neben dem Platz, auf dem Luke und Tucker saßen, knisterte leise das Feuer.

„Es war eine gute Party", sagte Tucker leise. „Danke, dass du sie mit mir geteilt hast."

„Es *war* eine gute Party. Brauchen wir noch eine weitere Runde, um herauszufinden, wer der ultimative Champion ist?" Noch während er fragte, nippte Luke langsam an seinem Bier, bewegte keinen Finger. Offensichtlich war er zufrieden da, wo er war.

Tucker beobachtete den Bildschirm des Lasertags mit einem Auge, aber ein größerer Teil seiner Aufmerksamkeit blieb auf den Raum fokussiert. Auf seinen Freund und Kelli. Auf Ginny, die Sonnenlicht ausstrahlte, wo immer sie hinging. „Nö. Sagen wir doch für heute, wir sind quitt. Aber nächstes Mal gehst du unter."

„Abgemacht." Luke streckte die Beine aus, drehte den Kopf gerade weit genug, um Tucker in die Augen zu schauen. „Alles Gute, Bruder."

Wärme wie an einem Sommertag machte sich breit. Tucker neigte das Kinn zustimmend. „Alles Gute uns beiden."

22

___

*E*s war ein weiterer umtriebiger Tag, aber ein produktiver. Ginny bewunderte die Reihen von Behältern, die auf ihrem Küchentisch aufgestellt waren, mit großer Zufriedenheit. Die ordentlichen Etiketten mit dem wunderschönen Logo, dass Fern Fields für sie gestaltet hatte, schimmerten in einem blassen, glitzernden Grün.

Gaben der Göttin.

Im Lauf des letzten Monats hatte Ginny ein halbes Dutzend Antworten auf ihre Anfragen nach Informationen über örtliche, selbsthergestellte Produkte bekommen, und obwohl die Möglichkeit, eine Geschenkbox vom Ort zusammenzustellen, immer noch außerhalb ihrer Reichweite war, erkundete Ginny weiter. Dachte nach und träumte.

Als Bonus, weil sie von zu Hause aus arbeitete, war die Entspannung niemals weit entfernt. Sie hörte um drei Uhr auf, zu arbeiten, schenkte sich eine Tasse Tee ein und nahm sie und ihr Notizbuch mit auf die Veranda. Es war ein ungewöhnlich warmer März gewesen, und obwohl sie immer noch weit von der Zeit entfernt waren, in der etwas Grünes draußen blühen würde, anstatt in den erzwungenen Wänden des Gewächshauses, fühlte es sich an, als würde Magie durch die Luft wirbeln. Tiefe Atemzüge der reinen Luft erfrischten ihre Seele genauso wie ihren Körper.

Erst blätterte sie durch die Seiten im Tagebuch ihrer Mutter, wo Ginny eine Geschichte fand, die sie zum Brüllen brachte, weil es so sehr nach ihrer Mom klang, und eine so klare Erinnerung an die Zeit war, als sie ungefähr dreizehn gewesen war, dass der Tagebucheintrag dafür sorgte, dass die Einzelheiten dieses Sommerabends in einem herrlichen bunten Spektakel zu ihr zurückkehrten.

Ich habe einen Haufen Rezeptkarten aus den 1930ern bis 1970ern gefunden. Lieber Gott, ich kann nicht entscheiden, ob die Köche, die sich das ausgedacht haben, Sadisten waren, oder ob sie sich einfach nur lustig gemacht haben und niemals dachten, dass man sie ernst nehmen würde.

Ich beschloss, dass ich eines davon für die Familie machen musste, aber schwierig wurde es, zu entscheiden, welches davon so abgefahren war, dass sie mit der Wimper zucken würden. Jungs im Teenager-Alter essen einfach alles.

Ich entschloss, vier auf einmal auszuprobieren.

Der arme Walter. Als ich das Essen auf den Tisch stellte, sah er aus, als würde er meine geistige Gesundheit anzweifeln. Trotzdem häufte er sorgfältig eine Portion von jedem Gericht auf die Teller und reicht sie herum.

Caleb schien es nicht aufzufallen. Luke und Tucker schauten einander an, spachtelten aber alles weg, als wäre es normal. Walker grinste, haute aber enorm rein. Dusty bat um eine zweite mit Bohnen gefüllte Tomate.

Ginny starrte mich am längsten an, bevor ihr ein Geräusch entschlüpfte. Ich dachte einen Augenblick lang, sie würde würgen, aber es war ein Kichern.

Kann man sich vorstellen, wie schwer es ist, eine neutrale

Miene aufzubehalten, wenn die eigene Tochter wie verrückt kichert, noch während die Männer in ein winziges, wie eine Burg geformtes Sahnehähnchen-Aspik stechen? Oder ein leuchtend pinkes Lachs-Keks-Dessert?

Ich glaube, jedes Jahr am Canada Day mache ich jetzt eine dieser altmodischen Monstrositäten.

Ginny wischte sich Tränen ab, denn die Mahlzeit war wirklich so schlimm gewesen. Die Geschmäcker, die Farben – alles davon unfassbar schrecklich. Als sie in die Tasche auf dieser Seite schaute und die eigentlichen Rezeptkarten fand, lachte sie schon wieder los.

Wenn Dustin und Shim nächstes Mal zum Abendessen vorbeikamen, würde sie auf jeden Fall dieses Rezept mit Sahnehähnchen machen.

Immer noch kichernd schob sie das Tagebuch ihrer Mom zur Seite und nahm ihr eigenes, blätterte wie üblich darin, um eine Seite etwa ein Drittel weit im Inneren zu öffnen.

Oben auf der Seite starrten sie Worte an.

Die eine Sache, die ich bedaure.

Interessant, wie sie zu jedem dieser Vorschläge immer wieder zurückkehren konnte, und jedes Mal könnte die Antwort ein wenig anders ausfallen. Hätte sie die Frage vor einem Jahr während ihrer Reisen gelesen, hätte sie vielleicht bedauert, nicht alle richtigen Fragen gestellt zu haben, bevor sie auch nur aufgebrochen war.

Aber hier und jetzt lautete die Antwort, die am klarsten aufstieg, wie sie sich tief im Innersten fühlte, und dass sie das noch nicht annähernd ausreichend geteilt hatte.

Wie sehr sie Caleb liebte und zu schätzen wusste, für alles, was er je getan hatte, nicht nur für sie, sondern auch Dare. Wie sehr sie es genoss, Walker und Ivy zur Gesellschaft zu haben, wie viel ihr ihr großer Bruder Luke und die elektrisierende Kelli bedeuteten. Wie Dustin Ginny zum Lachen und Lächeln brachte, und seine offen vor ihm liegende Zukunft etwas war, das sie gar nicht erwarten konnte, mit ihm zu erkunden. Wie Tamara magisch auf Ginnys Bedürfnisse nach einer Mutterfigur und einer guten Freundin zur gleichen Zeit eingegangen war.

Wie sehr sie Tucker liebte. Körper, Geist und Seele.

Das war etwas, das zu groß war, um daran vorbeizustürmen.

Das Gefühl in ihr war nichts Neues. Sie hatte Tucker vermutlich irgendwie geliebt, seit sie eine überschwängliche Jugendliche gewesen war. Aber der echte Augenblick der Veränderung, an den erinnerte sie sich deutlich.

Draußen auf der Tanzfläche. Ende Januar. In diesem Augenblick hatte sie gewusst, dass alles, was er früher gesagt hatte, absolut wahr war.

Er hatte sie für sich beansprucht. Ganz direkt, ohne einen Zweifel zu lassen, hatte er deutlich gemacht, dass er sie wollte. Verdammt sollten die Konsequenzen sein, verdammt ihre Versuche, sein Leben leichter zu machen.

Ich will dich, selbst wenn es nicht einfach ist.

Sie warf einen Blick auf ihr Notizbuch.

Die eine Sache, die ich bedaure.

Sie war sich ziemlich sicher, dass Tucker wusste, dass sie ihn mochte. Dass ihm ganz genau klar war, dass sie ihn gerne um sich hatte. Aber mit seinem Hintergrund, mit seinen Eltern, wie oft hatte er im Leben schon die tatsächlichen Worte gehört?

Sie hatte sie zurückgehalten, und das war falsch.

Ginny ließ das Tagebuch auf die Bank fallen und schoss hoch.

Hier kam es dann zur Magie, denn die Anregung von ihrer Mutter fühlte sich noch nicht an wie eine Gelegenheit, ihr

Herz auszuschütten und eine solide Grundlage zu schaffen, auf der man aufbauen konnte.

Sie fühlte sich an wie eine Ermutigung, einen Fehler wiedergutzumachen.

Sie zog ihre Stiefel und ihre Jacke an und ging hinaus in den sonnigen Tag.

Der Pfad zwischen dem Häuschen und dem Haupthaus der Ranch war schnell überquert. Sie klopfte kurz und ging dann hinein, freute sich, Tamara in der Küche zu sehen, mit Caleb an ihrer Seite.

Ginny blieb einen Sekundenbruchteil lang stehen, als ihr klar geworden hatte, dass sie sie beim Küssen gestört hatte. Aber andererseits, wen kümmerte das? „Ich muss euch was sagen", verkündete sie.

Tamara hatte rosige Wangen, aber sie blieb dicht an Calebs Seite sitzen. „Ja?"

Ginny marschierte zu Caleb und schaute ihm direkt in die Augen. „Du bist erstaunlich, und ich bin so froh, dass du mein großer Bruder bist." Sie wandte sich an Tamara. „Ich halte dich für die coolste Schwägerin aller Zeiten, und ich bin so froh, dass du in der Familie bist. Ich liebe euch beide so sehr."

Dann warf sie die Arme um ihren Nacken und drückte sie einen Augenblick lang fest.

Ein tiefes Lachen kam von Caleb. „Na, das ist gut."

„Ist es", erwiderte Ginny glücklich, noch während sie sich herauswand und zurück zur Tür marschierte. Sie winkte königlich mit einer Hand in der Luft, als sie ging. „Tut mir leid, dass ich störe. Macht mal weiter mit dem Knutschen."

Hinter ihr erklang ein Lachen, als sie die Tür zum Ranchhaus schloss.

Die nächsten paar Geständnisse fanden am Telefon statt. Ginny erwischte Ivy und Walker zu Hause und brachte sie alle auf den neuesten Stand, indem sie es ihnen zurief, nachdem Walker gehorsam den Lautsprecher angeschaltet hatte.

„Ich liebe euch. Ihr seid die tollsten, und ihr werdet super Eltern. Aber im Augenblick seid ihr auch ein super Bruder und eine super Schwester, und ich kann es gar nicht erwarten, in Zukunft mehr Zeit mit euch zu verbringen."

Walkers tiefes, erheitertes Grollen kam durch die Leitung. „Ein wenig früh, um was zu trinken, oder nicht, Kleine?"

Ginny steckte ihm die Zunge heraus. „Ich muss los. Wir reden bald."

„Wir lieben dich auch", sagte Ivy leise, bevor sie auflegte, wieder war das Geräusch von Gelächter in Ginnys Ohren.

Luke arbeitete, und genauso Kelli, was bedeutete, dass sie es ihnen später mitteilen würde.

Aber Tucker? Sie wusste, wo er war. Als ob er der Nordpol war und sie auf ihn eingeschwungen, spürte sie ihn in nur wenigen Minuten auf.

Eine Menge hatte sich am Geländer versammelt, um zu sehen, wie Luke mit einem der neuen Pferde arbeitete. Tucker stand mitten unter den Männern, die Helfer um ihn herum eine Mischung aus Gleichgültigkeit und purer Heldenverehrung.

Sie machte ihnen keinen Vorwurf. Tucker war alles, wovon sie als Dreizehnjährige in einem Mann geträumt hatte. Der Part, dass er hochgewachsen, dunkelhaarig und breitschultrig war, war ja ganz nett, aber es war der Rest, den sie inzwischen wirklich zu schätzen wusste. Selbstsicher, während er Lukes Handlungen erklärte, und geduldig für die jungen Männer neben ihm darlegte, wie die Trainingsmethode funktionierte.

Tucker hatte wohl einen Hauch ihrer Bewegung gesehen, natürlich hatte er das. Der Mann war sich allem bewusst, was um ihn herum vorging, darunter ihrer unsteten halb marschierenden, halb laufenden Annäherung.

Er richtete sich auf, wandte sich zu ihr. „Ginny? Alles in Ordnung?" Sie warf sich mehr oder weniger auf ihn. Man konnte vergessen, dass das ruhig oder elegant aussah, die Worte wollten einfach heraus. „Ich liebe dich."

Ein männliches Kichern erklang, und plötzlich hatten die Männer auf dem Geländer offenbar alle etwas Wichtiges zu tun, rückten weiter ab, damit sie etwas Privatsphäre bekamen.

Tucker stand der Mund sperrangelweit offen. „Göttin?"

Ginny schüttelte den Kopf. „Nein. Du bist normalerweise echt gut drin, die richtige Antwort zur richtigen Zeit zu geben. Also wenn ich sage, dass ich dich liebe, erwiderst das du das, okay?"

Seine Lippen zuckten. „Was habe ich mir nur gedacht?"

„Ich habe keine Ahnung", rief sie, Erheiterung stieg auf, als ein Lachen sich aus ihrem Inneren löste. „Tucker Stewart, ich liebe dich."

Seine Miene war völlig unergründlich geworden. „Du hast keine Ahnung, wie verführt ich bin, einfach nur zu wiederholen, was du gesagt hast, Wort für Wort."

Sie stieß ihn sanft an die Schulter. „Sei doch kein Idiot, sag einfach *meinen* Namen."

„Ginny Stone", erwiderte er gehorsam.

„Du willst mich dazu bringen, es dir ein Wort nach dem anderen aus der Nase zu ziehen, oder nicht?", wollte sie wissen.

„Okay."

Er war der frustrierendste und wunderbarste Mann auf der ganzen Welt. „Sprich mir nach. Ginny Stone, ich liebe dich."

Er drehte sie in seinen Armen und drückte sie an den nächstbesten Zaunpfosten. „Mit allem, was ich habe. Jetzt und auf ewig. Bis ich nicht mehr atme und falls es möglich ist, sogar noch länger als das."

Oh, verdammt, er war gut, denn wie konnte man als

Mädchen denn seinem Typen noch böse sein, wenn er etwas so Unfassbares gesagt hatte?

Ginny nahm sein Gesicht in die Hände. „Ich hätte es früher sagen sollen. Ich hätte es vor Jahren sagen sollen, denn irgendetwas in mir hat dich immer geliebt.“

„Ein Schritt nach dem anderen“, rief er ihr mit einem Zwinkern in Erinnerung. „Ich liebe dich, Ginny.“

Dann küsste er sie.

Im Lauf der Jahre hatte es so viele Küsse zwischen ihnen gegeben. Süß und unschuldig. Verführerisch heiß, beinahe spontane Entflammung. Sie hatten träge Küsse geteilt, die schwelten, bis ein die Energie aufsaugender Funke sie entzündet hatte.

Aber bei diesem Kuss ging es um die Ewigkeit. Um Liebe und darum, aus den richtigen Gründen zusammenzusein.

Nichts, was man bedauerte.

Ein wenig heiße Luft zischte an ihrem Ohr vorbei, und Tucker lachte leise, seine Lippen krümmten sich zu einem Lächeln, noch während sie auf ihre gedrückt blieben. „Ich glaube, man sagt uns, wir sollen mal weitergehen.“

Ginny warf einen Blick über die Schulter, um festzustehen, dass eines der Pferde herübergekommen war, um nachzuschauen, was sie da machten. Es hatte seine Nase an ihrer Wange vorbei und zwischen sie und Tucker gesteckt.

„Ich habe keine Pferde-Anstandsdame bestellt“, sagte sie und schaute sich um, um festzustellen, dass Luke sie angrinste.

„Hey, du hast unseren Vorarbeiter mitten bei einer Aufgabe gestört. Ich kann nichts dafür, wenn du auch gestört wirst, während du gerade etwas tust.“

Tucker richtete sich auf, schmiegte Ginny an seine Seite. „Ich würde mich entschuldigen, aber nach all den Jahren ist Ginny *endlich* zu Sinnen gekommen und hat mir gesagt, dass sie mich liebt, also war das schon irgendwie wichtig.“

Ginny kniff sich in den Nasenrücken. „Ich glaube einfach nicht, dass du das gerade gesagt hast."

„Sie hat irgendwas mit Privatsphäre. Ich verstehe es einfach nicht", sagte Tucker. „Sehr scheu und zurückgezogen, unsere Ginny."

„Ist mir aufgefallen", erwiderte Luke trocken und wedelte mit der Hand dorthin, wo der Rest der Ranchhelfer begonnen hatte, zu pfeifen und zu johlen. „Ist uns allen aufgefallen."

Von irgendwo in der Gegend ihrer Zehen stieg ein Lachen auf und erhob sich bis in den Himmel. Es war die ansteckende Sorte, denn Luke lachte auch, und Tucker starrte auf dem Boden und schüttelte den Kopf, als wären die beiden völlig aus dem Häuschen, aber sie wusste, dass er sich amüsierte.

Er musste nicht bis über beide Ohren grinsen, damit sie wusste, wie es ihm ging und was er dachte.

Wie sehr er sie liebte.

DER FRÜHLING KAM. Tucker war hin- und hergerissen zwischen Erschöpfung und Freude, jeder Tag fing mit frühen Aufgaben an und ging oft bis spät in die Nacht.

Aber ganz gleich, zu welcher Zeit er fertig war, seine Tage endeten mit Ginny an seiner Seite im Häuschen, und er wachte auf, mit ihr in den Armen. Und das machte es alles wert.

Eines Morgens kam Alex in sein Büro gelaufen. „Es ist Zeit."

Tucker blinzelte einen Augenblick lang. „Verdammt, so wie du vibrierst, hätte ich gedacht, ein Baby ist unterwegs."

Sein Freund grinste. „Nö, das sind doch Ryan und Madison."

„Verdammt, die lassen ja nichts anbrennen ..." Tucker hielt

inne, als Alex ihn mehr oder weniger anstarrte. „Okay, das war ungünstig formuliert."

„Tut mir leid, dass ich lache und gleich weg bin, aber Dad hat in zwei Tagen die letzten Check-ups vor der Operation. Und Mom hat gerade geschrieben, ihr Doktor sagt, ihr Termin wird noch diese Woche sein."

Wow. „Gute Neuigkeiten, auch wenn ich dich vermissen werde, während du weg bist", teilte ihm Tucker aufrichtig mit.

Alex streckte eine Hand aus und schüttelte die von Tucker fest. „Ich komme wieder. Es gibt eine Menge, was ich noch hinkriegen möchte."

„Soll ich auf irgendwas ein Auge haben, während du weg bist?"

Das Lächeln des anderen Manns wurde verlegen. „Ich glaube nicht, dass es eine gute Idee ist, dich darum zu bitten, dazwischen zu gehen, falls Yvette anfängt, mit einem der anderen Helfer auszugehen, aber ich bin trotzdem verführt."

Tucker klopfte ihm auf die Schulter, als er Alex zur Tür brachte. „Tut mir leid, in diese Richtung kann ich dir keine Versprechungen machen. Aber ich werde versuchen, ein Loblied auf dich zu singen, so oft ich kann."

„Mehr, als ich mir erhoffen könnte." Alex tippte sich an den Hut und ging.

Veränderungen kamen, wenn auch noch nicht alle, auf die Tucker gehofft hatte. Sein Onkel zum Beispiel war immer noch wenig auskunftsfreudig und kooperativ, wenn es um seine Beziehungssituation ging. Oder den scheinbaren Mangel einer solchen.

Zumindest hatte die Frau aufgehört, ihm noch mehr Macramé zu machen, bevor seine Räumlichkeiten darunter begraben wurden.

Aber einen über Sechzigjährigen zu überzeugen, mal in die Puschen zu kommen, stand weit unten auf Tuckers Liste, wenn es ans Eingemachte ging. Da er es zu schätzen wusste, dass sich niemand in sein Liebesleben einmischte, wollte er Ashton dieselbe Rücksichtnahme angedeihen lassen.

Im letzten Wochenende im April hielten die Stones eine gemeinsame Geburtstagsparty für Caleb und Tamara ab, die zufälligerweise nur einen Tag voneinander entfernt Geburtstag hatten. Die ganze Familie war eingeladen, wozu auch Tucker gehörte, eine Tatsache, die ihn so richtig begeisterte.

Auf dem kurzen Stück zwischen dem Häuschen, das er sich inzwischen so ziemlich Vollzeit mit Ginny teilte, und dem Haupthaus der Ranch erwischte er sich einen Augenblick lang dabei, dass er beinahe auf und ab hüpfte. Dass er Hand in Hand mit Ginny lief, fühlte sich so richtig an, dass Tucker nicht glauben konnte, dass er so lange durchgehalten hatte, ohne dass sie die Seine war.

Das Chaos der Mahlzeit und der Party waren die pure Freude.

Nach dem Essen zerrte Ginny ihn in die Waschküche, um etwas Privatsphäre zu haben. Sie legte ihm die Arme um die Taille und grinste zu ihm auf. „Du grinst ja echt heftig, Superman. Du wirst deinen gefürchteten Ruf verlieren, wenn du nicht aufpasst."

Er hob eine Augenbraue. „Superman?"

Ginny legte sich eine Hand über den Mund und kicherte noch heftiger. „Du siehst gerade so verstört aus."

Aus dem Hauptraum kam kreischendes Gelächter, und Tucker lehnte sich nach hinten, um zu sehen, was los war.

Dustin saß auf der Couch im Wohnzimmer, eine Nichte auf jeder Seite, während er Dinge in einem alten Fotoalbum auf seinem Schoß vorzeigte. Sasha machte den ganzen Lärm.

Dustin funkelte sie gespielt an. „Das nimmst du zurück."

„Womit quält ihr denn euren Onkel jetzt?", wollte Tamara wissen.

Alle spähten zu Sasha, die weiterhin ganz groß grinste. „Als Modepapst kann man ihn total abschreiben, Mom. Schau mal. Er trägt einen kuscheligen Jogginganzug. Onkel Luke sieht auch schrecklich aus. Ich will wissen, ob er irgendwelche seiner Westen oder gebleichten Jeans behalten hat, denn die er könnte jetzt in der Schule tragen und die ganzen Retro-Preise abräumen."

„Ha, ha", Dustin tat so, als wäre er mürrisch, aber er zwinkerte Tamara zu. „Ich schätze, du hast recht. Ich habe in der Familie nicht immer den Preis für die heißeste Mode gewonnen."

„Was ist gebleicht?", wollte Emma wissen.

Sasha griff über das Fotoalbum, um es ihr zu zeigen.

In der Zwischenzeit starrte Dustin weiterhin auf die Seite, Verwirrung wurde zu richtiggehender Freude. „Hey, Ginny. Ich glaube, ich habe einen weiteren Hinweis, den du zu deinem Rätsel hinzufügen kannst."

Das zog die Aufmerksamkeit aller auf sich.

Ginny stürmte vor, Tucker folgte ihr direkt auf dem Fuß. „Gibt es irgendwas im Album?"

„Irgendwie schon", sagte Dustin. „Da habe ich gestern erst drüber nachgedacht. Weshalb habe *ich* kein Geschenk in der Schachtel erhalten? Du weißt schon, der, die Tamara gefunden hat, in der das Zeug für alle anderen war, alles ins gleiche Papier eingewickelt."

Ginny hielt inne. „Ich bin nicht sicher."

Ihr kleiner Bruder grinste. „Weil ich es bereits geöffnet habe."

Im Raum herrschte Schweigen.

Er hob die Schultern zu einem leichten Schulterzucken. „Verbessert mich, falls ich falsch liege, aber ich glaube nicht, dass Mom der Typ war, der irgendwas ohne Grund tat. Wenn sie Ginny ein Rätsel gegeben hat, an dem die Geschenke aller ihrer Kinder beteiligt waren, und sie wurden alle zur gleichen Zeit eingepackt, und wir sollten zusammenarbeiten, um das Rätsel zu lösen, dann ergibt es doch einen Sinn, dass ich auch ein Geschenk bekommen habe."

Sie alle schauten hinab auf das Fotoalbum. „Das ist deine Geburtstagsparty, oder?", fragte Ginny.

Dustin nickte. „Im Dezember, was bedeutet, dass ich ein zusätzliches Geschenk geöffnet habe, das eigentlich Teil von Ginnys mysteriösem Päckchen war. Dann hätte Luke seins im Februar geöffnet, Walker im März, Caleb im April, und Ginny im Juni."

Es hatte vorher schon so viele Enttäuschungen gegeben, dass Tucker nicht wollte, dass Ginny sich Hoffnungen machte, nur um sie wieder zerstören zu lassen. Doch vielleicht würde das tatsächlich passieren. „Was hast du bekommen?"

Dustin deutete auf die Seite, dann hob er das ganze Album in die Luft, damit es alle sehen konnten.

So süß wie nur was zeigte der achtjährige Dustin ein Lächeln voller Zahnlücken mit einer Mischung aus Milchzähnen und bleibenden Zähnen. An seine Wange hielt er eine dreifarbige Plüschkatze.

„Die ist unheimlich lebensecht", sagte Tucker.

„Ich erinnere mich an das Ding", ergänzte Ginny. „Die hast du ewig überallhin mitgeschleppt."

„Ich habe sie noch", beichtete Dustin, jetzt ruhiger. „Ich habe sie in eine Schachtel getan, zusammen mit meinem ganzen Babyzeug, das Mom aufgehoben hat."

Caleb legte Dustin eine Hand auf die Schulter, sagte aber nichts.

Luke hielt die Finger hoch. „Okay, *Zusammenhalt* war der Hinweis. Caleb hat Heuballen bekommen und ich ein Pferd. Dazu kommt noch Dustins Katze, und der erste Ort, an den ich denke, ist die Scheune."

„Gott, ich hoffe nicht. Ich kann mir nicht vorstellen, wie nach all den Jahren irgendetwas da drin hätte versteckt bleiben können." Ginny lehnte sich fester an Tuckers Seite.

Er legte einen Arm um sie und drückte sie. „Macht weiter. Walker – wie passt deine Schatztruhe zu dem Thema mit der Scheune?"

Ihr Bruder schüttelte langsam den Kopf. „Sie ist nicht aus Scheunenholz, es ist nicht mal eine echte Kiste." Er runzelte die Stirn. „Warum fühlt es sich so an, als würde mir irgendwas entgehen? Als würde jemand mich mit irgendwas kitzeln, an das ich mich fast erinnern kann."

Tucker wandte sich an Ginny. „Und dein Geschenk. Vergiss nicht, das mit einzubeziehen."

Sie blinzelte. „Meins? Wie passen denn da die Tagebücher dazu?"

Er tippte sie an die Nase. „Nein, Göttin. Die Tagebücher waren Teil zwei. Du hast das Blatt mit dem Rätsel und eine Halskette bekommen."

Ihr stand der Mund offen. „Die habe ich total vergessen."

„Du hast uns nicht gesagt, dass du noch was bekommen hast", sagte Kelli.

Ginny griff in ihr Shirt und zog das Holzteil heraus, das sie ständig getragen hatte. „Ich habe das nicht als Geschenk gesehen."

In dem Augenblick, in dem sie es in ihre Handfläche hielt, schallte ein lautes Johlen durch das Zimmer.

„Heiliger Bimbam, das ist es", rief Walker. „Ich glaube, ich kenne die Antwort. Auf alles." Er drehte sich auf dem Absatz um und ging zur Tür.

„Walker?", fragte Ginny.

„Kommt schon", beharrte er. „Wir sind unterwegs zur Scheune auf eine Reise in die Erinnerung."

Sie sahen wohl ziemlich seltsam aus. Die ganze Familie

Stone, alle elf, plus Tucker, die zur Hauptscheune marschierten und in den alten Heuschober hinaufkletterten. Dem Ort, an den Tucker so viele Erinnerungen aus Sommern hatte, die von Liebe und Gelächter erfüllt waren.

Überraschenderweise führte Walker sie direkt zum Hauptquartier von Operation *Beweis es.*

Er grinste, während er seine Schwester anschaute. „Es sieht aus, es wäre Caleb nicht der Einzige, der gut darin ist, Festungen im Heu zu bauen."

Ginny neigte den Kopf in seine Richtung. „Tucker hat's auch drauf."

Kelli schnaubte.

Tamara warf ihr einen Blick zu, aber ihre Lippen waren leicht gekrümmt. Sie ließ Tyler nach unten, um ihn in dem abgezäunten Bereich spielen zu lassen, der von den Heuballen geformt wurde. „Hast du vor, uns Übrige auch in das große Mysterium einzuweihen, Walker?"

„Moment mal." Er beugte sich zum Fenster hin, musterte die Bretter genau. „Ginny, das ist eine Entdeckung, die du machen musst. Komm her."

Ginny drückte Tucker die Finger, bevor sie losließ und sich ihm am Fenster anschloss. „Zeit für die große Enthüllung, Houdini."

Walker schaute sich zwischen seinen Geschwistern um. „Erst eine Beichte. Als ich klein war, hat Mom mich dabei erwischt, wie ich in ihrem Garten Löcher grub, um Schätze zu verbuddeln. Was, wie sie sagte, kreativ war, aber eine schlechte Art, um Karotten zu ernten. Sie gab mir eine Schatzkiste und sagte mir, ich sollte nach Orten suchen, um sie zu verstecken, zu denen nicht ihr Garten gehörte. Es war eine magische Kiste, wenn sie also jemand finden sollte, könnte man sie nicht öffnen, ohne den geheimen Schlüssel zu haben."

Ginny runzelte die Stirn, legte eine Hand auf das hölzerne

Fensterbrett gleich am rechten Rand des Fensters. „Eine magische Schatzkiste?"

„Aus Holz. Irgendwann habe ich aufgehört, sie zu benutzen und sie zurückgegeben, aber ich habe ihr gesagt, was einige meiner liebsten Verstecke waren. Ich glaube, sie hat das für dein Geschenk benutzt."

Die ganze Gruppe beugte sich mit Ginny vor, während sie die aufrechte Wand genauer musterte. Und als sie die Finger um etwas legte, dass wie ein Teil des Fenstersimses aussah, und daran zog, hielt Tucker die Luft an.

In ihren Fingern hielt sie eine Kiste, so groß wie ein Ziegelstein.

„Ach du liebe Zeit." Sie hob den Blick zu Tucker. „Wir haben sie gefunden."

„Jetzt nimm deine Magie und öffne sie", sagte er leise.

Alle ließen sich auf den Heuballen nieder. Luke und Kelli kuschelten sich aneinander, Ivy und Walker machten es genauso. Tamara und Caleb waren von ihren Kindern umgeben, mit weit geöffneten Augen und gespanntem Lächeln.

Dustin saß auf einer Seite, die Füße hoch, die Ellbogen auf den Knien. „Ist das eine Rätselbox? Walker, du weißt, wie sie funktioniert?"

Walker schüttelte den Kopf. „Das ist ihr Augenblick. Ich weiß, dass Ginny das rauskriegen kann", sagte er leise.

Ginny zog ihre Jacke aus und breitete sie auf dem Heuballen aus, der üblicherweise ihre Fußstütze war. Sie stellte die Kiste in die Mitte, drehte sie langsam, während sie sie untersuchte.

Ihre Augen leuchteten, als sie etwas herausbrachte. „Das ist wunderbar."

Sie zog sich die Halskette über den Kopf und steckte das

seltsam geformte Holzteil in einen kleinen Schlitz auf einer Seite der Kiste.

Der obere Teil der Kiste drehte sich. Die Seite glitt auf, und ein leuchtend gefärbter Beutel fiel auf ihre Jacke.

„Schatz", sagte Emma aufgeregt.

Ginnys Augen waren feucht geworden. Tucker konnte es nicht verhindern; er ging neben mir in die Hocke und legte ihr einen Arm um die Taille, stützte sie, so gut er konnte. „Emma hat recht. Es ist ein Schatz von eurer Mom."

Ein kollektives Einatmen ging durch den Raum, während Ginny den Beutel öffnete und den Inhalt auf ihre Handfläche schüttete.

Farbige Steine blitzten im Licht vom Fenster.

„Oh." Ginny schaute zu ihnen allen auf. „Es ist Moms Familienring."

Sie ließ ihn auf ihren Finger gleiten und hielt ihre Hand hoch in die Luft.

Tucker dachte, dass es Luke war, der mit dem langsamen, anerkennenden Klatschen begann. Aber wer immer es war, der Rest machte mit. Auch Lachen wurde laut, und die nächsten Minuten waren mit einem Glück gefüllt, das Tucker so dankbar machte, dass er Teil davon sein durfte.

Als die Umarmungen und das Rückenklopfen und die Glückwünsche geendet hatten, war Tucker erheitert, als er entdeckte, dass vier weitere Paare an Ort und Stelle sitzen geblieben waren, während Onkel Dustin seine Pflicht tat, indem er die Mädchen und Tyler mitnahm, um gute Nacht zu den Kätzchen zu sagen.

Tamara hielt Ginny an der Hand und bewunderte den Ring. „Er ist sehr hübsch, aber weißt du, warum es acht Steine sind? Es gibt fünf von euch, außerdem eure Eltern."

„Mom hat den Ring bekommen, als ich etwa zehn war. Ich erinnere mich gerade daran, dass ich dachte, er wäre wunderbar, weil er so gefunkelt hat." Ginny schüttelte den Kopf. „Caleb? Weißt du es?"

Er wirkte einen Augenblick lang nachdenklich. „Ich erinnerte mich nicht daran, dass sie uns mehr erzählt hätten, als dass Dad ihn für Mom gekauft hat, um uns alle zu repräsentieren. Ich verstand nicht so wirklich, worum es bei dem Ring ging, darum wusste ich nicht, ob er irgendwie falsch war."

„Ich dachte, vielleicht hatten sie ein Baby, das sie irgendwo im Lauf der Zeit verloren haben, aber sie haben es nie erklärt. Und wir haben nie gefragt", gab Walker zu.

„Na, er ist wunderschön", sagte Tamara. „Und ein wunderbares Geschenk zum sechzehnten Geburtstag."

„Mit dem Tagebuch", erinnerte sie Ginny. „Vielleicht finde ich in einem der Einträge eine Erklärung für den Ring."

Dann wandte sie ihren leuchtenden Blick Tucker zu, lehnte sich fest an seine Seite und schlang die Arme um ihn, schweigend, aber glücklich.

Er beugte sich dichter heran, achtete nicht auf die Tatsache, dass ihre Familie gleich da war und sie genau beobachtete, denn dieser Augenblick war zu wichtig, um ihn verstreichen zu lassen. „Ich liebe dich, Göttin. Ich bin gerade sehr glücklich für dich."

„Ich liebe dich auch", flüsterte sie, hob die Lippen zu einem Kuss, bevor sie den Kopf auf seine Brust legte und ein lautes Seufzen entweichen ließ. „Herzlichen Glückwunsch an mich."

23

———

18. Juni, Ginnys 30. Geburtstag

Die Vögel sangen, riefen einander hier und dort. Einer in einem Baum in der Nähe sagte *hey, du,* und einen Augenblick später erwiderte einer in einem Busch *hey, du* zurück.

Tucker saß ein wenig aufrechter im Sattel, um den Rücken zu strecken, atmete tief ein und genoss wirklich, wo er war.

„Brauchst du heute noch Hilfe, um die Dinge in die Wege zu leiten?" Luke wiegte sich behaglich, während er mit Tucker an seiner Seite ritt, verdeckte träge ein Gähnen. „Verdammt, ich brauche ein Nickerchen vor der Party."

„Natürlich brauchst du das. Alte Leute wie du sollten immer am Nachmittag Nickerchen halten."

Ein Kichern war die Antwort. „Du bist genauso alt wie ich", erklärte Luke.

„Es sind die zusätzlichen fünf Tage, die du schon lebst.

354

Davon wird man sehr viel schneller müde", erwiderte Tucker trocken. „Keine Sorge. Ich kümmere mich darum, dass man dich nicht erwischt, wie du im Schlaf sabberst."

Luke ließ sein Pferd näher gehen, um Tucker einen brüderlichen Schlag auf die Schulter zu versetzen. „Esel."

„Idiot."

Sein Freund wendete sein Pferd zu seinem Haus hin. „Was das angeht – ruf an, wenn du Hilfe brauchst."

„Mache ich."

Tucker war unterwegs zum Häuschen – unterwegs nach *Hause* – und war das nicht so richtig aufregend, sich das klarzumachen? Ginny hatte sich durchgesetzt und gefordert, dass er es aufgab, so zu tun, als würde er irgendwo anders leben als bei ihr.

Es war nicht schwierig gewesen, einzuziehen, obwohl Tucker nun das kleine Häuschen mit Ideen für Verbesserungen beäugte, die zu ihrer neuen Zukunft passen würden.

Einer gemeinsamen Zukunft.

Einer Zukunft, die er gerne klarer definieren würde, und heute schien ein so guter Tag dafür wie jeder andere.

Ginny stand draußen an dem Picknicktisch, den er gebaut hatte, ihren Holzlöffel zog sie durch eine riesige Schüssel, in der sie genug Kartoffelsalat gemischt hatte, um die Horde durchzufüttern, von der sie erwartete, dass sie zu ihrem Geburtstagsgrillfest antanzen würde.

„Brauchst du Hilfe?", fragte er.

Sie hielt inne und bot ihm ihre Lippen zu einem Kuss. Dann lächelte sie zufrieden und dachte nach. „Das Essen ist im Moment unter Kontrolle. Kelli und Tamara machen die restlichen Salate, die Steaks marinieren noch, bis der Grill aufheizt, bist du vom Haken."

Genau das, was er nicht wollte – vom Haken sein. Er

wollte Haken und Seile, ganz zu schweigen von Versprechen für alle Ewigkeit.

Tucker schaute sich um, aber dieses eine Mal, Wunder, o Wunder, waren keine Stone-Nichten oder Ranchhelfer von Silver Stone in Sicht.

Er nahm ihr den Löffel aus den Fingern und ließ ihn in die Schale fallen. Dann ging er neben ihr auf ein Knie, hielt ihre Hand in seiner.

Ihre Finger waren glitschig, Mayonnaise vom Salatdressing bedeckte sie in einer schlüpfrigen Senfschicht mit Thymianstücken, die zu allem Überfluss auch noch drin waren. Er griff noch einmal nach, hielt sie fester, während seine Erheiterung größer wurde.

Natürlich würden sie am Ende mit Essen verschmiert sein, wenn es um Ginny ging.

„Göttin."

Ginny runzelte einen Augenblick die Stirn, dann kicherte sie. „Echt jetzt?"

„Du liebst mich, ich liebe dich. Das ist schon irgendwie sinnvoll."

Sie stieß ein wieherndes Lachen aus. „Das gibt Punkte für den unromantischsten Antrag aller Zeiten."

Tucker hob eine Augenbraue. „Wie kommst du denn darauf, dass ich dir einen Antrag mache? Ich wollte nur wissen, ob ich dein Kartoffelsalatrezept haben kann."

Sie ließ sich auf die Picknickbank fallen und kicherte so heftig, dass sie nach Luft schnappte. Ihre Wangen waren rosig rot, und sie lächelte, ihr Herz stand ihr in den Augen. „Ich liebe dich, Superman."

„Ich weiß, und das heißt, es wäre ein wirklich kluger Zug, wenn du mich heiraten würdest."

Sie neigte den Kopf auf die Seite. Liebenswert, sexy. Alles, was er jemals gewollt hatte. „Was, wenn ich dich ein bisschen länger als Freund möchte?"

Er gab das Knien auf und setzte sich neben sie auf die Bank. „Mit dir kann nichts jemals einfach sein, oder?"

„Vermutlich nicht. Und doch scheinst du willens zu sein, dir mehr von dieser köstlichen Folter zu holen." Ginny wischte sich die Handflächen sorglos an ihrem Shirt ab, dann nahm sie sein Gesicht. „Will ich mit dir zusammen sein? Auf jeden Fall."

„Dann heirate mich."

„Ich dachte, wir würden uns ein Jahr verloben, nach dem Abend, an dem mir Tamara deinen nackten Hintern als Weihnachtsgeschenk überlassen hat", schlug Ginny vor. „Obwohl wir diesen Teil nicht vor ihr erwähnen, okay?"

„Heiligabend? Nein, das ist nicht akzeptabel." Ein Streit stand heute nicht auf der Agenda, aber genauso wenig würde er aufhören, bis er ihre Zustimmung hatte. Auf die eine oder andere Art würde das schneller passieren als in sechs Monaten. „Ich gehöre dir", sagte er einfach.

„Verflixt korrekt, das tust du", stimmte sie zu.

„Wenn du es nicht machen willst, weil dein Geburtstag ist – obwohl ich dich daran erinnern will, dass es eine wunderbare Chance ist, es alle rasch herausfinden zu lassen –, können wir in einer Woche offiziell verlobt sein oder so, und dann nächstes Weihnachten heiraten."

Sie wirkte nachdenklich. „Klingt es morbide, wenn ich im Februar heiraten will?"

Tucker strich mit den Handknöcheln über ihre Wange. „Überhaupt nicht morbide. Du willst eine neue, glücklichere Erinnerung, um die traurige auszugleichen."

Ginny ließ sich mühelos auf seinem Schoß nieder und ging dazu über, ihn besinnungslos zu küssen. Ihn anzuheizen und sein Inneres nach außen zu stülpen, sodass ihr die Ohren klingelten, als sie schließlich wieder Luft holten.

Er griff in seine Tasche und holte die Schachtel heraus, die er für heute versteckt hatte. „Heirate mich, Ginny. Nächste Woche, nächsten Monat, nächsten Februar. Auf die Einzelheiten kommt es nicht an, aber ich will meinen Ring auf deinem Finger."

„Lass mich sehen", sagte sie, klappte die Schachtel auf und atmete anerkennend ein. „O mein Gott, Tucker, er ist wunderschön."

„Genau wie du." Er zog den Diamantring von seinem Kissen und ließ ihn auf ihren Finger gleiten.

Ginny streckte die Hand aus, der Diamant funkelte in der Sonne. Sie schaute ihn wieder an. „Nur, um es offiziell zu machen, ja. Ja, ich werde dich heiraten, weil du genau derjenige bist, den ich brauche. In der Vergangenheit, der Gegenwart und der Zukunft."

„Ich liebe dich." Diesmal flüsterte es, so viele Jahre der Erinnerung hatten sich zwischen ihnen aufgebaut und kamen in diesem Augenblick zusammen. „Ich gehöre dir", sagte er wieder. Es war die völlige Wahrheit.

DER HOF zwischen dem Haupthaus der Ranch und Ginnys kleinem Häuschen war voller Freunde, die gekommen waren, um ihren Geburtstag zu feiern und Zeit im wunderbaren Juni-Sonnenschein zu verbringen.

Und unerwartet, um ihre und Tuckers Verlobung zu feiern.

Dieser Beitrag zum Tagesplan in letzter Minute war mit allem von anerkennenden Rufen und großem Schulterklopfen für Tucker von Luke kommentiert worden, bis hin zu liebenswerten Küssen von Emma und Sasha, die ihren neuen zukünftigen Onkel im Schoß der Familie begrüßten.

Wo immer sie hinschaute, Ginny sah glückliche Gesichter

und Menschen, die ihr fest am Herzen lagen. Aber eines fehlte noch.

Was der Grund war, dass Ginny mehr oder weniger vor Aufregung vibrierte, als der Truck ihrer Schwester im Hof vorfuhr.

Jesse und Dare waren von Rocky Mountain House zur Geburtstagsparty rübergefahren. Sie hatten ihre drei Jungs dabei, und Ginny konnte es gar nicht erwarten, auf den neuesten Stand zu kommen und auch an ein paar Babywangen zu riechen.

Babys standen bei ihr irgendwann auf der Liste. Was bedeutete, dass sie die Kinder ihrer Schwester nutzen würde, um die Sehnsucht zu stillen, die irgendwo tief in ihrem Inneren zu bohren begonnen hatte.

Eine Verlobung war vorerst genug Aufregung.

„Lass dich nicht überfahren", warnte Tucker mit einem Kichern, als sie hochschoss und sich anschickte, vorzustürmen.

Ginny hielt sich lange genug zurück, dass Jesse den Truck auf Parken stellen konnte, dann riss sie Dares Tür auf und nahm ihre Schwester in eine riesige Bärenumarmung. „Du bist endlich da. O Gott, es ist so schön, dich zu sehen."

„Siehst du irgendwas außer meinem Rücken?", scherzte Dare, aber sie drückte genauso fest. „Willkommen in den Dreißigern, Kleine. Hier ist es schön."

„Tucker", rief Jessie. Er kam um den Truck herum, einen der Zwillinge in den Armen, während der dreieinhalb Jahre alte Joey unter seinen Füßen hervorschoss und mit einem Kleinkind-Sprint zu seinen Cousinen oben am Hügel unterwegs war. „Komm und schüttle mir die Hand, dann kauf mir den Drink, den du mir schuldest."

Ginny runzelte die Stirn in Tuckers Richtung. „Warum schuldest du ihm einen Drink?"

Ihr Schwager setzte das Kind um, das er hielt. „Es ist eine

dauerhafte Schuld. Ich plane, sie von jetzt bis in alle Ewigkeit einzutreiben.“

Tucker hob eine Augenbraue, aber er drehte sich um, um Ginny zu antworten. „Du hast Dare gesagt, dass wir miteinander rummachen. Sie hat es *ihm* erzählt, was bedeutet, dass er es in den letzten gut drei Jahren geheim halten musste.“

„Weißt du, wie schwer es ist, ein so pikantes Gerücht zu kennen, und nicht jedes Mal die Katze aus dem Sack zu lassen, wenn ich deine Brüder getroffen habe? Du schuldest mir auf jeden Fall was.“ Jesse schlang einen Arm um Ginnys Schultern und drückte sie. „Hey. Wie geht’s denn meiner liebsten Giftmischerin?“

„Rosig“, sagte sie mit einem Lächeln.

„Das ist ein feiner Geruch. Lenkt von den Zuckungen und der Lähmung ab, die danach kommen.“ Jesse hielt Tucker eine Hand hin. „War aber auch Zeit, dass du den Antrag gemacht hast.“

„Ich wusste nicht, dass du darauf gewartet hast“, erwiderte Tucker trocken. „Tut mir leid, Liebling, ich bin vergeben.“

Wie immer kam um sie herum Lachen auf. Die vier, die die fast ein Jahr alten Zwillinge trugen, gingen den Hügel hinauf, um sich der Party anzuschließen. Tamara kam vor, umarmte ihren Cousin und Dare, dann reichte sie den kleinen Royce an Kelli weiter, bevor sie den kleinen Ryan für sich stahl.

Ginny und Dare saßen am Ende nur Minuten später vor dem Häuschen, die Babys sicher in den Armen ihrer Schwägerinnen. Joey spielte unter Sashas wachsamen Blick mit Tyler.

Tucker und Jesse standen auf dem Rasen auf halbem Weg zwischen der Party und dem Häuschen, als wären sie bereit, sich jeden Augenblick in eine Richtung zu bewegen, wo immer sie gebraucht wurden.

Was es so ziemlich zusammenfasste, wurde Ginny klar.

Ihre Typen, und wofür sie standen. Bereit, das zu tun, was richtig war.

Dare schaute hinter ihnen auf das Häuschen, wo sie gelebt hatte, während sie aufgewachsen war. „Ich bin froh, dass es jetzt dir gehört. Dir und Tucker."

„Es ist eine süße Traurigkeit, mit dir hier zu sein, aber ich schwöre, ich kann immer noch spüren, wie die Liebe aus den Wänden strahlt", sagte Ginny leise.

Dare nickte. Dann hielt sie eine Hand vor. „Zeig es mir."

Sie legte ihre Finger mit dem glänzenden neuen Verlobungsring in die Hand ihrer Schwester, und da tanzten kleine Blubberbläschen in Ginnys Bauch. „Ich hatte keine Ahnung, dass er schon einen Ring gekauft hat."

„Bist du glücklich?" Dare wedelte die Frage weg. „Was sage ich denn? Natürlich bist du glücklich. Du bist so perfekt glücklich, dass du strahlst."

Die Wahrheit ließ sich nicht leugnen.

Dare deutete auf Ginnys andere Hand. „Jetzt der Schatzring." Ginny wechselte die Hände, und Dare stieß ein glückliches Summen aus. „Er ist wunderschön. Mit acht Steinen und allem."

Ginny neigte die Hand, als das Sonnenlicht sich in den Steinen fing, das Funkeln leuchtete hell auf. „Ich liebe ihn wirklich, aber es ist nicht nur der Ring, es ist, wie ich jedes Mal, wenn ich ihn sehe, daran erinnert werde, wie alles in Verbindung steht. Das Rätsel, und Moms Pläne, und ihr Tagebuch, und das, das sie für mich gemacht hat." Sie hob den Blick zu Dare. „Moms Gedanken zu lesen, hat mir immer wieder in Erinnerung gerufen, wie viel Glück ich hatte. Ich hatte gute Wurzeln. Ich bin von Leuten umgeben, die mich wirklich lieben. Ich habe eine Freundin für immer und Schwester in dir – das macht mich so glücklich."

Dare legte die Hände um Ginnys Nacken und drückte sie

fest. „Ich liebe dich auch. Ich liebe es, dass du meine Schwester bist.“

Die süße Freude, das zu hören, war wie das Glucksen eines Flusses im Frühling.

Ein schelmischer Ausdruck glitt über Dares Gesicht. „Du hast einen teuflisch attraktiven Mann an der Seite. Das kannst du noch auf deiner Liste anfügen.“

Das war das witzige an diesen letzten sechs Monaten. „Ich habe derzeit wirklich Listen. Ich schätze, Tucker hat auf mich abgefärbt.“

„Ha, das kannst du noch mal neu versuchen. Hattest du nicht *immer* eine Liste, wenn es um diesen Mann ging?“, sagte Dare. „Und er hat seine Listen immer in den Wind geschossen, um dich glücklich zu machen. Das ist mit der Grund, weshalb ihr füreinander so perfekt seid.“

Ein weiterer süßer Gedanke.

„Trotz all dem Frust, der beim Lösen des Rätsels aufgekommen ist, hätte ich nichts davon missen wollen“, gab Ginny zu. „Tatsächlich bin ich ein wenig traurig, dass ich keine weiteren Schachteln mehr zu öffnen habe. Mehr Dinge von Mom und Dad. Sie haben uns wirklich gute Wurzeln geschenkt.“

„Das haben sie, und ich bin auch dankbar, aber vor allem: *Gott sei Dank.*“ Dare ließ den Kopf zurücksinken und stieß ein Stöhnen aus, das in der Luft hing. „Ich dachte, du würdest es nie sagen.“

Was war denn los? Ginny wiederholte im Inneren ihre Worte, hatte aber keine Idee, was Dare meinte. „Was habe ich denn gesagt?“

„Jesse.“ Dare beugte sich vor und rief ihren Mann. „Gerade ist ein Wunder passiert. Hol es aus dem Truck und bring es her. Bitte?“

Jesse jubelte, dann winkte er Tucker. „Komm schon. Von

jetzt an bist du dafür verantwortlich, das rumzuschleppen, also kannst du auch gleich mit dem Trainieren anfangen."

Tucker warf einen Blick auf Ginny, aber sie konnte ihm nur ein Schulterzucken bieten. „Keine Ahnung, aber wenn er dich hinten reinschubst und wegfährt, verspreche ich, dass ich dich finde, bevor er einen Traktor kurzschließen und ein Loch buddeln kann, um dich zu vergraben."

„Du bist eine so blutrünstige Frau", sagte Jesse mit einem Zwinkern zu Ginny. „Nö, ich werde nicht seine Leiche los. Er scheint sich gut zu benehmen. Bisher."

„Relativ", sagte Tucker.

Jesse lachte noch, als er herkam und eine Archivbox vor Ginnys Füßen abstellte. „Genau hier, Tucker."

Eine zweite Kiste landete oben auf der ersten. „Verhökerst du finanzielle Aufzeichnungen, Dare?", fragte Tucker.

Dare räusperte sich und schaute Ginny in die Augen. „Als ich nach Rocky gezogen bin, habe ich dieses Häuschen ausgeräumt. Alles, darunter auch das Zeug, das meine Mom auf dem winzigen Speicher verstaut hatte. Diese zwei Kisten waren da oben."

Ginny beäugte sie, hatte aber immer noch keine Ahnung, was los war. „Und du hast sie zurückgebracht, weil ...?"

„Sie hat sie zurückgebracht, weil ich gesagt habe, es wäre okay, ein wenig zu schummeln", sagte Jesse leise. „Wenn sie es müsste."

„Dazu ist es dann doch nicht gekommen." Dare grinste breit. „Es ist ein Schild an der Seite, auf dem steht: *Nicht öffnen. Für Ginny oder Deb, wenn sie danach fragen.* Bis jetzt hast du nicht gefragt. Als dann dein mysteriöses Geschenk an Weihnachten aufgetaucht ist, habe ich mich gefragt, ob die beiden Dinge zusammenhängen. Weshalb ich dich auch damit genervt habe, das Blatt mit dem Rätsel zu lösen."

Tucker ließ sich neben ihr nieder, und Ginny spürte ein weiteres Pulsieren der Aufregung. „Meinst du?"

„Ob das dein fehlendes Geschenk Nummer 3 ist?" Tucker zuckte mit den Schultern. „Gibt nur eine Art, das rauszufinden."

Der Rand der Kartonschachtel war verklebt. Sie brach das Siegel und hob den Deckel.

Ein Dutzend rote Tagebücher waren ordentlich darin aufgereiht. „O mein Gott."

Dare spähte hinein und keuchte. „Weitere Tagebücher?"

„Wow." Tucker legte eine Hand auf Ginnys Oberschenkel und hielt sie fest. Verankerte sie. Hielt sie am Boden, während ihr Herz in die Lüfte stieg.

Ein rascher Blick hinein bestätigte es – beide Schachteln enthielten Tagebücher. Ginny hob ein Buch aus dem Stapel und öffnete es zufällig. Die vertraute Handschrift ihrer Mutter bedeckte abermals die Seiten mit Geschichten und Erinnerungen und Erzählungen von Liebe.

Sie starrte dieses gewöhnliche Stück Magie in ihren Händen an, bevor sie sich an ihre Schwester wandte. „Es ist ein Schatz, von dem ich niemals wusste, dass ich ihn brauche. Danke, dass du ihn für mich jahrelang gehütet hast."

„Ich liebe dich doch", sagte Dare leise.

„Ich liebe dich, Dare", sagte Ginny zurück, bevor sie den Blick zu Tucker hob.

Sie brachte kein weiteres Wort heraus, konnte ihm nicht einmal erzählen, wie sehr sie ihn liebte. Wie dankbar sie war, dass er da war, dass er versprochen hatte, immer da zu sein. Ihre Kehle verengte sich vor zu viel Freude und Traurigkeit und völliger Zufriedenheit.

Es schien, als würde sie die Worte nicht brauchen.

„Ich weiß, Göttin", sagte Tucker mit einem Zwinkern. „Ich weiß."

Drei Monate später

Die Holzstufen quietschten warnend, und Tucker gab den Gedanken auf, sie überraschen zu wollen. Er ging langsam in dem kleinen Bereich auf und ab, der an der Seite des Heuschobers abgetrennt war, und entdeckte Ginny genau dort, wo er sie erwartet hatte, wo sie tat, was er erwartet hatte.

Sie schaute von dem Tagebuch auf, das sie gelesen hatte, wischte sich sinnlos die Tränen von den Wangen. „Hey, du.“

„Hey.“ Ihm fielen die Tränen auf, aber auch das süße Lächeln. Ihm fiel alles an dieser Frau auf, die sein Herz und seine Seele war. Er ließ sich neben ihr nieder und beugte sich zu einem raschen Kuss herab. „Alles in Ordnung?“

„Ja.“ Sie schaute sich im Hauptquartier von Operation *Beweis es* um. „Ich schätze, ich muss akzeptieren, dass das bald verschwinden wird.“

„Ich weiß nicht. Ich glaube, ich habe ein wenig Einfluss bei den Mächtigen hier vor Ort. Es ist wichtig, dass es Orte gibt, an denen die … Katzen … spielen können.“

Da entwich ihr ein rasches Lachen, das die Traurigkeit ausradierte. „Das ist gut.“

„Stell dich den Tatsachen. Heuschober dienen schon zu besten Zeiten mehreren Zwecken. Die Familie Stone steigert das ins Extreme.“

Ginny nickte. „Geheime Festungen, als wir klein waren. Im letzten Jahr Operation *Beweis es*. Mysteriöse Verstecke für Geburtstagsgeschenke. Es ist ein bittersüßer Gedanke, dass vor so vielen Jahren meine Mom hier heraufgestiegen ist und mein Geschenk versteckt hat, während sie die ganze Zeit an unsere Familie gedacht hat. Sie hat vermutlich über die völlige Verwirrung gelacht, die sie herbeiführen würde, aber ich weiß, dass sie vorhatte, besonders fest zu klatschen, wenn das Rätsel schließlich gelöst werden würde."

„Sie wäre so stolz gewesen, dass du es gelöst hast."

„Wir haben es zusammen gelöst." Sie verschränke die Finger in seinen. „Ich liebe dich."

Es bedeutete ihm alles, dass er es erwidern durfte. „Ich liebe dich auch."

Er beugte sich vor, wollte ihr einen Kuss geben, aber sie lehnte sich zurück und hielt in der anderen Hand ihr Buch hoch. „Ich habe den faszinierendsten Eintrag im Tagebuch meiner Mom gelesen. Den musst du auch hören."

Da die Küsse vorläufig eingestellt waren – sehr vorläufig, wenn es nach ihm ging – lehnte Tucker sich zurück und zog Ginnys Füße auf seinen Schoß, während er ihr seine volle Aufmerksamkeit schenkte. „Leg los."

Sie räusperte sich, schaute mit einem Leuchten in den Augen zu ihm auf, dann lass sie laut vor.

Walter hat mir zu Weihnachten einen Familienring geschenkt. Ich habe vor den Kindern nichts gesagt, denn zum Glück ist es keinem aufgefallen, aber ihn musste ich necken.

Der Ring hat acht Steine, nicht sieben.

Ich habe gefragt, ob er noch jemanden hinterrücks hat, von dem ich nichts weiß, und eine oder zwei Minuten lang hatte er eindeutig keine Ahnung, wovon ich da rede. Der Mann ist liebenswert, wenn er verblüfft ist.

Dann hat er mir gesagt, dass er es vermasselt hat, aber letztlich beschlossen hat, dass es kein echter Fehler war. Es ist nämlich so, er hatte eine Liste aller Kinder und all unserer Geburtstage gemacht, um sie an den Laden zu schicken. Alle unsere Kinder – da hatte er automatisch Tuckers Namen und Geburtstag eingeschlossen.

Einen Augenblick lang saßen wir beide da, nachdem er mir das erzählt hat, und mir wurde klar, dass er recht hatte. Der

Junge ist ja vielleicht nicht mein Fleisch und Blut, aber er ist genauso meiner, als hätte ich ihn geboren. Ich bin stolz darauf, Tucker als Teil der Familie zu haben, und ich hoffe, in der Zukunft können wir eine Möglichkeit finden, das nicht nur über den Sommer zu machen, sondern für die ganze Zeit.

Er hat eine große, glückliche Familie um sich herum verdient, und er ist bereits Teil von Silver Stone. Wenn es passt, werden wir dafür sorgen, dass es passiert.

Je länger Ginny las, umso mehr zog sich Tuckers Kehle zusammen, als die Gefühle sich in ihn drängten. Dass er Debs und Walters Zustimmung und Liebe so klar ausgedrückt sah, bedeutete ...

Bedeutete *alles*.

Er holte tief Luft und konzentrierte sich darauf, seine Selbstbeherrschung wiederzuerlangen.

Ginny setzte sich um, schlang die Arme um ihn und hielt ihn ganz fest. Ihre Wangen waren an seine gedrückt, ihre Oberkörper aneinander. Nichts Sexuelles, aber vertraut und verbunden. Eine Seele, ein Herz.

Er hielt sie und ließ die Tränen fließen. Nur jetzt. Nur einmal.

Am Ende brauchten sie beide Taschentücher, um sich sauber zu machen und bereit für den nächsten Schritt zu sein.

„Bist du glücklich?", fragte sie, stieg wieder auf seinen Schoß.

„Sehr", gab er zu.

„Gut." Schabernack tanzte in ihrem Blick. „Tucker? Ich will dich. Heute, morgen. Für immer. Ich liebe dich so sehr."

Dann küsste sie ihn, bis er nicht mehr richtig denken konnte. Ginny, großzügig und warm, die ihn reizte, bis es nichts mehr zu tun gab und er nirgendwo mehr existierte, außer genau hier und jetzt. Als sie sich intim auf andere Art vereinten. Körper, die sich erhitzten, Küsse und keuchende Atemzüge, bis sie ihren Mund mit der Hand bedeckte und ihr Gesicht sich vor Lust verzog. Bis sie heftig um ihn kam. Ihn über den Abgrund mitnahm.

Zusammen. Immer.

Für alle Ewigkeit.

EPILOG

Juni, zwei Jahre später, Silver Stone Ranch

Zufrieden, wie man es nur als Mann mit einer Angel in der Hand und einem freien Nachmittag sein konnte, der sich vor ihm erstreckte, legte sich Dustin Stone am Ufer zurück und zog sich seinen Cowboyhut ins Gesicht.

Die Sonne hatte das Gras gewärmt, und der Geruch des Frühsommers erfüllte seine Sinne. Ein friedliches Gefühl legte sich wie eine Umarmung um ihn, während er halb einnickte, halb in Tagträumen versank, den Gesang der Vögel in den Ohren.

Durch diesen Frieden drang das Geräusch einer eingehenden Nachricht von seinem besten Freund Shim. Ein weiterer Ping wurde laut, und Dustin zog träge das Handy aus seiner Tasche.

Shim: *Du hast ja kein Wort gesagt. Heilige Scheiße, echt jetzt?*

Shim: *Aber du hast es ja auch nötig. Hier:* [*link*]

Dustin starrte die Nachricht verwirrt an. Er klickte auf den Link, den Shim drangehängt hatte, nur um bei einem typischen Clickbait-Artikel voller Schwachsinn zum Durchscrollen zu landen. Allein schon der Titel ließ ihn blinzeln.

Zehn milliardenschwere Cowboy-Junggesellen, die du kennenlernen musst!

Sein Handy summte, dann noch einmal. Diesmal war es der Ton, den er einem anderen Freund zugewiesen hatte, und außerdem eine dritte Nachricht von Shim. Dustin ignorierte sie beide und las weiter, nicht sicher, was für einen bekloppten Scherz Shim da abzog.

Bei der vierten Seite, zu der er sich weitergeklickt hatte, stellten sich die Härchen in Dustins Nacken auf.

Das waren Fotos von ihm. Eines auf einer Pferdeversteigerung mit Luke und Kelli, und eines von ihm allein, auf dem er ganz ernst wirkte. Und jemand hatte beschlossen, diese Bilder einmal quer über die sozialen Netzwerke zu pflastern? Dustin verdrehte die Augen. Mit was für Blödsinn die Leute Zeit verschwendeten.

Sein Blick huschte zum Text des Artikels, während er sich fragte, wie viel schlimmer es noch werden konnte.

Um einiges.

Riskiere einen Blick auf den #SilverStoneStud

Er ist zwar noch jung, aber als Teil der brandneuen Silver-Stone-Erfolgsgeschichte ist der vierundzwanzigjährige Dustin Stone ein Bachelor, wie er im Buche steht. Die Ranch scheint nach einem tragischen Start den Goldtopf am Ende des Regenbogens gefunden zu haben. Der in zweiter Generation geführte Familienbetrieb ist in der Pferdezuchtbranche auf dem aufsteigenden Ast. Außerdem haben wir gehört, dass jetzt auch noch Ölrechte im Spiel sind, und es gibt nur einen unverheirateten Stone, der noch die perfekte Partnerin finden muss. Es lässt sich kaum übersehen, dass er körperlich das Zeug dazu hat, jede Frau in Schnappatmung zu versetzen.

Wer wird die Glückliche, die diese Silberader erschließt?

Dustin ließ sich nach hinten auf den Boden fallen, die Hände zu den Seiten ausgestreckt, während er zum Himmel starrte und stöhnte. Seine Freunde und Brüder würden ihn das niemals wieder vergessen lassen.

ÜBER DIE AUTORIN

Mit über 3 Millionen verkauften Büchern ist Vivian Arend eine *New York Times-* und *USA Today*-Bestsellerautorin von mehr als 70 zeitgenössischen und paranormalen Liebesromanen.

Ihre Bücher lassen sich alle einzeln lesen und haben keine Cliffhanger. Sie sind witzig, aber auch emotional, es gibt heiße Szenen und glückliche Enden. Für Vivian ist das der beste Job der Welt. Sie lebt in British Columbia, Kanada, zusammen mit ihrem langjährigen Mann – der Inspiration für alle Helden ist und ein bereitwilliger Gefährte auf Abenteuern aller Art.

www.ingramcontent.com/pod-product-compliance
Lightning Source LLC
Chambersburg PA
CBHW051316190726
48290CB00001B/183